CRISTINA MELO

MUDANÇA DE PLANOS

1ª Edição

2019

Direção Editorial:	**Revisão:**
Roberta Teixeira	Fernanda C. F de Jesus
Gerente Editorial:	Martinha Fagundes
Anastacia Cabo	**Diagramação:**
Arte de Capa:	Carol Dias
Gisely Fernandes	

Copyright © Cristina Melo, 2019
Copyright © The Gift Box, 2019
Todos os direitos reservados.
Nenhuma parte do conteúdo desse livro poderá ser reproduzida em qualquer meio ou forma – impresso, digital, áudio ou visual – sem a expressa autorização da editora sob penas criminais e ações civis.
Esta é uma obra de ficção. Nomes, personagens, lugares e acontecimentos descritos são produtos da imaginação da autora. Qualquer semelhança com nomes, datas ou acontecimentos reais é mera coincidência.

Este livro segue as regras da Nova Ortografia da Língua Portuguesa.

CIP-BRASIL. CATALOGAÇÃO NA PUBLICAÇÃO
SINDICATO NACIONAL DOS EDITORES DE LIVROS, RJ
Vanessa Mafra Xavier Salgado - Bibliotecária - CRB-7/6644

M485m

Melo, Cristina
    Mudança de planos / Cristina Melo. - 1. ed. - Rio de Janeiro : The Gift Box, 2019.
    248 p.

ISBN 978-85-52923-99-2

1. Ficção brasileira. I. Título.

19-58403   CDD: 869.3
                   CDU: 82-3(81)

Em meio ao cenário de violência instaurado atualmente no Rio de Janeiro, dedico esta obra e a série Missão Bope aos heróis anônimos que, vocacionados pela sua coragem, saem de casa todos os dias arriscando a integridade física e, por muitas vezes, a própria vida, pelo ideal de garantir os direitos coletivos e individuais de uma sociedade que — em grande maioria — não os reconhece.

A vocês, o meu respeitoso muito obrigada!

E aos familiares dos bravos guerreiros que enfrentaram a morte, mas que foram tombados por essa violência que assola não somente o Estado do Rio de Janeiro, como todo país. Famílias dilaceradas, que convivem diariamente com essa dor imensurável; as minhas mais sinceras condolências e que Deus possa confortar e fortalecer seus corações.

CAPÍTULO 1

Juliane

Estou olhando em todas as direções, para cada rosto enuviado pela luz fraca e amarelada do bar, mas nada me faz fugir de meus pensamentos. Viro mais uma dose de tequila, ao comando de meus amigos, e bato o copo sobre a mesa ao som de gritos e vivas. Sorrio, mas se me perguntarem qual foi a última piada contada, não saberia dizer.

Tenho total consciência de que todos aqui, ou, pelo menos, a maioria, está muito feliz por mim. É uma oportunidade única, e eu deveria estar transbordando de felicidade, mas não me sinto assim. Primeiro porque não parece certo, essa era a vaga da Cissa, minha melhor amiga; esta festa de despedida deveria ser dela, e não minha, mesmo sabendo que ela não teria como aceitar a vaga agora. Uma das regras do curso era não estar grávida para entrar na pós, pois o curso era pesado, a maioria dos dias seria de 12 horas de aula. Ainda assim, parecia errado eu ir em seu lugar.

A segunda coisa era um maldito fantasma que não parava de me perturbar. Esse desgraçado não sai dos meus pensamentos, e isso estava me irritando demais. Não sou o tipo de mulher que se apaixona ou tem fixação por alguém. Sou prática, homens são seres só para diversão e reprodução, e como não quero reproduzir tão cedo, eu os uso apenas para me divertir. Essa sou eu, ou era, até esse ogro idiota aparecer.

— Acho melhor você parar, Jujuba. Já é a sexta dose. O que você tem?

— Só estou comemorando, amiga. — Sei que minha voz já está um pouco enrolada.

O olhar avaliador de Cissa me analisa de cima a baixo. Não consigo mentir para ela, que me conhece muito bem. Esse é o maior problema da intimidade, você acaba ficando totalmente exposta.

— Ok, Cissa, eu juro que estou feliz. Sei que é uma oportunidade única, mas também estou triste por ir para quilômetros de distância. Você está grávida, amiga, e eu não estarei aqui ao seu lado, como deveria. — Algumas lágrimas escorrem pelo meu rosto.

— Eu vou ficar bem, sua boba. Está vendo porque você não pode beber? — Abraço-a, mesmo sentada, deitando a cabeça em seu ombro.

— Eu não estou bêbada, só estou um pouco triste e um pouco feliz. Eu te amo, amiga, não vou conseguir ficar longe de você. — Minha voz sai arrastada, e a abraço mais.

— É isso, Jujuba. Você é a famosa bêbada depressiva — declara, sorrindo.

— Eu não estou bêbada! — nego o óbvio novamente. Sempre fui fraca para bebidas, então, depois de algumas doses, que não faço a mínima ideia de quantas exatamente, e o fato de tudo girar, é claro que estou bêbada, sim.

— Eu vou sentir sua falta também, amiga, mas um ano passa rápido, e vamos nos falar todos os dias pelo Skype ou WhatsApp. Quando você menos esperar, estará de volta. — diz, tranquila demais, no jeito confiante Cissa de ser.

— Vamos brindar! — grita Heitor, eufórico. — Tio Sam que se cuide, pois Juliane vai dominar Washington! — Todos os meus amigos erguem seus copos, então me levanto e ergo o meu também.

— Aí vou eu, Tio Sam! — grito, confiante, e todos sorriem. Viro mais uma dose de tequila.

— Jujuba, que tal me acompanhar agora no suco? — Empurra o suco de laranja em minha direção.

— Eu estou legal, Cissa. — Soluço e empurro o copo novamente para ela. Não vou beber suco coisa nenhuma, hoje é minha despedida.

— Juliane, beba o suco. Você embarca amanhã, ainda tem que finalizar as malas, sua ressaca é infinita, e não vai querer passar as 10 horas de voo vomitando, vai por mim. — Empurra o copo de novo em minha direção.

— Meu voo é à noite — justifico, e Cissa ergue as sobrancelhas em tom de acusação. — Ok, fica tranquila, não beberei para isso, tá! Prometo.

— Você quem sabe, o banheiro de um avião não é muito agradável. Não acredito que veio com essa bolsa! — Quase grita.

— Eu não posso me dar ao luxo de esquecer nada — explico.

— Estamos no Rio de Janeiro, Jujuba, andamos só com o necessário.

— Prefiro prevenir. Relaxa! — digo, e ela revira os olhos, parecendo impaciente. — Você saberia me dizer o número da casa daquele ogro? — solto a pergunta naturalmente, depois de alguns segundos em silêncio, e bebo um pouco do suco. Sei que não desistiria até que eu bebesse.

— O que você vai aprontar, Juliane?

— Não vou aprontar nada — tento convencê-la. — É só para o caso de o meu amigo Tio Sam precisar testar uma bomba. Eu poderia dar a localização exata de onde ele pode arremessá-la.

— Amiga, o que houve entre vocês dois? — Seu tom sai preocupado.

MUDANÇA DE PLANOS

— Houve que ele é um babaca e um frouxo — saliento, com muita raiva.

— O babaca mora na rua A, casa 15, mesmo condomínio do outro babaca. Acho que lá é um condomínio construído só para babacas. Sei que está fugindo do assunto, mas percebi que vocês dois têm algo mal resolvido, e que não só você, mas ele também ficou abalado, e isso é visível, mas acho que agora não é hora para você pensar nele.

— Eu? Perder meu tempo pensando nesse idiota? Jamais! — Cissa me olha de soslaio e depois verifica seu celular. Tenho certeza de que não a convenci.

— Já está tarde, é melhor encerrarmos a noite, você já bebeu demais.

— Não bebi não, ainda vai dar meia-noite, Cissa! — reclamo.

— Não vou conseguir te carregar, vou te deixar dormir no meio do corredor. — Encaro-a, perplexa.

— E é dessa amiga que vou sentir saudades?! — Ela assente, tentando parecer animada e confiante, mas minha amiga não é a mesma, algo nela está quebrado e eu sei o que é. — E quando vai contar para o outro babaca que ele será pai?

— Não sei se vou contar, Jujuba. — Baixa o olhar para a mesa, e sua mão direita pousa na barriga, que ainda não se notava.

— Você tem que contar, não pode fazer isso com seu filho, amiga — digo em desespero; não desejo para ninguém o que eu passei.

— Ainda estou muito magoada, não sei se vou conseguir olhar pra ele.

— Claro que vai conseguir, pense que está fazendo isso pelo seu filho! Você tem que lutar por ele ou ela, tem que fazer o melhor que puder para deixar seu bebê feliz. Você tem que contar e dar ao idiota uma escolha. Ele precisa saber, amiga — imploro, como gostaria que alguém tivesse feito por mim.

— Tudo bem, mas agora só posso prometer que vou pensar.

— Sei que fará o certo.

— Bom, eu já estou indo, amanhã tenho uma cirurgia bem cedo. — Heitor nos interrompe. — Quer carona, Cissa?

— Ah, não, obrigada, Heitor. Eu vou de táxi com a Juliane.

— Vá com ele, Cissa. Você está cansada, eu estou bem, já estou no suco. — Levanto o copo para ela. — Vou de carona com a Karen — falo, um pouco mais alto, para a Karen ouvir.

— Claro, amiga, te dou carona.

— Viu só? Vá com o Heitor, amanhã nos vemos.

CRISTINA MELO

— Está bem. Eu só vou porque estou morta de cansada, mas se comporte, e me chame assim que acordar, para te ajudar com as malas. Tenho certeza de que está esquecendo um monte de coisas. — Sorrio do seu jeito mandão.

— Eu prometo que te chamo assim que acordar. — Ela assente e logo sai com o Heitor, que está com um sorriso que chega aos olhos. Ele acha mesmo que tem chances com a Cissa? Sério, agora me deu pena.

— Mais uma rodada, por minha conta! — grito, erguendo o copo.

O som agudo e constante rompe o silêncio enquanto o vento frio passeia por meu corpo coberto apenas por um vestido estampado curto e de alças. Tento me manter sobre os saltos finos, que pareceram uma boa escolha antes, mas agora se mostravam um desafio enquanto eu tentava me equilibrar sobre eles. E mais... eu ainda tinha que manter o indicador pressionando aquele lugarzinho, para que o barulho estridente não suma, e ainda precisava segurar minha bolsa. Pareço ir contra todas as leis da gravidade, pareço desafiar o impossível.

Não sei dizer por quanto tempo estou provocando esse barulho, mas parece não surtir efeito algum, então preciso dar um jeito de aumentá-lo. Mesmo correndo sérios riscos de dar com a cara no chão, é o que tenho que fazer.

— Abra logo isso! — exijo, tentando bater no portão, mas logo desisto ao ver que se continuasse, cairia, pois a mão que teria que usar para fazê-lo era a mesma que eu usava para me segurar. Sério, o vento está forte.

— Abra! — Tento bater com um dos pés dessa vez, mas também não dá certo, e não caio por muito pouco. — Seu... O... — *Como é mesmo a palavra?* — Anda logo, seu...

— Juliane?! — Um rosto lindo, convencido, com cara de sono e confuso, encara-me assim que o portão com o qual eu lutava se abre, enquanto eu só consigo sorrir, admirando tamanha perfeição.

Esse é o cara que fodeu com a minha vida e rasgou todos os meus planos. Encaro seu olhar por alguns segundos. Eu só preciso descobrir como ele fez isso, como conseguiu chegar aonde ninguém chegou, e assim que descobrir, eu tomo tudo de volta e volto a ser eu.

Isso aí, Juliane Marques, esse é o plano!

CAPÍTULO 2

Juliane

— O que você está fazendo aqui, a essa hora da madrugada? São 3h! Como veio? — indaga, meio nervoso, após olhar de um lado para o outro na rua.

— Eu... — Tento me aproximar mais, e o vento quase me derruba novamente, mas ele é mais rápido e envolve meu corpo com um dos braços, me mantendo firme e segura.

— De onde está vindo? Você está bêbada? — Seu tom é acusatório.

— Eu não estou bêbada — defendo-me, com a voz arrastada.

— Estou vendo que não — diz, irritado, mas não estou me importando muito, pois minha concentração está no seu cheiro, seu corpo perfeito e seu toque. Minha boca é atraída para o seu pescoço como se uma força invisível me puxasse.

— Juliane! — Tenta me afastar do seu corpo, mas não quero fazer isso. Minhas mãos adentram sua blusa de malha e o puxo mais e mais para mim, logo minha boca chega à sua, e quando penso que vai me afastar, ele corresponde ao beijo, tão ou mais sedento do que eu. Nosso beijo é voraz e incrivelmente perfeito, nossas bocas parecem ter sido feitas uma para a outra. Não consigo pensar em mais nada que não seja o beijo que tenho agora, eu o quero tanto que dá raiva.

Ouço um estrondo, mas não tenho tempo de olhar. Sinto meu corpo em movimento, ainda nos braços de Daniel, com sua boca ainda na minha, então levo uns segundos até assimilar que estou suspensa em seus braços e que ele caminha junto comigo. Logo escuto outro estrondo, e nesse momento abro os olhos e confirmo que foi a porta que acabara de ser fechada. Estamos em uma sala. Olho rapidamente, enquanto a boca de Daniel investe em meu pescoço, e me dou conta de que se eu estivesse sóbria, naturalmente enlouqueceria com a bagunça diante dos meus olhos. Mas, no momento, o que me enlouquece é outra coisa, e pela primeira vez na vida, estou pouco me lixando para a bagunça.

— Você é muito louca! — acusa, retirando meu vestido de uma só vez.

— E eu adoro isso! — confessa, enquanto deita-me em seu sofá.

— Eu te odeio! — rosno, enquanto arranco a blusa de seu corpo.

— Eu sei que odeia. — Pisca, daquele jeito convencido, e volta a me beijar, sedento. Uma de suas mãos passeia pelas minhas curvas, enquanto a outra busca algo na mesa ao lado. — Você não faz ideia do quanto esperei por esse momento e o quanto te quero, minha louquinha linda.

Sua revelação me intimida, e o olho, paralisada por alguns segundos. Não consigo formular nada para dizer, sei que me meu raciocínio está prejudicado pela quantidade excessiva de álcool. Deve ser por isso que estou apavorada, e com os batimentos a mil por minuto. Declarações assim nunca significaram nada para mim, nunca me despertaram nada, a não ser uma imensa vontade de rir, mas o que estou sentindo está longe de ser engraçado. Na verdade, é assustador.

— Você sabe o que está fazendo, não sabe? — Seu tom sai preocupado. — Não está tão bêbada assim, não é? Me diga que sabe e que não estou...

— Eu sei, pare de ladainha, não vá fugir de novo, vou te odiar muito mais do que já odeio, se fizer isso. —Recupero um pouco da consciência e sou firme. Como sou capaz de fazer isso, não sei dizer.

— Não seria louco a esse ponto, princesa — diz, com aquele sorriso sexy e irresistível. Estou ferrada!

Sua boca desce sobre meu corpo. Nunca desejei tanto um homem, quanto o desejo.

— Não me chame de princesa! — exijo.

— Como quiser. Vamos ficar de boa, bandeira branca, só por hoje, minha complicadinha.

— Complicadinha é a mã... — Sua boca se cola à minha antes que eu consiga rebatê-lo.

Seu beijo é como a calmaria depois da tempestade. Sinto-me completa, e é como se tivesse achado o meu lugar no universo, achado a razão da minha existência.

Ele se afasta alguns centímetros e sinto-me perdida. Uma sensação de abandono, nunca sentida antes, me faz companhia.

Ele rasga a embalagem e cobre seu membro com o preservativo. Não demora muito, sinto-me preenchida por ele, e a sensação é maravilhosa. Nossos corpos se encaixam com perfeição e exatidão. Seu olhar está fixo ao meu, na penumbra da sala; sinto-me presa e completamente rendida, como se todo o poder de decisão estivesse com ele. Lentamente, começa a se movimentar. O que sua boca não dizia, seus olhos gritavam, e eles dizem que eu sou dele e que ninguém nunca mais me fará sentir o que ele está me fazendo sentir agora, que meu corpo é sua marionete e só ele sabe como usá-lo de forma esplêndida.

— Você não faz ideia de como desejei isso, do quanto imaginei ou tentei imaginar essa cena. Porque o que estamos vivendo agora, eu nunca seria capaz de imaginar, com tamanha perfeição. Você é linda e completamente perfeita. — Sua voz rouca e sua declaração quase me levam ao ápice.

Eu estou muito mais ferrada do que achei que estivesse...

Desperto, mas nem sequer consigo abrir os olhos. Uma dor aguda me faz companhia, então coloco as mãos sobre a cabeça, tentando assim aliviar a dor. Aquela tequila era falsificada, com certeza. Minha mente me diz que tenho que tentar levantar e abrir os olhos, mas meu corpo parece ter vida própria e pede outra coisa: cama. Forço-me, pelo menos, a abrir os olhos, pois tenho que me recompor de alguma forma. A Cissa tinha razão, vou encarar um voo longo, com uma ressaca do cão. Droga, por que eu nunca escuto minha amiga?

Abro os olhos lentamente, contemplando o teto azul... Pera aí, meu quarto não tem teto azul.

Merda!

Olho para o lado esquerdo, bem devagar, e não reconheço nada. Meu coração está acelerado, olho para a direita e também não reconheço. Estou em uma cama de casal, num quarto assustadoramente bagunçado. Como vim parar aqui? Olho embaixo do lençol, bem devagar, e estou completamente nua.

— Droga! — sussurro, levando as duas mãos ao rosto. Levanto-me devagar, enrolando-me no lençol. Cadê minha roupa, merda?!

Sigo para a porta que está aberta do outro lado e logo começo a ouvir barulho de água caindo. Olho para dentro e... Puta que o pariu! É o maldito ogro gostoso e lindo tomando banho. Jogo meu corpo contra a parede ao lado da porta, para que ele não me veja espiando.

Merda, merda, merda...

— Juliane, sua louca, maluca e sequelada, o que você fez?

Meu olhar busca meu vestido em todas as direções que pode alcançar, mas não o vejo. Então corro para a outra porta e logo chego à sala. Vejo minha bolsa em cima de uma mesa e sigo até ela, ainda pensando em como sairia pela rua, enrolada em um lençol e de bolsa, mas aí tropeço em algo e por sorte é meu vestido, e à frente está minha sandália. Sei que tenho poucos minutos ou segundos até que o ogro saia pela mesma porta que acabei de passar. Não posso encará-lo, nem sei o que fiz ou disse. Que merda que eu fui fazer? Meu Deus!

Passo o vestido pela cabeça, rapidamente abandonando o lençol no chão, e quando vou pegar minha bolsa, a deixo cair no tapete. Merda!

Devolvo a nécessaire, carteira e celular que caíram dela, o mais rápido que consigo, pego as sandálias e vou para a porta, rezando para não estar trancada...

Ufa, aberta!

Passo pelo portão em seguida, carregando minhas coisas em uma das mãos, e com a outra, tentava melhorar o aspecto do meu rosto e cabelos. Corro pelo condomínio, sob o olhar de algumas pessoas que passam por mim.

Sei que estou bem grandinha para fugir, mas tenho uma certeza: não fujo dele, e sim, de mim mesma.

Logo chego à rua, completamente esbaforida. Encosto-me em um muro e calço as sandálias, tentando recuperar o controle, normalizar a respiração e batimentos cardíacos. Olho para dentro do condomínio, mas não vejo o responsável pelo meu atual desespero.

Começo a caminhar em direção à rua ao lado, onde eu sei que tem um ponto de táxi.

Minutos depois, já estou dentro do automóvel, com flashes da noite anterior rodeando minha mente. As lembranças iam e vinham de uma forma muito confusa, então apoio a mão espalmada sobre a fronte.

— Que cagada eu fui fazer? — sussurro para mim mesma, jogando a cabeça no encosto do banco.

— Juliane! Onde você estava? — Dou de cara com a Cissa, assim que saio do elevador.

— Eu... eu fiz a maior merda de todos os tempos! — confesso, abatida, e ela me encara, como se já soubesse o que eu diria. Será que o ogro idiota ligou? Está preocupado comigo? Uma curiosidade e alegria me dominam, mesmo que eu não queira.

— Maior do que ter corrido pelada, de madrugada, no campus, depois da aposta que perdeu, com um segurança correndo atrás de você? — Assinto, e ela fecha os olhos, soprando o ar pela boca.

— Você foi na casa do Daniel, não foi? — Abro a porta do meu apartamento e entro, com a Cecília me seguindo. — Juliane? — Confirmo,

MUDANÇA DE PLANOS 13

fechando os olhos. — Eu sabia que iria!

— Ótimo! E por que não me impediu? — exijo, exaltada.

— Eu tentei, te chamei para vir embora, lembra? Mandei começar a beber suco, mas você não me ouviu, como sempre — explica-se, tranquila.

— E eu acho que você e o ogro têm tudo a ver, e mesmo que negue, sei que está sentindo algo por ele.

— Ódio! — grito, tentando convencer a mim mesma.

— E foi o ódio que fez você passar a noite com ele? — Encaro-a, com uma careta indignada.

— Cissa, na boa, são minhas últimas horas, em um longo tempo, com minha melhor amiga, e não quero perdê-las falando desse ogro!

— Estamos melhorando. Já tirou o idiota ou o desgraçado, já-já chega no amorzinho. — Encaro-a, muito puta!

— Ok, desculpa, não resisti. Não vamos brigar hoje, Jujuba. Vá tomar seu banho, vou fazer um café para você. — Assinto, baixando a guarda, seguindo para o banheiro.

— Não vai querer mesmo falar sobre a noite de ontem? — Cissa indaga, ao fecharmos a última mala.

— Eu nem sei o que falar, amiga. Por favor, só quero esquecer.

— Foi ruim assim? — Ergo o olhar para ela, e nego com a cabeça.

— Esse é o problema. Pelo que consigo me lembrar, foi o melhor sexo da minha vida, e eu estava bêbada. Imagina sóbria? Conheço o tipo dele, amiga, é exatamente o mesmo tipo que o meu: não nos apegamos. E o fato de eu estar abalada está fodendo minha cabeça. Não poderia estar mais agradecida pelo fato de ir viajar pra tão longe agora.

— Mas quando voltar, de repente...

— Isso não é pra mim, Cissa. Quando voltar, serei eu de novo, sei que sim. Só precisava tirar isso do meu sistema, e foi o que fiz ontem. Agora é bola pra frente, e conhecer o que o americano pode ter de bom. — Pisco, forçando-me a ser prática e natural, como sempre fui, e Cissa ergue as sobrancelhas, parecendo engolir minhas palavras idiotas.

— Só quero te ver feliz, e se estiver, também estarei. Seu tom não é o mesmo há alguns dias. Assinto, enquanto entrega-me um papel dobrado.

— Eu... o que significa isso? — indago, completamente atônita.

CAPÍTULO 3

Juliane

    Estou ainda sem fala, olhando o papel aberto em minhas mãos.
    — Eu não posso aceitar isso, Cissa.
    — Pode e vai, já está na sua conta. — Sento-me, em choque, e completamente emocionada.
    — São 10 mil reais, Cissa!
    — Que vão se resumir em 3 mil dólares, se tiver sorte com o câmbio. Não vou ficar tranquila, se não aceitar. Estou grávida, não posso ficar ansiosa pensando se está tudo bem com você, se está passando algum sufoco em um país estranho. Sei que não é muito, e vou exigir que me diga se precisar de mais.
    — Cissa... — começo, com a voz embargada. — É o dinheiro do seu carro, amiga, não posso aceitar. Além do mais, está grávida, tem que pensar no seu bebê — tento convencê-la.
    — Eu ainda tenho dinheiro guardado. Se não der para comprar outro carro à vista, dou entrada e parcelo o restante. E tenho meus pais também, não estou sozinha. Você vai precisar, Jujuba, os 4 mil dólares que tem não serão suficientes. Sei que vai morar no campus e ganhar uma ajuda de custo, mas o custo de vida lá é alto, e vai ficar um ano. Vou ficar mais tranquila se aceitar. Você me devolve quando puder, se isso for te deixar mais aliviada, mas aceita, por favor. — Sorrio e a abraço, limpando algumas lágrimas, disfarçadamente.
    — Você não existe, doutora Cecília Castro. Por essas e outras, que te amo.

    — Eu vou com você, Jujuba!
    — Não vai, não! Não tem cabimento, te ligo quando for embarcar, prometo. Você está sem carro, Cissa, aí eu que não ficaria tranquila sabendo que vai voltar sozinha para casa, em um táxi, tão tarde. Fica em casa, amiga, vou dar conta — tento convencê-la.
    — Seu voo é às 22h, não é tão tarde assim — ela insiste.
    — É, sim, e a violência no Rio anda cada dia pior. Não precisa, eu vou ficar bem.
    — Tem certeza?

— Absoluta. Ainda tenho que decorar as regras do curso, e aperfeiçoar mais meu inglês. Não quero passar vergonha, vou escutar meus áudio-books em inglês. — Pisco para ela.

— Então me liga assim que for embarcar, vou ficar esperando. — Abraço-a.

— Prometo — digo. — Eu pedi a Raíssa para pegar a chave do apartamento com você, tem problema?

— Claro que não, Jujuba, eu entrego a ela.

— Obrigada, minha amiga, não sei o que seria de mim sem você.

— Seria a pessoa mais convencida do mundo — brinca, e sorrio.

— Com certeza! — concordo, ainda sorrindo.

— Aqui, obrigada! — Pago ao taxista e logo estou tentando me ajeitar com minhas três malas e bolsa. Fico grata quando um funcionário se aproxima com um carrinho, o que me facilita muito. Termino de empilhar a última mala ali e começo a caminhar novamente, agora com uma mobilidade e elegância muito melhores.

Paro um pouco antes do guichê do check-in, para pegar minha passagem e passaporte na bolsa.

— Cadê? — Busco pelos dois, desesperadamente, em cada bolso ou compartimento, e nada. Reviro tudo. Não é possível! Não os tirei da bolsa, coloquei aqui há dias, justamente para não correr o risco de esquecer. O pavor me domina totalmente. Não posso perder esse voo, meu Deus! Como não verifiquei novamente? Meu Deus, aonde foram parar? Estavam aqui na noite passada, tenho certeza!

— Acho que está procurando por isso! — O tom cortante e frio surge atrás de mim, gelando meu sangue, arrepiando cada poro do meu corpo e suspendendo minha respiração.

Depois de alguns segundos paralisada, enfim consigo me virar, e algo dentro de mim só me diz que eu deveria ter continuado na posição que estava. Seus olhos parecem minha fraqueza, perco completamente o foco e o controle quando o encaro. Nós continuamos com os olhares fixos, e palavras não eram necessárias. Conseguia ler cada questionamento e cobrança em seus olhos, a tensão em seu corpo e rosto não era disfarçada. Seu peito sobe e desce rapidamente, mas tenho certeza de que não era porque estava correndo ou apressado. Apesar de sua respiração descompassada e todo o resto, é visível seu controle. Tem a tranquilidade de um predador que esperou a presa por muito tempo; no caso em questão, a presa sou eu.

— Quem te deu o direito de mexer na minha bolsa? — Tento puxar o passaporte com a passagem de suas mãos, mas ele não o larga, continua com a cara fechada e ergue as sobrancelhas em resposta, não desviando o olhar do meu.

— Por que fez isso? — indaga, sem emoção alguma na voz.

— Isso o quê? — Faço-me de desentendida.

— Quanto tempo? — pergunta outra vez, seco.

— Quanto tempo o quê? — Volto a pergunta.

— Qual a intenção, o que pensou? — continua as perguntas.

— Isso é um diálogo, um interrogatório? Vamos continuar falando em perguntas?

— Quando você começar a responder as minhas, acho que pode virar um diálogo. — Seu tom não se altera um segundo.

— Quando você começar a fazer perguntas coerentes, podemos talvez ter um papo rápido. — retruco, impetuosa.

— Ok. Por que bateu no meu portão, às 3h da manhã? — exige.

— Por que me deixou entrar? — Encaro-o de igual, observando o primeiro esboço de um sorriso em seu rosto. Por que ele tem que ser tão lindo e gostoso?

— Acho que eu não tive muita escolha, depois que me agarrou — diz, tranquilamente, e sei que meus olhos estão arregalados agora.

— Não me faça rir — bufo, fingindo desdém.

— Não, te fiz sentir algo muito melhor — afirma, convencido, se aproximando mais. — Precisamente três vezes, quase quatro. Se não fosse por você desmaiar, teria completado a quarta, mas eu sabia que era muito para você. — Seu tom é baixo, convencido e sexy ao mesmo tempo, arrepiando-me inteira.

— Seu convencido de merda! Eu estava bêbada! Nem sei se o que está falando é verdade. Naturalmente, não é! Se fosse isso tudo que está tendo a cara de pau de inventar, com certeza eu sentiria as consequências disso. — Agora, seu sorriso é descarado.

— Tenho certeza de que está dolorida, pois te observei caminhar por alguns minutos, e o que posso dizer é que ou você quebrou o pé, ou as "consequências", como você acabou de chamar, estão bem aí — argumenta, soberbo, me irritando demais, pois realmente estou completamente dolorida.

MUDANÇA DE PLANOS

— Sério! Quantos anos você tem? Que coisa mais idiota e infantil. — Seus olhos encaram-me, e a diversão neles diminui um pouco. — Obrigada por trazer meu passaporte e passagem, mas agora eu tenho que ir. — Tento mais uma vez puxar o documento de sua mão, mas ele não o solta.

— Quanto tempo? — Seu tom fica sério de novo.

— Quanto tempo o quê? — pergunto, confusa. Esse cara é louco de pedra!

— Quanto tempo vai ficar fora? — Seu tom se torna sério novamente.

— Sinto muito te desapontar, sei que mesmo bêbada fui a melhor que já teve, mas estou indo embora, vou morar lá agora. — Omito o fato de que era só por um ano, mas isso já foi longe demais, tenho que me desvencilhar dele. Longos segundos se passam depois da minha declaração, e ele permanece em silêncio. — Não fica triste — começo, fingindo um tom de deboche. — Sei que sou viciante, mas acredite em mim, não daríamos certo, não repito figurinha. — Mesmo sendo verdade o que acabei de dizer, arrependo-me instantaneamente do meu comentário.

— Eu também não, e acho até bom que não se lembre de nada, assim evita o constrangimento de saber o quanto foi... — Parece buscar a palavra, enquanto meu sangue já ferve de tanto ódio. O que ele quer dizer?

— Foi o quê? — indago, com toda a minha raiva.

— Basiquinha e razoável. — É tranquilo de uma forma muito irritante.

— O quê? — pergunto, muito puta. Basiquinha é uma ova, sei o quanto sou boa de cama.

— Tranquilo, sem ressentimentos, só vim te trazer o documento que deixou no chão da minha sala. Não tive o desprazer de mexer na sua bolsa, não faria isso. — Entrega-me, enfim, o passaporte com minha passagem.

— Faça uma ótima viagem — deseja, calmamente, e se vira, me deixando sem palavras e magoada de uma forma que nunca achei possível.

— Ah! — Vira-se novamente para mim. — Acho que, de repente, seu problema é falta de prática. Tente fazer sexo mais vezes, isso pode te ajudar a melhorar. — Pisca, mas sua feição está fechada, não há um resquício sequer de humor ali.

— Praticar nunca foi um problema para mim. Considerando que sua opinião foi a única negativa, em anos, acho que não poderei aceitá-la, então a guarde para você, porque para mim não faz a mínima diferença o que acha. — Pisco para ele, com toda a minha autoconfiança e com o mesmo cinismo que recebi dele, então viro-me com a minha autoestima recuperada, mas não dou nem dois passos e meu braço é puxado, e logo minha boca é preenchida com a sua, num beijo espetacular. Uma de suas mãos envolve minha nuca firmemente, e a outra me cola ao seu corpo de uma forma que nem um mosquito, por menor que fosse, conseguiria passagem entre nós.

Minhas mãos estão trêmulas, meus batimentos acelerados, e todo o meu corpo o deseja. Não queria parar esse beijo nunca mais.

Meus braços o envolvem, não queria ter que me afastar dele, a saudade de algo que nem sei o que é, me consome.

— Tenho certeza de que minha opinião importa — sussurra ao interromper nosso beijo, com a boca ainda a centímetros da minha, e eu só quero voltar a beijá-lo, esse maldito deve ter algum tipo de droga viciante. — É realmente uma pena, Juliane, tenha uma boa-viagem. — Vira-se e afasta-se tão rápido que não tenho tempo nem de pensar em uma resposta, quanto mais conseguir respondê-lo.

Busco o ar que parece me faltar, e mesmo depois de alguns segundos ou minutos parada na mesma posição, olhando para o vazio que ele acabara de deixar, ainda estou paralisada. Forço-me a voltar ao meu raciocínio, pelo menos, mas está difícil. Esse ogro...

Nem sei mais do que chamá-lo, estou completamente ferrada. Não tenho a mínima ideia de como cheguei a isso, no que eu falhei. Como deixei que ultrapassasse a barreira?

Eu não posso me apegar ou me apaixonar. Passei a vida inteira defendendo a teoria de que o amor não era real, de que isso era apenas uma desculpa que as pessoas fracas usavam, que estar apaixonada era um estado de confirmação de autopiedade e uma necessidade ridícula de ser aceito pelo outro, ou até mesmo uma espécie de compulsão.

Sou fruto de um desses seres que se acham inferiores e creem que só serão felizes se tiverem o tal amor e a servidão ao outro.

Quando minha mãe percebeu que não era bem por aí, se tornou uma pessoa fria, perdida e infeliz. Ela se achava tão dependente de outra pessoa – no caso em questão, o homem que ela diz ser meu pai – que simplesmente não viu mais sentido na vida depois que ele a trocou por outra.

Apostou todas as suas fichas nele e nunca mais conseguiu reaver uma dessas fichas sequer, e recuperar o ponto de equilíbrio da mesma. Bom, isso foi o que ela me disse antes de me abandonar em um colégio interno, com a desculpa de que precisava se redescobrir.

Está se redescobrindo até hoje, pois nosso contato não passa de alguns telefonemas quando ela cisma.

Foi por conta desse amor que as pessoas tanto necessitam e buscam com todo afinco, que nunca conheci meu pai, e jamais tive uma mãe de verdade.

Construí minha teoria em cima de fatos vividos não só pela pessoa que me colocou no mundo, mas também pelo que tenho visto por aí até aqui. Amor é só uma desculpa que as pessoas inventam para deixar suas vidas de lado e se subjugar ao outro, na esperança de que este resolva todos os seus problemas e frustrações.

Sou uma mulher muito bem-resolvida, não preciso de nenhuma desculpa para os meus fracassos ou vitórias.

Sigo, enfim, para o guichê, com um vazio que me recuso a aceitar. Não vou me tornar dependente de nada e ninguém.

Quase duas horas depois, afivelo meu cinto e olho pela janela, gravando a última visão do meu país em um longo tempo.

Fecho os olhos ao iniciar a decolagem, e a lembrança de seu beijo é inevitável. Não posso pensar nisso, tenho que manter o foco, não posso deixar nada me desviar do meu objetivo de vida e minhas certezas, nem mesmo essa atração e química explosivas.

Amanhã será outro dia. Tenho certeza de que daqui a uma semana, nem lembrarei mais dele.

CAPÍTULO 4

Daniel

Sigo até o carro sentindo uma impotência, dependência e frustração que sempre me recusei a sentir. O que essa mulher fez comigo?

A resposta não se demora...

Ela fodeu com minha vida e minha cabeça. Algo me dizia que isso aconteceria se fosse para a cama com ela. A atração que sinto por Juliane é fora do normal, justamente por isso a estava evitando. Então fugi do seu apartamento naquela noite, assim que me vi deitado sobre seu corpo no sofá da sala, e encarei seus olhos. A intensidade deles só me confirmou que se transasse com Juliane naquele momento, seria meu fim. Podem me chamar de boiola se quiserem, por ter fugido de uma mulher linda e seminua debaixo de mim, mas meu instinto nunca me enganou. Tive certeza de que seria como puxar o pino de uma granada, então fiz o correto e corri para quilômetros de distância enquanto estava em tempo. E nessa madrugada eu sabia que deveria ter feito o mesmo. Eu tinha que tê-la colocado dentro de um táxi, era o que eu deveria ter feito.

Mas quando começou a me beijar, todo o raciocínio coerente foi embora, e deixei a porra do meu pau pensar por mim. E agora estou com a sensação de ter deixado escapulir entre meus dedos algo que nem sequer tive a chance de segurar, algo que nem sequer chegou perto o suficiente para que eu fizesse isso.

Soco o volante com uma raiva que nem sei ao certo por que estou sentindo, mas estou. Tenho 35 anos e sei identificar muito bem quando estou furioso pra caralho, e este é um desses momentos.

A raiva que senti nessa manhã, quando saí do meu banheiro e descobri que a melhor foda da minha vida havia fugido sem ao menos me deixar tê-la de novo, foi descomunal. Nunca levava as mulheres para minha casa. Já era complicado o suficiente me livrar delas em um motel ou na casa delas, imagine se soubessem onde eu morava? Minha casa era o meu refúgio, onde gostava de ficar em paz, e agora a porra do meu sofá e cama estão impregnados com o cheiro e lembranças dela, e o que ela faz? Vai embora para outro país!

Nessa manhã, estava brigando comigo mesmo para não ir atrás dela ou exigir satisfações pela sua atitude. Sabia que gostava de jogar, e não daria a

MUDANÇA DE PLANOS 21

ela o gostinho de saber que me deixou puto, mas tudo foi por água abaixo quando chutei a porra do passaporte junto com a passagem dela, há pouco, no chão da minha sala. Assim que vi a data de hoje na passagem, não tive escolha a não ser vir entregá-la. Quando tentava estacionar em frente ao seu prédio, a vi entrando em um táxi, com sua bagagem, e soube ali que não havia sentido falta dos documentos.

— Idiota! — xingo a mim mesmo, e toma conta de mim o pensamento egoísta de que se eu não tivesse vindo, ela perderia o voo e não estaria indo agora para quilômetros de distância. Achei que eram férias ou algo do tipo, então a segui até o aeroporto. O jogo entre nós era algo de que eu também gostava. Não poderia deixar de ver a surpresa em seu rosto quando eu a surpreendesse, a intenção era confrontá-la e deixá-la arrependida por ter fugido pela manhã. Só queria marcar meu território, para que quando voltasse, viesse correndo em busca da mesma dose que teve ontem. Porque nenhuma mulher nunca agiu como ela, elas sempre queriam mais, eu sou o cara que diz não.

Foda-se! Isso não daria em nada mesmo, o que mais tem é mulher por aí. "Pegar sem se apegar", este é seu lema, Daniel, não se esqueça disso. Por mais gostosa que seja, não vale a pena deixar todas por uma. Nunca vale, e nunca entenderei os caras que o fazem.

Mudo a marcha assim que entro na via expressa, aciono minha *playlist*, aumento o volume, e não preciso de muitos segundos para me dar conta de que até minha banda favorita está me fodendo. Ela conseguiu estragar o Guns N´ Roses, que mulher maldita! Mudo a faixa, tirando da música Patience, que nunca mais enxergaria com os mesmos olhos ou ouviria da mesma maneira, depois de hoje.

— Porra, Daniel, você não vai deixar essa mulher te dominar dessa forma! — Mudo a faixa novamente, porque Guns é Guns, e quando entra Sweet Child O' Mine e as lembranças dela dominam minha mente, confirmo que ela realmente fodeu com minha banda favorita. Como não havia percebido antes, que todas essas músicas eram tão melosas? Que inferno! Cesso a porcaria do som, mais irritado ainda.

Paro o carro em minha vaga, trinta minutos depois. Sinto-me muito pior do que quando saí. Que seja, dona Juliane, o mundo vai continuar girando sem você, querida!

Três dias depois...
Estou me aproximando do portão do Fernando quando vejo uma mulher que parecia inquieta. Andava de um lado para o outro, e só quando estou a poucos metros me dou conta de que era a Cecília. Respiro fundo antes de chegar mais perto.

— Oi... — digo às suas costas, e seu corpo dá um sobressalto. — Está tudo bem? — pergunto assim que se vira, e vejo seu rosto. Parece bem diferente, está abatido, com grandes olheiras e sem aquela alegria característica dela.

— Oi, Og... — Trava. Sei que me chamaria pelo apelido que aquela lá me deu. — Daniel. Estou levando.

— Está esperando o Fernando? — parece óbvio, mas pergunto assim mesmo.

— Pois é, tenho uma questão para resolver com ele. Não queria estar aqui, mas, infelizmente, não tenho escolha. — Sinto a mágoa em seu tom, e ele realmente pegou pesado com ela. Sinto pena do meu amigo. Sei o quanto foi difícil sua perda, mas ele está sendo muito burro.

— Ele deve estar chegando. — Confirmo a hora. — Eu abro para você, tenho a chave. — Retiro o chaveiro do bolso. — Espere lá dentro, ele me mata se souber que a deixei em pé aqui fora. — Ela dá um sorriso fraco, sem emoção, sei que é forçado.

— Eu prefiro esperar aqui mesmo, Daniel, não se preocupe. Estou bem, obrigada. — diz, apática.

— Olha, pode esperar lá em casa, se quiser. Pelo menos, sente e tome alguma coisa — ofereço, já sabendo que Fernando vai mesmo me matar se a vir lá, mas algo nela me desperta compaixão. Sinto que está sofrendo tanto quanto o burro do meu amigo.

— Não estou sendo mal-educada, mas prefiro mesmo esperar aqui. — Assinto.

— Tudo bem. Sabe onde é minha casa. Se precisar de qualquer coisa, pode bater lá.

— Obrigada. Você é legal, Ogro — diz, mais animada, e sorrio para ela. — Espero que se acerte com a Jujuba quando ela voltar. Vocês se parecem, são todos donos de si, mas...

— Quando ela voltar? — interrompo, porque foi a única coisa que

MUDANÇA DE PLANOS 23

realmente peguei na frase dela. Terá uma volta?

— Ela viajou...

— Dessa parte eu já fiquei sabendo — corto sua fala outra vez, ansioso por informações novas. — Então ela vai voltar?

— Sim — confirma, surpresa com meu questionamento. — Assim espero, pois piraria sem minha amiga aqui. A especialização dura apenas um ano. — *Um ano?!* Um ano é tempo pra caralho, mas é menos que para sempre. Meus lábios formam o primeiro sorriso depois de dias.

— Eu sei que ela passou a noite aqui e fugiu. Desculpe, acabei dando o número da sua casa, mas desculpe a Juliane também. É impulsiva e tem...

— Nós somos adultos, Cecília. O que rolou, rolou, foi apenas um momento, não tem nada para desculpar — digo, em tom de normalidade. Claro que tinha, a mentira dela e toda a raiva que me causou não passariam batidas. Ela me pagaria por tudo, nem que levasse mil anos. Afinal, vingança é um prato que se come bem devagar.

— Eu sei. Desculpe interferir, é que amo aquela pirada. — Aceno afirmativamente, com um sorriso e uma satisfação que não sinto desde que saí do banheiro e não a vi na cama. *Eu vou te esperar, Juliane, e passarei cada hora, minuto e segundo desses 365 dias planejando tudo o que farei com você.*

— Sem problemas — digo, enquanto uma felicidade absurda toma conta de mim. — Eu tenho que resolver umas coisas, mas já sabe: se mudar de ideia, é só chamar lá.

— Tudo bem, combinado — concorda, e me despeço seguindo em direção à minha casa. Pego o celular e busco o número de Fernando, pois preciso avisá-lo para que venha direto para casa.

Ligo três vezes, mas as chamadas são todas encaminhadas para a caixa postal. Ou ele esqueceu de ligar o telefone de novo, ou acabou a bateria. Espero, de verdade, que tudo dê certo. Não sou o tipo de cara que quer um relacionamento, mas o Fernando, esse sim, é esse cara. Na verdade, acho que é o melhor para ele. A Cecília é o melhor para meu amigo, ela trouxe vida de novo para os seus olhos, e lhe serei eternamente grato por isso.

Entro em casa, esvazio os bolsos, deixando tudo em cima da mesa, e sigo para o banheiro. Segundos depois, estou debaixo da ducha, deixando a água cair livremente por meu corpo. Não consigo deixar de sorrir e de imaginar as várias formas com que faria Juliane se arrepender disso.

CAPÍTULO 5

Juliane

Cinco meses depois...

Por minutos, meus olhos fitam a folha em branco na tela do meu notebook. Não consegui digitar uma só letra, quem dirá as informações que deveria. Estou ferrando com a melhor oportunidade que já tive, e a culpa disso tudo é daquele ogro maldito! Nem sequer me reconheço mais. Minha cabeça está uma bagunça completa! Se o palestrante à frente me pedisse para relatar um resumo da sua teoria, eu apenas passaria vergonha, pois não tenho a mínima ideia sobre o que falou durante essas três horas. A saudade hoje está me sufocando e ao mesmo tempo me perturbando, porque só quero entender como posso sentir tanta falta de algo que não tive, ou que tive apenas por algumas horas, e ainda sem que minha consciência estivesse em perfeito estado. Ele me enfeitiçou, só pode ser isto.

Parece que entrei naquele avião deixando parte de mim para trás. Meus dias têm sido vazios e sem graça, nada é capaz de chamar minha atenção ou me distrair. Nunca tive uma vida tão monótona e sem sentido.

— Bom, por hoje é isso. Gostaria de um resumo sobre os diversos tipos de dermatite e suas causas, para o nosso próximo encontro.

— Fodeu!

— Se quiser, podemos trabalhar nisso juntos.

Merda, eu disse isso alto? Encaro o carinha solícito ao meu lado e volto meus olhos para frente, observando que a aula realmente havia acabado e eu não tenho a mínima ideia de como começar um resumo de algo que nem sequer havia ouvido ou lido. Jogo o cabelo para o lado, profundamente irritada.

— Desculpe a intromissão, mas percebi que hoje você estava mais ausente do que nunca, por isso ofereci ajuda.

Hã? Volto meus olhos para ele novamente e sei que transpareço minha frustração.

— Anda prestando muita atenção em mim, pelo visto — respondo, impaciente. Detesto gente intrometida.

— É difícil não notar, já que sento ao seu lado desde que as aulas começaram. — *Merda! Como não percebi isso?*

— Olha... — *Não sei o nome do cara.*

MUDANÇA DE PLANOS

— Ryan. — Estende a mão e eu a aperto.

— Desculpe minha falta de educação, Ryan, eu só não estou num bom momento — declaro, sincera.

— Saudades do namorado? — Gargalho, mas não era, nem de longe, a gargalhada que eu daria a qualquer outra pessoa que me dissesse isso. Esse riso sai mais em forma de disfarce.

— Não, com certeza, não. Namorar e namorado são palavras que não existem em meu vocabulário.

— Bom, temos algo em comum, já é um começo. — Pisca. Era um cara bonito, do jeito que eu não rejeitaria há alguns meses. Não fale merda, Juliane! Quem disse que você vai rejeitá-lo? Já está na hora de tirar o atraso, vai ver é por isso que anda tão esquisita.

— Um ótimo começo — respondo, com um sorriso.

— Que tal um jantar? Posso te atualizar sobre a aula de hoje e te ajudar com seu resumo. — Penso por alguns segundos. Dar esse passo provavelmente é o que preciso para varrer aquele idiota do meu sistema. Preciso voltar a ser eu, ou desperdiçaria a melhor oportunidade que já tive.

— Acho uma ótima ideia. Estou no bloco 13, apto. 508. Faço algo rápido para a gente comer, pode chegar às 9 horas? — Um sorriso ilumina seu rosto.

— Claro! Gosta de vinho? — Sei! Aham que pensa em me ajudar com o resumo.

— Sim, te agradeço a gentileza. — Meus olhos varrem seu corpo descaradamente. Coitado, acha mesmo que não conheço esse truque?

— Nos vemos mais tarde então — diz, animado demais, pega suas coisas e sai. Solto o ar que estava segurando. Hora de mandar aquele ogro para longe dos seus pensamentos e lembranças, de uma vez por todas, Juliane!

Abro a porta, e por segundos, Ryan se mantém mudo e paralisado. Tenho ciência do porquê isso acontece: estou vestindo apenas um vestido de malha branco, e sei que mesmo sendo tão básico, ele valoriza cada pedacinho do meu corpo.

— Bem na hora. Entre — Faço um gesto com o braço e ele passa por mim.

— Você está linda. — Forço um sorriso.

— Obrigada.

— Seu apartamento é bem legal — comenta, olhando em volta.

— Eu também o acho bem aconchegante. Sente, fique à vontade, espero que goste de massa.
— Gosto, sim. Quer ajuda?
— Não precisa — digo, mas, mesmo assim, ele me segue.

Duas horas depois, estamos finalizando o resumo. Ele havia me cedido suas anotações e estou muito grata por isso.

Ryan se mostrou um cara bem legal. Tinha conteúdo, e fora nossa profissão, tínhamos muito mais coisas em comum. Ele é irlandês, o que aguçou muito a minha curiosidade. Trocamos algumas experiências sobre nossa profissão, e não imaginei que nos entenderíamos tanto assim.

— Mais uma taça?
— Por favor. — Ergo minha taça e ele a completa. É tão gentil e galanteador, bem diferente dos caras com quem já saí, principalmente o Og... não! Recuso-me a pensar nele agora.

— Sempre quis conhecer o Brasil — comenta, ao terminar de encher a taça.

— Irá gostar. Bom, eu amo meu país. Mesmo com todos os seus problemas, não o trocaria.

— Se todas as mulheres forem bonitas como você, não acredito que tenham algum tipo de problema. — Sorrio.

— E todos os irlandeses são tão conquistadores assim?
— Estou te conquistando? — Seu tom sai sedutor, e ele se aproxima um pouco mais.

— Vamos dizer que esteja me mantendo interessada — respondo, e seu rosto fica a centímetros do meu.

— É um bom começo — sussurra, e seus lábios encostam-se aos meus. Logo o beijo se aprofunda. Suas mãos envolvem minha cintura e meu coração dispara, mas não é por conta de seu beijo, e sim, pela raiva, já que não é a boca do Ryan que está na minha agora, é a dele: daquele maldito Ogro!

— Desculpe, Ryan — peço, ao me afastar. — Não acho que isso seja uma boa ideia. Somos colegas, não quero causar nenhum mal-estar entre nós. — Uso a desculpa mais idiota do mundo.

— Existe outra pessoa, não é? — Nego com a cabeça.
— Não — nego o óbvio, e ele baixa a cabeça com um sorriso contido.

MUDANÇA DE PLANOS

— Tudo bem, ele é um cara de sorte. — Fecho os olhos e agito o cabelo, desistindo de negar. — Está bem tarde, vou indo. — Ele se levanta.

— Desculpe — peço, completamente aflita. Ele é um cara legal.

— Não se preocupe. Nos vemos amanhã? — Assinto, sem saber o que dizer. Logo ele sai, e não me resta outra coisa a não ser acabar com o vinho a minha frente.

— Alô? — Fecho os olhos, profundamente arrependida, assim que o tom rouco responde do outro lado. — Alô! — Permaneço calada, tenho medo até de respirar, para não me entregar, pois essa foi uma ideia muito, muito idiota. — Fale comigo, está tudo bem? — Seu tom sai ameno. Com quem ele pensa que está falando? — Eu sei que é você, minha marrenta. Fale comigo, aconteceu alguma coisa? — Aconteceu que eu sou uma retardada. Sei que devo desligar, mas sua voz ao telefone consegue ser ainda mais linda. Eu não deveria ter pegado seu número com a Cissa, sabia que não resistiria. — Juliane, são duas horas da manhã. Pelo amor de Deus, só me diz se está bem — implora. Como ele sabe que sou eu? Meu coração dá pulos de alegria por isso, pareço uma adolescente que fica feliz só pelo carinha se lembrar dela. Essa não sou eu, droga! Nunca fui assim, nem quando tinha idade para isso. — Eu sei que é você, não conheço outra pessoa que esteja nos EUA. Não quer falar, não tem problema, apenas me diga se está tudo bem — responde, como se lesse meu pensamento, e engulo em seco. Nunca senti nada parecido por ninguém, ele ferrou com a minha vida. — Ju... — Desligo antes que cometa mais um erro.

Segundos depois, meu celular volta a tocar: é ele. Coloco as mãos na boca, entendendo a dimensão da merda que havia feito. Que mole, Juliane!

Fecho os olhos enquanto o celular toca incansavelmente. Não posso mais beber, não enquanto esse cara ainda estiver entranhado na minha cabeça. Levo as taças e a garrafa vazia para a cozinha minúscula, sentindo o efeito real do álcool. Tomo um copo de água, para tentar amenizar os efeitos provocados pela bebida, e quando volto à sala, o telefone havia parado de tocar, então respiro aliviada.

Minutos depois, estou em minha cama pequena e desconfortável, querendo me estapear por mais um ato impensado e idiota.

Enfim estou quase dormindo quando o som de mensagem me desperta.

> Jujuba, está tudo bem? Fale comigo, preocupada aqui

Leio a mensagem da Cissa. Não acredito que ele fez isso — reviro os olhos.

> Está tudo bem, amiga, foi só mais uma das minhas burrices. Fica tranquila.

> Graças a Deus! Estou grávida, droga, não me assuste assim.

> Foi aquele idiota que te assustou, não eu.

Defendo-me, irritada. Ele é retardado mesmo, por acordar os outros a essa hora da madrugada.

> Você o acorda com um telefonema no meio da madrugada, e não quer que ele se preocupe, Juliane?

> Fiz merda, mas não quero falar sobre isso agora, amiga. Desculpe, eu não sei que droga está acontecendo comigo.

> Acho que sabe, sim, só não quer aceitar.

Sério, eu odeio a Cissa!

> Boa noite, amiga. Desculpe, amanhã tenho aula cedo.

> Boa noite, Juliane. Você não vai ficar aí pra sempre, eu te pego na curva. Graças a Deus, está tudo bem. Fique com Deus e se cuide, te amo.

> Também te amo.

Deixo o celular ao lado da cama e não sei se existe mais algum tipo de palavrão que eu ainda não tenha usado, para me xingar mentalmente. Achei, de verdade, que a distância me impediria de fazer uma burrice como a que fiz antes de viajar, e que principalmente me ajudaria a tirar esse cara da cabeça. Mas, pelo jeito, algo muito anormal está acontecendo comigo, e apenas tenho que descobrir o que é para me livrar desse ogro!

MUDANÇA DE PLANOS

CAPÍTULO 6

Daniel

Encaro Cissa no sofá, enquanto digita ao celular. Não consigo desviar os olhos. Tem muito tempo que não me sinto tão impotente e que me permito ter medo. Achei que tudo isso havia sido superado em minhas terapias, tanto que jurei para mim mesmo que nunca mais viveria tal coisa, mas essa mulher está entrando em uma parte de mim que nem eu mesmo conhecia, e isto está me apavorando. Como posso me sentir assim por uma mulher que não vejo ou sequer tenho notícias há cinco meses?

Fiquei puto nas primeiras semanas, com sua atitude, mas achei mesmo que era ego ferido e que seria legal jogar com ela assim que voltasse. Não que tenha descartado a hipótese, porque o que é dela está guardado, mas não achei que a porra de um telefonema me faria quase pirar de novo. Não posso apertar o gatilho, foi o que a Dra. Jana me ensinou. Correr para longe de qualquer coisa que desperte minha ansiedade e medo de novo, é o que tenho feito até aqui. Demorei anos para me recompor, e agora essa mulher aparece e a porra do gatilho está bem na minha frente, esperando para ser puxado.

Respira, Daniel, respira.

Repito, em pensamento, tentando controlar minha ansiedade. Minhas mãos começam a suar enquanto aperto meus dedos contra a palma, com toda a força.

— Ela está bem, Daniel, não foi nada. Acho que a mudança e o fato de estar lá sozinha estão mexendo um pouco com a cabeça dela.

— Ela descobre isso às duas horas da manhã? Alguma merda está acontecendo, Cissa. — Sei que meu tom sai exasperado.

— Acho que ela tem coisas mal resolvidas com você, mas ainda não conseguiu assumir isso para si mesma. E você não teria me acordado a essa hora se também não sentisse algo. — Faço uma careta, sem querer concordar com ela.

— Pelo amor de Deus, Cissa! Sou humano. Sei lá se aconteceu alguma coisa, e meu número foi o único que ela conseguiu ligar? — Tento disfarçar, e Cissa balança a cabeça de um lado para o outro, como quem não acredita.

— Vocês dois são muito teimosos, isso sim. — Nego o tempo inteiro.

— Sua amiga tem um parafuso a menos. — Ela revira os olhos.

— Daniel, o que está fazendo aqui? Está tudo bem, amor? — Meu amigo entra em casa, assustado, e logo está ao lado da mulher, com a mão em sua barriga. Sei que está confuso. Chegar em casa, de madrugada, e ver a mulher com outro, é no mínimo estranho. Mas nem me preocupo, pois tenho certeza de que ele sabe que eu morreria antes de traí-lo dessa forma, ou de qualquer outra.

— Calma, amor, está tudo bem. O Daniel só está preocupado com a Jujuba.

— Às duas e meia da madrugada? — Me encara, depois de conferir o relógio.

— Para você ver como aquela lá é louca! Desculpe te acordar, Cissa. Vou indo nessa, boa noite pra vocês. — Passo por Fernando, que continua com cara de quem não está entendendo nada, mas deixo que a Cissa explique a ele, eu não posso fazer isso agora.

Minutos depois, estou de volta ao meu quarto. Passo as mãos pelo rosto, tentando impedir que as emoções e lembranças voltem a me corroer. O que essa mulher está fazendo comigo?

Então apenas continuo respirando, lutando com todas as minhas forças para não apertar o gatilho e entrar lá novamente. Eu havia superado... eu venci... está superado, claro que está.

Chego à oficina às sete horas, como todos os dias. Devo ter pegado no sono quase às cinco horas, mas a última coisa que me perturba agora é o sono. Meu coração está apertado, sinto-me como se alguma coisa estivesse me sufocando. Em que momento baixei a guarda e permiti que ela dominasse tudo em mim? Ser livre e ficar o mais longe possível de relacionamentos sempre foi uma das minhas convicções. Depois que Juliane esteve na minha casa e fugiu, nenhuma teoria ou convicção fez mais sentido. Eu desejo essa mulher a cada segundo da porra do meu dia, e ela ter me ligado nessa madrugada só piorou tudo. Porque desde que viajou, tento me convencer de que ela havia arrumado outro idiota para jogar e nem se lembrava mais de mim, mas sua ligação jogou tudo por terra. A Cissa estava certa, nós dois estamos fugindo.

— Daniel, uma cliente o aguarda aqui na recepção — Igor alerta, do outro lado da linha.

— Já estou indo — respondo e baixo a tela do computador, mas não antes de confirmar a compra no site.

Assim que chego à recepção, reviro os olhos ao ver a silhueta que está curvada sobre o balcão.

— Dani!

— Daniel. Como vai, Ingrid? — Sou firme, pois odeio apelidos e diminutivos, e noto que ela fica sem graça.

— Com saudades, você não me ligou — comenta, com tom manhoso, que era um tanto ridículo para uma mulher como ela.

— Não disse que ligaria — rebato, sem paciência. Não curto esse tipo de coisa, não dou esperanças e nem espaço para que fiquem atrás de mim. Sempre sou sincero, não deixo dúvidas quanto ao envolvimento ser casual e sem nenhum tipo de obrigações depois disso.

— Eu sei que não. Estava passando aqui na frente, pensei em te chamar para um almoço.

— Sinto muito, Ingrid. Não quero que me leve a mal, mas não sou o tipo de cara que vai sair em encontros com você.

— Não é um encontro, é apenas um almoço — tenta argumentar.

— Sinto de verdade, mas esse não sou eu. Não vai rolar. Tivemos uma noite bem interessante na semana passada, mas passou, vamos deixar como está. Se era só isso, me desculpe, mas estou com muita coisa para resolver. — Seus olhos me encaram, perplexos, mas isso não me afeta. Não era mais nenhuma menina, sabia muito bem o que estava fazendo quando foi para a cama comigo. — Igor, tenho que sair. Qualquer coisa, liga no meu celular, não volto mais hoje. — Ele assente. — Até qualquer hora, Ingrid, tenha um ótimo dia — despeço-me, mas ela não se dá o trabalho de responder, e isso pouco me importa.

Segundos depois, estou ligando o carro. Já tinha dado início à merda no meu escritório, agora iria até o final. Pior do que está, não pode ficar.

Quinze dias depois...

São exatamente onze da noite quando paro em frente à porta que levei mais de dezesseis horas para encontrar. Toco a campainha por várias vezes seguidas. Tenho consciência de que essa é a maior idiotice que já fiz na vida, mas eu precisava vir. Tenho que ter certeza de que está bem, e que as merdas que imagino são uma completa loucura. Se pudesse, teria feito essa loucura muito antes, mas tinha de ter o visto, então tentei agilizar o máximo que pude. Toco a campainha mais uma vez e...

— Quem é? — O tom rouco do outro lado é o suficiente para fazer todo meu corpo reagir.

— Sou eu, abre — peço, em tom de urgência, e não obtenho resposta por segundos. — Juliane, não vai me deixar aqui fora a essa hora, vai? — Tento controlar minha respiração, porque a porra do medo de ela não me receber me consome.

Mas logo respiro aliviado, quando ouço a tranca da porta.

— Como?! — pergunta, assim que abre a porta, mas meus olhos e tudo em mim apenas a reverenciam. Ela veste apenas uma camiseta branca e uma calcinha vermelha, que quase me leva ao ápice. Seu cabelo está um tanto bagunçado, mas de uma forma sexy pra caralho. Seus olhos se conectam aos meus, sua respiração se assemelha a minha, então, em fração de segundos, meu corpo se cola ao seu. Jogo a mala dentro da sua sala e fecho a porta atrás de mim, enquanto ela estranhamente apenas se deixa conduzir.

— Te digo tudo o que quiser saber, mas antes eu vou matar essa saudade louca que estou de você, minha marrenta. — Cubro sua boca com a minha e a suspendo um pouco. Ela envolve meu quadril com as pernas, e apenas caminho enquanto nos beijamos loucamente, sem ter a mínima ideia de para onde estou indo, pois a única coisa que importa agora é tê-la em meus braços.

— À esquerda, primeira porta — me guia e volta a me beijar, sedenta. Essa mulher me alucina de uma forma inexplicável.

Deito-a na cama, que está desarrumada, retiro a jaqueta e depois a blusa de malha preta, sob seu olhar esfomeado. Adoro a forma como ela me olha.

— Você conseguiu me enlouquecer. Nunca senti tanta raiva e quis tanto alguém, na mesma proporção...

— Você sempre discursa na porra da hora errada! — Me interrompe, e sorrio como não faço há meses.

— Você não bebeu hoje, não é? — Corro meus lábios por sua perna e a sinto estremecer.

— Está com medo de eu me decepcionar, já que estou em plena consciência? Desta vez, pode não conseguir me convencer de que foi extraordinário. — Sorrio, satisfeito com sua declaração. — Não que tenha me convencido, mas ficou se gabando de algo que nem sei se realmente aconteceu — comenta, nervosa, e puxo suas pernas, e num segundo ela está próxima a mim.

MUDANÇA DE PLANOS

— Você sabe, mas será um prazer lembrá-la. — Puxo-a pela nuca e colo minha boca na sua. Essa mulher me deixa louco, e me tira o controle como nenhuma outra. Afasto-me bruscamente e sua respiração fica ofegante, assim como a minha. Viro e logo estou trancando a porta do quarto e retirando a chave, sob seu olhar curioso. Ela ainda não se moveu, seus olhos só transmitem desejo, e me sinto o filho da puta de mais sorte nesse mundo por estar aqui agora. — Dessa vez, não vai fugir enquanto estou no banho. — Pisco.

— O quê? — pergunta, exasperada.

— Temos a noite toda. — Dou o meu sorriso convencido e entro no banheiro.

Logo estou debaixo da ducha. Estou um tanto cansado, já que não durmo direito desde o telefonema de Juliane, e esses dias foram de muita correria. Se dependesse apenas de mim, teria vindo assim que ela desligou o telefone e não consegui mais falar, pois essa mulher me domina de uma forma que ela nem imagina. Nem eu acreditaria, se me contassem que Daniel do Nascimento Arantes viajou milhares de quilômetros para ir atrás de uma mulher que ele já teve, mas que está longe de se cansar dela...

— Você é um idiota! Quem pensa que é? — O tom briguento reverbera pelo banheiro, e logo a dona dele abre a cortina, com a feição muito irritada. Sabia exatamente por que estava assim. — Não vou...

— Eu sou o cara que te deixa louca!

— Ahh! — grita, quando a puxo para dentro do boxe.

— O cara que faz tudo em você se acender instantaneamente, que arrepia cada poro do seu corpo e que te realiza como nenhum outro homem foi capaz.

— Seu... — Minha boca cala a sua, que corresponde ao beijo, sedenta. Suas mãos puxam meu cabelo molhado, arranco sua calcinha em um só puxão e a suspendo. Ela envolve meu quadril com as pernas, eu a prenso contra o azulejo e uma de minhas mãos retira sua camiseta. Estou queimando, nunca desejei ninguém como desejo essa mulher, nunca foi tão visceral e único, e isso me assusta pra caralho. Quanto mais a tenho, mais quero tê-la, é insano.

— Marrenta...

— Cale a boca e continue — exige, com o tom carregado de desejo, e isso me alucina.

— Precisamos de preser...

— Você tem alguma merda? — ela me interrompe, com os olhos fixos aos meus, e ver que eu não seria capaz de mentir para ela me deixa desesperado.

— Não, nunca transei sem camisinha. — Seus olhos me analisam por alguns segundos e sei que é impossível não notar a veracidade de minhas palavras.

— Então não precisamos. Se você me passar alguma coisa, eu te capo, sei castrar muito bem. — Beijo o canto da sua boca e corro meus lábios por seu maxilar, até chegar ao seu lóbulo.

— Não precisamos — sussurro em seu ouvido, e então começo a penetrá-la lentamente. E ela está incrivelmente pronta.

Assim que a penetro totalmente, travo, ou acabaria me perdendo antes da hora, como a porra de um adolescente. Ela é perfeita para mim, como jamais achei que encontraria alguém. Já tive inúmeras, tipo, centenas de mulheres, e nenhuma delas se equiparou a Juliane. Que porra é essa? Nunca me vi a ponto de perder o controle, como estou agora.

— Está tudo bem? — Seu tom sai ameno e preocupado, não há nenhum tipo de disputa nesse momento, como era o comum entre nós.

Conecto meus olhos aos seus novamente, constatando o que eu já sabia: essa porra não era só pele ou química, claro que não, isso não seria o suficiente para me fazer vir para outro país atrás dela.

CAPÍTULO 7

Juliane

Mesmo querendo, não consigo desviar meus olhos de Daniel. Eles apenas me mantêm refém, e tento controlar a respiração enquanto espero sua resposta à minha pergunta. É claro que nada estava bem aqui, eu mesma estou apavorada desde que abri a porta e deparei com ele. Não consegui entender meus sentimentos, então dificilmente seria capaz de explicá-los, mas que isso não é só um enorme tesão reprimido está muito claro, e é justamente o que está me deixando desesperada. Nenhum outro nunca me deixou tão entregue e me fez sentir tão completa. É como se o seu corpo fosse a extensão do meu.

— Não me lembro de nenhum dia em que estive melhor — enfim responde. Seu tom rouco e repleto de sinceridade me deixa mais transtornada ainda. Será que ele também sente essa porcaria de conexão?

Se não, o que ele faz aqui, Juliane? São milhares de quilômetros de distância, para não falarmos nos gastos. Ele teria uma foda sem precisar desse esforço, toda hora que quisesse, e você sabe disso.

Nossas respirações sintonizam a mesma frequência. Não sei se os tremores sentidos entre nós partem de mim ou dele, ou se é uma reação conjunta.

— Não tenho a mínima ideia do que esteja acontecendo, eu nunca vivi ou senti isso antes — quando me dou conta, já havia declarado parte de meus pensamentos, em alto e bom-tom.

— Estamos empatados nessa. Também não tenho ideia do que está acontecendo, mas de uma coisa eu tenho certeza: só quero descobrir, se for com você.

Puta que o pariu! Ataco sua boca antes que eu fale mais merda. Descontando toda falta que senti dele durante esses meses, eu havia ganhado um bônus, então aproveitaria. Ele começa a se movimentar e quase chego ao ápice do meu prazer, na segunda investida. Isso seria um prato cheio para esse ogro convencido, então tento desfocar do que estamos fazendo, mas não dá nem para tentar pensar em outra coisa que não seja ele dentro de mim. O cara é bom pra cacete! Pode ser que o fato de eu não fazer sexo desde que estive com ele seja a causa por eu estar tão perto da minha libertação, mas não, ele é bom mesmo! Sons incoerentes se misturam no banheiro, e não tenho ideia de quem de nós dois os provoca. Não queria me deixar levar tão rápido, dando-lhe certeza do quanto me enlouquece, mas é inevitável...

— Ahhh... — grito, assim que explodo em um milhão de pedaços. Nunca, em toda minha vida sexual, um orgasmo havia sido tão avassalador e incrível.

— Você me deixa completamente louco, Juliane. Te ver assim, acaba com o pouco controle que me resta, nunca tive visão mais linda. — Ele aumenta a velocidade, conseguindo, com isso, aumentar meu prazer. Mais alguns segundos são o suficiente para que se liberte dentro de mim. — Você ferrou com tudo, marrenta — me acusa, num tom rouco, e posso acusá-lo do mesmo crime. — Nós somos bons pra caralho juntos! — declara, convicto, e sorrio em resposta.

— Não foi o que me disse no aeroporto. — Mordisco seu pescoço e ele estremece. Está ficando duro de novo?

— Estava puto com você, sabe disso. — Suas mãos apertam minha bunda, e agora tenho certeza de que já estava pronto de novo. Esse cara é uma máquina? Nem sequer havia saído de dentro de mim.

— Sei... — provoco, e corro a língua por seu maxilar.

— Como queria que eu reagisse, depois de saber que a melhor foda da minha vida estava indo embora para outro país? — Sorrio, convencida. Eu sabia.

— Melhor foda, é? Achei que era bem "basiquinha". — Rebolo um pouco e puxo seu lábio inferior com os dentes.

— Não estaria aqui se fosse. Já tem um bom argumento, Juliane. — Sorrio, com seus lábios grudados aos meus. — Não precisa ficar tão convencida.

— Acho que eu deveria gravar isso, sei que precisarei um dia — comento, me sentindo vitoriosa.

— A única coisa de que precisa agora é aproveitar. — Sai de dentro de mim e volta com tudo, me fazendo esquecer de qualquer outra coisa ou assunto que não sejam seus movimentos deliciosos.

Esse homem havia mesmo me dominado, estou profundamente ferrada.

Estou mesmo fazendo isso? Estou deitada de conchinha? E pior do que fazer algo que eu sempre jurei que não faria, era gostar.

Não só eu, mas ele também parece exausto depois das nossas três

MUDANÇA DE PLANOS

rodadas de sexo e performances incríveis. Minha cabeça está deitada sobre seu braço esquerdo, enquanto sua mão direita acaricia a lateral do meu quadril. Esse é o único fato que me diz que ele não está dormindo, já que estamos por minutos em silêncio.

— Sempre faz isso? — Seu tom sai baixo, mas muito sério.

— O quê? — Viro de frente para ele.

— Transar sem camisinha. — É direto.

— Nunca, foi a primeira vez. Tomo pílula, não se preocupe. — Seus olhos me avaliam por segundos.

— Não é com a pílula que estou preocupado.

— Foi a primeira vez — reafirmo.

— Não faça mais isso. Não confie, não pode ter certeza se...

— Já disse que foi a primeira vez. Não sou retardada! Poderia ter dito não, se não confiava. Meus exames estão em dia. — Tento me levantar para buscar os resultados, mas ele me segura. — Por que não parou? — exijo.

— Porque sempre quis experimentar, e você é um tanto difícil de resistir. — Ele me beija, demonstrando que havia acreditado em mim. Também não sei que merda deu na minha cabeça, acho que a ansiedade não me deixou pensar nas possibilidades e consequências.

— Por que me ligou naquela madrugada? — A pergunta tão temida chega.

— Não sei — minto.

— Não sabe? Você me liga às duas da madrugada e não sabe o motivo? — Seu tom sai desconfiado. — Será que podemos ser sinceros aqui, Juliane? — exige.

— Tudo bem. — Desisto de tentar negar o óbvio. — Eu estava com um cara...

— Você o quê?! — me interrompe, possesso, desperdiçando a oportunidade que teria de me ver confessar, como se tivesse direito de me cobrar ou me exigir algo. Sua respiração está alterada, a luz fraca do abajur me revela a ira em seus olhos, e isso chega a ser hilário. Até parece que se manteve casto esse tempo todo! Tudo bem que só de pensar nele com outra me causa uma raiva que nunca senti antes, jamais tive sentimento de posse por alguém.

— Vai querer me convencer de que não esteve com outra durante esses meses? — Ele baixa os olhos e tenho minha maldita resposta.

— Nada que tenha valido a pena e me fizesse não te querer mais — confirma, em palavras, e é como se ele tivesse me dado um soco no estômago. — Quem é o cara?

— O quê? — Mesmo confessando estar com outras, ainda quer alguma satisfação?

— Isso mesmo que ouviu, quero saber exatamente o que ele fez com você, para que possa apagar tudo. Você terá apenas minhas lembranças. — Eu o encaro, e ele realmente está falando sério.

— Não seja ridículo! Não pense que porque está aqui na minha cama agora, teremos algo a mais. Não sou o tipo de mulher que fica presa a alguém ou quer um compromisso — tento convencer a mim mesma de que essa ainda era eu.

— Eu que estou sendo ridículo? — Levanta-se em um rompante. — Nunca quis essa porra também, não é à toa que estou com 35 anos e nunca nem sequer tive uma namorada! — dispara, irritado, e anda de um lado para o outro no pequeno espaço na lateral da minha cama. — Como vai ser essa merda? Vamos transar com outras pessoas? — exige, transtornado.

— Não estou entendendo a pergunta. — Claro que estou, mas não quero admitir que não havia feito isso desde que ficamos juntos, ainda no Rio de Janeiro, e que depois de hoje, demoraria muito para voltar a fazer, e que nem mesmo sabia quem eu era agora.

— É claro que está. É simples: que porra está rolando aqui? Seremos amigos de foda, parceiros eventuais, uma noite e nada mais? Só responda a droga da pergunta, vamos esclarecer logo!

— Ei! Vamos baixar o tom e acalmar os ânimos. Não lhe prometi merda nenhuma e...

— Claro que não. Apenas me liga enquanto está transando com outro!

— Você me respeite. Não lhe devo satisfações, e não lhe exijo merda nenhuma. Faço da minha vida o que eu bem entender, sempre foi assim. Se não gostou, lamento, coma menos! — revido. Ele tinha conseguido estragar tudo. Seu peito sobe e desce rápido demais, enquanto apenas me encara, assentindo o tempo todo. Suas narinas estão dilatadas, parece ficar cada vez mais furioso, mas não me deixo vencer. Encaro-o de igual para igual e não baixo a cabeça. Homem nenhum vai me dominar, não nasci para isso.

— Parabéns! Mais uma vez, conseguiu me fazer de idiota. Isto é raro, então aproveite sua vitória. — Seu tom sai cheio de sarcasmo, mas também tinha mágoa nele.

— Eu te fiz de idiota? — pergunto, incrédula.

— Não! Me fazer vir até aqui para atestar que estava com outro, foi algo normal de se fazer — revida, com o dedo em riste.

MUDANÇA DE PLANOS

— Desde quando te convidei para vir até aqui? Veio porque quis — rebato.

— Vim porque me ligou de madrugada...

— Ah, Daniel! Na boa, vá pentear macaco, não tenho paciência! — Reviro os olhos e então ele começa a vestir a calça.

— O que está fazendo? — Meu coração dispara.

— Não posso ir embora pelado — responde, seco.

— Pare de palhaçada, são quatro horas da manhã! — alerto, com esperança de que ele se convencesse de que ir embora era uma idiotice, mas nem sequer me responde, apenas continua se vestindo.

— Sério que vai ser infantil a esse ponto? — Ele permanece calado e não me olha.

— Daniel! — Puxo seu braço, impedindo-o de sair do quarto, não estava pronta para me despedir dele ainda. Nunca implorei atenção de nenhum homem, nunca! A sensação de abandono começa a ganhar força dentro de mim, não consigo controlar, e o odeio por estar me relembrando de tais sentimentos.

— Esse sou eu, não durmo com nenhuma mulher depois de transar, sempre vou para minha casa assim que acaba. Bom, como estou um pouco longe, um hotel vai servir. — Seu tom sai ressentido, e isto me desarma. Encaro seu perfil enquanto mantenho minha mão em seu braço, e seu maxilar está tenso. Vejo o pulsar da veia em seu pescoço, que parece ter uma ligação com as batidas desesperadas do meu coração. Sua respiração ofegante é visível, mesmo ele estando de costas para mim.

— Ótimo! Essa também era eu, e era muito feliz! — solto seu braço e grito, fora de mim, perdida. Olho para ele de soslaio, e ele apenas permanece de costas, com uma das mãos na maçaneta. —Mas, um dia, eu tive a infeliz ideia de beber demais e bater à porta de um babaca metido a gostoso. E adivinha só? Acordei na cama dele! Desde então, na verdade, acho que um pouco antes, já que ele vem sendo idiota desde que o conheci, não consigo voltar a ser quem eu era. Esse maldito mexeu com a minha cabeça a ponto de não eu conseguir nem beijar outro cara, que era educado e superdisposto, sem pensar no idiota. Ter que acabar a noite com uma garrafa de vinho e chegar ao ponto de ligar para o tal babaca, apenas para ouvir sua voz, foi o fundo do poço para mim, acredite. Essa Juliane, nem de longe, se parece com a que eu sempre conheci — despejo tudo de uma vez, desconhecendo a mim mesma e o meu descontrole.

— Por que disse que havia transado com outro? — pergunta, ainda de costas.

CRISTINA MELO

— Eu não disse isso. Você que saiu deduzindo, e olha a merda do machismo! Você pode transar com várias, e eu não? Meu corpo, minhas decisões! Não somos diferentes em nada. — Odeio esses pensamentos retrógrados machistas idiotas.

— Não disse que era, apenas que queria apagar os vestígios de outro. Porque a partir de hoje, você será apenas minha! — diz, convicto.

— Isso se eu quiser, já que não tenho dono. — Tento não aparentar tanta fraqueza, e não lhe dar a vitória tão fácil.

— Você quer. — Ele me cola ao seu corpo.

— Não quero. — Meu tom sai pouco confiante.

— Não? — insiste. — Quer só minha voz então? Posso gravar umas frases para você. — Boa, Juliane, deu muita asa para esse ogro babaca agora.

— Eu quero dormir! — Ele sorri e retira a camiseta. Logo vai para a calça, e em segundos volta a ficar de cueca de novo.

— Então vamos dormir, minha marrenta — diz, com o tom ameno, e não contesto porque eu realmente estou muito cansada.

— Achei que não dormia com as mulheres depois de transar com elas — não perco a oportunidade de alfinetar, enquanto ele me guia até minha cama de novo.

— Você não é qualquer mulher, já me fez quebrar essa regra há alguns meses. E vamos combinar que quer muito isso também, ou não teria surtado quando eu estava prestes a ir embora — declara, com um sorriso pretensioso.

— Não surtei coisa nenhuma! — nego o inegável, e ele gargalha enquanto puxa o edredom sobre nós. — Pode tirar esse sorriso convencido do rosto! — exijo, e ele apenas continua sorrindo ao me puxar contra seu corpo.

— Ainda vou te domar, minha oncinha — ronrona em meu ouvido, alguns minutos depois.

— Vá sonhando — revido, já sem forças, deixando o sono comandar.

— Ninguém nunca me ligou de madrugada apenas para ouvir minha voz. Você me quer mais do que imagina ou admite, marrenta, sabe que te peguei de jeito.

— Boa noite, Dan! — desejo, de olhos fechados, pois não conseguia nem ao menos assimilar o que ele falava.

— Boa noite, minha Juliane.

MUDANÇA DE PLANOS

CAPÍTULO 8

Daniel

Não sei precisar exatamente há quanto tempo estou velando o sono de Juliane. Juro que tento achar um defeito que seja, mas falho, porque ele realmente não existe, fora sua boca atrevida... penso a respeito e mais uma vez descubro que foi justamente seu jeito petulante que me deixou louco, então percebo que ela é perfeita.

Porra nenhuma! Ninguém nunca me irritou tanto, mas também ninguém nunca me despertou tanto desejo e tantos outros sentimentos. Ela me leva do Céu ao Inferno em milésimos de segundos.

Jamais senti tanta necessidade de alguém assim, e realmente sempre achei que isso era coisa de retardado. E que se não tinha me tornado um idiota até agora, estava livre. Nunca entendi como existem homens que se satisfazem apenas com uma mulher, e pior, são fiéis, como a porra do meu melhor amigo. Ele foi assim com a Letícia, e agora, com a Cissa. O retardado nem olha para o lado, parece estar com a merda de uma coleira invisível.

Porra, Daniel, menos. Não é para tanto, você não ficará assim. Não, claro que não, sem chances!

Então, por que não consigo olhar em outra direção agora, que não seja seu rosto lindo? Por que não retiro a merda do meu braço, que está dormente por ter sua cabeça apoiada nele por tantas horas, e estou com o pensamento de que preferiria perdê-lo por gangrena a interromper seu sono e desfazer seu conforto?

Ela me enfeitiçou, só pode ser isso.

Jamais, nem em um milhão de anos, eu pensaria em largar tudo para ir atrás de uma mulher. Não iria nem dentro do meu bairro, ainda mais para outro país. E ter certeza de que não me arrependo, nem por uma fração de segundo, dessa loucura, é o que me deixa apavorado. Nunca me senti tão completo como agora.

É oficial: eu estou ferrado!

Ela joga uma perna por cima das minhas e começa a se espreguiçar, com um sorriso que ilumina seu rosto de uma forma única, e meu primeiro pensamento é que quero ver isso todos os dias. Seu rosto se aconchega em meu pescoço e acaricio suas costas, e meu coração dispara quando sua boca investe em minha pele.

— Bom dia. — Seu tom rouco e manhoso me deixa louco.

— Nunca foi tão bom. — Minha sinceridade me assusta, mas o desejo logo toma o espaço dos pensamentos e questionamentos que querem surgir.

— Admita que sempre foi louco por mim — desafia-me.

— Nunca neguei, quem fugiu foi você. — Deito sobre ela, e então nossos olhos se conectam. — Mas eu sabia que quando você me provasse, não conseguiria mais esquecer.

— Ah, tá, fui eu que viajei milhares de quilômetros atrás de você. — Revira os olhos, fingindo desdém.

— Sei que estava quase fazendo isso, por essa razão eu vim. Ficaria com remorso se você largasse uma oportunidade como essa, apenas por conta do meu charme. — Pisco.

— Você é uma piada!

— Confesse, marrenta. Não vai ser tão ruim assim, já sei que está apegada até à minha voz.

— Só fiquei com pena de você sair de madrugada, não sou tão desumana assim.

— Ah, é? Então mentiu para mim? — Minha respiração sai da normalidade. Ela ainda está jogando?

— Infelizmente, não — confessa, e nunca a vi tão vulnerável. É incrível como meu coração se enche de alegria. Beijo-a e invisto meu quadril contra o seu, e logo o momento se transforma.

— Você também está sentindo, não está? — pergunto, depois de interromper um pouco nosso beijo, e ela assente. Nunca havia tido uma conexão assim com ninguém.

— Não tenho ideia de como lidar com isso, Dan. — Seu tom sai angustiado, e ouvir meu nome sendo abreviado, estranhamente não me incomoda. Pelo contrário, me causa uma sensação maravilhosa e única.

— Nós vamos descobrir juntos. — Ela nega com a cabeça, freneticamente.

— Preciso ir ao banheiro. — Se esquiva, e lhe dou passagem. Ela entra no cômodo e fecha a porta. Meu pulso acelera, e não era comum me sentir assim. Ela está fugindo de novo, sei disso, mas nem ao menos tenho ideia do porquê. Porém, não quero que fuja, isso não faz nenhum sentido. Que merda estou fazendo? O que acabei de lhe propor era uma grande maluquice...

Sento-me na beirada na cama e encaro meus pés. Não acredito que fiz isso. Não me arrependo por ter vindo, pois a noite valeu cada centavo gasto, mas daí a achar que teria algo a mais, eu devo estar maluco, só pode.

Sinto a cama se mover, e logo beijos quentes são disparados ao longo da minha coluna. Essa mulher quer mesmo me enlouquecer. Suas mãos envolvem meu corpo e acariciam meu peito, levando embora, com seu toque, toda minha coerência.

— Não sou esse tipo de mulher, Dan, e você não é esse tipo de homem — declara, com a boca próxima ao meu ouvido.

— E que tipo de homem eu sou? — Engulo em seco e tento manter a respiração sob controle.

— O tipo que não quer um relacionamento, que vive apenas momentos, que não acredita que a felicidade está ligada a uma pessoa ou uma condição emocional. É um espírito livre, e jamais seria capaz de viver preso a alguém ou alguma coisa — ela me descreve com excelência. Eu não poderia descrever-me melhor, mas é justamente isso que me deixa mais irritado. Nesse momento, nem que fosse por um único minuto, queria minha descrição diferente. — Sei disso porque sou exatamente assim, Daniel. Não acredito em amor, relacionamentos, casamentos e afins. Um dia, mais cedo ou mais tarde, o encantamento se quebra, e você descobre que apenas perdeu tempo. Essa sou eu. Não sei se vim com defeito de fábrica ou algo do tipo, mas não posso dar aquilo que não tenho ou não acredito. — A sinceridade em seu tom me deixa furioso. O que fizeram com ela? Alguém a magoou, e eu só quero pegar o desgraçado. É claro que ela não é assim, eu vi verdade em suas palavras nessa madrugada. Ela sente algo por mim, disso não tenho dúvida. Juliane não era, nem de longe, a pessoa que estava querendo me convencer.

Puxo seu corpo com um dos braços e logo ela está em meu colo. Só quero cuidar dela, mostrar que tudo pode ser diferente com a gente, porque eu nunca estive tão disposto a tentar. Nossos olhos se conectam e imediatamente percebo o medo que ela tenta esconder. Meus lábios tocam os seus e a sinto estremecer.

— Ainda não sei o que é isso, Juli, mas tenho certeza de uma coisa: não é só tesão... — Sua respiração fica mais ofegante. — Não tenho ideia do que seja, porque sou exatamente o cara que você acabou de descrever: nunca quis ir além de uma boa transa. Mas desde que você foi à minha oficina, com a Cissa, aquela manhã, comecei a questionar cada uma das minhas convicções. Mesmo contra minha vontade, nenhuma mulher nos últimos anos povoou tanto meus pensamentos como você. Bom, na verdade, romanticamente, você foi a única.

— Não faz isso, Daniel, você não! — Tenta se levantar, mas não deixo.

— Eu não o quê?

— Não se apaixone. É sério, não conseguirei corresponder. Não quero isso, apenas quero continuar minha vida, como sempre foi.

— Convencida, você. Quem disse que estou apaixonado? — Estava? Nem sei exatamente o que significa isso. Ainda não cheguei ao ponto do Fernando, então acho que ainda tenho salvação.

— Esse seu papo. É sempre assim: toda vez que estou me divertindo com um cara, ele vem com esse papinho — comenta, normalmente, mas algo me perturba. Estou com ciúmes? Sim, pra caralho. Não consigo nem visualizá-la com outro em minha cabeça.

— Quantos caras, exatamente? Quantos namorados já teve? — exijo, e sei que meu tom sai mais irritado do que eu gostaria.

— Namorados? Está louco? Acabei de te dizer que não quero isso.

— Não significa que já não teve — insisto.

— Nunca tive. Nunca saí com um cara por mais de duas semanas, e se te interessa, não quero ter — informa, decidida, e essa resposta deveria ser perfeita para mim, mas não é o que sinto.

— Que foi? — pergunta, depois de longos minutos. Estou em silêncio, tentando entender a bagunça que está na porra da minha cabeça. Ela se ajeita em meu colo, de forma que fica de frente para mim. — Está decepcionado porque não serei mais uma abandonada, no fã-clube de Daniel? — Beija meu pescoço, e é incrível como meu corpo reage a ela.

— Quem te disse sobre o fã-clube? — Entro na brincadeira.

— É sério que existe mesmo? — pergunta, assustada.

— No momento, acho que deve ter uns dois, com umas 100 mulheres cada. — Eu me mantenho sério, e um tapa atinge meu braço. — Com ciúmes, marrenta? — Sorrio, pela careta que está fazendo, e ela percebe que eu estava brincando.

— Você é um idiota, sabia? — Assinto e aperto sua bunda.

— E você é muito gostosa! — Cubro sua boca com a minha, e o desejo que sinto por ela é visceral, nunca tinha experimentado nada igual. Não demora muito e estou dentro dela de novo. E cada vez que isso acontece, parece que só melhora. Ela será minha ruína, sei disso, mas cheguei num ponto que é impossível recuar. Mesmo que tudo desabe, não terei forma de não ser atingido.

MUDANÇA DE PLANOS

Eu a quero, e essa é a única certeza que tenho, em muito tempo.

Estamos suados e extasiados, depois de mais duas rodadas de sexo indescritível. Éramos perfeitos juntos. A química era muito foda, ela parecia me conhecer e saber exatamente o que eu penso e espero na hora. Não precisei dizer onde tocar ou o que fazer. Juliane me tinha por inteiro, como nenhuma outra nunca teve.

— Você já foi do Bope? — A pergunta é como um soco no meu estômago. Ela alisa a porra da tatuagem em meu bíceps direito, e sobre essa parte da minha vida não conversava nem mesmo com meu melhor amigo. Não sei se um dia estarei realmente livre de tudo.

— Ainda sou — não consigo mentir para ela, como fazia com as outras.

— Nossa! Qual é a sua patente, e como não fiquei sabendo disso? Deve ficar muito gostoso de farda. — Essa é uma das questões pelas quais você não queria um relacionamento que passasse de uma noite, Daniel: as malditas perguntas!

— Sou tenente — conto, de forma ríspida, sentindo toda a amargura e o peso disso, e seus olhos brilham. Mas já havia muito tempo que não vestia minha farda, aquela que já foi meu orgulho, paixão, e que agora se tornou apenas uma incerteza. Ela se mantém quieta por vários segundos e espero ter encerrado o assunto, porque não posso deixar que minhas lembranças revivam.

— Agora entendi porque é tão galinha. Nossa, eu sempre quis sair com um policial! Bom, acho que, sem querer, acabei realizando minha fantasia...

— Não! — Meu tom sai mais alterado do que gostaria, e tenho que parar essa conversa antes que seja tarde demais. Seus olhos me encaram, assustados.

— O que eu disse de errado?

— Não estou na ativa. Esquece isso, ou qualquer tipo de fantasia sexual que venha ligada a essa profissão, porque não vai rolar. Não vai, entendeu? — Sei exatamente como posso ser assustador quando estou irritado, e noto que ela acabou de perceber também.

— Desculpe, não quis me intrometer. Sinto muito, esqueça o que eu disse. — Não consigo responder, e ela não tem ideia de como seria se eu voltasse para tudo aquilo. — E essa tatuagem, o que significa? — Meu coração gela, pois essa pergunta consegue ser pior do que a primeira. E dessa vez não podemos manter uma conversa, justamente porque a tatuagem do lado esquerdo do meu peito tinha um significado que eu jamais conseguiria explicar a alguém, já que nem mesmo à doutora Jana consegui.

— Preciso de um banho! — Levanto-me de maneira brusca, pois não consigo nem encarar Juliane nesse momento.

— Ok, entendi, nada de perguntas sobre tatuagens! — diz, um pouco antes de eu fechar a porta do banheiro.

Apoio as mãos na pia, encaro o espelho a minha frente e vejo o reflexo do coração seguido do traço reto. Abaixo da linha fina, que simboliza a falta de vida, havia três cruzes, e uma delas não estava marcada só na minha pele e nas minhas lembranças mais escuras, mas também na minha alma. Era para isso que a tatuagem em meu peito servia: para nunca me deixar esquecer...

'Não acione o gatilho. Respire, tente pensar em uma coisa boa, não dê o primeiro passo.'

As palavras da minha médica invadem minha mente, então me forço a respirar, e pela primeira vez entendo o quanto a ideia de ter vindo até aqui era absurda. Lidaria bem com uma decepção com Juliane, mas não suportaria voltar para a escuridão. Não conseguiria sobreviver dessa vez.

CAPÍTULO 9

Juliane

Levanto-me da cama, depois de permanecer na mesma posição por minutos. Enrosco-me em meu roupão, e cada vez entendo menos o que está acontecendo comigo. Ando de um lado para o outro, e a angústia por eu ter dito algo errado, que tenha causado o afastamento dele, me corrói. Nunca me importei com esse tipo de coisa. Não que fosse insensível, sempre cuidei de meus amigos e os protegi, mas Daniel não era um deles. Jamais me importei com esse tipo de cena, ou sequer dei tempo a algum homem para que ela acontecesse. Se um cara se dizia apaixonado, apenas corria para bem longe dele. Não era o tipo de mulher que queria escutar certo tipo de ladainha.

Então, por que estou aqui, bem próxima à porta do meu banheiro, que permanece trancada, tentando entender o que fez Daniel se afastar? Vi algo em seus olhos que refletiu direto em meu peito. A ansiedade e um sentimento protetor me dominam, mesmo contra minha vontade.

Merda, Juliane! Não é seu problema, não tem que se importar com os problemas dele.

Mas me importo. Quero mais dele, e isso me deixa transtornada.

— Dan, está tudo bem? — Repreendo a mim mesma quando me dou conta do meu tom preocupado. — Vou fazer um café — completo, com uma careta, tentando manter o tom indiferente dessa vez. Ele não responde, ou eu que não espero a resposta. Apenas fujo do espaço antes que o implore para abrir a porta, e que me deixe confortá-lo com o que quer que fosse.

Ligo a cafeteira assim que chego à cozinha, e faço uma força incrível para não voltar ao quarto. Encaro meu celular sobre a bancada e o pego, na intenção de me distrair um pouco.

> Espero que não esteja me odiando nesse exato momento, pois ele implorou, amiga. Por favor, me desculpe, mas fiquei com muita pena. Até o Fernando está embasbacado com a atitude dele.

Leio a mensagem da Cissa, e para falar a verdade, ainda não havia parado para pensar a respeito. Depois de todas as sensações maravilhosas que tive, a única coisa em que não pensei foi como ele havia conseguido meu endereço. Parece absurdo, e a maior loucura de todos os tempos, mas estou feliz que ele tenha vindo. Mesmo que estivesse lutando comigo mesma por isso, é assim que me sinto.

> Jujuba? Não me ignore, estou grávida do seu afilhado! Sei que foi errado dar o endereço sem sua permissão, mas acho que vocês se gostam, apenas são dois cabeças-duras demais para admitirem isso. O cara largou tudo aqui para ir atrás de você, amiga, isso é uma prova de que você realmente é importante para ele. Como foi a surpresa? Fale comigo, ou a próxima a entrar em um avião serei eu.

Sorrio pelo modo como ela termina a mensagem. Essa era a Cissa! Não duvido que seria capaz de vir até aqui apenas para me dar uma bronca por não respondê-la.

Não estava com raiva dela. O que mais me incomoda agora é o conteúdo de sua mensagem, e o peso que tudo isso tem. Eu não posso ignorar o fato de ele ter se deslocado até aqui apenas por mim, seria o tesão mais caro que já vi.

> Sua sorte é que ele é muito bom no que faz. Ainda não consegui pensar sobre o assunto, pois eu estava na seca. No fim das contas, você me fez um favor.

O teor da mensagem está num tom de brincadeira, muito diferente da real situação. Não queria admitir, nem para mim mesma ainda, o quanto me sinto bem com ele aqui, e como senti falta desse idiota.

> Não acredito que finalmente se entenderam! Que bom que se deu uma chance, Ju. Sei que vocês têm tudo a ver, fazem um casal perfeito.

Cissa e sua visão romântica do mundo. Nunca conseguiu aceitar que não quero essa vida para mim.

> Se você chama de "se entender" a uma química desgraçada, estamos no caminho.

MUDANÇA DE PLANOS   49

> Ok. Mesmo ainda não admitindo que está apaixonada, estou muito feliz por você. Aproveite muito, e depois me conte todas as novidades. Te amo, sua louca, e estou morrendo de saudades.

Lágrimas inundam meus olhos. Como sinto saudades da minha amiga, que também é a única família que tenho de verdade!

> Também te amo, e cuide bem do meu afilhado. Estou com muitas saudades, isso aqui é muito chato sem você.

Envio a mensagem, ao mesmo tempo em que uma lágrima escorre pelo meu rosto. Então o som de passos atrás de mim faz com que a limpe rapidamente, pois odiava me revelar frágil. A única pessoa que já me viu fraquejar foi minha única amiga.

— O café está pronto — digo, tentando manter o controle em meu tom. Encaro-o com o canto dos olhos e vejo que está pegando sua mala.

Ele a coloca em cima do meu sofá, pega uma peça de roupa e volta para o quarto sem me responder.

— Que foi? — pergunto, assim que entro no quarto atrás dele.

— Você tinha razão — comenta, enquanto veste a calça.

— Sobre o quê? — Seu semblante não me deixa dúvidas de que eu não gostaria da resposta.

— Não sou esse tipo de cara — diz, sério, enquanto veste a blusa preta de mangas, e um bolo se forma em minha garganta.

— Que tipo? — indago, num fio de voz. Nunca senti tanto medo.

— O tipo que larga tudo para ir atrás de uma mulher. Você estava certa, não curto relacionamentos que passem de uma noite. Não me leve a mal, a noite foi espetacular, mas o problema é que estamos indo por um caminho...

— Não estamos indo para nenhum tipo de caminho! — corto. Ele não vai fazer essa merda e sair por cima da carne-seca. — Apenas transamos, Daniel, não tem mais nada acontecendo aqui. Não da minha parte, fique tranquilo — revido, e mesmo assim seus olhos não encontram os meus.

— Tudo bem, então, assim eu fico mais tranquilo — responde, com o tom mais calmo do mundo. Sua expressão não me revela arrependimento por suas palavras, e eu conto até vinte e cinco mil para não voar no pescoço dele e atacá-lo como louca. Nunca senti tanta raiva como agora.

— Quero que a sua tranquilidade vá para a puta que o pariu! — Perco o controle. — Feche a porta quando sair! — grito, antes de bater a porta do banheiro.

Meu corpo escorrega pela parede, junto com todas as minhas ideologias e prevenções. Como foi que deixei esse ogro maldito ir tão longe? Como ele alcançou tão precisamente algo dentro de mim, que sempre julguei inexistente?

As respostas aos meus questionamentos me enfurecem de tal modo que lágrimas queimam meu rosto, me deixando ainda mais impotente e irritada. Estou chorando por causa dele, por conta de tudo que revirou dentro de mim. Sinto ódio apenas por ele me fazer chorar, depois de anos, e quando até eu mesma achava ser incapaz de tal proeza. Jurei, naquele colégio interno, que nada me faria fraquejar e desistir de mim mesma, que nunca mais me deixaria levar por emoções das quais eu não tivesse pleno controle.

Estava conseguindo cumprir minha promessa, e muito bem, por sinal, até a maldita hora em que resolvi entrar naquele supermercado. Não serei o reflexo da minha mãe, não me tornarei dependente de sentimentos que são meras utopias. Eu tenho plena convicção de quem sou e do que quero, mas confesso que esse maldito fodeu com minha cabeça. Nunca levei tanto tempo para tirar um cara do meu sistema, pois meus encantamentos caíam drasticamente a partir da terceira transa. Não que eu tenha tido um milhão de caras. Nem que quisesse teria tempo, com todos os plantões que preciso fazer para conseguir me manter e ainda ter uma reserva, para quando ela ligasse, com seus dramas descabidos, estar preparada para lhe fazer uma transferência bancária. Ainda estou na primeira dezena de caras, e acho que a culpa disso foi eu ter perdido a virgindade apenas com 24 anos. Não queria envolvimento mais profundo e duradouro com ninguém, então escolhi minuciosamente meu primeiro parceiro. O cara era um nerd, e ninguém na faculdade dava bola para ele, então resolvi unir o útil ao agradável e fazer uma boa ação. Quando o boato de que ele tinha ido para a cama com uma das mulheres mais cobiçadas e populares da faculdade se espalhou, ele foi tão solicitado por outras meninas que se esqueceu de mim. Graças a Deus, já que me deu a pior primeira vez que uma mulher pode ter – reviro os olhos ao lembrar de que não levou nem dois segundos, depois de romper a barreira, para o babaca gozar.

Mas, enfim, a boa ação foi feita, e meu objetivo, no momento, atingido. Não poderia deixar que minha reputação de superexperiente fosse destruída pelo fato de ainda ser virgem. Seu silêncio foi minha única exigência: ninguém nunca poderia saber que tirou minha virgindade, ou eu acabaria com a possibilidade de ele pegar qualquer mulher que fosse, nessa geração. No fim, nós dois ficamos satisfeitos e seguimos nossos caminhos.

Essa sou eu, prática e sem sentimentalismos para justificar qualquer erro ou insegurança.

— Na verdade, essa *era* eu — confirmo, em voz alta, depois de mais um dos meus soluços provocados pelo choro exacerbado.

Esse maldito havia quebrado algo dentro de mim, e eu só quero voltar ao dia em que tive a infeliz ideia de discar seu número. Sei que desde que cheguei aqui, não deixei de pensar nele em um só dia que fosse, mas também sei que depois da noite de ontem, os pensamentos seriam muito piores, e o odeio por isso.

Nem sei quanto tempo fiquei no chão, me deixando levar pelas lágrimas, até que resolvi que era hora de tomar um banho, ou meu rosto nunca mais voltaria ao normal, de tão inchado que estava. Riria de qualquer pessoa que me contasse que Juliane Marques Lopez estava num estado tão deplorável por causa de um cara.

Assim que abro a porta do quarto, percebo que ele havia mesmo ido embora. O bolo se forma novamente em minha garganta, com a constatação, mas me forço a não iniciar a "sessão drama" novamente. Foi realmente difícil cessar as lágrimas.

Olho para a xícara intocada na bancada, e mesmo sabendo que acordamos praticamente na hora do almoço, gostaria que ele tivesse bebido o café. Enrosco-me mais no cobertor em meu sofá, e meu apetite é inexistente.

Nunca quis tanto estar com alguém, como quis nessa noite. Ele fez com que eu me sentisse inteira, a conexão que tivemos foi algo surreal. A felicidade que senti ao abrir a porta e dar de cara com ele, acho que jamais senti. E quando, há pouco, ele me disse as coisas que normalmente eu dizia para justificar minhas atitudes, me magoou de uma forma inimaginável. Tudo que eu disse, na cama, para ele, foi uma tremenda mentira, e me arrependi no momento em que as palavras pularam de minha boca. Acho que estava apenas tentando convencer a mim mesma, e quando ele concordou, isso acabou comigo. Não esperava um futuro juntos, claro que não. Isso não funcionaria para mim, sei disso, mas não estava nem perto de abrir mão dele ainda, e é justamente o que me deixa assustada.

Ligo a TV, e todos os canais locais informam a chegada de uma grande nevasca. A previsão é de que seja a pior, em vinte anos. Sorrio, sem vontade, pois não poderia ser diferente. Havia faltado o curso pela primeira vez hoje, porque até mesmo no dia em que estive gripada e com febre me forcei a ir. Não podia desperdiçar a oportunidade que recebi.

Pego meu telefone e vejo chamadas não atendidas de Ryan. Não quero retornar, não quero falar com ninguém até que me sinta eu de novo, mas me forço a olhar as mensagens que me deixou.

> Oi, está tudo bem? Diga-me um oi, estou preocupado, você nunca faltou. Foi por conta da neve? O curso nos liberou por 7 dias, a princípio, por conta da previsão. Parece que vem uma nevasca das grandes, estou empolgado.

Leio a mensagem em inglês. Ele era mesmo um cara legal, não tinha se ofendido com a outra noite. Também era o único amigo disponível, no momento.

> Oi, eu estou bem. Amanheci um pouco febril, mas não precisa se preocupar, já estou melhor. Que pena pelas aulas, espero voltarmos logo.

> Está bem mesmo? Acho que não consigo chegar aí hoje, para vê-la. Aqui já está bem feia a coisa, e as ruas estão completamente cobertas por gelo.

Ele mora a uma hora de carro da faculdade. Teve sorte por ter um tio no país, então seus gastos eram menores.

> Estou, sim. A febre já baixou, obrigada pela preocupação. Fique em casa, o tempo realmente está piorando aqui também, então pode ser perigoso sair assim.

Meu coração se aperta assim que digito a mensagem, mas não é por Ryan. Quando meus olhos, em um relance, se desviam para o lado oposto da pequena sala, vejo o que não tinha visto antes: a mala dele está lá. Ele não havia ido, ou...

Corro até a bagagem e a levanto: estava pesada. O fecho da frente está um pouco aberto, então minha curiosidade me vence e termino de abrir. Quando enfio a mão e a retiro em seguida, seu passaporte vem em meus dedos. Merda!

Devolvo o documento ao seu lugar, corro para a janela, e agora o tempo realmente vira uma grande preocupação. Onde você está, seu idiota?

A blusa que ele vestiu nem de longe o faria aguentar o frio que está lá fora, pois meu aquecedor está no máximo. Por mais louco que pareça, não sei se estou mais feliz ou mais preocupada por ele ainda estar aqui.

MUDANÇA DE PLANOS

> Promete que vai me ligar, se precisar?

Volto a olhar a mensagem de Ryan, depois de minutos paralisada em frente à janela, assistindo a neve se acumular nas ruas e calçadas, e pensando que Daniel está lá fora agora. Ele, assim como eu, não está preparado para enfrentar tanto frio.

> Eu ligo, sim. Obrigada por tudo. Cuide-se! Beijos e até a próxima semana.

> Ok. Esta semana será insuportável apenas porque não a verei. Mas é sério: ligue-me, e estarei aí antes que se dê conta. Beijos, linda.

Sorrio, desanimada, e deixo o celular na mesa em frente ao sofá. Nada contra Ryan, eu gostava mesmo da sua companhia, mas seria impossível rolar algo a mais com ele, principalmente agora.

Volto a me aconchegar no sofá, e a cada notícia de que a nevasca será bem ruim, meu coração se comprime. Por que ele, apenas, não volta logo?

Depois de algumas horas, ainda estou no mesmo lugar. Não quero estar tão preocupada ou me importar com ele, mas não consigo evitar a angústia que se acumula em meu peito, cada vez mais. Meu apetite continua inexistente, e me seguro ao máximo para não iniciar outra crise bizarra de choro.

A escuridão já substituiu o cinza lá fora, e a única coisa que me forcei a fazer, a tarde inteira, foi tomar um copo de suco. A angústia não deixava o bolo em minha garganta se dissipar, e com isso, não me permitia comer mais nada. Nunca achei que alguém poderia me deixar assim, principalmente um homem. O plano sempre foi me preservar. Em que momento o deixei de lado? Estou em uma guerra comigo mesma para não pegar o celular à minha frente e ligar para ele, apenas para saber se estava bem. Afinal, a culpa por ele estar aqui era minha, não era?

Meus dedos tocam o celular, mas o deixam imediatamente quando o ruído vindo da minha porta me alerta que logo em seguida ela será aberta. Ele havia pegado minha chave?

CAPÍTULO 10

Juliane

Daniel entra, e meu coração dispara imediatamente apenas por vê-lo. Sinto alívio em cada parte do meu corpo. Ele apoia várias sacolas por minha mesa e bancada, naturalmente, como se morasse aqui. Seu casaco está repleto de neve, assim como a touca de lã preta em sua cabeça, e eu apenas me controlo para não sorrir como uma idiota. Está tão lindo!

Ele volta e tranca a porta, devolvendo a chave ao porta-chaves. Retira a botina, a touca e o casaco, pendurando-o no gancho atrás da porta, então vem em minha direção com a cara mais deslavada e sexy do mundo. Enquanto se aproxima, apenas me concentro em diminuir as batidas do meu coração. Não quero entregar o quanto estou feliz.

Nós nos olhamos por incontáveis segundos, até que um sorriso escapa de seus lábios.

— Já estou de volta, marrenta, não precisa mais ficar triste.

— O quê?! — pergunto, me fazendo de desentendida. Ele realmente se acha!

— Basta admitir que já estava ficando louca, sem mim aqui. — Retira a blusa e a joga sobre minha mesa de centro. Isso deveria me irritar, pois odeio bagunça, mas não consigo desviar os olhos de seu corpo.

— Bem que você gostaria. Vá sonhando! Achei mesmo que já estivesse chegando ao Brasil, e que eu já estava livre das suas idiotices. —Ele meneia a cabeça, certamente duvidando de minhas palavras, que saíram num tom ridículo. Retira a calça... — O que está fazendo? Não! — reclamo quando ele invade o cobertor e se aconchega a mim. — Você está gelado!

— Eu quase morri de frio...

— Não, Dan! —reclamo quando enfia as mãos, que parecem pedras de gelo, sob minha blusa.

— Seu homem estava caçando para você! Precisa me aquecer.

— Ah, Dan! —grito quando alisa minhas costas perfeitamente aquecidas. Seus lábios tocam meu pescoço, e até seu nariz está gelado.

— Desculpe, eu fui um idiota — sussurra, próximo ao meu ouvido, com um tom fraco, e minha respiração acelera. Viro meu rosto e nossos olhos se conectam. Ele está se redimindo por suas palavras de mais cedo. Sua expressão me diz que é exatamente por isso que pede desculpas, e não por me congelar com ele.

— Seu rosto está todo vermelho — comento, acariciando a lateral de seu maxilar. Não quero entrar no assunto que me fez ficar tão mal por horas.

— Está um frio da porra lá fora, amor — minha respiração trava com sua última palavra. Ninguém nunca me chamou assim.

— Está me decepcionando, achei que era um ogro resistente — tento descontrair e mudar a direção da conversa novamente.

— Acredite em mim, até o Hulk congelaria lá fora. — Aperta minha bunda.

— Onde você estava? — Aconchego-me em seu pescoço, depois de deixar a pergunta que segurava, escapar.

— Nenhum lugar especial. Fui apenas dar uma volta, até você entender que não vai mais viver sem mim. — Pisca, tentando parecer que está brincando, mas seu tom tem uma seriedade que ele não consegue disfarçar.

— Acho que voltou muito cedo, então. Podia ficar mais um pouquinho fora, tipo, pela eternidade. — Sorrio.

— Tenho certeza de que voltei no tempo certo. Evitei que saísse nesse frio, para me procurar e implorar para eu voltar — Beija meu pescoço, e bato em seu braço.

— Aí você acordou. — Gargalho, mas é de nervoso, porque ele está certo.

— Um dia a gente descobre. Fui comprar umas coisas e fazer umas compras. Parece que vamos ficar presos uns dias, e você não tinha muita coisa em casa. Tem que se atentar a isso, Juliane, não está no Brasil. Aqui existem essas coisas de furacões, nevascas e não sei mais o quê, não pode ficar com a despensa vazia. Como faria para sair? O mercado mais próximo fica a alguns minutos, de carro.

— Você mexeu nos armários? — pergunto, sem acreditar no seu abuso.

— E na geladeira também — acrescenta, tranquilo.

— Daniel!

— O quê?

— Não pode fuçar no armário e na geladeira das pessoas. Isto é falta de educação! — alerto.

— Não fucei nos armários das pessoas. Só no seu, que é quem me interessa. — Suas palavras me nocauteiam e tento me afastar, mas ele me segura. Nunca ninguém, além da Cissa, havia se preocupado dessa forma comigo.

— Achei que não era esse tipo de homem! — ataco, por falta de argumento.

— Nunca quis ser, até você bater no meu portão, naquela madrugada. Também estou assustado. Não precisamos dar nome a nada, só viver...

— Eu não...

— Shiuuu. — Seus dedos calam meus lábios. — Temos alguns dias juntos, vamos só aproveitar, está bem? Sem nenhum tipo de promessa ou rótulos. Quando acabar, acabou, mas não estou pronto para te deixar ir ainda. Somos adultos e não devemos nada a ninguém. Está frio pacas, amor, e umas rodadas de sexo vão cair bem. — Pisca.

— Você é muito cara de pau!

— Vem tomar um banho comigo? Trouxe o jantar, mas já deve estar congelado, então a gente esquenta depois. — Aperta minha bunda e mordisca meu maxilar, arrepiando cada poro do meu corpo.

— Está quebrando muitas regras. Duas noites seguidas? Vai acabar com sua reputação assim — não perco a oportunidade de alfinetar, mas meu tom sai com uma nuance de felicidade que me surpreende.

— E você, não?

— Minha meta é duas semanas — respondo.

— Então acho que já está bem encrencada. Tem alguns meses que suas duas semanas expiraram.

— Convencido — acuso, e beijo seu pescoço.

— Temos quinze dias, marrenta. Vamos apenas aproveitar, o resto a gente vê depois.

— Isso é uma proposta?

— Sou bom. Serão os seus melhores quinze dias.

— Ainda não quero um relacionamento, Dan — alerto, com o tom sério e com o coração apertado. Parece que ele contraria minhas palavras.

— Eu sei, só estou propondo viver o que temos. Depois é depois. Não quero ir embora, então vamos tentar tirar todo esse tesão do nosso sistema. Diga que topa? — Encaro seus olhos e eles estão dizendo que era muito mais do que suas palavras. Ou será que estou imaginando?

— Não sou desumana para te mandar embora no meio de toda essa nevasca, e nem burra para desperdiçar sexo fabuloso. — Seu sorriso chega aos olhos.

— Então eu sou fabuloso?

— Sabe que sim, não precisa inflar mais seu ego.

— Vou inflar outra coisa.

— Ah! — grito quando me pega no colo, depois de se levantar em um pulo. — Eu já tomei banho!

— Estou mal-acostumado. Quem mandou entrar no boxe ontem, para

MUDANÇA DE PLANOS

tomar banho comigo?

— Não entrei para tomar banho...

— Eu sei que estava com más intenções... — interrompe minha defesa e me beija enquanto caminha.

— Não é nada disso...

— É, sim, mas não se preocupe, vamos repetir a dose. — Entra em meu banheiro. Não demora muito para estarmos embaixo da água quente, e fazendo amor loucamente. Esse homem está ferrando completamente o plano, e não tenho forças para impedir.

— Acho que exagerou um pouco, Dan. Tem muita coisa aqui — digo, enquanto removo as compras das sacolas.

— Acho que não vamos conseguir sair por alguns dias, — Beija meu ombro. — Vou esquentar a massa. Forno ou micro-ondas?

— Tanto faz — respondo e ele liga o forno. — Vinho! Está querendo me embebedar? — Ele pisca, enquanto ergo as três garrafas.

— Não que bêbada você tenha sido ruim, mas a prefiro sóbria. Então, é apenas para as refeições, ou algumas taças. — Pisca. — Esse aquecedor está funcionando direito? — Ele me abraça por trás.

— Não sei. Até três dias atrás, não estava tão frio.

— Amanhã vou dar uma olhada, acho que não era para estar tão frio aqui dentro — comenta, naturalmente, e meu coração dá um salto com os sentimentos que se misturam dentro de mim. Não posso me acostumar com isso. Ele não faz parte da minha vida, e eu sempre me cuidei sozinha.

— Acho que é apenas o frio excessivo, por isso não está dando vazão. Não precisa se preocupar. — Fecho a porta do armário.

— Não custa nada tentar — insiste, num tom ameno, e fecho os olhos, tentando controlar meus impulsos, que gritam para afastá-lo. Mas, por incrível que pareça, mesmo sabendo que nosso tempo juntos está contado, quero aproveitar cada segundo dele, e brigar me deixaria pior do que já estou.

— Tudo bem, se acha melhor.

— Não acredito! Você concordando comigo, marrenta? — Dan me vira pela cintura, de frente para ele, e noto um sorriso lindo.

— Ah, cale a boca! Estou morrendo de fome, e exausta demais para discordar de qualquer coisa agora. — Sei que meu tom não revela o humor que eu gostaria, e quando seu sorriso morre e seus olhos começam a me avaliar, escondo o rosto em seu peito.

— Está tudo bem, Juli? — Assinto, mesmo porque não me lembro de ter estado tão bem quanto agora... Ah, eu estou louca, com certeza!

— Tudo maravilhoso! — Abraço-o com força.

— Tem muito tempo que nada faz sentido na minha vida, como está fazendo agora — confessa, tão baixo, que não tenho certeza se era para eu escutar. — Vou colocar a comida no forno e depois vamos pra cama. Também estou cansado, você está acabando comigo, mulher! — Bate na minha bunda e desfaz o abraço, enquanto não consigo parar de sorrir. Logo, um pensamento inevitável se faz presente: se ele ficasse aqui por mais seis meses, seria extraordinário. Mas duas semanas são tudo o que tenho, então terá que servir.

— Mais uma confissão, ogro? Acho que devo andar com um gravador. Sei que sou demais para você. — Pisco.

— Por que sinto que isso será usado contra mim em breve? — Ele se aproxima novamente.

— Porque será — respondo, e ele me agarra.

— Ah, marrenta, sou humano! Também preciso descansar. Em três dias, não devo ter dormido cinco horas.

— Desculpas... desculpas... — acuso, em tom de brincadeira. Ele era, de longe, o melhor que já tive.

— Amanhã você me paga, hoje estou acabado. Você sugou o resto de mim, no banho.

— Promessas... promessas... — Ele gargalha, e é o som mais lindo que já ouvi. Estou como uma idiota, encarando o homem que está revirando tudo em mim, e me sentindo privilegiada por estar agarrada a ele nesse momento. — Vamos comer, ogro, quero você recuperado amanhã. — Eu o beijo, como se isso fosse completamente corriqueiro e natural entre a gente.

— Quer?

— Sim, vou aproveitar toda essa gostosura enquanto a tenho — respondo, e ele sorri mais.

— Temos que comprar um gravador — alerta, e é a minha vez de sorrir.

— Outro cobertor? — ele pergunta, assustado, ao me ver colocar a terceira coberta sobre a cama.

— Está muito frio. Você tinha razão, essa porcaria de aquecedor não

MUDANÇA DE PLANOS 59

está funcionando.

— Eu vou te esquentar. — Pisca.

— Do jeito que cochilou, quase enfiando a cara sobre a travessa com as sobras do jantar, enquanto eu lavava a louça? Acho que não.

— Marrenta, não deboche de um moribundo. — Apaga a luz e logo entra embaixo das cobertas, atrás de mim. Em seguida, me puxa de encontro a seu corpo, até que ficamos entrelaçados, e nunca estive tão confortável para dormir.

— Para quem não dormia com nenhuma mulher... — provoco, enquanto ele apoia o queixo sobre meus cabelos.

— Acho que já deixei claro que você não é qualquer mulher — diz, tranquilamente, e meu coração para. — Boa noite, amor. Amanhã, resolvo o problema do aquecedor.

— Boa noite — respondo, no automático, e é só o que consigo dizer. Permaneço estática por vários minutos, mesmo depois de ter certeza de que ele já dormia. Os batimentos tranquilos de seu coração eram como música aos meus ouvidos, e inalo seu cheiro limpo, um aroma amadeirado delicioso, que era diferente de todos os perfumes que já senti. Fecho os olhos com mais força, enquanto memorizo sua fragrância, com certo desespero, para ter algo dele sempre comigo. E assim confirmo, mais uma vez, que estou completa e indiscutivelmente ferrada!

CAPÍTULO 11

Juliane

Não sei se algum dia, em toda a minha vida, já dormi tão bem assim. Encaro Daniel, que agora está de bruços, completamente relaxado e em um sono profundo. Nunca imaginei que apreciaria o fato de ter um homem dormindo na minha cama pela manhã, e agora estou praticamente babando na perfeição dos músculos em suas costas. Jamais vi um trapézio e dorso tão perfeitos; a anatomia dele era divina. Meus olhos se demoram na curva da sua lombar; seu bumbum é esplêndido, mas nem sob tortura admitirei isso a ele.

Cubro-o antes que me jogue em cima dele, e saio da cama. Sei que está cansado, e que terei que esperar para ter mais dele, mas me sinto como se nunca tivesse feito sexo. Ele me viciou, com toda essa gostosura.

— Volte! — Travo com o grito que ouço depois de sair do banheiro. — Não... não faça isso... — O tom agoniado e a forma como ele se debate na cama me revelam que está no meio de um pesadelo. — Não! Volte aqui...

— Dan! — Aliso seu peito, mas ele continua se debatendo.

— Ela não... — Seu tom sai esganiçado e sofrido.

— Dan! — grito, agoniada dessa vez, e em uma fração de segundos sou puxada violentamente pelo braço, então me vejo deitada ao seu lado na cama. Seus olhos, agora abertos, me fulminam, mas o Daniel que conheço não está neles. Um pavor que nunca senti antes me domina, pois seu aperto é como uma prensa de aço.

— Está me machucando, Daniel, me solte! — imploro, mas ele apenas permanece imóvel, sem aliviar em nada o agarre. É como se ainda estivesse dormindo. — Daniel! Me larga! — Começo a me debater, e sinto que o pânico é meu único aliado. Bato em seu ombro e no braço que segura o meu.

— Merda! — Ele pisca, confuso, e enfim me solta. É minha deixa para pular da cama e me afastar. — Desculpe, amor, eu... te machuquei? — Vem em minha direção, enquanto eu esfrego o local onde está a marca de seus dedos. — Desculpe... — implora, em tom miserável, quando me afasto e não aceito sua aproximação. — Por favor, eu não quis... me deixa ver? —

Nego com a cabeça. Não sei exatamente o que sinto agora em relação a ele, mas não é uma coisa boa. — Não era você. Quer dizer, estava tendo um pesadelo... me perdoe, Juliane, jamais te machucaria. — Eu o encaro, e sei que não consigo esconder minhas emoções. A respiração dele está acelerada, e sabia que não era eu quem Daniel estava machucando, mas não consigo me aproximar dele nesse momento.

— Vou fazer um café.

— Juli... — Não espero ou olho em sua direção. Saio do quarto o mais rápido que consigo, e agradeço quando ele não vem atrás de mim.

Assim que chego à cozinha, percebo que não há uma parte sequer do meu corpo que não esteja tremendo. Tento normalizar a minha respiração enquanto encaro meu braço, que ganhou um tom avermelhado no ponto em que foi pressionado. Nunca havia passado por uma situação como essa, e sempre achei que atitudes assim não tinham defesa. Então, por que estou criando uma para Daniel nesse momento, em minha cabeça?

Existe uma, claro que existe: ele não estava em sã consciência. Foi visível a culpa em seus olhos, assim que caiu em si. Daniel estava longe de ser o cara desprendido que imaginei. Algo o atormenta, e eu, até esse momento, nunca tinha sido o tipo de mulher que queria desvendar os segredos de um cara. Nem mesmo quando eles queriam contar, eu me interessava. Mas, com Daniel, tudo é diferente, e estou morrendo de medo de a Cissa estar certa. Não posso me apaixonar por ele...

— Juli... — Seus braços enlaçam minha cintura, e fecho os olhos ao perceber que, por mais louco que pareça, é o seu toque que me acalma. — Eu juro que não estava consciente. Nunca te machucaria, pelo amor de Deus, você tem que acreditar em mim — implora, com o tom embargado, e isso me desmonta.

— Sempre tem esses pesadelos?

— Quase todas as noites — confessa, abatido, e me aperta mais em seu abraço.

— Quer conversar sobre isso?

— Não.

— Tudo bem, desculpe a intromissão — tento não invadir seu espaço.

— Não é você, sou eu. Não consigo falar. Parece que tudo vai voltar se eu o fizer, então é mais fácil fingir que não aconteceu. — Sua voz falha.

— Mas isso não tem te ajudado, ou os pesadelos não te atormentariam ainda.

— Eu sei... — Seu rosto se aconchega em meu ombro. — Eu... — começa, inseguro, depois de alguns minutos em silêncio e na mesma posição.

— Não precisa me dizer nada, se ainda não está pronto, Daniel. Sei que não estava consciente, só fiquei assustada, nunca passei por isso. Todos temos nossos fantasmas. Vou ficar bem, não se preocupe.

— Não posso falar disso, Juliane. Não consigo reviver tudo...

— Quinze dias maravilhosos é a nossa meta, lembra? Nada de coisas ruins ou desnecessárias. — Tento manter meu tom confiante e fingir um desinteresse que estou longe de sentir. Ele me vira, e seus olhos fitam os meus profundamente. Eles têm um misto de medo e incerteza, e sua boca movimenta-se algumas vezes, como quem quer dizer algo, mas, por fim, se mantém em silêncio e apenas me observa. Um desconforto me domina, é como se ele me lesse por inteira e derrubasse cada barreira que levei anos para construir. Meu coração acelera de uma forma que me assusta, e não consigo entender o que está acontecendo comigo. Não quero isso, não quero partilhar nada com ele, além da cama. Seus problemas não deveriam me interessar, isso não vai acabar bem.

— Serão os melhores da sua vida, amor, garanto! — Quebra o silêncio e muda um pouco sua postura. — Me deixa ver isso? — Pega meu braço e encara a marca feita por ele, por alguns segundos. — Me perdoa? — Acaricia a vermelhidão em minha pele.

— Sei que ainda estava dormindo, então está tudo bem, não precisa mais se desculpar. — Levo meus lábios aos seus, e não demora muito para meu corpo ser erguido do chão.

— Bom dia — declara, com o tom rouco inundado de desejo.

— Preciso fazer o café — digo, pouco convincente, enquanto ele me carrega de volta ao quarto.

— Não é do café que preciso agora. Você está me deixando louco, marrenta, te desejo como nunca desejei outra mulher. — Sua boca investe em meu pescoço, enquanto me deita de volta na cama.

— Louco, é? Preciso realmente comprar um gravador. — Sorrio.

— Não precisa, é só me pedir que eu repito quantas vezes quiser. — Pisca, enquanto meu coração acelera.

— Repita. — Quando vejo, o pedido já saiu.

— Eu te quero como nunca quis ninguém. Quero cada pedaço de você, Juli, até sua boca atrevida, com todas as suas provocações. Eu te desejo a cada segundo do meu dia, marrenta. — Seus lábios se colam aos

MUDANÇA DE PLANOS 63

meus, lentamente, e era quase uma tortura não ter mais dele, logo. — Diga que também me quer — pede, enquanto suas mãos trabalham para retirar meu baby-doll.

— Ainda com dúvidas, ogro? Você não é mesmo muito esperto, não é? — provoco, e ele pisca.

— Se não fosse, não estaria aqui, com as mãos na bunda da mulher mais gostosa do mundo.

— Mais gostosa, é? — Ele assente, confirmando, com a cara de safado mais linda que já vi. — Ah, ogro, não se esqueça de que castrar é uma das coisas que faço para viver. Então, para o bem do seu amiguinho aí...

— Amiguinho? Nada de diminutivos para o campeão aqui — ele me interrompe e investe mais o quadril contra mim, me fazendo sentir toda a sua imponência.

— Ok, amigão. Para o bem dele, e para sua integridade, é bom que não diga isso a outra mulher.

— Com ciúmes, marrenta? Não precisa me ameaçar...

— Não é uma ameaça... — eu o interrompo.

— Ah! — ele grita, quando invisto minha mão entre suas pernas. — Já entendi, amor, solte! — implora.

— Entendeu o quê? — pergunto, e giro um pouco minha mão.

— Só você é gostosa, só você! — diz, exasperado.

— Nada de transar com outra, Daniel. Juro por Deus que... — travo quando me dou conta da merda que acabei de falar.

Ele deita por cima de mim, e seus olhos se fixam aos meus.

— Tem certeza disso?

— De quê? — Finjo não entender a pergunta.

— Quer mesmo tentar? Porque se me disser sim, não vou admitir que outro homem encoste o mindinho que seja, em você.

— Esqueça o que eu disse, isso não vai dar certo — tento voltar atrás, mesmo sabendo que não suportaria pensar ou vê-lo com outra.

— Será que pode ser sincera pelo menos uma vez? — exige.

— Ainda tenho mais seis meses aqui, é muito tempo — respondo, em um tom fraco, pois sei bem que ele não aguentaria o celibato por tanto tempo.

— Sei que é tempo pra caralho, mas estou disposto a tentar. Não sei bem como, mas podemos ver a melhor forma de fazer isso dar certo.

— Não me prometa nada que não possa cumprir.

— Eu. Quero. Você. Juliane. Só você. Me diga que sente o mesmo, e então o resto a gente resolve.

— Eu te quero como nunca quis ninguém, Dan.

— Porra! — Sua boca investe contra a minha, e me beija como se nunca tivesse feito isso antes. Seu beijo é avassalador, desperta cada pedaço do meu corpo, e nos beijamos como se o mundo estivesse prestes a acabar. — Vamos fazer dar certo, amor — promete, e volta a me beijar, e pela primeira vez desde que essa loucura entre nós começou, torço para que esteja certo.

Cinco dias depois...

— Amor, se não me der um pouco de espaço, não vou conseguir ajeitar o armário.

— Estou te dando espaço, só quero evitar que suje tudo! — rebato, ligando o aspirador.

— É só um furo, Juliane, não tem como sujar tudo.

— Você disse algo parecido quando abriu o aquecedor, e logo depois a sala estava toda preta.

— Isso é TOC! Você sabe que tem um problema, né? — pergunta, em tom de zombaria, e o respondo com uma careta.

— Problema tem você! Nem pensar. Minha casa não vai ficar desorganizada, como a sua, e eu vou pirar muito antes de isso acontecer.

— Meu Deus, achei que isso já tinha acontecido. Agora fiquei preocupado.

— Olhe a gracinha! — advirto, depois de lhe dar um tapa no braço.

— Olhe a violência! Deveria me dar beijinhos de agradecimento. — Aperta minha bunda com a mão livre, e me beija.

— Não lhe pedi nada!

— Ainda é mal-agradecida! — Ele larga a furadeira, retira o aspirador portátil da minha mão, e me suspende, até que me vejo com as pernas envoltas em seu quadril.

— Não vai terminar o serviço? — pergunto, quando me cola à porta do quarto.

— Assim que te acalmar — responde.

— Eu estou calm... — Sua boca se cola à minha, e toda coerência se esvai. Daniel me domina de todas as maneiras, já desisti de fugir ou tentar entender.

MUDANÇA DE PLANOS

Um dia depois...

Desperto com o barulho insistente do celular de Daniel. Todas as noites, desde que ele chegou, pegamos no sono quase de manhã. Esses dias têm sido maravilhosos, tê-lo aqui comigo é incrível e muito surreal. O tempo já está um pouco melhor, mas ainda não conseguimos sair. O máximo que fizemos foi descer e brincar com a neve aqui da frente, como duas crianças. As aulas no curso ainda não têm previsão de retorno, o que me deixou feliz. Não quero me afastar de Daniel. Parece loucura, mas esse filho da mãe me pegou de jeito. Não queremos fazer planos ou dar nome a nada, apenas estamos vivendo o hoje.

Não falamos de passado ou coisas mais profundas. Conversamos apenas sobre amenidades, e ele não teve mais nenhum pesadelo, graças a Deus.

Surpreendo-me como coisas que sempre considerei idiotas e bobas, como assistir a um filme ou preparar o jantar juntos, têm me feito sorrir como boba.

— Dan?

— Hum.

— Seu celular — alerto, pois era a quarta vez que estava tocando, então devia ser algo importante. Ele tem falado pelo menos uma vez por dia com Igor, para resolver pendências da oficina.

— Depois eu retorno — responde, ainda de olhos fechados, e me abraça.

— Pode ser importante, estão insistindo muito — digo.

— Alô — enfim atende. — Oi, Carlos, o que manda?

— Não, não estou no Brasil. Estou em Washington, na casa da minha... — ele trava o que ia dizer, parecendo sem graça quando seus olhos encontram os meus. — Não estou sabendo de nada, o que aconteceu?

— O quê?! — Daniel levanta em um pulo, me assustando. Como previ, era algo importante. — Como foi isso, Carlos?! — exige, transtornado. Anda de um lado para o outro, e então ele trava de repente. Seus olhos encontram os meus novamente, e Daniel está sem cor, paralisado em seu lugar. Ele recebeu uma notícia muito ruim, disso não tenho dúvidas. Quando seus olhos não saem de mim e sua cabeça meneia, negativamente, o tempo inteiro, meu coração dispara, minha respiração fica suspensa, meu sangue gela, e minha barriga se comprime tanto que começa a me sufocar. Ajoelho-me na cama, enquanto ele permanece ouvindo o seu interlocutor.

Mordo o lábio, ansiosa, e minhas mãos estão geladas, mas não é pelo frio, que já nem é mais sentido aqui dentro, graças a Daniel e suas habilidades. Encaro-o fixamente, e logo seus olhos respondem aos meus, quando uma única lágrima desce por seu rosto. E ele, num gesto quase imperceptível, assente, confirmando meu medo e minhas indagações silenciosas. Lágrimas correm por meu rosto... — Fique com ele, Carlos, o Fernando não vai aguentar dessa vez...

— Não! — O desespero me vence. Algo muito ruim havia acontecido com a minha amiga.

— Estou voltando no primeiro voo que conseguir. Por favor, me mantenha informado, e não deixe ele sozinho. Por tudo que lhe é mais sagrado, não saia daí — implora, um tanto transtornado.

— Amor... — Seus braços envolvem meu corpo.

— Ela vai ficar bem, não vai? — Ele se mantém em silêncio, e apenas me abraça mais. Mas, em vez de me confortar, me sufoca. Não posso ficar aqui, parada, enquanto a Cissa precisa de mim. — Me responde, droga!

— Eles estão tentando salvar o bebê...

— O nome dele é Bernardo, e ele é seu afilhado, não o chame de bebê! — Empurro-o e pego a mala dentro do armário. Ela precisa de mim. Sei que vai ficar tudo bem, só preciso estar lá para segurar a mão dela e lhe dizer isso.

— Juli...

— Eu vou voltar, Daniel. Não ficarei de braços cruzados enquanto minha amiga precisa de mim.

— Amor... — Seu tom está embargado. Não quero ouvir, não vou acreditar em nada enquanto não falar com ela.

— O que o babaca do seu amigo fez? Se acontecer alguma coisa com meu afilhado ou minha amiga, eu o mato, ouviu bem?! Pode avisar para aquele imbecil que não vou deixar barato! — grito, com o dedo em riste, transtornada.

— Parece que foi uma tentativa de assalto na clínica... — começa a dizer, mas trava junto com meu coração.

— Beleza, Dona Cecília Castro. Tinha que dar lição de moral no bandido? Esqueceu que está com mais de oito meses de gestação? Que droga, sua idiota! — Nem sei ao certo as peças que jogo dentro da mala.

— Ela levou um tiro, Juliane... — Todo o ar foge dos meus pulmões. Meus joelhos fraquejam, e só não desabo no chão graças aos braços de

MUDANÇA DE PLANOS

Daniel. — Eu sinto muito. Ela teve uma parada cardíaca, e estão tentando salvar o Bernardo.

— Não... não... Diga que é mentira, Daniel. A Cissa é a pessoa mais forte que conheço, ela vai conseguir sair dessa... eu sei que vai...

— Ela se foi, amor...

— Não! Você não sabe! Já disse que ela é a pessoa mais forte que conheço, não me abandonaria. A Cissa, não! — Choro, com o rosto colado ao seu peito. Minha amiga não pode ter me abandonado. Meu Deus, não pode ser verdade.

— Vou tentar conseguir um voo. Assim que chegar ao Brasil, te dou notícias — comenta, depois de alguns minutos.

— Você só pode estar louco, se acha que vou ficar aqui quando minha amiga mais precisa de mim. — Levanto-me em um ímpeto.

— Não vai adian...

— Não ouse me dizer isso! — Retiro todas as roupas dos armários e gavetas, sob seu olhar.

— O seu curso...

— Foda-se o curso! A Cissa é a única pessoa que já me viu como realmente sou, e me amou de verdade. É a única que tenho na porra da minha vida, não posso perdê-la. Sem ela, nada mais faz sentido, NADA! — Ele assente.

— Vou tentar reservar as passagens.

Ele me beija acima da cabeça, e pega meu notebook na mesa ao lado da cama.

— Consegui um voo para daqui a quatro horas, ok? — pergunta, depois de alguns minutos.

— Sim, claro.

— Vou finalizar a compra — responde.

Duas horas depois, iniciamos o *check-in*...

Eu havia ligado para a direção do curso, que me deu um prazo de quinze dias para decidir se continuaria ou o abandonaria, e os agradeci por isso, mas já sabia qual seria minha resposta quando terminasse o prazo. Não conseguiria voltar e seguir o plano, pois me vejo em buraco sem nenhuma corda para me puxar para cima. Deixei a chave do apartamento com o zelador e tentei não deixar nada pessoal para trás. A Cissa não estava lá para me ajudar nisso, então era muito provável que tivesse, sim, esquecido algo.

— Você não conseguiu conhecer Washington, me desculpe — digo, absorta.

— Shiuuu, vai ficar tudo bem, amor, nós fazemos isso outra hora. — Ele me aperta mais em seu abraço; não havia me soltado desde que saímos de casa. — Vamos comer alguma coisa, pois o voo será longo.

— Não consigo.

— Pelo menos um chocolate quente. Precisará de muita força, Juli. — Assinto. Ele não comeu nada, deve estar com fome, então vou acompanhá-lo. Mas ele está totalmente errado sobre força. Era minha amiga quem fazia isso, ela era minha base desde que a conheci, é como se fosse um encontro de almas.

Estamos prestes a embarcar agora, e meu coração está despedaçado como nunca havia ficado. A culpa corrói cada pedacinho de mim. Eu tinha que estar lá com ela, é isso que as amigas fazem: cuidam uma das outras; mas eu, não. Fui egoísta e filha da puta, pegando uma vaga que nem era minha de verdade. Agora, quando a única pessoa que já me apoiou, precisou de mim, eu não estava lá. Não podia tê-la deixado grávida e vir para quilômetros de distância. Se estivesse lá, não deixaria aquela teimosa trabalhar. Não era justo, Cissa estava em seu melhor momento. Não era justo com o Bernardo, nem sei se ele está bem...

— Vamos, Juli, nós temos que ir. — Daniel me puxa um pouco, quando travo no meio do caminho. Graças a ele tenho alguma força, pois seus braços estão ao meu redor o tempo todo.

Por que foi fazer isso comigo, Cissa, por quê? Você era a única pessoa que eu amava, era minha única família...

Minhas lágrimas rolam sem controle quando minha ficha cai: eu não tenho mais nada.

Soluço, histérica, com o rosto colado ao peito de Daniel. Ela não tinha esse direito, nem mesmo havia me despedido...

— Ah! — Meu grito é abafado em seu peito. Minhas pernas cedem, mas, mais uma vez, seus braços fortes me ajudam a me manter em meu lugar. Seus lábios beijam minha cabeça o tempo todo. Não sei se suportaria receber essa notícia sem ele ao meu lado.

— Eu sei que dói, amor, mas vai ficar melhor, eu prometo. — Apenas nego com a cabeça, sem forças para respondê-lo, pois eu nunca mais seria a mesma. A Cissa não será superada, nunca.

CAPÍTULO 12

Daniel

Ver Juliane nesse estado me deixa muito mais destruído, mas tento me manter coerente desde que recebi a notícia de mais uma tragédia na vida do meu melhor amigo. Fernando é o irmão que não tive, então sei que ele jamais se recuperará dessa. Por que a porra da vida é tão injusta? O cara demorou anos para superar a morte da Letícia, e agora acontece a mesma coisa? Na verdade, acho que dessa vez é ainda pior, pois também tinha Bernardo, que estou me forçando a acreditar que conseguiu sair ileso de tudo isso. Será impossível uma tentativa de seguir em frente, se Fernando perder os dois.

— Juli, você precisa ser forte... — Sei que essas são as últimas palavras que queremos escutar, sei mesmo; fiquei com muita raiva de todos que me disseram isso quando tudo aconteceu, mas são as únicas palavras que consigo dizer enquanto o corpo de Juliane convulsiona, colado ao meu, impulsionado pelo choro descontrolado. Queria fazer parar sua dor. Neste momento, gostaria de ser o seu bálsamo, de ter o poder de curar seu coração destroçado. Nunca me importei com uma mulher como me importo com ela, nem quis cuidar e proteger alguma com tamanha necessidade.

Há dias, vi mágoa em seus olhos, por palavras que eu disse; naquele momento, queria voltar no tempo. Saí de seu quarto disposto a ir embora e jamais voltar a vê-la, mas essa ideia se tornou completamente absurda antes mesmo de eu chegar à porta de saída. Então, fiquei apenas congelando no frio, inventando algumas desculpas em minha cabeça para não ir, pois não podia deixá-la, não ainda.

— Por favor, ligue para o seu amigo — implora, entre soluços. Seu rosto está lavado por lágrimas, o que faz com que meu coração se comprima mais.

— Ele disse que ligaria se algo mudasse, amor. Tem apenas meia hora que liguei...

— Por favor — insiste, e eu assinto, pegando o celular em meu bolso.

— Oi. E aí? Vamos embarcar agora, e terei de desligar o celular. Alguma novidade? — pergunto a Carlos.

— Nenhuma notícia ainda, cara. Fernando permanece ajoelhado no meio do corredor, parece em transe. Já tentamos tirá-lo de lá, mas ele nem se mexe ou esboça alguma reação. Não consigo nem imaginar como seria se perdesse a Clara... — Seu tom embarga e eu fecho os olhos, muito angustiado pelo meu amigo.

— Fique de olho nele. Assim que desembarcarmos, te ligo e vou direto para o hospital.

— Não sairei daqui até você chegar. Boa viagem.

— Vou ficar te devendo essa.

— Não deve nada — responde, e então desligo.

— Ainda não tiveram notícias sobre Bernardo. — Seus olhos me encaram, e eu brigaria com o mundo inteiro se isso fizesse a dor que vejo neles desaparecer. Esta, à minha frente, nem de longe se parece com minha marrenta impetuosa.

— Isso só pode ser um pesadelo, Dan, não vou suportar. — Se agarra mais a mim e seu choro aumenta.

— Temos que ir, Juli... — digo, minutos depois da última chamada para embarque. Ela, então, começa a caminhar, agarrada a mim.

— Precisa de mais alguma coisa, senhor? — pergunta a aeromoça, depois de algumas horas de voo.

— O calmante fez efeito, ela dormiu. Eu chamo se precisar, obrigado.

Tem alguns minutos que Juliane, enfim, conseguiu se acalmar. A ligação entre a Cissa e ela realmente é muito grande, assim como a minha e meu amigo, então não tenho a mínima ideia de como o ajudarei a superar toda essa tragédia. Tenho certeza de que essa ele não superará nunca, não era para ser assim. Jamais poderíamos imaginar que nossas vidas seriam marcadas por tantas perdas...

Anos antes...

— Acha mesmo que passou?

— Eu gabaritei a prova, parceiro! — Fernando diz, todo dono de si. A porra do ego dele, às vezes, me irrita. Mas o filho da puta só vivia estudando, era um nerd!

— Sei... — implico, e ele soca minhas costelas, de sacanagem.

— Em breve poderei te prender, então é bom me respeitar! — declara, eufórico, enquanto caminhamos.

— Não se minha patente for maior que a sua. Você é uma gazela, Fernando, sabe que não aguentará nem a primeira semana do curso. Criado por avó, é foda! — sacaneio.

— Bom, pelo menos terei uma semana. Já, você, não chega nem no CEFAP, se o tio Sílvio souber que fez a prova — a brincadeira termina para mim, quando penso na reação do meu pai.

— Ele vai aceitar... — digo, sem certeza alguma. — Tenho que viver minha vida — justifico.

— Ele tem os motivos dele, cara.

— Porra, Fernando, não sou meu tio! — vocifero.

— Ele só está preocupado e com medo, Daniel. Depois de tudo aquilo, é compreensível.

— Eu sei, mas não vou abrir mão do meu sonho. Ser policial é o que quero, e ele vai ter que aceitar...

Balanço a cabeça de um lado para o outro, para espantar as lembranças. Não posso voltar para lá agora, pois Juliane e meu amigo precisam de mim. Devo me manter forte e consciente para eles.

— Juliane? Vamos aterrissar — acordo-a, e ela parece um pouco confusa. Ela passou a maior parte do voo dormindo, e eu, velando seu sono.

Minutos depois, já pegamos as malas. O silêncio e a inércia de Juliane estão acabando comigo. Ligo o celular, e sons de mensagens simultâneas me tiram de meus pensamentos e aguçam minha curiosidade. Meu telefone apita sem parar.

> Me liga

> Milagre

> Me liga no segundo em que pisar no aeroporto

São mais de dez mensagens seguidas, a maioria de Carlos. Retorno a chamada sem explicar a Juliane, que está parada a minha frente, me olhando, espantada.

— Fala, Carlos! Acabei de ligar o telefone — pulo a parte do cumprimento e vou direto ao assunto.

— Eles conseguiram, cara! — diz, eufórico, e meu coração dá um pulo.

— O quê?

— A Cecília e o bebê estão vivos. — Todo o ar foge de meus pulmões, isso só pode ser um sonho. Bato no rosto, sob o olhar apreensivo de Juliane, e a dor me faz ter certeza de que estou bem acordado.

— O que você está me dizendo, Carlos?

— Que a porra do hospital está em festa. Foi um milagre, tenente. Comece a rezar, se acredita, porque a Cecília e o filho estão vivos.

— Meu Deus! — praticamente grito em resposta.

— Só Ele mesmo. Acho que o Fernando já abraçou cada pessoa dentro desse hospital. Venham logo pra cá, senão daqui a pouco ele começa a abraçar as cadeiras e as portas.

— Estamos indo. Obrigado, Carlos, obrigado!

— Agradeça a Deus, tenente. — Desligo, e encaro Juliane. Tenho consciência do sorriso paralisado em meu rosto.

— Estão vivos, amor! Foi um milagre!

— O quê? — Seu corpo cede, e a seguro antes que desabe.

— Ela conseguiu, Juli. A Cecília e o nosso afilhado estão bem.

— Não brinque comigo — pede, e suas lágrimas voltam a rolar.

— Não faria isso. Ela realmente foi uma heroína — alerto, e um sorriso lindo ilumina seu rosto.

— Por isso a chamamos de doutora Francisca. Ela não falharia agora, pois milagre é sua especialidade — ela constata, muito feliz.

Minha Juliane está de volta. Seus braços envolvem meu pescoço, e sua boca se cola à minha. Este momento se tornou ainda mais incrível apenas por compartilhar com ela. As raras alegrias que vivi, depois de toda aquela tragédia, foram compartilhadas apenas com meu amigo, que era a minha única família agora. Experimentar dividir algo assim com Juliane é uma sensação estranha, mas, ao mesmo tempo, surpreendente, de uma forma muito boa.

— Vamos, Dan, preciso vê-los — diz, com a boca ainda colada à minha, e não sei se algum dia me cansarei de beijá-la. Só o seu beijo era capaz de provocar o limite do meu desejo.

— Vamos — respondo o seu sorriso com outro. Entrelaço meus dedos aos seus, e praticamente corremos em direção à saída, enquanto eu experimento mais uma novidade: andar de mãos dadas com uma mulher, pela primeira vez.

Horas depois...

— Se você não parar de me abraçar, essa porra vai pegar mal! — Pisco para o meu amigo, que parece não se importar com a provocação.

— Minha família está de volta, cara, eu serei grato a isso pelo resto da minha vida — Fernando declara, com um sorriso que chega aos seus olhos. Ele não para de sorrir.

— Você merece, meu amigo. Já passou por muita coisa, acho que chega de sofrimento. Aproveite sua vida, sua família. É um presente, e um novo recomeço.

— Já estou aproveitando, e jamais deixarei de agradecer por esse milagre. Você viu como meu moleque é lindo? — pergunta, orgulhoso.

— Sua sorte é que ele se parece com a mãe — sacaneio, mas, mesmo assim, ele pouco se importa.

— Ele é mesmo a cara da Ceci... — Olho de relance para o lado, e meu humor se esvai imediatamente. Que merda é essa?

— Já volto. — Deixo meu amigo e sigo na direção de Juliane, profundamente irritado comigo por conta das emoções que sinto. Nunca fui do tipo possessivo...

— Foi mesmo um susto, ela é como uma irmã pra mim. Graças a Deus, vai ficar tudo bem — ela confessa, com muita intimidade, e ver como ele a come com os olhos, me enfurece. Filho da puta!

— Me passa seu telefone? Assim eu posso...

— Cabo! — Eu o interrompo em tom rude, enquanto envolvo a cintura de Juliane com um dos braços.

— Tenente — presta continência. — Está fazendo falta na equipe — completa, constrangido, enquanto encara meu braço envolto ao corpo de Juliane.

— Em breve terei de resolver isso, meu tempo está acabando — respondo, tentando disfarçar a raiva em meu tom. Briglia era meu amigo e um bom companheiro de trabalho e farras, desde que não desse em cima da minha mulher. De onde eu tirei "MINHA MULHER"? Meio primitivo, isso! Mas é comigo que ela está, não é? Então, não existe outro termo que eu possa usar.

— Espero que esteja melhor e que possa voltar.

— Também espero. — Sou extremamente intransigente, e meus olhos encaram os seus. Sei que ele lê exatamente o que quero dizer neles: chegou tarde, vi primeiro. Em contrapartida, Juliane tenta se afastar do meu toque, o que só me enfurece mais. Ela está a fim dele? Que porcaria é essa?

— Eu vou indo nessa. Vim direto do plantão apenas para dar uma força ao Fernando. Vamos combinar um chope qualquer hora dessas?

— Claro — digo, seco, enquanto meus dedos lutam para não deixar a cintura de Juliane. Ele presta continência novamente e se vira.

— Espere, Douglas! — Juliane o alerta, quando ele está prestes a se afastar, e me ponho de frente para ela. Encaro-a, estarrecido, pois não é possível que seja tão cara de pau a esse ponto. É claro que é! E como se tornaram tão íntimos, ao ponto de ela o chamar pelo primeiro nome?

— Sim? — ele responde, tentando conter o sorriso, pois não era louco de deixar claro.

— Você não anotou meu telefone — ela o lembra.

— Como é que é? — exijo a ela, assim que assimilo o que acabou de dizer. Briglia fica sem ação, assim como eu. Juliane, agora, passou todos os limites.

— Desculpe, acabei esquecendo. — O filho da puta pega o celular.

— Se precisar falar com ela, pode me ligar, cabo. — Meu tom deixa bem clara minha insatisfação.

— Tudo bem, não quero problemas. — O tom de Briglia sai preocupado. Naturalmente, viu a confusão em que se enfiou.

— Não terá nenhum problema por me ligar, te garanto, Douglas. Pode anotar? — ela insiste, e jamais alguém foi capaz de me tirar do sério como ela. — Ou então fale o seu e eu te retorno — continua me provocando. É isso o que quer? Ok, posso lidar com essa merda.

Não digo mais nada. Apenas encaro os dois, por segundos, e então me afasto, antes que cometa uma besteira das grandes. Ela não vai me fazer de idiota, muito menos me fazer passar por um, na frente de um dos membros da minha corporação. Muito bem, Juliane, conseguiu cagar a porra toda que tivemos. Melhor assim. Que se dane!

Atravesso o hospital como uma bala, querendo socar alguém. Na verdade, eu quero socar a mim mesmo, por dar armas para o seu jogo.

— Babaca! — grito, xingando a mim mesmo, ao chutar um latão a minha frente, assim que saio do hospital. Ela conseguiu foder com tudo, em milésimos de segundos.

Ando de um lado para o outro, transtornado. Apenas quero entender o que essa mulher fez comigo, ou qual é seu verdadeiro objetivo.

— Ei, parceiro, o que foi? — O tom preocupado do meu melhor amigo me trava. Essa bosta está toda errada. Eu vim até aqui para dar forças a ele, tinha que estar comemorando suas alegrias e bênçãos, e não ter me deixado levar dessa forma por alguém que não é porra nenhuma em minha vida.

MUDANÇA DE PLANOS

— Não é nada, cara, eu só precisava de um ar.

— Você mente mal pra cacete, e te conheço desde a terceira série. Então, foi mais uma das suas crises? Está tudo bem?

— Não! — Pela primeira vez em anos, gostaria que ele estivesse certo e fosse mesmo esse o motivo por eu estar assim. — Desculpe-me, estou sendo um péssimo amigo, as únicas pessoas que importam hoje é você e sua família — respondo, e mesmo estando puto com a atitude da Juliane, ver meu amigo e sua família bem era o que mais importava agora.

— Graças a Deus, eles estão bem. O médico veio falar comigo novamente, assim que você saiu, e me disse que se tudo continuar conforme o esperado, Ceci vai pra casa em alguns dias. Já, Bernardo deve ficar por no máximo uma semana, mas é só por precauções. Daniel, não esqueça que você também é minha família.

— Sei que sim. Estou feliz por você, meu amigo, juro que estou, pois você merece toda a felicidade do mundo.

— Sei que está. Foi um milagre, Daniel, e serei eternamente grato. — Assinto. — Achei que vocês tinham se entendido — diz, depois de alguns minutos que estamos em silêncio.

— Oi? — Faço-me de desentendido.

— Vocês chegaram de mãos dadas e tudo. Você já foi melhor, hein? Depois de dias juntos, não conseguiu dobrar a mulher?

— Já viu maluco ter cura? Essa mulher é louca, ou no mínimo tem um problema de perda de memória recente. Desisti de entender, não vale a pena, já deu! — Transbordo um pouco da raiva em minhas palavras, sei disso.

— Já tinha perdido as esperanças de te ver apaixonado. Parabéns, bem-vindo ao clube. — Pisca para mim.

— Só não vou te mandar pra puta que o pariu porque já sofreu muito. Então, vou lhe dar um desconto — vocifero, e ele cai na gargalhada.

— Está rindo da minha cara? Não abuse da sorte — advirto.

— Eu apostaria a minha vida que o Tenente Arantes jamais correria meio quarteirão sequer, atrás de uma mulher. Mas, se tivesse feito a aposta, estaria mortinho da silva. Afinal, foram milhares de quilômetros — declara, em meio a risos.

— Não abuse da porra da minha paciência! Não tem ninguém apaixo...

— A enfermeira do berçário quer falar com você, Fernando. — A voz que aprendi a reconhecer, como nenhuma outra, surge atrás de mim.

— Aconteceu alguma coisa? — O tom de Fernando muda para desesperado.

— Não, está tudo bem. Ela quer saber das roupas e outras coisas do Bernardo.

— Droga! Preciso buscar as coisas dele. Vou lá falar com ela, obrigado. — Ele bate em meu ombro, num gesto de despedida, e segue para dentro.

— Está tudo bem? — A pergunta irrompe às minhas costas, e fecho os olhos tentando manter o pouco do controle que me resta. — Daniel? — insiste.

— Não poderia estar melhor. Como viu, deu tudo certo, e acabou tudo bem. Vou ver se o Fernando quer que eu busque as coisas do bebê.

— Bernardo — me corrige.

— Bernardo — concordo, num tom ríspido e frio.

— Todos já foram. A Cissa só deve acordar amanhã, vão mantê-la por mais algumas horas no coma induzido...

— Legal. Preciso encontrar o Fernando. Juliane, com licença. — Passo por ela e nem me dou ao trabalho de olhá-la. Estou puto pra cacete, e não quero me arrepender de palavras ditas num impulso, como aconteceu em Washington.

Alguns passos depois, avisto meu amigo falando com uma senhora.

— Vou trazer tudo o mais rápido possível, fique tranquila — Fernando declara à senhora. Ela assente, se vira, e então segue na direção oposta.

— Posso pegar pra você, se quiser. Sei que não vai querer sair daqui até falar com a Cissa, e tenho que levar minha mala para casa também. — Na verdade, o que preciso é me afastar de Juliane, tenho que me livrar disso e voltar a ser quem eu era, antes dela. Essa babaquice que eu disse, sobre ver o que vai dar, foi a maior maluquice que já fiz, depois de ir atrás dela. Já sabia que ia dar merda.

— Eu... sei que chegou de viagem e nem foi em casa... mas realmente não gostaria de sair daqui... não sem olhar nos olhos da Ceci e ter certeza de que ficará bem. Eu te agradeço muito mesmo, meu amigo. Fico te devendo essa.

— Coloque na conta — respondo, tentando melhorar meu humor.

Fernando leva alguns minutos detalhando tudo o que eu deveria pegar, como se eu fosse uma criança de cinco anos ou um retardado.

— Acho que dou conta dessa missão — corto-o quando está na terceira repetição. Ele assente, percebendo o exagero.

— A Juliane vai ficar na sua casa? — Muda o rumo completamente, para a única direção que eu não queria.

— Quê? — Ele vai mesmo continuar me zoando?

— Se não for, ela pode ficar no quarto de hóspedes lá em casa. Não tem problema, só achei que...

MUDANÇA DE PLANOS

— Ela pode ficar na casa dela, será o melhor lugar — corto-o, num tom firme, esperando que entenda que já deu isso.

— Ela não te disse que passou a locação?

— Não, seria novidade se me dissesse — respondo, me sentindo mais impotente. Não sei nada sobre Juliane, a não ser da sua forte amizade com Cissa, e que tem um enorme prazer em me fazer de palhaço.

— A Ceci entregou o apartamento dela também, quando veio morar comigo. Então, Juliane pode ficar lá em casa, até ela resolver as coisas.

— Pode me emprestar a sua chave? Não estou com a chave da sua casa comigo. — Não consigo comentar sobre nada que acabou de me dizer, ainda estou processando as informações.

— Só tente não magoar a Juliane, Daniel. A Ceci gosta dela como uma irmã, e agora vai ter que ficar tranquila, para ter uma boa recuperação. Não acho que ficará bem vendo a amiga triste. Ela estava quase indo atrás dela, depois daquelas mensagens e ligações estranhas, só não foi pelo Bernardo. — Encaro-o, e sei que pediria a mesma coisa se estivesse em seu lugar, mesmo sabendo que essa é uma posição na qual nunca estarei. Mas, se estivesse, acho que minha reação seria igual.

— Fique tranquilo, Fernando. Vou consertar a cagada que fiz, e isso não vai respingar em vocês.

— Não é nada disso...

— Volto em uma hora ou duas, no máximo — alerto, pego a chave de sua mão e sigo para a recepção. Logo, estou pegando a minha mala e as dela, que havia deixado aqui. Como viemos direto do aeroporto, foi o lugar mais seguro que encontrei. — Obrigado pela gentileza, linda. — Pisco, tentando demonstrar à recepcionista uma tranquilidade que estou longe de sentir.

— Sempre que precisar — responde, com um sorriso conquistador, que antes seria a deixa perfeita pra mim. Mas, agora, pouco me importa, ou sequer me causa algum interesse.

— Ele não vai precisar mais, 'LINDA'. — O tom irritado e possessivo surge atrás de mim.

— Nunca se sabe — revido, e uso o sorriso sedutor que estava restringindo. Então, a recepcionista se derrete. Pisco novamente e sigo para a saída, puxando as malas da melhor maneira que consigo.

— Aonde vai com minhas malas? — Juliane exige, atrás de mim, mas nem respondo. Se era minha responsabilidade, lidaria com ela.

CRISTINA MELO

CAPÍTULO 13

Juliane

Praticamente corro atrás de Daniel, que mesmo puxando várias malas, consegue ser mais rápido.

— Eu lhe fiz uma pergunta! — exijo, enquanto ele permanece em silêncio, mexendo no celular. — Daniel! — Vou para a sua frente, e, mesmo assim, continua me ignorando, com os olhos fixos na tela. — Nossa, como você é infantil!

— O carro chegou. Vou deixar as malas em casa, e buscar algumas coisas para o Fernando — responde, seco, sem ao menos me olhar, e isto abre um buraco em meu peito.

Permaneço estática, assistindo-o colocar as malas no carro, com a ajuda do motorista.

— A senhora já pode entrar — comenta o motorista do Uber. Chego a abrir a boca para lhe dizer que não iria, já que o dono da casa nem ao menos fala comigo direito, mas a verdade é que estou louca por um banho, e também morrendo de fome. Minha amiga está estável, fora de perigo, e só acorda amanhã. Sendo assim, preciso me manter saudável por ela e por meu afilhado, que já amo demais. Então, já que minhas coisas vão, também posso ir. Entro no carro, impetuosa. Infelizmente, subloquei meu apê por um ano, e não posso ficar lá. Se ele pode chegar na minha casa e se instalar sem ser convidado, também posso fazer o mesmo; direitos iguais. Quer fazer birra? Que faça! Bato a porta com força demais e me arrependo, afinal, o veículo não é desse ogro idiota e bobo, e estou me vingando da pessoa errada.

— Grajaú — informa ao motorista, depois de se sentar na frente. É oficial, Juliane Marques, você está mesmo sendo ignorada.

Minutos depois, estou focada em meu celular, enquanto Daniel conversa tranquilamente com o motorista. É como se só estivessem os dois nesse carro.

Resolvo fingir que não estou ligando ou entendendo, não darei a ele esse gostinho. Sei por que está com raiva, mas, se não tocar no assunto, também não vou dizer. Ele chegou no meio da conversa, e agiu como um adolescente mimado. Estava bom demais para ser verdade! Não admito comportamentos assim. Passamos uns dias juntos e ele já se acha meu dono? Se tivesse me perguntado sobre o teor da conversa com seu amigo, decentemente, eu lhe explicaria. Mas, agora, ele que se dane e pense o que bem quiser, não tenho paciência para essas babaquices. É por isso também que fujo de relacionamentos e envolvimentos longos, e o nosso já foi longe demais. Mesmo assim, não estou nem um pouco pronta para me afastar.

O que preciso agora é conseguir um lugar para ficar por esses dias, até resolver o que farei da vida.

Estou tão feliz por minha amiga ter conseguido sair dessa, que a atitude babaca de Daniel ficou em segundo plano. Hoje, nada e nem ninguém estragará meu dia. Bom, eu tentei puxar conversa e esclarecer o que ele quisesse saber, mesmo sendo uma parte da minha vida sobre a qual não conversava nem com a Cissa. Com ele, eu falaria, mas se quis e quer continuar me ignorando, problema dele.

Olho meus contatos mais de uma vez, e não sei a quem eu poderia pedir uns dias de estadia. Sempre fui muito independente, e a única pessoa a quem pediria algo assim, não pode me ajudar agora. Também não poderei pagar por um hotel, já que minhas finanças estão mais do que limitadas. Tenho que reembolsar a passagem a Daniel, e se eu for voltar para Washington, preciso comprar outra. Nem sei como ficarei os próximos seis meses lá, pois o valor de bolsa que eles pagam, mal dá para a alimentação e o aluguel...

O ruído da porta se abrindo me tira das minhas preocupações e me traz de volta.

— Obrigado — escuto Daniel agradecer ao motorista, assim que desço do carro. O homem de altura mediana, por volta dos 50 anos, o ajuda, colocando uma de minhas malas na frente do portão. Acena para mim e logo está de volta ao seu automóvel, pondo-o em movimento e me deixando sozinha com Daniel, que agora abre o seu portão.

Ele faz um gesto para que eu entre, então me abaixo, pego uma das malas e aceito o convite silencioso. Assim que passo por ele, as poucas lembranças da primeira e única vez que estive aqui me dominam.

Assim que a porta da sala é aberta, entro sem ao menos esperar o convite. Sinto-me tão exausta que me jogo no sofá à minha frente, inclino a cabeça para trás e fecho os olhos, deixando o cansaço e as lembranças me consumirem de vez.

O único arrependimento que tenho é de estar bêbada o suficiente na nossa primeira vez, assim não sou capaz de me lembrar de cada detalhe com clareza, mas sei que o sofá onde estou agora foi um coadjuvante e tanto naquela madrugada. Mesmo estando com os olhos fechados, sinto o olhar de Daniel em mim. Eu só o queria aqui do meu lado, estou ficando dependente dele, e isso não é nada, nada bom. Mas uma coisa é certa: nunca me senti tão segura como me sinto quando estou em seus braços.

— Vou tomar um banho — diz, depois de alguns minutos de silêncio, e seu tom sai quase inaudível. Meu coração se aperta, mas não digo nada em resposta, o que me deixa muito irritada comigo mesma. Nunca fui de fugir, sempre fui de correr atrás do que eu queria, e no momento, o que mais quero é ele. Levanto-me, em um rompante de coragem, e sigo atrás do meu alvo. Assim que entro no quarto, escuto o som da ducha ligada. Daniel tem um sério problema de não fechar portas. Que bom!

Retiro a última peça de roupa do meu corpo antes de entrar em seu banheiro. Observo, por instantes, uma das cenas mais lindas que já havia visto: suas mãos e cabeça estão apoiadas no azulejo, enquanto a água desce por suas costas. Ele é incrivelmente perfeito. O cansaço é substituído por desejo, instantaneamente. Abro um pouco o vidro que separa o seu corpo do meu, e sei que me escuta entrar no boxe, mas permanece na mesma posição. Minhas mãos se espalmam em suas costas e o sinto estremecer um pouco, como se eu o queimasse, mas ignoro e me aproximo mais, dando pequenos beijos seguidos de algumas mordicadas. Meus braços agora estão envoltos nele, e minhas mãos desenham o contorno de seu peito e abdome...

— Vai continuar me ignorando, tenente? — sussurro o mais próximo de seu ouvido, e sorrio quando seu silêncio e posição continuam. Ele é muito birrento. — Ainda bem que seu amiguinho aqui não pensa como você — declaro, com o tom inundado de desejo, quando minha mão captura seu membro e toda sua imponência.

— Sem diminutivos. Você está pelada, colada às minhas costas, e com a mão no meu pau. Acho que não é uma escolha — responde, sério, mas não consegue esconder o desejo.

— Eu sou louca, não sabia?

— Nunca tive dúvidas! — rebate, e sorrio de novo. Em um movimento muito rápido, seus braços movem meu corpo e o colam na parede lateral; suas mãos se espalmam, me prendendo entre elas; seus olhos queimam os meus, e sua feição está muito séria; acho que ainda não tinha visto seu semblante tão carregado.

— Sempre temos uma escolha, tenente — confronto, num tom ameno.

— Quisera eu que estivesse certa. Me chame de Daniel — diz, sério. Ele é mesmo duro na queda.

MUDANÇA DE PLANOS

Passo as mãos por seu rosto e as desço por seu corpo. Não quero brigar com ele, não hoje.

— Não vou fazer amor com você, Juliane, estou puto pra caralho contigo.

— Está? — Mordisco seu pescoço. — Não há nada que eu possa fazer para mudar isso? — Pego seu membro e o acaricio. Daniel não se move, mas sua respiração está descompassada. — Está sendo muito linha dura, tenente. — Puxo seu lábio inferior com os meus.

— Não vou ficar de boa por ver você se oferecer, descaradamente, para um de meus amigos! Deveria ligar pra ele! — Se afasta, bruscamente, abre a porta do boxe e sai.

— E você deveria me perguntar o motivo de eu ter pedido o telefone dele, antes de tirar suas conclusões — rebato, tranquilamente, e ele trava.

— O que você quer, Juliane? — exige, a plenos pulmões, e seus olhos flamejam raiva e desejo.

— Você! Ainda não ficou claro? — respondo, sem desviar os olhos dos seus, e nunca tive tanta certeza das minhas palavras.

— Não! — responde, seco.

— Então você é mais idiota do que eu imaginava. — Por segundos, nos encaramos, e seus olhos revelam surpresa. Em seguida, sobem e descem por meu corpo sem parar, mas seu orgulho parece falar mais alto, porque nem assim ele volta a se aproximar.

— Tenho que voltar ao hospital. Mas fique à vontade, na porta da geladeira há telefones de alguns restaurantes que fazem entrega. Não tenho muita coisa em casa. — Seu tom sai cheio de indiferença, e isso me abala demais.

— Fique tranquilo, já estou de saída — tento não demonstrar o quanto estou magoada.

— Não estou lhe mandando embora.

— Nem precisa fazer isso. Só peço, se puder anotar, o número da sua conta bancária, para que eu faça a transferência do valor da passagem, por favor. De resto, obrigada por tudo, Daniel, não sei como seria se você não estivesse lá comigo — digo, o mais tranquila que consigo, e entro debaixo da ducha, antes que desabe na frente dele.

Fecho os olhos e logo ouço a porta do banheiro se fechar. Ele me deixou no vácuo. Estou feliz, feliz demais com a graça recebida, pois minha amiga e meu afilhado logo estarão em casa. Vou agradecer a Deus, todos os dias da minha vida, por esse milagre. Mas a indiferença de Daniel torna o buraco dentro do meu peito, sem fim. É a primeira vez, desde os acontecimentos com a minha mãe, que permito sentir-me rejeitada.

Minutos depois, enrolo uma toalha nos cabelos e outra no corpo. Nunca demorei tanto em um banho, mas a essa altura ele já deve ter saído. Abro a porta, e meu coração se acelera com a cena que vejo: duas de minhas malas estão abertas sobre a cama dele, e algumas das minhas roupas já estão fora delas. Ainda estou paralisada quando ele se vira de frente para mim, com algumas peças penduradas em cabides. Seus olhos me encaram, e sei que meus olhos perguntam o que minha boca não consegue.

— Separei esta parte do armário pra você. Se precisar de mais espaço, me fale, ou pode arrumar do jeito que achar melhor. — Segue para o armário, pendura a leva de roupas em sua mão, então volta para pegar mais, e eu ainda estou de boca aberta. — O fato de eu estar puto com você, nesse momento, não significa que quero que vá embora. Você só vai sair daqui se for para voltar para sua casa, ou para Washington — declara, decidido.

Olho para um dos meus baby-dolls, e ele está muito convidativo. Não tenho forças para debater com Daniel hoje, estou esgotada demais.

— Precisa procurar um psiquiatra — digo, com tom apático, e pego a lingerie na qual estava de olho. Em seguida, retiro as toalhas do cabelo e do corpo, sem pouco me importar com o fato de que ele está do meu lado, lindo, com algumas das minhas roupas nas mãos, vestindo apenas uma calça jeans, que parece mais que perfeita apenas por estar nele.

— Já tenho uma, fique tranquila. Já, você precisa parar de me provocar... — Visto o short, e ele abandona a pilha de roupa que pegaria agora, e se cola às minhas costas. — Por que insistiu em dar o telefone? — Suas mãos se espalmam, uma em cada seio, e seu corpo está tão grudado ao meu que sinto seus batimentos e sua ereção. Ele aperta meus mamilos entre os dedos...

— Humm — gemo, quando ele intensifica o toque. Minha cabeça se apoia no seu ombro, e minhas mãos circulam sua nuca.

— Você me deixa louco, Juli... — sussurra, próximo ao meu lóbulo. — Nem consigo imaginar nenhum outro filho da puta na posição que estou agora — confessa, e eu o quero tanto... Apaixonei-me, mesmo, por esse ogro maldito. — Aquilo foi mais um dos seus joguinhos, não foi? — exige. — Porque você adora testar meus limites.

— Não — respondo, quase sem fôlego.

— Não? — Seus movimentos travam e seu tom se eleva.

— Eu precisava do telefone... — Viro-me de frente para ele, e sua expressão é de revolta. — Preciso de um favor dele...

MUDANÇA DE PLANOS 83

— Pode pedir a porra do favor que quiser, pra mim! — Declara, muito irritado.

— Não é, nem de longe, o que você está imaginando, Dan. Não sou esse tipo de mulher, não faria isso com você. Você sabe que aquela vez, na sua oficina... Aquilo com o Willian foi brincadeira, e para te provocar, nunca estive interessada nele de verdade. Sabe disso, não é? — O vinco entre suas sobrancelhas ameniza um pouco.

— Não mude de assunto, e nem me faça lembrar daquela merda que você fez. O assunto aqui é o Briglia, e não o meu lanterneiro. Quero saber: que tipo de favor o Briglia pode fazer por você, e eu não?

— Ele...

— SOCORRO, ALGUÉM ME AJUDE! — Encaro Daniel, e ele também parece ter ouvido os gritos de uma mulher. — NÃO! — Barulhos de tiros seguem o grito desesperado.

— Merda! — Daniel dispara até a gaveta da cômoda e retira uma arma de dentro dela.

— Aonde você vai com isso? — pergunto, apavorada.

— Não está ouvindo? Parece ser na casa ao lado. — Sai do quarto com a pistola em punho, e eu visto a primeira blusa que vejo pela frente.

— Volte aqui, Dan. Isso foi tiro. Droga! — Corro atrás dele, desesperada para tentar impedi-lo de sair, mas assim que chegamos ao quintal...

— EU VOU TE MATAR, SUA PIRANHA DO CARALHO!

— ME SOLTE! — Os gritos vêm da frente do portão de Daniel, não há dúvidas.

— Não vá lá, entre! — Puxo o braço do Daniel, pois não posso perdê-lo. O medo me consome.

— Entre, Juli, e ligue para a polícia. Eu ainda sou policial, e ele vai matar a mulher se eu não intervier. Fique calma, sei o que estou fazendo. — Nego com a cabeça, freneticamente, e me agarro mais ao seu braço. — Amor, me solte. — pede, em um sussurro, mas o medo me domina.

— AHHHH! — Ouvimos o grito, e nem um segundo depois, Daniel já está em cima de uma bancada, que o deixa quase na altura do muro... — PARE! — a mulher grita de novo, e Daniel se esgueira, lentamente, e olha para fora, por cima do muro. Em seguida se abaixa, destrava a arma e faz sinal para que eu entre. Mas não consigo me mexer, estou congelada no chão. Ele olha novamente...

— Polícia! Solte-a! — exige, já com uma das pernas dependurada para fora. — Na parede, mãos na cabeça! — Daniel exige, com tom altivo. — Encoste no carro, senhora.

— ELA É MINHA MULHER! — um tom masculino declara.

— Mãos para o alto! Encoste a cara no muro ou eu atiro! — exige Daniel. — Amor, pegue minhas algemas, na primeira gaveta da cômoda, e destranque o portão. Quando eu pedir, você me entrega.

Ele se joga para fora e eu entro, correndo. Volto em menos de um minuto, com as algemas, e destranco o portão, como me pediu.

— DANIEL! — eu o chamo.

— Pode abrir, amor. — Abro, e o vejo apontando a arma para o cara que está encostado ao muro. Uma mulher chora muito, apoiada a um carro.

— Está tudo bem? — pergunto a ela.

— Ele ia me matar. Eu consegui derrubar a arma dele, mas ele ia mesmo me matar — conta, chorando muito.

— Você está machucada? — Não tem uma parte do meu corpo que não esteja trêmula.

— Nada muito grave.

— Onde está a arma? — Daniel exige ao cara, ao terminar de algemá-lo.

— Na luta, ela caiu no chão, e eu a chutei para debaixo do carro, moço — A mulher diz a Daniel, e ele se abaixa para procurar. O homem já está deitado no chão, e contido.

— Amor, pegue meu telefone? — Assinto, e volto para dentro. Logo, pego o celular dele e um copo com água para a mulher, que deve ter, no máximo, a minha idade.

— Ele é mesmo seu marido? — Daniel pergunta.

— Sim, mas ele não quer aceitar a separação. Nós moramos aqui no condomínio há três meses. A briga começou dentro do carro, e eu nem sabia que ele tinha uma arma — ela conta, chorando muito.

— A senhora vai ter que prestar queixa. Se deixar passar, ele vai fazer de novo — Daniel alerta.

— Já disse que ela é minha mulher! — O filho da puta covarde grita, do chão.

— Sua esposa, e não sua propriedade. O que você fez foi tentativa de homicídio. Na verdade, feminicídio. Melhor ficar quietinho, para não piorar sua situação, porque já está encrencado o suficiente — Daniel declara, e um minuto depois está falando ao celular, relatando o ocorrido.

Quase dez minutos depois, a rua do condomínio está lotada de curio-

MUDANÇA DE PLANOS 85

sos. Então, uma viatura chega, e dois policiais descem. Daniel os cumprimenta e começa a relatar o caso.

Três horas depois, Daniel ainda não tinha voltado da rua. Ele teve que ir à delegacia, e depois passaria no hospital, para entregar as coisas que Fernando havia lhe pedido. Já terminei de arrumar minhas coisas no armário, e as dele também, e varri a casa e ajeitei algumas coisas, rapidamente. A casa não estava bagunçada como da outra vez, mas tinha muita coisa desorganizada, e isso me irrita de uma forma que não consigo controlar. O quarto de Daniel, pelo menos, está em perfeito estado. Preferi não fuçar muito o resto da casa, pois o cansaço agora bateu de vez, então vou ter que deixar para organizar aos poucos.

A fome me domina, mas o sono a vence, então deito um pouco, depois de ter tomado outro banho, e meus pensamentos estão no que aconteceu há pouco. Meu Deus, como existe homem covarde neste mundo! Achar que tem direito à posse de uma pessoa, apenas porque se casou com ela. Isto é primitivo e absurdo. Covardes! Usam a força e violência para impor sua vontade, e o mais triste é saber que a maioria das mulheres que sofre esse tipo de abuso não consegue se livrar a tempo, ou tem medo de denunciar e colocar esses monstros atrás das grades. Em uma rápida pesquisa no Google, descobri que o Brasil é o quinto país em violência contra mulher, no mundo, e isto é alarmante. Já tinha ouvido relatos, visto em noticiários, mas nunca presenciei algo como hoje. As mulheres têm que se unir, pois temos o poder de diminuir ou até mesmo findar esses agressores. A sociedade tem que parar de ser omissa e denunciar briga de marido e mulher quando se tem agressão. Temos que meter a colher, sim. Na dúvida, sempre é melhor prevenir. Prefiro chamar a polícia por exagero a ser testemunha ou até cúmplice de um crime. Porque quando nos omitimos, é isso que viramos: cúmplices.

Tive medo por Daniel hoje. Por um momento, não me lembrei que era policial, pois não o conheci assim, e isso é muito novo para mim. Nunca nem sequer havia visto uma arma tão de perto. Minha intenção, na hora, foi preservar a integridade dele, mas depois reconheci que minha atitude, ainda que fosse por medo, estava errada. Mesmo que ele não fosse policial, algo tinha que ser feito; porque se ninguém tivesse interferido, ela poderia estar morta agora. Estamos nos tornando alheios e muitos egoístas. Se não nos ajudarmos nas horas necessárias, logo deixaremos de ser humanos.

CAPÍTULO 14

Daniel

— E aí? Trouxe as coisas. Alguma mudança? — pergunto ao Fernando quando sento ao seu lado.

— O médico diminuiu o sedativo, mas ela só deve acordar amanhã, mesmo. Vão mantê-la no CTI esta noite, para observação. Graças a Deus, continua reagindo bem. Como foi lá?

— O infeliz está preso. Espero, mesmo, que a mulher não fique com peninha depois e retire a queixa, como a maioria faz, ou poderá entrar para as estatísticas. O cara é um covarde de merda, e ela está bem machucada. Infelizmente nossa lei é uma porcaria também, pois nós prendemos e eles soltam.

— E como você lidou com tudo isso? — questiona, depois de algum tempo em silêncio.

— Ainda sou um policial, Fernando, pelo amor de Deus! Acha que ficaria inerte a um pedido de socorro? — Fujo de sua pergunta com outra.

— Falta apenas um mês. Tem certeza de que vai mesmo se reformar? — Engulo em seco e encaro meus tênis. — Você é um dos melhores policiais que conheço, Daniel... Sei que tudo aquilo foi uma tragédia horrível, são quase 4 anos desde... — ele trava. Eu o havia proibido de tocar no assunto, e sei que acabou de lembrar-se de sua promessa. — Não foi culpa sua. Foi uma fatalidade, mas não foi sua culpa. — Minha respiração acelera.

— Então por que a porra da minha cabeça não aceita isso? — explodo. — Aquela porcaria de terapia serve pra quê? — exijo ao meu amigo a resposta da pergunta que faço a mim todos os dias, mas ele se mantém em silêncio. — Foram dois anos de licença médica, indo às terapias duas vezes por semana, e nada mudou. A cena continua se repetindo, os pesadelos são frequentes, e a culpa me corrói como ácido — desabafo o que vem me incomodando há muito tempo.

— O que a doutora Jana lhe disse?

— O que ela me disse?! — explodo de novo. — Chega a ser ridículo eu ter perdido dois anos indo a consultas, para escutar, em todas elas, que o problema estava em minhas mãos. Para que serve a porcaria da psiquiatria, então? — Ele apenas assente, como a doutora Jana faz, e isso me enfurece. Então, levanto-me. Esta conversa já deu.

— O que o seu pai diria? — A pergunta faz com que eu trave meus passos.

— Você sabe muito bem o que meu pai diria. — Volto a me virar para ele.
— Sim, eu sei. Mas, e você... sabe?

— *Você fez o quê?*
— *Eu já estou dentro, pai* — *esclareço ao tom irritado.*
— *Mas vai tratar de sair, imediatamente. Eu não trabalhei feito um condenado para arcar com sua faculdade, para você simplesmente entrar para...* — *ele trava, e vejo fúria em seus olhos. Sabia que não seria fácil, mas nunca vi meu pai tão furioso comigo.*
— *Não vou enterrar meu único filho!* — *Soca a mesa tão forte que alguns objetos vão direto para o chão.*
— *Ser policial não é uma sentença de morte, pai!*
— *É exatamente o que é. Principalmente na porcaria desse país!* — *esbraveja.*
— *É o que eu quero, pai, é o meu sonho.*
— *Sonho?! Daniel, eu juro por Deus que se você for em frente com isso, eu mesmo te arranco lá de dentro, na base dos tapas que nunca te dei* — *declara, transtornado.*
— *Eu me formei, como o senhor quis, pai...*
— *E é ótimo no que faz. É muito bom com números. A oficina...*
— *Não quero administrar a oficina, papai. Não quero ficar atrás de uma mesa, de braços cruzados. Quero fazer algo que realmente signifique alguma coisa, quero fazer a diferença.* — *Ele apenas nega com a cabeça, o tempo todo.* — *O que aconteceu com o titio foi uma fatalidade, ele...*
— *Você vai querer me convencer de que seu tio não sabia o que estava fazendo? Ele era o melhor policial do batalhão dele, dava tiros de olhos fechados e ainda assim acertava o alvo. Mas aí, por causa de um maldito cordão de ouro, ele perdeu a vida, na minha frente, quando os dois desgraçados viram o volume da sua arma sob a blusa. Você acha que eles teriam chance contra ele? Seu tio não teve nem tempo de reagir. Se tivesse, aqueles miseráveis levariam a pior, eu sei disso. Seu corpo não é blindado, Daniel, e nenhum treinamento do mundo será capaz de te livrar da covardia dos outros! Eu te amo, meu filho, você é tudo o que me resta. Mas, se insistir, mesmo, com essa ideia, não conte com meu apoio. Não serei cúmplice disso.*

— Pai? — eu o chamo, quando já está saindo de seu escritório.
— Se for para a polícia, esqueça que tem um pai. Prefiro te enterrar agora, sem ter que ver seu corpo sem vida! — Volta a se virar, encerrando o assunto. Isso vai ser

muito mais difícil do que pensei.

Seis meses depois...
— Ele aceitará — Fernando comenta, assim que para ao meu lado.
— Ele não trocou uma palavra comigo desde aquele dia, no seu escritório. — Meu tom embarga. É a minha formatura na polícia, e gostaria muito que meu velho estivesse aqui comigo.
— O Sílvio sempre foi turrão, meu filho, mas de uma coisa eu tenho certeza: ele te ama, e mesmo que esteja em seu maior estágio de teimosia, sei que está feliz por você. Afinal, está concretizando seu sonho, e tudo que mais queremos nesta vida é ver nossos filhos felizes, mesmo que eles façam escolhas diferentes das que gostaríamos. Se estão felizes, é o que importa.
— Obrigado, vó — agradeço a avó de Fernando, que peguei emprestada para ser a minha também.
— E você está lindo! — elogia-me e ajeita minha farda, como fez com Fernando.
— Ele tem a quem puxar. — O tom afetuoso, que não escuto há meses, acelera meu coração e faz uma lágrima teimosa escorrer pelo canto do meu olho direito.
— Obrigado, velho. — Eu o abraço e ele retribui.
— Tem certeza de que é isso o que quer? Ser policial é o que move você, o que te faz feliz?
— Sim, papai, é o que quero.
— Então, não importa o que acontecer, honre a farda que escolheu e seja o melhor policial que se pode ser. Você não escolheu uma missão fácil, mas tenho certeza de que dará conta. Estou muito orgulhoso de você, meu filho.
— Obrigado por vir, papai, seu apoio é muito importante.
— Sempre o apoiarei, meu filho, mesmo quando você achar que não estou fazendo isso...

— Então, meu amigo, vai mesmo se reformar aos 35 anos, depois de tudo o que passou? Você ama o que faz, Daniel, e não estou falando da oficina. Seu pai lhe daria uns tapas, se pudesse. — Fecho os olhos por uns segundos, imaginando o sermão que meu velho me daria por abandonar tudo assim.
— Me senti eu de novo, hoje, Fernando. A adrenalina e a sensação de dever cumprido... não existe nada igual. Amo minha farda, ser policial é o

que realmente faz meu sangue pulsar. Mas, ao mesmo tempo que todas essas certezas me direcionam para voltar à ativa, o peso de toda aquela tragédia me mantém cativo no mesmo lugar. Queria apenas voltar no tempo e não estar lá naquele dia. Ainda vejo o sangue em minhas mãos, todas as noites.

— A culpa não foi sua, Daniel, você não podia fazer nada.

— Claro que podia, cara, eu tinha que ter feito algo... — Meu tom embarga com as lembranças, que ficam vivas de novo...

— *Perdeu! Pare!* — *ordeno ao dono do morro, que tenta correr à minha frente.* — *Pare!* — *exijo, e a mira do meu fuzil está enquadrada em sua cabeça...*

Balanço a cabeça, impedindo as lembranças de irem além. Minhas mãos suam frio e as limpo na calça. Baixo a cabeça novamente e encaro meus tênis.

— Precisa se libertar disso, irmão. Nada que você fizesse naquele dia poderia ter impedido, sabe disso. Às vezes, só não está nas nossas mãos. O mundo é cruel, e você, assim como eu, sabe que se esconder disso não é a solução. Temos que lutar muito, mas é possível vencê-lo, Daniel, te garanto que é. — Encaro meu amigo. — Passei anos da minha vida alimentando um fantasma e procurando uma fórmula inexistente de mantê-la comigo. Não podemos remediar o que não tem remédio, só nos resta seguir em frente.

"Amava muito a Letícia, mas o amor que sinto pela Cecília e pelo meu filho transcende aquele amor, e não sei, de verdade, se poderia ser mais feliz do que sou com a Ceci."

"Se Deus a tivesse levado também, eu não suportaria. Não só porque seria uma tragédia, como foi com a Letícia, mas, sim, porque meu amor pela Ceci ultrapassa a barreira do corpo e coração. É um amor de alma. E uma alma, quando se completa em outra, dificilmente conseguirá seguir sozinha de novo."

— Você está muito boiola, cara! — Bato em sua perna e levanto do seu lado, fugindo do assunto. Claro que entendi tudo o que quis dizer, mas não consigo falar sobre isso, não hoje, não quando as convicções que alimentei ao longo de quase quatro anos começam a cair por terra.

Em um mês, se não expressar a vontade de continuar na corporação, serei reformado, pois já havia tirado dois anos de licença médica, pelos traumas psicológicos provocados em trabalho. Depois de idas e vindas ao trabalho, nesses dois anos, ainda não conseguia focar como deveria, então pedi uma licença particular não-remunerada. Precisava de mais tempo, mas ela está terminando. E se me dissessem, quando entrei para a polícia, que estaria nesta situação hoje, jamais acreditaria. A pressão emocional que o policial enfrenta 24h por dia, só sabe quem realmente vive, e tudo isso vai se acumulando, dia após dia. Então, quando menos se espera, tudo explode de uma só vez.

— Pense bem, irmão. Se existe alguém que ama aquela farda, esse é você. — Assinto, com a expressão séria de novo, ao ver que ele não embarcou na minha tentativa de fuga, com a brincadeira. Fernando era uma das pessoas que mais me conhecia neste mundo.

Ser policial é uma vontade desde que tinha 8 anos. Depois de toda a tragédia, achei que não suportaria mais vestir o uniforme e honrar meu juramento na polícia, mas quando ouvi os gritos de socorro daquela mulher, o Daniel e toda sua carga psicológica desapareceram. Naquele momento, eu era apenas o Tenente Arantes cumprindo seu dever de servir e proteger. A sensação de dever cumprido, que não sentia há anos, me fez duvidar se realmente era certo abandonar uma das coisas que mais amei na vida.

— Vou pensar — afirmo, e é a vez de ele assentir.

— E a Juliane? — muda de assunto.

— O que tem ela?

— Onde ela está, Daniel?

— Na minha casa, Fernando. Onde mais estaria?

— Não sei. Você que saiu daqui dizendo...

— Eu sei o que disse, mas... — travo quando um sorriso idiota surge no rosto dele. — O quê? — pergunto, irritado, e ele levanta as mãos, em sinal de rendição.

— Nada, cara.

— Você mesmo disse que ela não tinha onde ficar, então não vejo motivo para tanto alarde. Posso muito bem hospedá-la por uns dias, já que a casa é grande pra caralho!

— Ok, não tem nada demais nisso — diz, em tom de zombaria.

— E não tem mesmo! Não tem nada rolando. Não vou pedi-la em casamento, se é o que está pensando, pois não sou um pateta igual você. É só uma química forte pra cacete. Somos adultos, e estamos aproveitando sexo bom, só isso.

— Ok, parceiro, não precisa me dar satisfação. Beleza, aproveite, mas me avise com um pouco de antecedência, porque quero escolher o terno de padrinho com calma. — Gargalha.

— Nossa, que engraçado, ele voltou para a quinta série!

— Admite logo que você está apaixonado. Quanto antes fizer, mais feliz será, garanto.

— Vá ver sua mulher, vá, Fernando! — digo, sem paciência.

— Minha sogra está com ela. Tenho certeza de que está bem. — Pisca.

— Bom, eu tenho que ir, estou exausto. Se precisar de mais alguma coisa, é só ligar.

— Obrigado por tudo, meu irmão — pede, agora com o tom de volta à normalidade.

— Não tem o que agradecer. — Assinto e me viro.

— Ah, Daniel?! — Viro-me novamente para ele. — Washington é mesmo muito longe? — Pisca.

— Ah, vá trocar a fralda do seu filho! — Refaço meu caminho enquanto ele fica lá, sorrindo. Sei que terei que aturar isso por um bom tempo.

Estar com Juliane é bom pra caralho, vai além de qualquer experiência com mulheres, que já tive, mas não passa de uma química que nós dois precisamos exorcizar. Porém, enquanto isto não acontece, eu terei tudo dela, apenas eu.

Estaciono o carro na garagem quase às 22h, pego a embalagem com o lanche e tranco o carro. Não consegui falar com Juliane, mas espero que goste do que eu comprei.

Apoio as coisas sobre a mesa, assim que entro, e o silêncio que me recebe acelera meu coração de uma forma que não esperava.

A penumbra na cozinha me confirma que ela também não está lá, então sigo a passos largos para o meu quarto, e assim que abro a porta... minha respiração falha e perco todas as batidas do meu coração, instantaneamente, com a cena linda a minha frente: ela está de bruços, abraçada ao meu travesseiro; a luz da lua, que adentra pela janela, reflete na cama, deixando em evidência a silhueta do seu corpo. Estou com a mão imóvel na maçaneta, assim como meu corpo, que está paralisado. Mesmo que a vi dormindo durante esses dias em que estivemos juntos, nada se equipara à visão que tenho agora. É como se, em todo esse tempo, meu quarto estivesse incompleto sem ela aqui.

Puta que pariu, Daniel! Essa é a última coisa de que precisa agora.

Isso só pode ser tesão acumulado, claro que é.

Retiro os tênis e sigo para o banheiro. Depois de uma ducha rápida, estou de volta ao quarto, feliz por ela estar na mesma posição.

Meus joelhos pairam ao lado do seu quadril e logo meus lábios reverenciam a base de sua coluna e seguem por sua extensão, lentamente. Seu cheiro é único e delicioso; sua pele, perfeita.

— Hum... — O gemido rouco me diz que ela acordou, mas também eleva muito mais o meu desejo. Será que esse tesão desenfreado não passará nunca?

— Você fica perfeita na minha cama — sussurro ao seu ouvido, enquanto minha mão acaricia seu corpo.

— Você demorou. — Seu tom rouco me enlouquece. — É sério, precisamos comprar um gravador. — Sorrio em seu pescoço.

— O que eu mais preciso agora é de você, amor. — Viro-a e logo meus lábios estão nos seus. Beijar Juliane é como a dose mais alta de calmante, me leva a um nível de êxtase extraordinário e incomparável.

Seus dedos sobem e descem por minhas costas. Fazer amor com ela é surreal, e nunca senti essa conexão com ninguém. Sei que estou ferrado, mas também sei que tirei a sorte grande. Estar com Juliane...

— Está tudo bem, Dan? — O tom preocupado me tira da minha paralisia e dos pensamentos. Encaro seus olhos questionadores e o desejo de poder contemplá-los durante todos os dias da minha vida se faz presente de uma forma que me deixa apavorado.

— Está mais que bem, amor, eu diria que está perfeito. — Sua respiração se torna descompassada.

— Você bateu a cabeça, ogro? — Meneio a cabeça, em negativa, ao mesmo tempo que sorrio. Sei que ela também está assustada com essa conexão e apenas não sabe lidar com toda essa loucura. Por isso, toda vez que a coisa fica séria, tenta fugir e joga essas brincadeiras. Estou começando a te conhecer, marrenta!

— De qual cabeça está falando? — Pisco, e pressiono minha ereção em seu quadril.

— Idiota! — Faz uma careta e me dá um tapa.

— Você é tão carinhosa, amor — zombo, mordiscando seu pescoço da forma que gosta, e ela geme.

MUDANÇA DE PLANOS

— Está carente?

— Não, estou com tesão mesmo — respondo, e seu riso me paralisa por uns segundos, enquanto encaro a covinha que se forma em sua bochecha.

— Que foi? Estou muito descabelada? — pergunta, depois de uns segundos em que meus olhos estão fixos nos seus, e nego.

— Você nunca esteve tão linda. Nunca. — Ela engole em seco, enquanto seus olhos se conectam aos meus. Então, sua boca se cola à minha...

— Eu trouxe lanche. Já deve der ter virado picolé, pelo tempo — digo, enquanto ela faz círculos em minha barriga, com o indicador. Nossos corpos ainda estão suados, depois da segunda rodada de sexo extraordinário. Cada vez que transo com Juliane é como se fosse a primeira vez, mas também é como se fizéssemos isso há muito tempo. Somos bons pra caralho juntos.

— Estou com fome, mas não quero sair daqui — comenta.

— Também não quero. — Beijo sua cabeça.

— Como foi lá na delegacia?

— Ela prestou queixa e o cara ficou detido. Tomara que vá até o fim e não retire a queixa, como a maioria faz.

— Nossa, será? Depois do que ele fez, acho que não retira.

— Já vi de tudo por aí, amor, não duvido.

— Espero que ela não faça isso.

— Também espero. Ele iria matá-la, não tenho dúvidas. Ninguém anda com uma arma ilegal e carregada, apenas para um susto, como ele alegou na delegacia. — Ela assente e pousa a cabeça em meu peito, de novo.

— E no hospital, tudo bem por lá?

— Está, sim. Os pais da Cissa também vão passar a noite por lá.

— Ainda não acredito que tudo isso aconteceu com a Cissa.

— O importante é que ela vai ficar bem, e nosso afilhado também.

— Graças a Deus, e a São Francisco. E a linda estava lá?

— Oi?

— A linda da recepção — esclarece.

— Com ciúme? — Ela me encara e eu sorrio. — Sim, ela estava, inclusive me chamou para um chope, e eu quase aceitei, mas aí lembrei... — Ela se levanta do meu lado, como um furacão, e eu gargalho. — Amor, estou brincando. — Entra no banheiro e bate a porta com muita força. — Juli! — grito, mas não consigo entrar, pois a porta está trancada. Bato de novo, mas não abre nem responde, então sigo, sorrindo, para o banheiro de visitas, no corredor, sabendo que minha brincadeira deu B.O.

Chego ao quarto novamente e ela está sentada na cama, mexendo em seu telefone.
— Você não vai lanchar?
— Estou sem fome, obrigada — responde, num tom seco, e sem me olhar.
— Amor, eu estava brincando. Você vai entrar na pilha?
— Ok, entendi. Mas, mesmo que estivesse falando sério, não somos namorados, não precisa mudar sua rotina por minha causa. Estou falando com um amigo, ele me ofereceu sua casa — diz, tranquilamente, e meu sangue ferve.
— Você não sabe brincar? Não vai para a casa de amigo, porra nenhuma!
— Não sabia que era sua prisioneira.
— Não é.
— Ótimo! — responde e a encaro. Não quero que ela vá, o lugar dela é aqui.
— Eu estava brincando, amor. Nem vi mais a mulher, aliás, nem lembro como é a cara dela. Você não pode ir, ainda estamos no nosso prazo...
— Não assinei nada — diz, irritada.
— Amor... — Beijo seu pescoço. — Não precisa ter ciúme...
— Você se acha muito! Não é ciúme. Você pode fazer uma cena ridícula apenas porque eu tentava resolver uma questão, depois canta a porra da mulher na minha cara e eu tenho que achar normal? Com você, tudo pode?
— Claro que não. Eu fiz o que fiz com a recepcionista porque estava puto com você. Não entendi sua atitude, a qual ainda vai me explicar, e agora há pouco estava brincando, mas você nem me deixou terminar. Ia dizer que não podia tomar o chope com ela porque tinha uma mulher extremamente linda e gostosa na minha cama, e não queria perder mais nenhum segundo longe dela. — Puxo-a para o meu colo e ela não me impede. — Vamos parar com essa discussão boba. O dia foi exaustivo, e só quero dormir agarradinho com você.
— Acho, mesmo, que é melhor eu ir para a casa do Heitor amanhã. Isso está ficando muito estranho.
— Você não vai, e não tem nada estranho aqui!
— Não? A gente está se cobrando, como se fôssemos um casal. Não...
— Caso não tenha reparado ainda, nós somos a porra de um casal.

MUDANÇA DE PLANOS

Então, vamos encarar logo a realidade e nos comprometermos. — Ela nega, freneticamente, com a cabeça, então a deito e pairo sobre seu corpo. — Também estou com medo, porque nunca vivi nada parecido nem sequer tive uma namorada oficial. — Pisco. — Não quero me afastar de você, Juli, então fique, pelo menos até decidir se vai voltar ao curso. Prometo que não vou olhar para a bunda de outra na sua frente. — O tapa atinge meu braço e eu sorrio. — Também não olharei por trás, porque é a única que me interessa, e quando não for mais, eu prometo que vou te dizer.

— Isso não vai dar certo, Daniel...

— Só vamos saber se tentarmos. — Seus olhos refletem medo e dúvida. — O sexo é bom, não é? — Beijo seu pescoço e ela estremece. — Não precisa ter ciúme, amor, te garanto que não.

— Promete que vai me dizer quando acabar toda essa tensão sexual? — Assinto, com os olhos presos aos seus. — Sei que não será para sempre, mas, enquanto estivermos transando, quero ser a única. — Meu peito se comprime com uma sensação estranha. Vou mesmo fazer isso?

— Eu te garanto que será, amor. — Beijo-a, constatando que apesar de seguir por um caminho que sempre disse que não iria, nunca estive tão feliz. — Mas também preciso que você faça o mesmo, e que pare de me provocar. Não vou admitir comportamentos como o que teve hoje.

— Você não tem que admitir nada! — Sei que um vinco se forma entre minhas sobrancelhas. Claro que não ficarei de boa vendo-a se oferecer para outro.

— Estamos fazendo um acordo ou não? As coisas precisam valer para os dois, Juliane. A sua atitude hoje, com o Briglia, não foi aceitável. — Meu tom sai sério.

— Não é nada disso. Eu não estava dando mole para ele!

— Então, me diz: como se chama aquilo? Pela cara dele, tenho certeza de que pensou como eu.

— Ele não pensou, não!

— Ah, tenho certeza de que pensou! — insisto, e ela nega.

— Estou procurando meu pai, Daniel. O Douglas é filho da melhor amiga da minha mãe. Nós éramos amigos antes de eu... — ela trava, engole em seco e fecha os olhos. Sua expressão se transforma, ela parece sentir dor, e isso atinge meu coração como uma flecha.

— Antes de você o quê? — insisto, e ela morde os lábios, enquanto uma lágrima escorre pelo canto de seus olhos, fazendo meu coração, já ferido, parar de bater.

CAPÍTULO 15

Juliane

Não consigo responder a Daniel ou abrir os olhos; não quero derrubar meus muros para ele; não posso me sentir segura com ele, a ponto de remover todas as camadas que criei para me proteger daquela dor... Aperto os olhos, com força, quando a lembrança me sufoca...

— *Não quero ir, mãe!* — *imploro.*
— *Será melhor para você, Juliane. Você tem 10 anos, não é mais criança, tem que encarar a realidade. Juro que isso não estava nos meus planos, quando engravidei. Eu amo o seu pai, mas ele não tinha os mesmos planos e sentimentos, o que só me destruiu. Segurei o quanto pude, mas, agora, você já consegue se virar bem, já é independente. Desculpe, filha, mas não sou mais capaz de fazer isso. Estou sufocada, é como se um peso estivesse sobre minhas costas, 24 horas por dia. Seu pai simplesmente está vivendo a vida dele, enquanto me vejo sendo anulada a cada dia mais. Preciso me redescobrir, e não quero te culpar por uma frustração posterior. Prometo te visitar sempre que puder.*
— *Então me deixe com o papai. Ligue pra ele* — *imploro.*
— *Ele não a quis quando era um bebê, não vai te querer agora.*
— *Você me deixa falar com ele?*
— *Juliane, não fique me questionando, filha. Você precisa entender o mundo desde agora, que nada é fácil ou dura para sempre. Se não fizer algo por você mesma, ninguém mais o fará.* — *Meu choro é incontrolável.*
— *Não quero ir! Prometo que vou me comportar e fazer tudo o que você mandar.*
— *Também será difícil para mim, filha, mas vai passar. Estou fazendo isso pensando no seu futuro, e amanhã me agradecerá.*
— *Não!* — *grito, e tento sair do carro, mas as portas estão travadas. Bato no vidro quando encaro Douglas, que vai ficando cada vez mais distante, enquanto o automóvel se afasta.* — *Me deixe sair, não quero ir!* — *imploro, entre soluços.*
— *Pare com isso, Juliane, você não tem mais idade para essas pirraças! Eu sou sua mãe e sei o que é melhor para você.*
— *Não sabe nada, sua bruxa! Eu te odeio, te odeio, eu vou te odiar para sempre...*

MUDANÇA DE PLANOS

— Amor? Fale comigo! Estou aqui, vai ficar tudo bem. Ninguém vai te fazer mal, nunca mais, não vou deixar. — Os braços de Daniel me envolvem, enquanto meu corpo convulsiona entre soluços. Não quero que ele me veja assim, eu enterrei essa Juliane, não posso ficar vulnerável. Daniel é passageiro, nada é para sempre, e logo tudo isso vai acabar. Não posso deixar essa paixão que sinto, me cegar e me fazer acreditar que com ele pode ser diferente. Esse é o primeiro erro de todos que se apaixonam.

— Não é nada demais, devo estar de TPM. Como te disse, o Douglas era meu vizinho, e eu o reconheci no hospital. Continua com a mesma cara de pateta, não mudou muito. — Limpo as lágrimas, freneticamente.

— E sua mãe ainda é viva?

— Sim.

— Por que não pergunta a ela?

— Não sou idiota, Daniel. Já fiz isso, mas ela se nega a me dizer onde meu pai está.

— Deve ter um bom motivo...

— Não faça isso! — grito. — Você não a conhece. Não é porque uma pessoa consegue parir, que ela se torna uma boa pessoa. Ser mãe não é tipo um *upgrade*, para uma pessoa se tornar maravilhosa. — Ele assente.

— Por que se afastou do Douglas? — pergunta, depois de alguns segundos em silêncio.

— Não me afastei, eu continuei conversando com ele. Foi você quem saiu. — Me faço de desentendida.

— Amor, você sabe sobre o que perguntei. Você disse que era amiga dele, antes... Antes de quê? — Merda, Juliane!

— Vamos dormir. Falaremos disso outra hora, estou morrendo de sono. — Escondo meu rosto em seu pescoço, pois ninguém sabe dessa parte da minha vida, nem a Cissa.

— Não posso te entender ou ajudar, se não for sincera comigo, Juli — alega, parecendo frustrado.

— Essa é a questão, Daniel. Não sou sua responsabilidade, não tem que fazer nada por mim. Já superei toda aquela merda, cresci! A menina de 10 anos, que implorou para que a própria mãe não a abandonasse em um colégio interno, a mesma que era a única a não sair daquele lugar aos finais de semana e feriados, que tinha que passar o Natal com a Madre, porque a mãe nunca ia buscá-la, frustrando-a todas as vezes, não existe mais! — Tento me levantar, mas ele não deixa, então me debato para sair de seu abraço, não querendo desabar na sua frente. — Só preciso perguntar a ele por que nunca fez nada. Por que nunca foi me visitar ou por que não me quis. Nem mesmo tenho um rosto para minhas lembranças.

— Eu sinto muito, meu amor, sinto muito. — Beija minha cabeça, e meu choro volta novamente, é como se eu voltasse a ter 10 anos. — Nós vamos encontrá-lo, te prometo que vamos. — Desisto de lutar e o abraço, deixando meu rosto em seu peito. Sei que estou cometendo um grande erro, mas, ao mesmo tempo, me permito aproveitar essa sensação de segurança e proteção, que nunca tive.

Respiro mais uma vez, tentando acalmar meus batimentos. Então, depois de alguns segundos, entro no quarto... Assim que meus olhos encontram os da minha melhor amiga, toda a intenção de ser forte desmorona, e não consigo conter as lágrimas. Sou mesmo uma idiota!

— Ainda estou viva, Jujuba. — O tom fraco, que não reconhecia como o dela, me alerta.

— Você quase me matou de susto, sua sem-graça! Não faça isso nunca mais! —Aproximo-me da cama e pego sua mão.

— Ainda não foi dessa vez que se livrou de mim. Viu como o Bê é lindo?

— Ele é perfeito, Cissa. É a sua cara.

— O sorriso é do Fê — comenta.

— Pare! Ele não sorri ainda! — Sorrio, entre lágrimas.

— Meu filho é reservado, ele só sorriu para a mamãe. — Pisca, e dá um sorriso fraco, e a encaro por segundos.

— Eu achei, mesmo, que tinha te perdido, amiga.

— Está tudo bem agora. Não vou a lugar nenhum, vai ter que me aturar por um bom tempo ainda. — Aperta minha mão.

— Eu te amo muito. Cissa. Não suportaria um mundo em que você não existisse.

— Eu também te amo, e já disse que não vou a lugar nenhum.

MUDANÇA DE PLANOS

Uma semana depois...

— Esse menino é muito guloso, Cissa! — comento, ao assistir Bernardo devorando mais uma chuquinha de leite. Já o amo tanto!

— Você precisa reservar sua passagem, ou corre o risco de não conseguir embarcar a tempo — ela diz, tranquilamente, e a encaro.

— Você sabe que ainda está internada, não é?

— Infelizmente. Mas espero que saia, mesmo, em dois dias, ou todos aqui vão querer me expulsar, garanto.

— Não existe a menor possibilidade de voltar para Washington agora — declaro. Não vou deixá-la de novo.

— Não é agora, sua boba. Só tem que embarcar daqui a cinco dias. — Faço uma careta, com sua gracinha.

— Você entendeu o que eu disse: não existe a menor possibilidade de eu voltar, com você assim.

— Quem não entendeu foi você, dona Juliane! Não existe a menor possibilidade de eu deixar que jogue tudo fora. Estou bem, mais do que bem, então vai voltar e terminar essa especialização. Sabe o quanto é difícil, e tenho certeza de que o Daniel vai esperar e te apoiar.

— O Daniel não tem nada a ver com isso, e ele não tem por que esperar! — Fecho os olhos assim que sinto uma presença, que não estava aqui há alguns segundos.

— Cissa, o Fernando disse que volta logo, ele foi em casa para tomar um banho. Aqui. — Toca meu ombro, se reportando a mim, dessa vez. Não quero olhá-lo, depois do que acabei de dizer. Sei que entendeu errado, pois eu entenderia, se fosse ele. — Fique com a chave do carro, surgiu um problema e tenho que ir para a oficina. — Olho para sua mão estendida.

— Não precisa, Dan. Eu chamo um Uber, quando for embora.

— Eu faço isso, e você fica com o carro. Nos vemos mais tarde. Tchau, Cissa, se comporte. Tchau, lindo do dindo. — Acaricia a cabeça de Bernardo, deixa a chave em cima da mesa e sai. Então, encaro Cissa, que me olha com suas características sobrancelhas questionadoras.

— O quê? — Finjo não entender suas acusações silenciosas.

— Ele já deve estar chegando na saída.

— Droga, já volto. — Corro, enquanto ela assente, sorrindo.

— Dan! — grito quando o vejo, e ele trava.

— Oi — responde, quando seus olhos encontram os meus, com uma infinidade de questionamentos.

— Não é o que está pensando.
— E no que estou pensando? — questiona, sério.
— No que eu disse a Cissa. Não era sobre você.
— Não? — Nego com a cabeça.
— Você conhece outro Daniel, então? — questiona, em tom de zombaria, mas sem esboçar nenhum sorriso.
— Dan, pare com isso, sabe que não tem nada a ver com você. — Eu me aproximo e toco sua cintura.
— Claro que sei, porque você é sempre muito esclarecedora. Preciso ir. — Se afasta, se vira, e em seguida, volta ao seu caminho.
— Daniel! — grito, sob olhares curiosos, mas o único que me interessa não escuta, ou apenas finge que não.
Então refaço o meu caminho, e entro no banheiro, com o coração apertado. Quase trinta minutos depois... Estou de volta ao quarto de Cissa.
— Sério! Esses homens...
— Shiuuu — me repreende e aponta para Bernardo, que dorme ao seu lado.
— Nossa, o Daniel só tem idade. Que infantilidade! Está com raivinha — sussurro, dessa vez.
— Sério? Nem percebi. E você sabe por que ele está com "raivinha"? — zomba.
— Vou avisar o médico que você já está mais do que bem! — digo, irritada, mas não era com minha amiga.
— Estive desligada por algumas horas, mas, graças a Deus, meu cérebro continua perfeito. — Eu a encaro. — Por que não admite logo que está apaixonada, e que você e o Daniel foram feitos um para o outro? — Respiro fundo e me sento na poltrona ao seu lado.
— Não tem como dar certo, Cissa — comento, em um sussurro apático.
— E por que não?
— Nunca achei que fosse... — Travo. Ainda não quero dizer, em voz alta, que estou perdidamente apaixonada por Daniel. — Eu não sou assim, e o Daniel também não é assim. Somos uma bomba-relógio juntos. Você me conhece, Cissa. — Ela assente.
— Eu nunca vi você olhar para ninguém do jeito que olha pra ele, Jujuba. E o ogro te venera com os olhos, então, quando vão aceitar esse amor e acabar com essa teimosia? Aconteceu, amiga, se apaixonou. — Encaro minha amiga, enquanto o ar parece ter desaparecido de meus pulmões.

MUDANÇA DE PLANOS

— Não posso dizer isso a ele, Cissa. Daniel não é o tipo de cara que fica feliz e espera uma declaração de amor. Confie em mim: em merda, quanto mais mexe, mais fede. Não vou comprar essa ideia, e dar de cara no chão quando ele vier me dizer a porcaria do discurso que uso — desabafo.

— Gosta mesmo dele! — declara, radiante.

— Ahn, está louca?! Achei que sabia o que estava dizendo.

— Eu sei, mas ver você confessar, foi épico. — Sorri. — Acredite em mim, amiga, vale a pena arriscar. Além do mais, a Juliane que conheço não tem medo de nada, ela encara qualquer desafio.

— Algo dentro de mim me diz que o Daniel é o único capaz de me desmontar de uma forma na qual jamais conseguirei me recriar de novo.

— Você está com medo, e isso é perfeitamente normal. Mas nunca vai saber se não tentar, e se ele te magoar dessa forma, acabo com a raça dele. Estou fazendo um treinamento com um capitão do Bope muito gostoso!

— E eu posso saber quem é esse cara? — O tom profundo e apaixonado de Fernando nos interrompe.

— Segredo de estado, Sr. Fodão! — Cissa responde.

— Pois eu e o meu filhão aqui vamos tirar isso a limpo.

— Não! Fê, não acorde ele!

— Ele está com saudades do papai, não é, meu amor? — Bernardo dá um sorriso, de lado, para o pai. Fernando beija a Cissa e se senta na cama, ao lado dela, com Bernardo nos braços, e é mesmo uma cena linda de se ver.

— O que está pegando, dona Juliane? — ele me pergunta, em tom brincalhão.

— Você tem certeza de que tomou banho, não é? Pelo tempo que voltou — mudo de assunto e ele sorri. — Meu afilhado pode estar sufocado, tadinho. O bichinho ainda não pode reclamar.

— O ogro aqui é seu namorado! Na época da escola, ele ficou quase uma semana sem banho, enganando os pais. Agora que não tem ninguém vigiando, já viu!

— Ele não é meu namorado! E posso garantir que essa fase, se é que existiu, passou. Ele é muito cheiroso, obrigada — revido.

— Ih, amor, ela já está defendendo assim? — pergunta a Cissa, que assente, sorrindo.

— Já que tiraram o dia para me atazanar, estou indo embora. — Pego minha bolsa e a chave do carro de Daniel. — Volto amanhã. Se cuidem e cuidem do meu afilhado, ou peço a guarda dele — ameaço, em tom de brincadeira.

— Melhor falar com o poia do seu "não namorado" e fazer um para vocês! E olha que até o batizado, pode mudar os padrinhos, hein! —Faço uma careta para a brincadeira de Fernando.

— Tchau pra vocês!

— Juliane! — Fernando me chama, quando chego à porta.

— Oi.

— Se o Daniel precisar de umas dicas de como fazer filho bonito, mande ele vir falar comigo. — Pisca, sorrindo.

— Vá cagar, Fernando! Sua sorte é que o Bernardo é a cara da Cissa. Fui! — Enfim saio do quarto, sob o som das gargalhadas dele e da Cissa.

Pensar num futuro assim com Daniel é algo surreal demais. Tenho muita vontade de ser mãe um dia, é claro, mas sempre tive certeza de que isso acontecerá de forma independente.

Encaro o visor do celular, mais uma vez, constatando que há duas horas o expediente na oficina de Daniel encerrou. São 21h e ele ainda não chegou ou sequer me ligou. A oficina fica a dois quarteirões daqui, então ele não tem a típica desculpa de ter pegado trânsito a caminho de casa.

Volto a colocar o celular sobre a mesa de centro, depois de ligar mais uma vez para o celular dele e ouvir a caixa postal. O número da oficina tem uns minutos que desisti, pois só chama.

Levanto do sofá, agoniada, e olho para a mesa de jantar perfeitamente arrumada, atestando minha idiotice. Sigo para a cozinha e logo pego outro pacote de jujubas no armário.

Beleza, Daniel. Cansou de brincar de casinha e foi aproveitar sua noite de sexta-feira. Ótimo! Não ligo!

Já passa da meia-noite e ainda estou sentada no sofá, apenas trocando os canais na TV, sem realmente prestar atenção a nenhum deles. Não posso acreditar que Daniel está fazendo isso comigo.

— Você não o conhece, Juliane! — Meu coração está apertado. Será que aconteceu algo com ele?

— Juliane? — Fernando atende ao quarto toque, com o tom rouco.

— Oi. Sei que te acordei, me desculpe. — Sei que meu tom revela

MUDANÇA DE PLANOS   103

minha angústia.

— Não tem problema. O que aconteceu? — pergunta, angustiado.

— O Daniel ainda não chegou em casa, e não atende ao telefone. Estou realmente preocupada, Fernando, e não sei o que fazer.

— Merda! Ele não te ligou ou deixou alguma mensagem?

— Não, nada — respondo, e estou quase chorando ao telefone, e Fernando parece bem preocupado. — Liguei para a oficina e lá também não atendem.

— Eu vou ver o que consigo, e já te ligo.

— Obrigada.

O tom de Fernando parece muito preocupado e angustiado. Não pode ter acontecido algo com ele.

Calma, Juliane. É sexta-feira, ele deve estar em uma farra. É solteiro, e seus quinze dias acabaram, então deve estar aproveitando a noite. O combinado era ele me avisar quando não quisesse mais. Mas acontece que ele é homem, e homem normalmente pensa com a cabeça de baixo primeiro.

Como você chegou a esse ponto, Juliane Marques? De ficar esperando alguém, em plena sexta à noite!

Trinta minutos depois, disco para Fernando novamente.

— Oi.

— Oi, olha... — ele trava, e meu coração dispara a mil batimentos por minuto. — Apenas fique tranquila, porque daqui a pouco ele deve chegar. — Seu tom sai desconfiado.

— Você conseguiu falar com ele?

— Com ele, não — diz, tranquilo demais, e tem merda aí.

— Então, como sabe disso? — exijo.

— É só que notícia ruim chega rápido, fique tranquila — tenta me convencer com a típica frase de quem sabe que a pessoa em questão está fazendo merda.

— Ok, Fernando, não vou colocar sua lealdade de macho em risco. Já entendi, que bom que ele está bem. — Minha raiva chega a um limite descomunal.

— Sei que ele gosta de você, Juliane...

— Desculpe te acordar, e obrigada, Fernando — eu o corto, e sei que sou ríspida. Sei que ele não tem culpa da safadeza do amigo, mas estou tão puta por passar por isso que responderia mal até ao Papa.

Passo as mãos pelo cabelo, me sentindo a mulher mais idiota do mundo. Sorrio, em meio às lágrimas que correm por meu rosto. Acabou, Juliane. Você sabia que esse dia chegaria, só não sabia que doeria tanto, porque ele prometeu. E você acreditou?

Não quero mais olhá-lo, o que preciso agora é sair daqui...

Um barulho vindo da entrada me para no meio do corredor. Fecho os olhos por um segundo, ao constatar que ele chegou, então limpo as lágrimas e volto à sala.

— Ops! — ele fala para a porta, ao deixá-la bater. — Shiuuu. — Coloca o indicador sobre os lábios, pedindo silêncio à porta, como se ela fosse uma pessoa. Está visivelmente bêbado. — Olha ela, aí! — diz, assim que se vira e me vê. — A dona da coleira! — Aponta na minha direção, com os dois braços estendidos. — Uhuuuuu... Daniel Arantes... Tenente do Batalhão Operacional de Elite... ganhou uma coleira! — grita, como se vibrasse com a final de um campeonato. Então, começa a se aproximar...

— Não foi nada! Tô bem! — diz, quando quase cai, ao tropeçar nos próprios pés. Seu cabelo e roupas estão completamente desgrenhados.

— Onde você estava? — pergunto, em tom baixo e sério, ao sentir o odor de perfume barato. Ele estava com outra, o cheiro e as marcas de maquiagem em seu colarinho não me negam isso.

— Você é a feiticeira. O amiguinho aqui... — aponta para o seu pinto — foi esse o nome que você deu? — pergunta, animado demais. Ri o tempo todo, e minha vontade é matá-lo.

— Não encoste em mim! — digo, firme, quando tenta pegar minha mão, e ele trava.

— Eu virei a porra de um retardado! — Gargalha.

— Onde você estava? — pergunto de novo, porque preciso ouvir, da sua boca, para seguir em frente.

— Foi aniversário do... Igor... esse é o nome... do meu recepcionista... Igor! — Seu tom está completamente grogue.

— E onde foi a comemoração? — Tento me manter coerente e racional.

— Foi no clube Girls! — Aponta para mim com o indicador, e, em seguida, retira a camisa, me revelando marcas de batom em seu peito. Eu me seguro muito para não voar em cima dele e socá-lo. — Eu disse para a loira: eu não tenho pelo que esperar, minha vida é sem espera, zero espera, e então eu descubro que vou esperar por nada, com a porra de uma coleira! — Gargalha, e não sei se algum dia já senti mais raiva de alguém do que sinto dele agora. Ah, sim, se equipara ao ódio que tive pela minha mãe.

— Acho que deveria tomar um banho e deitar — sei que está bêbado demais para que eu diga tudo o que quero lhe dizer, ou até espancá-lo.

MUDANÇA DE PLANOS

— Você não viu como a loira era gostosa...

— Chega, Daniel! Já entendi! — vocifero.

— Não entendeu porra nenhuma! — Junta-se a mim, me prendendo à parede.

— Solte-me! — grito, enquanto a bile toma conta de mim. O cheiro de vagabunda, em sua pele, é insuportável.

— Ela estava pelada, rebolando na porra do meu colo, e meu pau não chegou nem perto do que está agora! Nada perto... — Cola o quadril contra minha barriga, me fazendo sentir a sua ereção. — Eu não senti nada, meu amiguinho aqui nem se mexeu.

— Solte-me agora! — Empurro-o, e não consigo mais segurar as lágrimas.

— Amor... preste atenção, eu estava de calça... Ela tirou minha camisa...

— Pare de falar — imploro.

— Amor, foque em mim... foque... — Ele se ajoelha na frente do sofá. — Você é uma feiticeira, jogou um feitiço em mim... não pode dizer que isso não é nada, não pode! — Nega com a cabeça, várias vezes. — A loira me queria, mas eu não fui... não... não fui... não... — nega muitas vezes, de novo.

— Ela queria principalmente o conteúdo da sua carteira! — explodo, fora de mim, e ele explode em risos. Ri tanto que fica vermelho.

— Você é inteligente, amor. — Continua rindo e viro o rosto. Não consigo mais, e tento me levantar, mas suas mãos me travam no sofá.

— Ei, olhe para mim... preste atenção... — Eu o encaro, torcendo para que veja todo o asco que sinto por ele, em meus olhos. — Eu sei que você tem que ir... eu sei... sei... — Assente várias vezes. — Mas eu vou ficar com a coleira, ela tá grudada. — Bate no pescoço. — Eu tenho que te esperar, porque você é a dona da droga da coleira. E agora, cadê o meu celular? — Tenta puxar o aparelho do bolso, mas acaba se desequilibrando e caindo para trás. — Tenho que ligar para o Fernando...

— Vai dar duas horas da madrugada, amanhã você fala com ele. — Puxo o aparelho de suas mãos. Tento processar tudo o que está me dizendo, enquanto tento controlar a raiva e as lágrimas.

— Juli, eu preciso ligar... ele disse que queria ser avisado com antecedência, e ele será meu padrinho... — Meu coração para de bater nesse exato momento.

— O que precisa agora é de um banho!

— Eu amo você, Juliane Marques! — Paro de respirar agora. — Eu estou bêbado, um pouco bêbado. Na verdade, bastante bêbado, mas eu sei o que estou te dizendo. Eu te amo como nunca amei ou achei que fosse amar, e quero me casar com você. Eu a quero em minha cama por todos os dias da minha vida, e quero tudo de você. Só você, minha marrenta. Podemos até fazer aquele bolo prédio para o casamento.

— Oi?

— Um andar, dois andares... aquele bolo de vários andares. É cafona, amor, mas, se quiser, eu quero também. Perdoe-me, eu não devia ter deixado a loira chegar perto do seu amiguinho, prometo pela minha vida. Não me olhe assim, amor, sei que fiz merda, mas me perdoe e fique comigo para sempre. Casa comigo, marrenta? — pergunta, com o tom embolado, e deita a cabeça em meu colo. Em segundos, ele apaga, enquanto eu ainda estou paralisada de uma forma que não me lembro sequer como se faz para mexer minha mão.

Eu o deixei chegar muito perto. Daniel é altamente corrosivo, e ele simplesmente destruiu todos os meus planos, todos eles! Ser pedida em casamento nunca foi uma opção para mim, mas, se fosse... a forma como foi feito o pedido nem estaria na minha lista. Meu coração está disparado, mas não é por um motivo bom.

CAPÍTULO 16

Daniel

Horas antes...

Encaro as notas fiscais a minha frente por vários minutos, mas toda a porra de raciocínio e lógica se esvaiu de mim completamente. Não consigo calcular nem mesmo usando a calculadora, e números sempre foram algo muito fácil e natural para mim. Mas meus pensamentos só têm uma direção: Juliane.

Desisto de focar nos papéis e jogo meu corpo para trás, me sentindo frustrado como nunca estive. Passo as mãos pelo cabelo, na esperança de arrumar também a bagunça que está por dentro. Estou ficando maluco!

— Entre!

— Tem certeza de que não vai? O lugar é o paraíso! — Encaro Igor por alguns segundos. Desde que voltei de viagem, ele vem falando sobre seu aniversário, e onde seria, mas eu havia dito que não iria. Afinal, achava que Juliane não gostaria, mas já que ela mesma disse que não tenho pelo que esperar, então não vou esperar!

— Quer saber, não tenho nada programado para hoje. Vou com vocês! — Pisco, tentando parecer animado.

— Eita, a noite promete! Já fechamos, estamos te esperando.

— Já estou indo. — Desligo o computador e encaro meu celular por alguns segundos. A dúvida e a culpa querem me dominar, mas, então, desligo o aparelho, decidido. Ela está apenas vivendo o momento, e não precisa ser mais clara do que foi hoje. Falou para a sua amiga, depois de tudo o que nós dissemos, que não tenho pelo que esperar, então não esperarei, dona Juliane!

— É melhor você ir devagar, cara — Willian alerta, quando viro mais uma dose de uísque.

— Não estou dirigindo. Viemos para nos divertir ou não? — Bato o copo sobre o balcão, num gesto para que o *barman* o encha de novo. — Esse cara é bom! Muito eficiente! — Refiro-me ao atendente, e bebo a dose recém-colocada, na esperança de que seja um remédio para toda a minha frustração.

— Oi, bonitão!

CRISTINA MELO

— Oi, bonitona! — respondo à loira estilo capa de revista, que para ao meu lado. Meus olhos a varrem de cima a baixo, mas, mesmo sendo espetacular, sua beleza não me afeta.

— Precisando de companhia? — Alisa meu braço.

— Sempre! — Pisco e ignoro a repulsa ao seu toque.

— Primeira vez aqui? — Massageia meus ombros, mas isto serve apenas para me deixar mais tenso.

— Sim, mas não será a última — respondo apenas o que acho que ela gostaria de ouvir, mas, em seguida, olho para os lados.

— Esperando alguém? — pergunta, e é como se eu fosse pego em flagrante. Por um segundo, tive medo de que Juliane me visse assim. A loira se encosta mais em mim, a ponto de sua bunda roçar em meu pau, que parece anestesiado. Viro outra dose, puto por isso!

— Estava esperando por você, bonitona! — Tento parecer animado, mas a verdade é que nunca me senti tão deslocado.

— Já estou aqui. — Passa as mãos por meu peito, e me controlo para não removê-las. Bebo outra dose, constatando que estou fodido. — Que tal irmos para um lugar mais reservado? — ronrona em meu ouvido, e abro a boca para dizer que não, que nem deveria estar aqui, mas a questão é: por que não deveria?

— Adoraria! — Pego o copo e logo sou guiado por ela.

— Gosta de dança? — pergunta, assim que entramos em um quarto.

— Surpreenda-me! — Ela me senta em uma cadeira, e logo uma música preenche o espaço. Viro outra dose e ela abastece meu copo de novo, me deixando mais feliz com isso do que com o fato de seu vestido ter subido a ponto de eu enxergar sua calcinha fio-dental preta.

Ela começa a se mexer ao ritmo da música. Suas mãos investem em minhas pernas, seu rosto se aproxima do meu, mas viro meu rosto a tempo de evitar o beijo.

— Ok, entendi, sem beijos — comenta, e começa a beijar meu pescoço, esfregando-se de uma forma que me deixaria louco, se ela fosse a Juliane. Merda! Sinto alívio quando se afasta, para voltar à sua dança. Seu vestido logo é jogado ao chão, e vê-la com menos do que estava não muda nada para mim. Logo, retira o sutiã e calcinha, e se aproxima novamente.

— Gosta? — pergunta, ao rebolar em meu colo, e a resposta é sim, gosto muito, mas isso fica muito melhor com a Juli fazendo. — Vamos tirar essa blusa, meu amor... — Ergo os braços, no automático, e a culpa toma conta

MUDANÇA DE PLANOS

de mim.

Encaro, enquanto a loira saboreia meu peito, e mais uma vez, nada. Não sinto nada. A única coisa que gostaria, agora, é que fosse Juliane aqui.

— Ela não me quer... disse que não tenho pelo que esperar... você acha que tenho?

— Acho que sempre deve ir atrás do que quer. Esperar não é bom, amor, não temos que esperar, então vamos aproveitar.

— Não! Eu quero esperar... ela tem que ir, mas ela não quer que eu espere, então não tenho o que esperar. Foi o que ela disse à amiga, acredita? Disse que eu não tenho que esperar nada... mas vou esperar, porque vale a pena esperar...

— Então espere — me responde.

— Ela não quer... mas eu a amo... ela me enfeitiçou e agora não me quer mais. Esperaria por ela mil anos, se assim fosse preciso, e seis meses passam rápido, não passam? — Ela assente. — Desculpe, não posso fazer isso. Você é gostosa, não me leve a mal, mas eu amo minha marrenta e ela vai me matar se souber disso. Ela sabe castrar, isso é sério. — Ela se levanta, parecendo desapontada, então pego minha camisa e saio do quarto, pior do que entrei. O álcool apenas me deu coragem para admitir o que venho negando todo esse tempo: eu a amo, e não foi justo dizer a outra pessoa antes de dizer a ela.

— Aí está você. — Igor para o movimento do meu braço, me impedindo de levar o copo à boca. — O Fernando acabou de me ligar, parece que sua namorada está preocupada com você. Não sabia que estava namorando. — Ele me encara, confuso.

— Eu também não! — Enfim consigo beber a dose em meu copo.

— Vá devagar, Daniel, nunca o vi beber assim.

— Não controlo mais isso, ela me ferrou... — Coloco o cartão no balcão, para acertar a conta enquanto ainda consigo. — Parabéns, amigo! Vou indo nessa, deu ruim pra mim, provavelmente tem um bisturi me esperando. Vou ter que encarar essa, e não sei se estarei vivo amanhã. — Pego o cartão e viro a última dose, enquanto Igor ri. Só quero entender: o que disse de tão engraçado?

110   CRISTINA MELO

Desperto, e estou deitado no tapete da sala. Ergo-me sobre os cotovelos e vejo as muitas marcas de batom em meu peito...

— Merda... merda... merda! — Meu cérebro acende instantaneamente, então me levanto em um pulo e corro em direção ao meu quarto... Meu coração para de bater quando a vejo fechando uma das malas. Fecho os olhos, e o que sinto agora é diferente de tudo que já senti. — Amor? — Seus olhos e atenção permanecem no que está fazendo. — Juli, pelo amor de Deus, me perdoe! Sei que parece muito ruim, mas posso explicar tudo. — Nem sei que merda estou dizendo. Estou com marcas de batom por todos os lados, então as evidências não deixam nenhuma dúvida.

— Acho que deveria tomar um banho. — Seu tom sai gelado, e isso é pior do que se ela me desse uma porrada.

— Por favor, não vá embora, vamos conversar. Não aconteceu nada, eu juro.

— Não estou indo embora, Daniel, vou voltar para o curso. A Cissa já está bem, eu queria poder ficar e ajudá-la com o Bê, mas o Fernando dará conta do recado, junto com a tia Ester, então estou indo. Obrigada pela estadia aqui. Fiz um cheque para cobrir os gastos com a passagem.

— Pare com isso! — Puxo o cheque de suas mãos e o rasgo sem nem olhar. Então, ela se vira novamente, e começa a descer a mala da cama.

— Eu sei que fiz merda, Juli...

— Não toque em mim! Por favor, fique longe. Sei que estou dentro da sua casa, mas isso não lhe dá direito de me tocar. — Se afasta, e pela primeira vez, transmite raiva em seu tom. Viro-me e tranco a porta do quarto.

— Abra essa merda! — grita, e a encaro por longos segundos, aliviado por ela não estar indiferente como pensei.

— Eu não transei com ela, nem sequer cheguei a beijá-la, mas vou tomar um banho, e quando sair do chuveiro, a gente vai conversar.

Entro no banheiro, sem esperar por sua resposta.

Minutos depois, saio do banho, e ela está sentada na cama, com a cabeça baixa, apoiada nas mãos.

— Amor, olhe para mim — imploro, quando me sento ao seu lado.

— Só me deixe sair, por favor, Daniel — diz, com o tom apático.

— Me deixe falar? — imploro.

— Não tem o que dizer. Sabíamos o que estávamos fazendo, e que

MUDANÇA DE PLANOS   111

esse momento chegaria. Pena que você não cumpriu o trato de me avisar. Agora me dê a chave — exige.

— Eu estava puto com você!

— Sério que vai fazer isso? Vai querer justificar a porra do seu erro, por conta de uma conversa que pegou no vento. Cresça, Daniel! Fui atrás de você para te explicar, e mesmo assim quis acreditar no seu orgulho de macho ferido. Fique com ele.

— Eu sei que fiz merda, porra! Já admiti isso.

— Que bom que sabe, mas isso não é o suficiente.

— E o que é suficiente? Me diga que eu faço. — Deito-a e jogo meu corpo em cima do seu.

— Saia de cima de mim. — Vira o rosto quando tento beijá-la, então travo. Não poder beijá-la é insuportável.

— Não faça isso, amor — imploro, em um tom miserável, que não reconheço como meu. Não poder tocá-la e beijá-la é o pior castigo do mundo. Seu rosto se vira de novo, e seus olhos se prendem aos meus.

— Eu não queria... mas confiei em você... entreguei partes de mim pra você, que nunca dei a ninguém, nem mesmo à minha melhor amiga e única família. — Lágrimas escorrem de seus olhos, ao mesmo tempo em que sinto o meu rosto molhado. — Não me importa que não tenha transado com ela. Para mim, o pior foi a quebra de confiança. Isso foi uma traição de alma, e essa é a pior que existe. Eu também estava com medo, um medo que você não pode mensurar, pois não sabe o que é ser abandonada pelas únicas pessoas que tinham o dever de cuidar de você. Fiz um juramento aos 13 anos, Daniel, que nunca mais ninguém me faria sentir assim. Fechei meu coração naquele dia. A Cissa foi a única para quem eu o abri. Nunca quis que você entrasse, lutei de todas as formas para me manter segura, mas meu plano de segurança falhou... — ela trava e fecha os olhos, bem apertados, e suas lágrimas silenciosas estão me destruindo, uma por uma. — Eu me apaixonei por você, Daniel, te amo como nunca quis te amar. — Meu mundo para nesse exato momento.

— Eu também me apaixonei, meu amor. Te amo, e sei que fui um idiota ontem, me perdoe — Meus lábios cobrem os seus, sedentos, mas os dela não se mexem. Sua reação acaba comigo! Quero-a para sempre em minha vida, não conseguirei mais viver sem ela.

— Nós somos tóxicos juntos, Daniel. Não consigo fazer isso.

— Consegue, sim, amor. Nós somos perfeitos juntos, sabe disso —

tento convencê-la.

— Não, não somos, e você sabe. Não podemos dar armas para nos destruirmos mais. Amor não tem nada a ver com compatibilidade.

— Você nunca se apaixonou, não sabe nada sobre o amor, Juli. Nós vamos aprender juntos. — Beijo seu pescoço, que venero.

— Eu não posso, sinto muito. Não confio mais em você, não dá mais, Daniel. Vamos apenas seguir nossos caminhos.

— Não faz isso, amor. Eu sei que tem que voltar para o curso, mas seis meses passam rápido. Tento ir, novamente, te ver no meio desse tempo, pelo menos por uma semana, e vamos nos falando por videochamada. Vou te esperar, meu amor. Eu juro, pelo meu pai, que vou te esperar.

— Acabou, Daniel. Não quero que me espere, não quero entrar no avião com algum tipo de compromisso. Estou indo para a casa do Heitor. Embarco amanhã, consegui um encaixe de última hora.

— Então temos tempo. — Sou firme, e seus olhos me encaram, confusos. — Eu te disse que você só sai daqui para o aeroporto, ou para seu apartamento, que não vai para a casa de nenhum filho da puta! — Minhas mãos escorregam por baixo do seu corpo, e apertam sua bunda sob o vestido que usa. — Sei que fiz merda e que está com muita raiva de mim, mas sempre quis experimentar esse lance de sexo para fazer as pazes. — Eu te amo, Juliane Marques! Então, não, não vou te abandonar. Lutarei por você até o último segundo da minha vida, porque nunca quis tanto alguém como a quero. Eu te darei seis meses de carência, mas é só o que posso prometer. Porque quando acabar seu curso, se não entrar no primeiro avião de volta, eu mesmo vou te buscar, e falo isso pela memória do meu pai. — Seus olhos estão estáticos, me olhando. — Acabou, Juliane! Você nunca mais será sozinha. Eu te garanto que, em breve, teremos um monte de bacuris correndo pela casa. Aceite logo que é melhor! — Pisco, enquanto ela nega o tempo inteiro, com a cabeça.

— Um monte, quantos?

— Pelo menos, cinco.

— Você é louco!

— Por você, amor. Prometo que, nunca mais, nada como ontem vai acontecer. Eu te darei um passe livre de seis meses. Aproveite-o, porque depois disso, nunca mais vai se separar de mim.

— Daniel... — Seu tom fica sério novamente.

— Tudo bem, concordo com três. — Pisco, e ela sorri um pouco,

MUDANÇA DE PLANOS

mesmo que sem vontade. Sei bem o que diria, mas usarei todas as horas que tenho para convencê-la de que fomos feitos um para o outro. Não a deixarei desistir assim, afinal sou um caveira! — Me perdoe. — Beijo seu pescoço — Me perdoe... — Beijo seu ombro e abaixo a alça de seu vestido, e de novo beijo seu ombro. — Me perdoe... — Movo a outra alça e beijo o outro ombro. Sigo repetindo as palavras e lhe dando beijos, até que suas mãos me param.

— Dan... — me chama, em um sussurro, fazendo com que meu desejo quase chegue ao limite. Juliane me alucina de uma forma impensada.

— Eu te amo... te amo... te amo... — repito as palavras das quais tanto quis fugir, enquanto beijo cada pedaço do seu rosto. Meus lábios voltam aos seus. Beijar Juliane dá sentido à minha vida, e sei que não conseguiria mais ficar sem ela. Pensar em não tê-la mais, não a ter aqui amanhã, ter que voltar a dormir sozinho, nessa cama, de novo, já está acabando comigo.

— Não vamos deixar nenhuma promessa em aberto, não posso fazer isso. — Seu tom sério e seguro me assusta, como nada na vida.

— Vou te esperar, meu amor, pode ter certeza de que vou. Tem seis meses, Juliane, seis meses.

— Estamos livres. Você não tem nenhum compromisso comigo, e nem eu com você. — Assinto, e o medo de perdê-la para sempre me domina. — Por favor, tenho que ir. O Heitor já deve estar aí fora, me esperando.

— Não vá, fique, não faça isso comigo — imploro como nunca implorei.

— Não estou fazendo nada com você, Daniel. Sinto muito que tudo isso tenha chegado a esse ponto. Tudo o que você disse é lindo demais, na teoria, mas sabemos que nunca funcionaria com a gente. Não com a gente.

— Claro que vai, amor, só me dá uma chance. Só uma, e te provo que fomos feitos um para o outro.

— Sinto muito mesmo, mas eu não posso. — Suas mãos me empurram levemente, e a deixo levantar. Ajeita o vestido e cabelos, de costas para mim.

— Tem certeza disso, Juli? — A esperança de que ela viraria e dissesse que tudo isso é loucura e que está apenas me testando, não me abandona. Ela assente, ainda de costas, e é como se um buraco se abrisse embaixo dos meus pés.

O silêncio no quarto, agora, é ensurdecedor. Ela pega a bolsa e uma mala, e sai do quarto em seguida.

Visto o short e pego as outras bagagens. Quando chego ao portão, a vejo abraçada com um cara, que beija sua cabeça. Minha vontade é arrancá-la dos braços dele, porque essa merda está toda errada.

— Aqui. — Apoio as malas no chão, e os dois me encaram.

— Heitor, esse é o Daniel. Daniel, esse é o Heitor. Trabalhamos juntos. — Ele estende a mão, e a aperto sem tirar os olhos dele.

— Prazer. Eu e a Juliane somos amigos desde a faculdade — ele dá a informação que meus olhos exigiam.

— Bom, eu e a Juliane somos muito mais que amigos, mas ela não quer aceitar isso. Então, não tenho mais o que fazer...

— Vamos, Heitor — Juliane o chama, me interrompendo.

— Eu sinto muito, cara. — diz, solidário, enquanto Juliane entra no lado do passageiro, sem ao menos me encarar.

Ele coloca as bagagens no porta-malas do carro, e logo entra no lado do motorista. Enquanto isso, eu permaneço estático em meu lugar.

Assim que o dia amanhece, me visto com uma determinação que não me visitava há anos. O resto do dia de ontem foi insuportável, pois Juliane deixou essa casa sem sentido. Passei o resto do dia e da noite tentando entender e justificar o que não tinha justificativa, já que o que faltava aqui era ela.

Ela decidiu que era melhor se afastar. Ok, não posso prendê-la aqui ou obrigá-la a ficar comigo, mas posso lhe provar que nós dois fomos feitos um para o outro. Se aquela cabeça-dura não consegue enxergar isso, a farei enxergar. Perseverança sempre foi uma das minhas qualidades, assim conquistei minha primeira paixão, que é a polícia, então a aumentarei para conquistar o meu amor.

— Oi — digo, quando paro, próximo às suas costas. Ela está na fila do check-in, e eu não poderia deixar de vir.

— O que está fazendo aqui? — pergunta, tentando parecer indiferente, mas sei que não está.

— Vim te desejar boa viagem e...

— Obrigada — me interrompe e se vira novamente. Fico, por segundos, encarando suas costas e jogando meu plano idiota no lixo, porque não

MUDANÇA DE PLANOS 115

tenho a mínima ideia do que dizer e de como mostrar todo o meu amor recém-descoberto.

— Boa viagem, meu amor. Independentemente do que acontecer amanhã, daqui a seis meses, daqui a uma vida inteira, ou até mesmo se chegar um dia em que eu esteja puto a ponto de lhe dizer que não a quero mais, de jeito nenhum, ainda assim eu sempre vou te amar, Juli. Sempre. Nunca se esqueça disso. — Seu peito sobe e desce, rápido demais. — Não vou mais me desculpar pela idiotice que fiz, e espero que tenha conseguido enxergar, com o seu coração, que eu dizia a verdade. Sei que precisa concluir seu curso, e eu tenho que continuar a minha vida de onde parei, mas já me decidi. E graças a você, que colocou minha vida nos trilhos de novo. — Enlaço sua cintura, e ela continua estática. — Você foi a melhor coisa que me aconteceu, em anos. Eu te esperarei, e se precisar de mim, a hora que for, é só me ligar, e estarei lá antes do que você imagina. Vá com Deus, meu amor. — Meus lábios tocam os seus em um beijo rápido, e a abraço com a sensação de que eu nunca mais faria isso. Sei que precisamos desse tempo, e também sei que antes de começar um novo capítulo em minha vida, preciso acrescentar um ponto final no anterior. Juliane merece muito mais do que tenho a lhe oferecer agora. Não quero que ela seja minha cura, eu quero estar pronto e curado para quando ela precisar. Quero ser o seu porto seguro, e não sua instabilidade.

— Adeus, Daniel. — Seu tom sai fraco, mas, ao mesmo tempo, seguro.

— Até logo — digo, firme. Beijo o alto da sua cabeça, memorizando seu cheiro, e me afasto. Faço meu caminho de volta ao carro sem olhar para trás, em nenhum momento. Não deixo o medo de não a ter mais tomar conta de mim, só a esperança de que o tempo passaria rápido.

CAPÍTULO 17

Daniel

Quinze dias depois...

Encaro meus tênis, me perguntando, a todo minuto: por que essa merda era tão necessária? Passei os últimos trinta minutos relatando tudo o que ela já estava cansada de saber.

— E os seus pesadelos? — a Dra. Jana pergunta, depois dos meus incansáveis segundos, calado.

— O último foi há pouco mais de um mês. — Meus pensamentos se voltam para Juliane, sobre como a assustei naquela manhã e como estou ficando louco sem ela.

— E o que mudou, sabe me dizer?

— Acho que o tempo. Não é o que falam, que ele cura tudo? — Seus olhos me questionam, incansavelmente.

— Então não se sente mais culpado pelos dois homicídios que presenciou e pela morte de seu...? — Antes que ela finalize a pergunta, a cena está de volta à minha frente...

— Pare! — grito o comando, novamente. Meu dedo está firme no gatilho e não erraria o tiro, pois meu treinamento não me permitiria. Em uma fração de segundo, o fuzil que ele segurava dispara uma rajada, então não tenho escolha: o abato com um único tiro, que acerta sua cabeça, fazendo-o cair na hora.

— Não! — O grito desesperado de uma senhora me faz olhar em sua direção, e, assim que constato o motivo, paraliso em meu lugar. Tiros recomeçam à minha volta, mas me movo tarde demais. Uma pancada em minhas costas me faz cair no chão, apenas para enxergar, no mesmo ângulo, a imagem dos corpos à minha frente. Uma mulher está imóvel, com a bebê, que não deve passar de dois anos, nos braços. Sou arrastado de meu lugar, por membros de minha equipe, mas meus olhos não se desprendem da cena à minha frente. É como se só esse sentido funcionasse. Seguro o braço do Cabo André com toda a força que me resta, porque não consigo falar. Continuo apertando, pois ele precisa entender que meu socorro não é o mais importante agora.

— Vai ficar tudo bem, tenente! Continue respirando! — Sou colocado na viatura, mas só me permito apagar quando os vejo resgatando também as civis atingidas, por *minha culpa...*

— Você aceitou que o resultado trágico daquela incursão não foi culpa sua, não é? — A pergunta me traz de volta.
— Se está se referindo ao fato de eu ter aceitado, enfim, que essas coisas acontecem, sim, eu entendo.
— Nós lemos o relatório da investigação, e em todos os testemunhos citados no caso, Daniel, o meliante atirou contra a sua equipe, que estava à frente dele, justamente na hora em que a mãe e seu bebe saíram ao portão.
— Nego, com a cabeça, quando ela me lembra o que estava mais do que decorado por mim. Li esse inquérito dezenas de vezes, o tinha em minha cabeça de cor.
— Eu só mudaria o fato de que se eu tivesse feito o que fui treinado para fazer, teria sido diferente. Mas, para a porra do bandido, há os direitos humanos, que o defendem. Eles andam com armas de guerra, e se os neutralizarmos sem um bom motivo, ainda mais com um tiro pelas costas, respondemos a um processo sem fim. Fui o melhor no curso de tiro, e me tornei instrutor. Não erro, mas ter hesitado por um segundo custou a vida de duas inocentes, e disso nunca esquecerei. — Ela assente.
— E sobre o seu pai? — Fecho os olhos quando a lembrança de um dos momentos mais dolorosos da minha vida volta...

Abro os olhos e logo noto que estou em um hospital. Olho em volta e vejo Fernando.
— Essa merda vai pegar mal — digo, num tom que não reconheço como o meu, e seus olhos se voltam em minha direção. — Por quantos dias fiquei apagado?
— Três dias — responde, com o tom muito sério, e sei que seus pensamentos estão no que aconteceu com Letícia.
— Quantos tiros foram?
— Três. Foi por pouco, cara. — Se aproxima.
— Eu sou duro na queda, sempre te disse isso.
— Sua sorte foi que o colete amorteceu um pouco o impacto.
— A mãe e a criança? — pergunto, esperançoso.
— Infelizmente, não resistiram. — Fecho os olhos, e a culpa é como ácido: me corrói instantaneamente.

— Eu tinha que ter paralisado o cara, Fernando. Ele atirou para cima delas, e a culpa é minha.

— Ele reagiu à equipe 1, que o cercou, Daniel. A culpa não é sua, foi uma triste fatalidade. — Nego com a cabeça, porque sei que foi minha culpa.

— Cadê o meu velho, que não está aqui? — pergunto, para mudar o assunto, já que ele não vai me convencer de que aquela merda não poderia ter sido evitada, se eu tivesse agido como deveria.

— Vou chamar o médico. — Fernando se levanta.

— Eu estou legal. Chame meu pai, ele não está aí? Já era para eu estar apanhando dele agora. — Meu amigo baixa a cabeça e não me encara.

— Que porra está acontecendo? Fale, Fernando, cadê o papai?

— Eu acho melhor chamar o médico, você acabou de acordar. — Seu tom sai abafado.

— Fernando, fale agora que porra está acontecendo! — exijo.

— Não sei por onde começar...

— Pelo começo, caralho! — A máquina ao meu lado revela como meu coração está acelerado. — O que aconteceu com meu velho? — O medo é nítido em meu tom, não tenho dúvidas. Ele sai do quarto, sem me responder ou olhar. Filho da puta! — Fernando! — grito, e em seguida observo como estou imobilizado, com muitas parafernálias sobre mim, em meu braço esquerdo. Não posso sair daqui. Nem um minuto depois, a porta se abre.

— Como se sente? — pergunta o médico, que acabou de entrar.

— Ferrado — respondo, enquanto meus olhos buscam pelo idiota do meu amigo.

— Sente alguma dor?

— Não estou na minha melhor fase, doutor — respondo, enquanto me escuta.

— Teve muita sorte, pois um dos tiros passou a milímetros da sua coluna. Mas, pelos seus sinais vitais, sua recuperação será breve. — Assinto. Nem ao menos me dei conta, na hora, de que haviam sido três tiros.

— O senhor pode chamar meu amigo? Não terminamos a conversa. Sabe se meu pai está aí fora? Se estiver, pode pedir para ele entrar primeiro? — Não entendo a atitude do Sr. Sílvio. Com certeza, está puto porque fui baleado. Mas precisa entender que essas coisas acontecem. Tenho anos na polícia, é meu primeiro incidente, e, se Deus quiser, será o último também.

— Vou pedir para seu amigo entrar.

— Tem certeza de que meu pai não está aí? Ele é muito parecido comigo, mas na

MUDANÇA DE PLANOS 119

versão do futuro. É reclamão também, e tenho certeza de que azucrinou toda a equipe médica...

— Eu sinto muito. — Pelo que ele sente? O velho está no direito de estar preocupado, pois o filho acabou de ser alvejado e estava inconsciente há dias.

— Até que enfim. Pare de fazer mistério e chame meu pai, Fernando. Ele está puto comigo, não é? — pergunto, assim que Fernando passa pela porta.

— Qualquer coisa, aperte aqui, e estaremos a postos. — Fernando responde ao médico com um aceno de cabeça.

— O que meu pai aprontou? Fale logo, mistério da porra!

— Eu sinto muito, Daniel... — Seu tom embarga.

— Sente pelo quê? Eu estou bem, não vem fazer declaração boiola para cima de mim. Agora fale: meu velho foi em casa?

— Eu não sei como te dizer isso...

— Só fale logo, Fernando. Que merda aconteceu?

— Não cheguei a tempo... a notícia foi dada ao seu pai de qualquer maneira. Disseram que você havia levado três tiros e...

— E o quê? — exijo quando ele trava.

— Ele infartou, Daniel. Eu sinto muito mesmo, irmão. — Meu mundo para nesse exato momento.

— Como ele está? — Fernando apenas baixa a cabeça, enquanto a meneia, negativamente.

— Ele não resistiu. Quando a ambulância chegou, já estava morto. Eu sinto muito, irmão. — Lágrimas queimam meu rosto, e o desespero e a certeza de que eu jamais me perdoaria, me dominam...

— Nunca vou esquecer a forma como perdi meu pai. Querendo ou não, a culpa foi minha — respondo a ela.

— A culpa não foi sua — rebate.

— Ele não aguentou a notícia. Naturalmente, achou que seus medos tinham se concretizado. Então, sim, a culpa é minha.

— E mesmo assim quer voltar à ativa?

— Nasci para ser policial, doutora. Se tenho de morrer um dia, morrerei impedindo o mal a alguém. Sentirei a dor pela perda do meu pai para sempre, mas não posso me esconder mais atrás disso. Preciso voltar e tentar impedir que mais Tatianas e Larissas acabem perdendo a vida para essa violência e guerra desenfreadas — respondo, convicto.

— E o que o faz achar que não terá outra crise de pânico em ação? Não posso dar o meu aval para sua volta sem ter essa certeza, Daniel. Não conseguirei viver com isso, é a sua vida.

— Tenho uma razão para me preservar, a mesma que eu tinha quando meu pai estava vivo, ou até mais. Pela primeira vez, em todos esses anos de solteirão convicto, me veio o desejo de formar uma família... — Um sorriso caloroso demais se forma em seu rosto. — Não abrirei mão disso, quero todas as etapas dessa nova fase, mas só as quero se for com a Juliane.

— Então o famoso Tenente Arantes está apaixonado? — pergunta, e sua expressão é de espanto.

— Com cada célula do meu corpo — respondo.

— Ok. Tem, mesmo, certeza de que quer voltar à ativa? — pergunta de novo.

— Absoluta.

— Muito bem, parece que a Júlia...

— Juliane — corrijo.

— Fez bem para você. Parabéns — deseja.

— Muito bem. A senhora não pode imaginar o quanto.

— Tudo bem. Vou lhe dar a alta e o encaminhamento para sua reintegração. Fico feliz por você, tenente, e desejo que todos os seus fantasmas fiquem no passado.

— Obrigado, doutora. É só o que desejo: poder recomeçar. — Ela assente e me entrega o documento.

Uma semana depois...

— Ele está sorrindo pra mim? — pergunto a Fernando, enquanto estou com Bernardo nos braços.

— Não está nada — ele responde.

— Está, sim! — confirmo, e sorrio da cara do meu amigo, que está visivelmente enciumado. — Você está sorrindo para o dindo, não é, garotão? Eu sei que o seu papai é muito feio e te assusta.

— Você é tão engraçadinho, Daniel! Provavelmente ele está rindo da sua cara feia.

— Pense assim, se for melhor pra você — alfineto, e ele meneia a cabeça, em negativa.

— Me dê ele aqui, está na hora da mamadeira.

— Pode deixar que eu dou. — Ele me entrega.

MUDANÇA DE PLANOS 121

— Não tão deitado, vai engasgar o garoto! — Faço uma careta enquanto ajeita Bernardo em meu colo. — Quando volta ao batalhão?

— Volto ao treinamento na quinta.

— Vou te puxar para minha equipe, assim que estiver na escala das operações. Parabéns, você é um excelente policial, e sei que se arrependeria se deixasse ser reformado. Bem-vindo de volta.

— Preciso recomeçar.

— É difícil, meu amigo, mas existe um recomeço. Coloque-o em pé agora, ele precisa arrotar. — Apoio Bernardo em meu ombro. — E a Juliane, continua na mesma?

— Sim. Ignora todas as minhas chamadas e mensagens.

— Não queria dar razão a ela, mas você vacilou pra cara... caramba. — A cara dele, quando muda o palavrão, é hilária. — Ir para um puteiro, depois de ter domado a fera... Você é retardado!

— Não rolou nada com a mulher, Fernando, já disse isso.

— Chegou em casa com o flagrante. Você é burro? Ainda me colocou na reta, então não tive como defendê-lo, parceiro. Só me reservei ao silêncio para não piorar tua vida.

— Eu estou ferrado, Fernando, só me resta esperá-la voltar. Se não quiser mesmo me dar uma nova chance, nem sei como será sem ela. Eu a amo como nunca imaginei amar uma mulher.

— Você precisa acreditar no amor e no que sentem um pelo outro, Daniel, não pode achar que não terá uma nova chance. Você, mais do que ninguém, precisa ter certeza.

— Quero ter, mas as coisas não funcionam assim, na prática.

— E por que não?

— Porque o "felizes para sempre" não existe para a maioria.

— Cadê o discurso "se redima, faça serenata, jogue pétalas de flores de um helicóptero, leve a Paris"? — questiona, jogando na minha cara os argumentos que usei com ele, há alguns meses.

— Minha marrenta é dura na queda, cara. Acho que precisarei tentar todas as opções e inventar mais algumas — respondo, abatido. Só eu sei a falta que ela está me fazendo. Estou até mantendo a casa em ordem, coisa que nunca fiz, mas lembro-me de cada implicância dela referente às minhas bagunças. Minha casa nunca foi tão arrumada, vazia e sem vida. Foi assim que Juliane me deixou.

— Então faça tudo. Um caveira não joga a toalha, sabe disso. — Pisca, com a confiança que eu gostaria de ter agora.

— Ela tem ligado para a Cissa?

— Sim, ela liga uma vez por dia, mas não toca no seu nome, e pelo que a Ceci me falou, não quer nem ouvir "Daniel". Mas, lembre-se de que uma missão só acaba quando é cumprida, e o final só existe se você desiste. — As palavras de Fernando me afetam profundamente.

— Você acha que ainda tenho alguma chance?

— Eu que sei, cara? Você fez uma merda das grandes, mas, se a ama mesmo, pense numa maneira de reconquistá-la. Foi o que fiz com a Ceci, e graças a Deus ela me deu uma segunda chance. Todos erramos, Daniel, o que diferencia é o que fazemos para corrigir isso.

— No seu caso, a Cissa estava perto. Eu nem essa sorte tenho, e não posso ter certeza se terei um dia. — Seus olhos me encaram com compaixão. — Preciso ir, tenho que fechar a oficina, o Igor não pode ir hoje. — Entrego Bernardo, que pegou no sono, a ele.

— Como vai ficar a oficina, quando estiver de serviço?

— Já conversei com Igor. Ele está lá desde a época do meu pai, é a pessoa de mais confiança que tenho.

— Vai dar tudo certo, meu amigo. Essa fase ruim com a Juliane vai passar.

— É só o que desejo — respondo.

Minutos depois, estou em meu escritório. Encaro meu celular, e mais uma vez tento ligar para ela, mas, como das outras vezes, só quem me atende é sua voz gravada em sua caixa de mensagens.

— Estou com saudades, amor, me atenda. Por favor, nem que seja para me xingar, mas não me ignore assim, Juli. — Respiro fundo, pois nunca estive tão frustrado. — Eu te amo, e espero que esteja bem. — Desligo, e a única coisa que me resta são as lembranças.

MUDANÇA DE PLANOS

CAPÍTULO 18

Daniel

Semanas depois...

Encaro o espelho por alguns minutos. É a primeira vez que visto minha farda, desde que toda aquela tragédia aconteceu. Por anos, me dediquei para merecê-la, e da mesma maneira, me esforcei para ignorá-la, inclusive direcionei meu ódio e impotência à corporação. Foram quase quatro anos renegando o meu juramento, aquele que fiz com muito orgulho e afinco. Neste instante, a honradez é a mesma que senti quando vesti a farda pela primeira vez. Entendo, agora, que nada do que eu fizer trará meu pai e as vítimas de volta, mas posso, ao menos, evitar que mais inocentes continuem sendo abatidos por conta dessa violência desenfreada a qual estamos vivendo. Mais do que nunca, devo honrar minha farda e meu juramento.

— Tenente! — Briglia presta continência, ao se aproximar.

— Cabo — respondo ao gesto.

— É bom tê-lo de volta.

— Estou feliz por estar de volta — respondo, seco. Eu o ignorei em todos os dias em que estive treinando.

— Você me concede a palavra? — pergunta, formalmente, já que estamos dentro do batalhão e fardados.

— Descansar! Tem a permissão, cabo! — eu o autorizo a se reportar a mim.

— Sei que ficou um mal-entendido no hospital, mas a Juliane... Me desculpe, eu não poderia imaginar que estavam juntos.

— Não estamos juntos — eu o respondo, e ao mesmo tempo avalio sua reação, que, para a sorte dele, se mantém impassível.

— Espero que eu...

— Não, cabo, não tem nada a ver com o senhor. Essa é uma situação momentânea, assim espero.

— Sinto muito. Conheço a Juliane há alguns anos, e há muitos que não a via. Nossas mães ainda são amigas, e não sei se ficou algo mal interpretado, mas ela estava apenas...

— Eu sei o que ela estava fazendo, já disse que não foi esse o motivo — rebato e ele assente. — Já rolou alguma coisa entre vocês, cabo? — exijo, sabendo que não tenho direitos, mas as imagens em minha cabeça vão me enlouquecer se eu não tiver certeza.

— Não, tenente, nada. Nunca tive chances de me aproximar.
— E nunca terá — afirmo.
— Não era minha intenção, tenente.
— Bom, estamos esclarecidos então. — Ele assente. — O senhor tem alguma notícia sobre o pedido de Juliane?
— Andei sondando a minha mãe sobre o assunto, e, ao que parece, ela tem certeza do paradeiro do pai da Juliane.
— E onde ele está?
— Parece que reside em São Paulo, agora.
— Me conceda o nome completo dele, assim que conseguir. O resto, eu mesmo faço.
— Ok, tenente. — Presta continência de novo e deixa o alojamento. Logo o sigo, para encarar minha primeira incursão depois de todo esse tempo, e minha adrenalina é a mesma da primeira vez que fiz isso.

Deixamos a viatura e adentramos a comunidade, com o objetivo de encontrar alguns armamentos de guerra que deveriam estar bem longe das mãos desses infelizes. Foram repassados a nós alguns vídeos onde eles aparecem ostentando esse arsenal, e o responsável por sua distribuição, "Pernilongo", é o maior traficante de armas, hoje, no Rio de Janeiro. A polícia está em seu encalço há quase dois anos, e a Inteligência recebeu a localização de seu paradeiro, então aqui estamos, e só vamos sair quando o pegarmos. Jamais desistimos de uma missão, ela só termina no momento em que é cumprida.

Horas depois, já derrubamos dois esconderijos de armas e encontramos um laboratório do tráfico, onde eram embaladas as drogas fornecidas para outras três comunidades. Já demos um bom prejuízo a essa bandidagem: foram apreendidos alguns armamentos, algumas toneladas de entorpecentes, e temos oito prisioneiros, mas o nosso alvo ainda não foi localizado.
— Seguiu, cabo! — ordeno, para que a contenção passe à próxima posição. — Segue, sargento! — Carlos se alinha na nova posição, e logo sigo atrás, me posicionando à frente dos dois. Temos uma outra equipe logo atrás de nós. Alguns segundos depois, visualizo um movimento suspeito e alerto a contenção atrás de mim, com um gesto, então encaro o suspeito,

MUDANÇA DE PLANOS   125

que nem se deu conta da minha presença ainda. Ele está prestes a entrar no porta-malas de um carro, que tem como condutor uma mulher.

— Mãos para o alto! — exijo, com a mira do meu fuzil direcionada a ele, que tenta correr. Então, disparo, acertando-o propositalmente de raspão, na perna. Nunca erro um tiro.

— Perdi, perdi! — grita, após se jogar ao chão.

— Não se mexa. Encoste no carro! — exijo à mulher, que permanece parada. — Levante a camisa devagar — ordeno ao suspeito, que está ao chão, quando Carlos e André já estão na contenção da mulher.

— Perdi, chefia, perdi. Fique calmo aí! — Levanta a camisa, demonstrando que está desarmado.

— Parece que pegamos nosso cara — constata Carlos.

— Coloque as mãos na cabeça, bem devagar. Você é Cândido Negresco? — pergunto.

— Sou eu, chefia, perdi. Minha mulher tá limpa, ela não tem nada com isso.

— Isso é a justiça que resolve, eu só prendo. Parece que vai ficar um bom tempo sem voar, Pernilongo — ironizo.

— Bora resolver isso aqui, chefia. Tenho três milhões lá dentro, posso levantar mais dois milhões rapidamente, só me deixe dar um telefonema e a gente resolve.

— Tem mesmo? — confirmo a petulância desse desgraçado.

— Está lá dentro. Me solte e pode levar o dinheiro.

— Ah, eu vou levar o dinheiro. Será mais uma prova contra você, Sr. Cândido! Não sou da sua laia, seu dinheiro sujo, de merda, não compra meu caráter e muito menos minha corporação! — vocifero para ele. — Missão cumprida. Traga os dois, e acrescente a tentativa de suborno na conta dele, que já está bem extensa.

Horas depois, entro em casa. Um cansaço enorme e a sensação de dever cumprido, que não me encontrava há muito tempo, se fazem presentes. Ser policial é o que me impulsiona, mas já não é o suficiente para me fazer sentir plenamente realizado. Falta uma parte para eu ser plenamente feliz, e eu sei exatamente qual é. Pego o celular, e seu número já é o primeiro na discagem, então apenas pressiono a tela para iniciar a chamada. Quero que ela seja a primeira a saber como me sinto, mesmo que ainda não tenha lhe dito tudo o que deveria sobre o meu passado. Juliane é a pessoa para quem quero contar meu dia, e a pessoa para quem quero voltar ao final dele.

— Por favor, meu amor, me atenda — imploro à caixa de mensagem, como nunca fiz com nenhuma outra. Aliás, sequer ligava para as outras. Depois da quinta tentativa, aceito que ela, mais uma vez, não vai me atender.

> Hoje voltei ao trabalho no Bope. Foram nove horas de operação, e mais algumas horas até termos toda a ocorrência esclarecida devidamente. Eu me sinto vivo de novo, a emoção foi como no primeiro dia em que vesti a farda. Acabei de entrar em casa e gostaria que estivesse aqui, para que meu dia fosse plenamente feliz. Sinto muito a sua falta, Juli, esse tenente aqui é todo seu. Sei que já deve estar dormindo, mas gostaria que soubesse que minha cama não é mais a mesma sem você. Ainda te espero, meu amor.

Envio a mensagem, e meus olhos permanecem, por minutos, encarando a tela do telefone, mesmo sabendo que...

> Estou feliz por você, me pareceu ser um ótimo policial.

Meus olhos leem a mensagem, surpresos, e meu coração dá um salto em meu peito. Estou sorrindo feito bobo, mesmo que não tenha dito nada de mais, mas há semanas tento ao menos um oi.

> Como você está? Ainda acordada? Já são quase duas da manhã aí. Estou ficando louco sem nenhum retorno, Juli, você está bem?

Envio, e nem ao menos me mexo, aguardando a resposta.

> A porcaria do aquecedor estragou de novo, então está bastante frio. No mais, está tudo certo.

Sua resposta aperta meu coração, pois gostaria de estar lá agora.

> Amor, não tem ninguém que possa ver isso para você? Não posso pedir dispensa. Se soubesse disso há três dias, já estaria aí. Fale com o porteiro, ele parece ser de confiança, deve conhecer algum profissional capacitado.

> Não se preocupe, um amigo do curso vai olhar pra mim, amanhã. Por favor, não me chame de 'amor'. Vou voltar a dormir. Boa noite, e mais uma vez, parabéns por sua realização.

MUDANÇA DE PLANOS

> Que amigo é esse? O mesmo do beijo e vinho? Não existe outra palavra para chamar a única mulher que amei, e amo, depois da minha mãe.

Inicio uma chamada de vídeo, sem esperar a resposta. É incrível como a Juliane tem o poder de me enlouquecer...

— Oi... — E me alucinar, na mesma medida. Encaro sua imagem na tela, completamente embasbacado. Como ela está linda, deitada na cama onde fizemos amor, tantas vezes! Os cabelos negros decoram seu travesseiro, seu rosto e tom sonolentos me fazem querer o impossível: poder me transportar pelo celular. — Se não ia dizer nada, por que iniciou a chamada? — Tenta, visivelmente, demonstrar indiferença, mas fracassa em seu objetivo.

— Estou com tanta saudade — declaro, frustrado, e seus olhos não se desviam da tela, nem por um segundo.

— Por favor, Daniel... — sussurra.

— Essa casa não é a mesma sem você, amor. Aliás, eu não sou o mesmo sem você. Não estamos nem há dois meses separados, e os próximos meses serão insuportáveis. Eu só queria estar aí do seu lado agora, porque ficar longe é muito pior do que a pior tortura do mundo.

— Não fale asneira! — rebate, sorrindo um pouco.

— Estou falando sério. Você entra no primeiro avião, assim que terminarem suas aulas.

— Claro, tenente. Quando eu for sua subordinada, obedecerei às suas ordens. — Pisca.

— Você não está pensando em ficar aí, está? — indago, assustado.

— Aqui não. Estou pensando em aceitar o pedido do Ryan e viajar para alguns lugares com ele, por um tempo.

— Juliane, não me provoque; Esse cara é o mesmo que vai consertar seu aquecedor? É o cara do vinho e beijo? — exijo.

— Relaxe! É o mesmo, sim, mas ele não está interessado só no conteúdo da minha carteira.

— Claro que não! Já disse que não comi a mulher, e que não vou voltar no mesmo assunto, o tempo todo.

— Eu te pedi para voltar? — zomba.

— Juliane, você está saindo com esse cara?

— Sim — responde, naturalmente.

— O quê?

— Sim, estou saindo com ele. Estamos na mesma sala, sentamos um ao lado do outro...

— Juliane, eu disse que te esperaria! Caralho, não transo desde nós dois, e você...

— Você me perguntou se eu estava saindo com ele, e não se estava transando com ele — me interrompe.

— E você está?

— Saindo ou transando? — devolve a pergunta, calmamente.

— Transando, beijando, e toda essa porra de conotação que envolva te tocar. — Meu tom sai mais alterado do que gostaria, mas as imagens em minha cabeça são o suficiente para me enlouquecer.

— Com sua profissão, deveria ser um cara mais calmo e controlado, tenente — rebate, com tom de zombaria.

— Responde, Juliane! — exijo, fora de mim.

— Não, não estou transando com ele, é só um amigo... — Solto o ar e passo a mão livre pela nuca. —Ainda — completa.

— Amor, pelo amor de Deus, não se vingue assim. Sei que fiz cagada, mas seis meses longe de você já são um castigo e tanto. Não me provoque mais, você não quer que eu leve um tiro por não conseguir...

— Vire essa boca pra lá, Daniel, pare de falar merda! — ela me interrompe, irritada, e reprimo o sorriso ao perceber que se importa.

— Queria colocar a boca em um lugar bem específico, mas você está muito longe...

— Vamos parar por aí, não vou fazer isso. Estou numa seca ferrada e não quero falar disso com você. Não vamos voltar de onde paramos.

— Consigo quatro dias livres daqui a quinze dias. Podemos ficar dois dias inteiros juntos, mas...

— Você é maluco? Nem cogite isso, não vou mais...

— Também estou em uma seca ferrada, Juli, e estou morrendo de saudades do boxe daí. — Pisco, e sua expressão não me deixa dúvidas de que assim que eu encerrasse a chamada, compraria a passagem.

— Você é maluco, Daniel do Nascimento Arantes?! Não tem cabimento nenhum fazer uma doideira dessas. Estou nos EUA, não dá para fazer um bate e volta a hora que achar conveniente — justifica, e eu apenas ergo as sobrancelhas.

— Não precisa ficar convencida. É que me deu vontade de tomar aquele chocolate quente da Starbucks perto do seu condomínio.

— Daniel, eu estou falando sério — rebate, irritada.

MUDANÇA DE PLANOS

— Eu também, amor, muito sério. Quer que leve alguma coisa?

— Não, porque você não vai fazer isso! Já teve um gasto enorme da última vez, e nem me deixou pagar a minha parte.

— Não duvide de um caveira, amor.

— Dan...

— Estou pirando sem você. Não me peça para não aproveitar qualquer oportunidade que eu tenha para te ver, porque não vou conseguir cumprir. — Me recosto mais no sofá. Estou há quase 24 horas sem dormir, e o cansaço começa a me vencer.

— Daniel, nós não vamos mais fazer isso. Estou falando sério, não quero que venha. Quero manter uma boa relação com você, já que temos amigos em comum e o mesmo afilhado, mas não passará disso. Já tentamos e viu no que deu. — Meu sono desaparece.

— Sei que caguei tudo naquele dia, mas...

— A questão não é essa, Daniel. O que você fez me deixou transtornada, foi esse o ponto. Eu escolhi não ter isso, não quero me prender e estar nessa posição. O que te disse no aeroporto continua valendo: acabou. Se é que existiu algo, não existe mais. Não quero que venha novamente, porque sabe que temos uma química do caramba e que...

— Não é só química, pare com isso! Não vai me convencer de que é só sexo, pois fiz apenas sexo a minha vida inteira e sei que o que temos vai muito além disso — corto-a, com o tom mais elevado do que pretendia, e ela se mantém em silêncio por segundos.

— Tudo bem. Então, você pode respeitar minha decisão? Você pode fazer isso? — Seu tom é tão tranquilo que revira tudo dentro de mim. Ela não pode jogar tudo fora.

— Vou te esperar. — Sou firme.

— Não quero que faça isso, Daniel. É injusto com você, e perda de tempo, porque eu não vou ficar presa a ninguém. Ainda tenho alguns meses aqui e não me privarei de nada. Se quer um conselho: siga com sua vida. Tudo isso foi uma grande criancice da nossa parte, e não quero que fique um clima ruim toda vez que encontrar você...

— Como assim, não quer que eu faça isso? Você está fazendo mais uma das suas vinganças? Não precisa fazer isso, Juli. Por que não aceita logo que fomos feitos um para o outro, e que não tem sentido algum ficarmos separados? — Seus olhos se arregalam. Não preciso ouvir essas merdas dela. Sei que ainda está puta comigo, não tiro sua razão, mas está sendo muito radical.

— Você pode apenas respeitar, Daniel. Não me ligue mais. Sinto muito se deixei isso ir longe demais, mas a minha resposta é não. Eu não quero um futuro com você, quero apenas voltar para minha vida. Foi bom o que tivemos e os dias que passamos juntos, mas foi só isso, passou. Sinto muito se não se deu conta...

— Tem certeza do que está me dizendo? — Encaro seus olhos, estarrecido. Ela argumenta muito tranquilamente, como se tudo o que vivemos não tivesse sido nada demais. Como se eu fosse apenas mais um dos caras que teve, e ela tivesse enjoado da minha companhia, como era com os outros.

— Tenho, sim. Gostaria de atender às suas expectativas, mas não posso, então, tudo isso acaba aqui. — Analiso sua expressão por segundos, até ter certeza de que ela realmente não quer uma relação comigo. Como foi que me permiti sentir essa porra, e ir tão longe a ponto de mendigar atenção?

— Ok, Juliane. Não posso interferir nas suas escolhas, então, se é isso o que quer, beleza.

— Obrigada.

— Não me agradeça por isso, Juliane. A escolha é sua, não minha.

— Espero que fique bem, Daniel, se cuide.

— Se cuide, Juli. Boa noite!

— Boa noite, e eu sempre me cuido — responde, e eu desligo o telefone. Virei a porra de um retardado, como meu amigo, e agora a culpada por isso simplesmente me diz que não pode atender às minhas expectativas? Não tenho droga de expectativas, apenas quero a Juliane em minha vida, e se isso não faz parte dos planos dela, ok, também não fazia parte dos meus.

Jamais achei que estaria em uma situação como esta. Nunca quis me apegar ou ter uma relação com uma mulher, que passasse de algumas horas, e agora me vejo perdido e frustrado por ter justamente o que sempre planejei. Os planos mudaram, será que ela não percebe isso? E agora, o que eu faço com esse sentimento que se instalou em meu peito? Como faço para voltar à vida que tinha antes dela? Existe uma receita? Se existe, apenas Juliane a tem, porque está me descartando fácil demais. E a calma com que disse tudo aquilo só prova que ela tem, mesmo, certeza de que "nós" não existe mais.

Só me resta aceitar e tentar esquecer tudo isso. Vamos voltar à ativa em todos os sentidos, Tenente Arantes.

MUDANÇA DE PLANOS

CAPÍTULO 19

Juliane

Meses depois...

Fecho a última mala, e então respiro fundo. Voltar ao Brasil é o que mais quero, mas, ao mesmo tempo, gostaria de permanecer aqui ou em qualquer outro lugar que tivesse pelo menos sete mil quilômetros de distância. Menos do que isso, seria difícil não ir atrás de Daniel. Desde aquela noite, ele respeitou minha posição e não me procurou mais. Gostaria muito que a minha vontade se igualasse ao que realmente é, mas o que sinto vai muito além do que quero. Sinto a falta dele como nunca senti de ninguém, é como se metade de mim não me pertencesse mais. Não consigo voltar ao que era, não consigo nem sequer olhar para outros homens. Meus desejos e vontades estão todos com o único que alcançou tudo o que eu sequer havia deixado disponível para alguém, e eu pego o celular para ligar para ele quase todos os dias. Foi quase impossível resistir ao impulso, mas, sabia que se fizesse isso, seria um caminho sem volta, e não posso deixar que alguém dite meus sentimentos e atitudes. A forma como a "noitada" de Daniel me magoou, fez com que eu não me reconhecesse mais, mas foi o pedido de casamento, junto com a minha vontade de dizer sim, que me deixou extremamente apavorada. Ainda brigo comigo mesma, tentando entender se fiquei possessa por essa estranha loucura em minha cabeça, de aceitar a proposta maluca, ou pelo fato de ele nem sequer se lembrar do pedido.

Sinto uma vontade incontrolável de jogar isso em sua cara, mas tenho consciência de que minhas vinganças só seriam ruins para mim mesma, já que me aproximar dele mais do que o necessário, agora, é uma infeliz e péssima ideia.

Proibi minha amiga de tocar em seu nome, e pelo tempo desde a nossa última ligação, tenho certeza de que todo afinco em ficar comigo etc, se é que ainda se lembra de mim, ficou para trás, ou sequer era verdadeiro.

Não me tornarei aquilo que sempre repudiei. Assim que voltar ao Rio de Janeiro, vou retomar a minha vida, e todos esses erros inconsequentes ficarão no passado. Tenho muito tempo livre aqui, esse é o problema, ou esse erro chamado Daniel apenas é um que vale muito a pena...

— Pare com isso, Juliane!
— Vamos, ou perderemos o voo — alerta Ryan, e o encaro, sem graça

por ele ter me pegado falando sozinha.

— Já disse que vai cozinhar no Rio de Janeiro, não é? Estamos em pleno verão — brinco, tentando parecer descontraída, para que ele não perceba o quanto estou fora de mim.

— Tem, mesmo, certeza de que não vou te atrapalhar?

— Claro que não, Ryan, será muito bom te mostrar minha cidade. Mas devo lhe alertar que o calor é de matar. Chegamos a 40 graus quase todos os dias.

— O que não mata, fortalece, *amore mio*. — Pisca.

— Achei que era irlandês — eu o contesto, sorrindo.

— Meus avós são italianos, e sempre achei que os italianos têm mais chances com as mulheres. Quem sabe, assim tenho uma chance, *mia bella*. — Sorrio mais, por sua insistência.

— Quem sabe, *bel ragazzo*. — Suas sobrancelhas se erguem, em surpresa por minha citação, em resposta. — Não se empolgue, foi a única coisa que aprendi, ao assistir uma novela com tema italiano — explico, e ele sorri. Seu sorriso é mesmo lindo, mas não me afeta ou desperta um terço do que o do Daniel desperta.

— A esperança é a última que morre, *caro*. — Beija minha mão, de forma sedutora.

— Ok, chega de italiano. Vamos, ou perderemos, mesmo, o voo. — Desfaço o contato e ele pega minhas malas.

Logo, fecho a porta com uma certeza: é hora de encarar a realidade, e Juliane Marques nunca foi de fugir de nada. Então, "problema," aí vou eu.

Assim que o avião toca a pista, meu coração acelera e a respiração falha. Implorei a Cissa para não contar da minha chegada a Daniel, mas a sensação de que o verei assim que passar pelo desembarque não me abandona. Em todas as vezes que pisei no aeroporto, depois de conhecê-lo, ele esteve lá, e não tenho ideia da minha reação se o visse agora. Mas provavelmente o agarraria, e esse é o meu maior medo. Ele é capaz de tirar meu controle e sanidade como ninguém.

Depois de alguns minutos, já pegamos as malas, e agora, poucos passos me separam do que quer que tenha do outro lado ou me espere. Eu me pego implorando aos céus que não seja ele, porque minha saudade trairia toda minha sanidade. Assim que as portas se abrem, me vejo congelada

MUDANÇA DE PLANOS

entre elas...

— Caro, está tudo bem? — O toque de Ryan me traz de volta.

— Sim, está tudo ótimo, é muito bom estar em casa de novo — respondo, e ele sorri.

— Jujuba! — O grito estrondoso e único de Cissa desperta minha atenção, e da maioria das pessoas no saguão. Meus olhos logo a encontram, e meu coração transborda de emoção e alegria. Em segundos, estamos abraçadas, e, claro, chorando. Descarrego nas lágrimas muito mais do que a saudade que sinto da minha melhor amiga. — O que você fez com minha amiga? Ela não era tão frouxa assim! — comenta, ao se afastar um pouco, limpando as lágrimas.

— Olha quem fala!

— Eu sempre fui chorona, então estou só sendo eu. Como você está? O voo foi bom? — Seus olhos me analisam, e não precisa dizer em palavras o que está pensando. Sei que me lê como ninguém, e sabe que não estou nada bem.

— O voo foi bem tranquilo. Esse é o Ryan. — Limpo melhor o rosto.

— Ryan, seja bem-vindo ao Brasil. — Cissa me encara com aquele olhar inquisitivo, que queria dizer que eu era maluca.

— Obrigado. É um prazer estar aqui e conhecê-la. — Cissa lhe responde com o seu sorriso forçado, aquele que dá quando não está cem por cento satisfeita.

— Ele não veio.

— Oi? — Eu me faço de desentendida, e paro de varrer o aeroporto com os olhos.

— Seu amigo fala português?

— Não, nada — respondo.

— Ótimo! — Esse tom não é nada amigável. — Não disse a ele e nem ao Fernando que você chegava hoje. Foi o que me pediu, não foi?

— Não estava procurando por ele, ou esperando vê-lo. Eu...

— Pare! É comigo que está falando, Juliane. Comigo não precisa fingir. — Travo, e permaneço calada. — O que vai fazer com seu amigo? Não me diga que ele vai ficar no seu apartamento, que nem foi desocupado ainda?

— Não acredito que ela não te deu a chave! — Cissa faz uma careta.

— Eu te avisei que aquela vaca não era confiável, e nunca gostei dela. Ela me disse, na cara de pau, que não encontrou outro lugar ainda. E você, dona Juliane, agiu completamente errado, então não pode reclamar, já que fez sem o consentimento do senhorio. Eu, se fosse você, antes que isso dê merda, pediria o cancelamento do contrato e a deixaria se virar com ele.

— Mas eu adoro meu apartamento.

— Pelo jeito, ela também. Você encontra outro, e mais perto de mim.

— Pisca, e nego com a cabeça. — Vai ficar lá em casa até encontrar um apartamento novo, mas não falei com o Fernando sobre o seu amigo.

— Ele vai ficar em um *hostel* em Copacabana, não iria mesmo ficar comigo. Eu serei só sua guia em alguns dias. Não sei o que farei, mas não posso ficar na sua casa. — Não quero ficar tão perto assim de Daniel.

— Por que não? — Nego com a cabeça.

— Não vou me enfiar na sua casa, de mala e cuia. Está começando sua vida agora, tem o Bernardo e toda a rotina de vocês...

— Você é minha melhor amiga, Juliane, e vai ficar lá em casa até conseguir seu apartamento de volta, ou encontrar outro. Se não quer ficar lá por causa do Daniel, te garanto que ele não vai chegar perto de você, se não quiser. — Apenas assinto, porque preciso pensar com calma, para conseguir colocar minha vida nos trilhos novamente. — Vamos? O Ryan almoça com a gente, depois o levamos a Copacabana. Minha mãe já, já me liga, seu afilhado não está nada fácil.

— Não fala mal do Bê. — Ela sorri, e minutos depois entramos em seu carro. Depois de muito sacrifício, já que Ryan olhava para cada mulher que passava a sua frente.

— O que disse ao Fernando? — pergunto quando Cissa liga o carro, pois sei o quanto ela odeia mentir.

— Na verdade, não disse nada. Ele não estava em casa quando saí, porque um amigo deles faleceu ontem. Ele está arrasado. Trabalhavam juntos, e parece que foi uma tentativa de assalto. O menino estava de moto, e quando viram a pistola em sua cintura... descarregaram a arma em cima dele, à queima-roupa.

— Meu Deus, Cissa, que horrível! — Meu coração se aperta, e imediatamente meus pensamentos são direcionados a Daniel.

— Sim, este é o país em que vivemos. O cara foi assassinado apenas porque era policial. — Minha respiração está acelerada, e um medo que não conhecia antes me visita. Daniel havia voltado para a polícia, e não tinha me dado conta de que também havia voltado para todos os riscos que isso implica. — Surtei essa noite, Jujuba. Só posso pedir a Deus e a São Francisco que livrem o Fernando de tal covardia. Não sei o que seria

MUDANÇA DE PLANOS

de mim se o perdesse.

— Não fale uma coisa dessas, amiga, não jogue isso no universo. O Daniel estava bem, lá na oficina dele, enganando as trouxas com aquela cantada idiota de mandar empregados com gêmeos embora. Para que tinha que se enfiar nisso de novo? — desabafo, e minha amiga sorri.

— Gosta mesmo dele, não é?

— Sério que só percebeu agora? — Ela nega.

— Percebi desde a história do mercado, mas adoro ver você confessar. — Pisca, sorrindo.

— Você é uma grande idiota, doutora Cecília Castro Gutierrez!

— Já que o Fernando será o padrinho, não sei de que lado terei que ser a madrinha. Agora deu ruim — zomba.

— Você não contou aquela história para o Fernando, não é, Cissa? — Ela me responde com aquela careta de quem fez merda.

— Ele escutou uma parte, e não consegui mentir, Jujuba. Desculpe-me.

— Ótimo! Agora o idiota já deve saber.

— Eu pedi para o Fernando não se meter nisso.

— Eles são melhores amigos! Você esconderia alguma coisa de mim? — Ela fica muda, revelando sua culpa. — Não acredito! O que mais você não me disse?

— Não é nada demais. — Seu tom sai desconfiado, me alertando que a cagada foi muito maior.

— O que não é nada demais? — exijo.

CAPÍTULO 20

Juliane

Encaro Cissa por segundos, enquanto ela faz a louca, concentrada no volante à sua frente, em silêncio, como se eu não tivesse perguntado nada.

— Por que eu não vim para esse país há mais tempo? — Ryan pergunta a si mesmo, em voz alta, enquanto encara a janela como um cachorro encara uma frangueira. — É tudo muito belo. Na Irlanda, temos mulheres lindas, mas aqui, abusam da beleza.

Por que eu o trouxe, mesmo? Nossa, nem acredito que tive um pensamento tão egoísta como esse. Sei que estou envolvida em uma merda das grandes, mas ele não tinha culpa de nada.

— Ainda não viu nada. Amanhã tento te levar no ensaio da escola de samba. Hoje vai ser corrido, e descobri que meu apartamento ainda não foi liberado.

— Pode ficar no *hostel* comigo, ou alugamos um por temporada.

— Obrigada, Ryan, mas vou ficar com a Cissa, quero aproveitar o tempo com meu afilhado. Porém, nosso acordo continua: serei sua guia, e te mostrarei tudo o que o Rio tem de melhor. Vamos almoçar com a Cissa, e depois te levo ao *hostel*.

— Tudo bem — concorda, animado, e sorrio, porque Ryan é um cara muito legal. Tentarei deixar meus problemas de lado e me dedicar a ele, esses dias. Depois de alguns minutos, Cissa entra no condomínio que deixei com meu coração esmigalhado, e com a cabeça perdida. Sabia que não daria para evitar o retorno, já que minha amiga mora aqui. O que não sabia era o que sentiria ao fazer isso: é como se eu fosse soterrada. Uma sensação de pânico me domina, e é a mesma sensação de quando minha mãe me deixou naquele colégio. Lágrimas enchem meus olhos, pois é provável que ele já tenha voltado à sua rotina, sem mim. Sinto raiva, mas não dele, e sim, por ter me deixado dominar, quebrando meu juramento. Tudo o que sinto por Daniel é tão intenso que me sufoca. Então, preciso esquecê-lo, ou me tornarei a pessoa que tanto me fez sofrer.

— Puta merda! — acabo soltando, quando o carro está a poucos metros da casa de Cissa, e ela me encara.

Tem uma viatura em frente à sua casa, e alguns policiais estão em pé na calçada. Mas, apenas um deles é capaz de ter toda a minha atenção. Puta

MUDANÇA DE PLANOS 137

que o pariu! Eu não precisava ter essa cena na minha cabeça. Esse maldito fica muito, muito gostoso de farda.

— Tenho um bebê em casa. Então, mocinha, vamos controlar os palavrões.

— Por que estão na sua porta, Cissa?

— Não sei bem. Mas um deles mora no mesmo lugar que eu; o outro, que você conhece bem, mais à frente, então não é como se estivessem invadindo ou fossem nos prender. Fique tranquila, devem ter vindo do funeral.

— Assim que Cissa encosta, próximo à calçada, todos os olhares se voltam em nossa direção, mas meus olhos se prendem em um tenente, que parece estar tão paralisado quanto eu.

— Bem-vindo à minha casa, Ryan! — Cissa diz, sendo muito melhor anfitriã do que eu.

— Obrigado pela gentileza, Cissa — o jeito como Ryan diz "Cissa" me faria rir, se minha concentração não estivesse toda no policial que vem em minha direção agora, como um furacão. Cissa sai, e minha porta é aberta antes mesmo de a minha mão alcançar a maçaneta. Permaneço paralisada, enquanto seu cheiro inunda meus sentidos. Não quero olhá-lo, porque sua presença já é o suficiente para desestabilizar cada pedacinho de mim.

— Não sabia que chegaria hoje... — Suas mãos pousam em minhas pernas, quando ele se abaixa. — Eu senti muito a sua falta...

— Oi, como você está? Sinto muito por seu amigo, a Cissa me contou — tento ser amigável.

— Uma merda, Juli. O André era um cara incrível. Não posso acreditar que está mesmo aqui, me pareceu uma eternidade — diz, num tom miserável, e apoia a cabeça em meu ombro.

— Por favor, Daniel... — peço, em tom que não reconheço como meu, sem sequer olhá-lo. Sei que se fizesse isso, não resistiria, e o beijaria para sanar um pouco toda essa saudade e dependência que ele me provoca.

— Amor, olhe para mim... — implora, e por um segundo é impossível resistir...

— Por favor, Daniel, não é legal o Ryan ver essa cena.

— O que?! — pergunta, confuso.

— Posso sair? — pergunto, me apossando da Juliane que sempre fui, e ele se ergue, atônito. — Ryan, esse é o Daniel. Daniel, esse é o Ryan. — Faço a apresentação em inglês, e Ryan estende a mão a Daniel, mas não tem retorno no cumprimento.

— Quem é esse cara, Juliane?! — exige, com a expressão repleta de raiva, sem se importar por ter deixado Ryan no vácuo.

— Não lhe devo satisfações, Daniel — respondo, calmamente.

— Ah, deve. E muitas, principalmente quando chega aqui com um imbecil a tiracolo — vocifera, despertando os olhares de seus amigos.

— Tenente, não é legal essa cena que está fazendo. Não é meu dono, e te disse que não me privaria de nada. — Pisco, me recompondo.

— Quem disse que eu me privei? — revida, em tom debochado.

— Idiota! — Agora deixo a raiva me dominar.

— Eu? Você que está sendo pretensiosa demais. — Pisca de volta, mas vejo a raiva em seus olhos.

— Você é a porra de um babaca! — grito, e suas sobrancelhas se erguem em resposta.

— Não é legal o Ryan ver essa cena. Fica chato o cara perceber que fez papel de idiota, vindo com você — diz, dono de si, e gargalho, nervosa.

— Era o que você mais queria, não é? Sinto muito te decepcionar, mas a fila andou. Não queria ter que dizer isso assim, estava lhe poupando.

— Sério? Sua fila andou mal pra caralho! — revida, furioso.

— Isso...

— Juliane, vamos entrar. Chega disso, Daniel, por favor! — Cissa me interrompe.

— Você vai aceitar esse cara dentro da sua casa? — Daniel exige a Fernando, que passa a mão pelo cabelo.

— Daniel, por favor. Hoje não é um bom dia, vamos desacelerar. Acabamos de enterrar um amigo — Fernando intercede.

— Amor, vai voltar ao trabalho? — Cissa pergunta a Fernando, que nega com a cabeça.

— Almoça com a gente, Daniel? — Cissa o convida, e quero matar minha amiga por isso.

— Obrigado, Cissa, mas tenho que trabalhar ainda. — Ele se vira, e nem sequer me encara de volta. Isso deveria me deixar feliz, afinal, estou conseguindo afastá-lo, mas me afeta de uma forma impensada.

Encaro cada passo seu, me segurando para não ir ao seu encontro. Mas, então, ele trava, e volta em minha direção. Não quero, mas não consigo desviar os olhos. Ele está tão lindo... seu corpo para a centímetros do meu, e uma de suas mãos pousa em minha cintura, estremecendo cada pedacinho de mim. Qualquer coisa à minha volta deixa de existir, e minha respiração não consegue mais seguir seu ritmo. Já sinto sua falta. Seu cheiro

MUDANÇA DE PLANOS

me inebria, seus olhos se prendem aos meus sem nenhum tipo de esforço, e ficamos assim por segundos. Encaro seus lábios, e eles nunca estiveram tão convidativos...

— Quando você se cansar dessa palhaçada, precisamos conversar. Estou em casa, casa essa que é sua também, já que você está em cada minúsculo pedaço dela. Ainda sinto sua presença e cheiro, então ela é muito mais sua do que minha. Achei que voltaria mais madura, e que esse tempo longe a faria entender...

— Não temos nada para conversar — corto, sem fôlego, ainda processando suas palavras.

— Ah, temos, e sabe disso. Mas, além de nós, há um outro assunto. Não quero que saiba por outra pessoa e interprete mal. — Seu tom sai preocupado.

— Não me deve satisfações, Daniel.

— A você, não; mas devo ao meu coração, e ele é seu, mesmo que não o queira. — O mundo inteiro para nesse segundo, junto com qualquer raciocínio ou palavra. — Minha vontade é arrancar sua roupa e matar cada segundo de saudade que senti de você... — Seus dedos se aprofundam mais em meu quadril, revelando o quanto está mesmo se controlando. — Mas nem sempre podemos ter o que queremos, não é, Juliane? — Pisco várias vezes. — Espero que o Ryan tenha mais sorte do que eu. Quando quiser conversar, me ligue, ou é só ir até a "nossa" casa. Você sabe o caminho. — Seus olhos me analisam por segundos. — Até logo. — Se vira, e só então volto a respirar. Graças a Deus, percebo que nossa plateia havia se recolhido. Encosto no portão de Fernando e Cissa, ao constatar que isso será muito mais difícil do que previ.

Algo em mim definitivamente se quebrou. Ficar com Daniel significa assumir todos os riscos, todos os quais evito e fujo há tanto tempo, justamente por saber no que daria. Não tive escolha da primeira vez, pois era uma criança, mas agora eu tenho. Ele não tem ideia do quanto isso pode me devastar para sempre.

Assim que entro, vejo Ryan conversando com Fernando e dando atenção a Sorte. Parece não ter se abalado com a cena que presenciou.

— Bom, vou aproveitar e tomar um banho rápido. Por favor, me dê licença — pede Fernando, com seu jeito cavaleiro de ser, e se retira.

— Seu namorado é bem ciumento — Ryan comenta.

— Ele não é meu namorado.

— Acho que ninguém disse isso a ele ainda; e você, visivelmente, é apaixonada por ele.

— O quê? Não é nada disso, Ryan. É só que o Daniel me irrita como ninguém no mundo. — Ele gargalha.

— Você não mente muito bem — acusa.

— Ryan, você também está começando a me irritar.

— Se estivesse irritada comigo como é com ele, eu seria um homem muito feliz, pois teria seu coração. — Pisca, sedutor.

— Acho que está tentando perder minha amizade — digo, muito irritada, porque até ele, que não me conhece muito bem, consegue enxergar o quanto aquele ogro idiota mexe comigo.

— Não, não posso irritar minha guia, me desculpe — pede, brincalhão.

— Deixe eu ver meu afilhado...

— Ele ainda não acordou. Está em sua soneca depois do almoço, e minha mãe acabou de me expulsar do quarto — Cissa comenta, ao chegar na sala.

— São 13 horas, Cissa.

— Ele almoça às onze, então não deve demorar a acordar. Você poderia me ajudar na cozinha? — Seus olhos me dizem que não era ajuda que queria.

— Sim, claro.

— Ryan, fique à vontade. Fernando não deve demorar, e não deixe o Sorte abusar muito de você.

Ele assente, sorrindo.

— Como você está, Jujuba? — pergunta, assim que entramos na cozinha.

— Estou bem, sério, mas acho que arrumei sarna para me coçar. Será que esse ogro idiota não vai largar do meu pé, nunca? Nossa, ele se tornou como todos os outros, que saco! — disparo, enquanto olho para dentro da geladeira de Cissa, sem saber exatamente o que procuro. — Sei que sou irresistível, mas quando vão entender que não quero mais do que uma boa transa? É difícil eles aceitarem isso. — Pego uma cerveja.

— E agora me diga a versão verdadeira — exige Cissa, e viro a lata de cerveja, bebendo-a quase de uma vez.

— Estou apavorada, amiga. Nunca sofri por nenhum desgraçado. Achei, mesmo, que isso era uma desculpa que as idiotas sem autoestima usavam...

— Obrigada pela parte que me toca! — Finge-se indignada.

— Você é diferente — confesso. — Foram os piores meses da minha vida, e nem sei como consegui concluir o curso. Mal dormia, comia ou conseguia me concentrar em algo que não fosse ele. Isso não pode ser normal, muito menos saudável...

— Isso é amor, minha amiga. Está apaixonada por Daniel, e sinto lhe dizer que ele sente o mesmo.

— Não quero isso, Cissa, não quero! Essa é a questão. Não posso acreditar que simplesmente vamos ficar juntos e seremos felizes para sempre. Não posso me permitir achar que... — travo.

— Você me lembra alguém. — Ergo a cabeça para encarar a Cissa.

— O quê? Quem?

— O Fernando. — Reviro os olhos. — Já parou para pensar que, assim como ele, você está se sabotando? Existe, sim, pessoas que ficam juntas a vida toda, Juliane. Meus pais estão casados há 35 anos e são muito felizes. Eu pretendo ficar com o Fê até não fazer mais parte desse mundo.

— Você é diferente, o Fernando é também. — Ela nunca entenderia.

— Diferente de quem, amiga? Nós nos apaixonamos, assim como vocês. O Daniel é louco por você, Juliane. Pelo amor de Deus! Viu o espetáculo que ele deu, na frente dos amigos, sem pouco se importar com o que pensam? Como pode não notar isso?

— Ele só não aceita que não é tão gostoso quanto pensava. — Dou de ombros.

— Desisto, Jujuba! Você é mesmo complicada. Eu te amo, amiga, mas não consigo te entender. Se não te conhecesse bem, diria que já teve uma grande decepção amorosa e está com medo de ser abandonada novamente.

— Cada parte de mim se enrijece nesse momento. — Mas isso seria impossível, já que sempre foi você quem partiu corações. — Encaro seu rosto, pois é como se ela desvendasse tudo o que sempre escondi, até de mim mesma. Essa parte da minha vida estava enterrada tão profundamente que revirar agora seria como se revivesse tudo de novo, e é justamente o que evito com todas as minhas forças. A fortaleza que construí está desmoronando. — Existe um motivo para isso, não existe? O fato de você nunca ter namorado não seria o suficiente para te afastar de um cara por quem está perdidamente apaixonada. Sou sua... — Me viro, fugindo de seu olhar apenas para encontrar outro, muito pior. E agora, a única coisa que desejo é ter o poder de evaporar.

CAPÍTULO 21

Daniel

Escuto as últimas palavras de Cissa e congelo em meu lugar.

Sim, eu havia voltado, mesmo contra minha vontade, e agora encaro os olhos que me tiram todo o raciocínio. Assim que recebi o telefonema que esperei por meses, sabia que teria que engolir meu orgulho e voltar à casa do meu amigo. Afinal, tudo o que fiz e busquei foi por ela, e ainda que esteja profundamente irritado com Juliane, aqui estou eu, passando por cima disso para lhe contar algo que veio num péssimo momento.

— Precisamos conversar — digo, e ela se afasta, como se meu contato a queimasse.

— Daniel, não quero...

— O assunto é do seu interesse, garanto. Pode vir até minha casa? — eu a corto.

— O almoço já está pronto. Vamos almoçar, depois você dá uma carona para o Ryan e a Juliane. Na volta, vocês conversam. Pronto, tudo resolvido, não fiz um monte de comida à toa — declara Cissa, e eu e Juliane a encaramos. Suas palavras me deixam ainda mais atônito e irado.

— Você vai levar esse cara para a sua casa? — direciono a pergunta a Juliane.

— Desisto! — Cissa explode atrás de mim e a vejo sair da cozinha.

— Já disse que não lhe devo satisfação. — Juliane se afasta mais, e isso me sufoca.

— Ah, deve! — declaro, em alto e bom-tom. Seus olhos se nublam e me encaram por longos segundos, então me aproximo enquanto seu cheiro adentra mais em meu sistema.

— Não vou continuar com isso, Daniel. Você não consegue entender que... — ela trava quando meus dedos desenham a lateral do seu rosto.

— O que não consigo entender? — sussurro, enquanto toda aquela raiva se esvai. Ela tem um poder de cura, sobre mim, que nem sequer pode imaginar.

— Somos completamente... — começa, ofegante, quando enlaço sua cintura com um dos braços, e a sinto estremecer. Só eu sei como foi perversamente enlouquecedor não entrar em um avião, nesses últimos meses, e ir até ela.

— Loucos e perfeitos um para o outro — completo, e enlaço uma das mãos em seu pescoço, então levo minha boca à sua. Ao contrário do que imaginei, ela não tenta me afastar ou fugir, apenas corresponde, tão sedenta quanto eu. Nossa conexão é surreal, e eu a beijo, matando um pouco da minha saudade, tanto que alguns gemidos reverberam em minha língua. Juliane me faz esquecer tudo e qualquer coisa à minha volta. Não consigo e não quero me afastar dela. — Diga que está apenas me provocando, que não está mesmo com esse Ryan — Ela me encara, enquanto sua respiração tenta se normalizar, então a prendo mais ao meu corpo. — Se você ofereceu a sua casa para ele, você não vai ficar lá. Vai ficar comigo até ele ir embora. — Ela nega com a cabeça, parecendo impaciente.

— Eu...

— Estou entrando! — Cissa interrompe Juli. — A mesa já está posta, Daniel. Vamos almoçar?

Juli tenta se afastar, mas entrelaço meus dedos aos seus. Ela tenta puxar a mão, e sei que está se esforçando para reprimir a química que há entre nós. Sei o quanto a afeto, justamente porque ela mexe com cada célula do meu corpo.

— Amor, não faça isso — imploro, não suportando sua rejeição, e nem sequer me reconheço. Seus olhos me analisam por segundos, e nos segundos que se seguem, não sei se ela ouviu o palpitar do meu coração, mas sinto que sua postura se torna mais receptiva.

— Vamos almoçar, Daniel — diz, e apenas o simples convite me faz sorrir como uma criança.

— Pode tirar esse sorriso convencido do... — A beijo de novo.

— Não vou desistir de você, Juli, não sem esgotar todas as possibilidades. Te amo, e não vou abrir mão de você, de nós, sem lutar. — Ela não rebate, apenas me abraça e apoia a cabeça em meu peito.

— O Ryan é só um amigo, então não precisa ficar alfinetando-o. Ele já teve uma impressão ruim o suficiente de você, então pode tentar ser educado só dessa vez? — revela, ainda abraçada a mim, e um alívio percorre todo o meu corpo.

— Eu sou educado, desde que ele tenha ciência de que esse terreno aqui é proibido. — Ela revira os olhos.

— Não acredito no que disse — bufa, mas vejo que não está irritada como quer demonstrar.

— Não disse nenhuma mentira, e você ainda vai me mandar direto para o hospício, com essas provocações, Juli. — Beijo sua cabeça.

— Isso se o hospício te aceitar — provoca, e eu sorrio.

— Precisamos muito conversar — atesto, com o tom sério.

— A gente faz isso mais tarde, agora vamos almoçar — responde, com o tom ameno, então entrelaço meus dedos aos seus novamente e caminhamos até a sala.

Três pares de olhos nos encaram assim que paramos em frente à mesa.

Meu amigo meneia a cabeça, em aprovação, já o tal do Ryan parece não aprovar muito, mas eu quero que ele vá para a puta que o pariu! Puxo a cadeira para Juliane e me sento ao seu lado.

— Desculpe o modo como agi com você lá fora, Ryan, mas estamos em um dia ruim: perdemos um grande amigo. Espero que esteja gostando do Brasil — inicio a conversa, tentando ser amigável, como a Juliane pediu.

— Oh, cara, tudo bem. Seu país é bem bonito.

— É sim — concordo, em tom ameno.

— O Ryan me disse que quer pular de asa-delta. Já passei uma mensagem para o Carlos e combinei com ele para irmos fazer o voo amanhã — Fernando diz, e ele parece ter simpatizado mesmo com o cara. Não tenho nada contra ele, a não ser a forma como olha para minha mulher.

— Ah, legal! Você vai gostar, Ryan, e o Carlos é um ótimo instrutor — forço-me a ser simpático.

Minha mão vai para uma das pernas de Juliane, atestando o fato de ela realmente estar aqui.

Minutos depois, terminamos o almoço. A conversa girou toda em torno de Ryan e da sua ânsia por conhecer as belezas do Rio e do Brasil. Ele visitará o Nordeste em alguns dias, e dou graças a Deus. Não é que eu seja inseguro, mas ninguém quer um gavião rondando sua cabeça.

— Essa banda é muito boa! — comenta Fernando, animado, e noto que os dois parecem ter uma afinidade musical também. Se o cara não estivesse visivelmente a fim da Juli, até admitiria que ele é legal.

— Vou buscar a sobremesa — diz Cissa.

— Eu te ajudo. — Juliane se levanta e esqueço o que acabei de dizer sobre ele poder ser legal. Esse filho da puta acaba de secar a bunda da minha mulher, na minha cara!

— E aí, Ryan, o que achou das mulheres brasileiras? — pergunto, um tanto irritado, e Fernando me encara. Ele me conhece como ninguém e sabe que meu tom agora está longe de ser amigável.

— Lindas, perfeitas, eu nunca conheci mulheres iguais.

— São lindas, mesmo, mas tome cuidado com as comprometidas. Os caras aqui não toleram abusos e falta de respeito.

— Ah, sim, eu já estou meio ciente.

MUDANÇA DE PLANOS

— Fique esperto — digo, em uma ameaça velada, e Fernando faz uma careta.

— Mas e o que acha do baterista, Ryan? O cara é fera, nunca vi um baterista como aquele — Fernando muda de assunto, enquanto analiso cada movimento do turista malandro.

— Sorvete ou pudim de leite? — Fico feliz quando Juli se reporta primeiro a mim. É, digamos que eu esteja em uma disputa acirrada de mijo, aqui, e claro, vencendo.

— Pudim, amor — respondo, em inglês também, mesmo sem necessidade. Ela me serve, e esse simples gesto me deixa radiante.

Ela o serve também, e em seguida volta a se sentar ao meu lado.

Minutos depois, a conversa que girava em torno de Ryan, enfim, muda a direção, quando ele começa a mexer em seu telefone, completamente alheio. Pena não ser uma direção agradável...

— Eu o conhecia, Fê? — Cecília inicia o assunto, que agora gira em torno do nosso amigo assassinado de forma cruel ontem, ao ser reconhecido como policial.

— O André, amor, é aquele que encontramos no mercado aquela vez.

— Meu Deus! Ele não tinha 30 anos. Era muito novo ainda.

— Sim, e nem mesmo era casado, só tinha 27 anos. Foi uma covardia o que fizeram com ele, os pais estavam inconsoláveis, pois ele era um cara excepcional. Foi muita covardia! Ser morto apenas pela profissão que escolhemos é absurdo! Está todo mundo revoltado, mas isso, infelizmente, está virando corriqueiro. É muito triste, a maioria dos amigos optou por nem andar mais armados, justamente por medo disso: eles têm medo de deixar a família tão prematuramente. Mas, quando escolhemos ser policiais, não há uma opção de horas. Somos policiais 24 horas por dia, e independentemente de onde estivermos, estamos para combater — a mão de Juliane aperta minha coxa assim que Fernando termina de falar.

— Você faz isso? Você deixa sua arma no trabalho, não é? — ela me questiona, um tanto em pânico.

— Juli, não posso andar desarmado. Seria a mesma coisa que ter um carro e deixá-lo sempre com a chave na ignição, para quem o quiser levar. Como o Fernando disse, somos combatentes, temos a obrigação de combater. Se o policial se render, então acaba o estado democrático de direito, e a bandidagem simplesmente vai dominar. Não podemos recuar.

— Seu amigo morreu justamente por estar armado! — rebate.

— Eu sei, Juli, e sei que é complicado para vocês entenderem, mas não estar armado é muito pior.

— Não sei o que pode ser pior do que morrer. — Revira os olhos, irritada, e isso me lembra meu pai e nossas longas discussões a respeito.

— É muito pior você perder a chance de se defender, ou a quem ama, por não ter como fazer isso. Infelizmente, o André não teve a oportunidade, mas nós sabemos que entramos em defesa do bem, com a nossa própria vida. Honramos nossa escolha, e temos que combater. É o nosso dever, e a maioria dos policiais vive no limite emocional por isso.

— Como podem viver no limite, e arriscar suas vidas dessa forma? A troco de quê? — retruca, impaciente.

— A troco de que escolheu ser veterinária? — devolvo a pergunta.

— Não me imagino em outra profissão. Amo o que faço, e é completamente gratificante poder cuidar e salvar uma vida que a maioria não julga importante — responde, com muito afinco, e sorrio.

— Está aí minha resposta: amo o que faço. Sei que convivo com riscos 24 horas por dia, mas tenho esperança de que meu trabalho contribua para sanar um pouco do sofrimento alheio e garanta o direito de ir e vir do cidadão de bem. O policial é a última defesa entre o bem e o mal, amor.

— E acha mesmo que algum cidadão desses se importa com a sua vida? — exige, com tom muito irritado.

— Se apenas você se importar, já é o suficiente. — Pisco, e ela bufa em resposta.

— Temos que ter esperança. Vamos acreditar que, no futuro, nosso Brasil será melhor, que novas perspectivas vão nos alcançar. Se não for assim, a luta perde o sentido. Vestimos nossa farda como se ela fosse uma segunda pele, lutamos por ela e temos consciência do sacrifício da nossa própria vida em defesa do próximo. Juramos servir e proteger, e é o que nos disponibilizamos a fazer — digo, e ela meneia a cabeça, em negativa.

— Eu morro de medo, Jujuba. Toda vez que o Fernando sai, meu coração fica sufocado, mas acredito que Daniel está certo: vamos acreditar que nosso Brasil será um país melhor, não só para os policiais, mas para todos nós. Do jeito que está, não pode ficar — comenta Cissa, e é justamente o que estamos esperando. Todos temos que ter esperança de dias melhores.

— Não consigo entender, de verdade. Acho que... — trava — nem sei o que acho — diz Juliane, impaciente.

— Nossa profissão não é fácil, Juliane, mas é o que amamos fazer.

MUDANÇA DE PLANOS

Viver, por si só, já é um risco, e coisas ruins acontecem todos os dias, mas também acontecem coisas maravilhosas. — Fernando declara, encarando Cissa. — Ninguém é capaz de dizer quanto tempo vamos viver aqui, mas aprendi que temos que ser felizes hoje. Viver do passado ou esperar por algo que nem sabemos se realmente vai acontecer é pura perda de tempo. Deus nos presenteia com milagres todos os dias, então apenas devemos ser gratos a isso e aproveitar cada segundo como se fosse o último. — Beija a mão de Cissa. — Mas, infelizmente, temos a mania terrível de focar apenas naquilo que achamos ruim e disso tirarmos nossas conclusões ou teorias, o que, na maioria das vezes, apenas nos afasta da real felicidade.

— Com licença. — Juliane se levanta da mesa.

— Jujuba! — Cissa começa a se levantar.

— Eu vou — alerto.

— Eu disse algo errado? — Fernando pergunta a Cissa, enquanto sigo Juliane.

— Juliane! — Seguro sua mão.

— Posso ir ao banheiro? — Puxa a mão, mas não a solto.

— O que está acontecendo?

— Quero fazer xixi. — Não me olha, e meu radar tem certeza de que algo está errado.

— Amor...

— Que saco, Daniel! Pare com esse lance de "amor". Vou ter que desenhar para você entender que não estou a fim de compromisso, e muito menos que tenho a mesma ideia de vida que você? — rebate, mas não me encara.

— Quando convencer a si mesma de que fala a verdade, talvez me convença também. O Fernando estava falando de si mesmo, de como a ficha dele demorou para cair e de como ele perdeu tempo. Espero que você...

— Espera o quê? Que me renda a você e ao seu charme? Que mude minha filosofia de vida e que lhe diga que não sei viver sem você? Isso não vai acontecer! — explode, com a postura e tom desafiadores. Meus olhos a varrem de cima a baixo e noto suas mãos ao lado do corpo, fechadas em punho. Nesse momento, entendo que a briga, na verdade, é com ela mesma. Então, sem pensar duas vezes, puxo-a contra meu peito, pois quero que se sinta segura comigo. Ela não me impede ou se afasta, e a mantenho em meu abraço por segundos. Então, ouço o soluço. Seu corpo trêmulo e a umidade em meu peito revelam que está chorando.

— Droga, Juli. O que fizeram com você, amor? — Ela apenas meneia a cabeça em meu peito, enquanto a aperto mais e mais em meu abraço. Quero confortá-la, tirar seja lá o que for que esteja lhe machucando. — A gente tem muita coisa para conversar e para entender um do outro. Preciso lhe contar umas coisas, quero que me conheça e quero te conhecer. Quero uma vida ao seu lado, e vou lutar por isso. Sei que está com medo, porque eu também estou apavorado, mas vamos encontrar um caminho, sei disso. — Beijo sua cabeça enquanto seu corpo convulsiona, impulsionado pelo choro, que é abafado em meu peito. — Me espere dois segundos, não saia daqui — digo, depois de alguns minutos, e ela assente. Então, sigo na direção da mesa.

— A Juliane não está se sentindo muito bem...

— O que ela tem? Estava ótima! — Cissa começa a se levantar, mas a paro com um gesto de mão.

— Está cansada por conta da viagem, então vou levá-la lá pra casa. Nós precisamos conversar também. — Olho para o Ryan, e lembro que tem esse "mala" aí para dar conta.

— O Ryan vai ficar em Copacabana. Eu o levo até lá com o Fernando, ele só veio almoçar conosco. — O tal Ryan nos olha, claramente sem entender do que se trata, já que não fala nosso idioma e está com cara de paisagem.

— Ryan, a Juliane vai te ligar amanhã para combinar algo, hoje ela está um pouco cansada. Fernando e Cecília vão te dar uma carona, peço que não fique chateado com ela.

— Ah, ok, sem problemas — responde, e estou aliviado por ele não ficar no apartamento de Juliane.

— Pode ir, cara. Nós damos conta aqui — diz Fernando.

— Obrigado, irmão. Eu te devo uma.

— Mais uma, você quer dizer — responde, e volto para o corredor onde deixei Juliane. Então, a vejo encostada na parede, com as mãos sobre o rosto.

— Venha, vamos sair pela cozinha. Você deixou umas roupas lá em casa, então depois pegamos suas malas. Agora, precisa descansar um pouco...

— Não acho que seja uma boa ideia, e não vou largar o Ryan aqui, desse jeito... — Seu tom sai abalado.

— É uma ótima ideia, porque você precisa dormir um pouco. Seja lá o que for que esteja passando, vamos achar a solução juntos.

— Dan...

— Shiuuu, já resolvi tudo. Fernando e Cissa vão deixar seu amigo em Copacabana, e eu disse que amanhã você liga para ele. Agora, venha comigo.

Ela me segue, sem questionar mais nada, e em alguns minutos entramos em casa. Assim que passo pela porta com ela, uma sensação maravilhosa me alcança. Aqui é o seu lugar, e essa casa ficou insuportável depois que Juliane se foi. Não quero que ela se vá novamente, e farei de tudo para que aceite isso.

— O que você quer me dizer? — A pergunta me lembra do telefonema que recebi. Não tenho ideia de como vai receber a notícia, mas sei que é algo para lhe contar quando estiver menos fragilizada.

— Venha tomar um banho. Você precisa descansar um pouco, depois conversamos.

— Não vou tomar banho com você.

— Não seria a primeira vez, e tenho alguns métodos de relaxamento... — Beijo seu ombro e a colo ao meu corpo, deixando claros o meu desejo e a falta louca que ela me fez. Mesmo a tendo provocado na hora da raiva, não havia transado com outra ou sequer desejado isso. — Não tem ideia do quanto senti sua falta. Enfiei a cara no trabalho, e mesmo chegando morto de cansado em casa, era insuportável ficar aqui sem você, amor. — Ela se vira de frente para mim e seus olhos me encaram, por segundos. Minhas mãos apertam sua bunda sobre o jeans, e meu desejo está no limite. — Nunca fiquei tanto tempo sem sexo, Juli... — sussurro e mordisco seu pescoço.

— Vai querer me convencer disso mesmo? — pergunta, com o tom ofegante.

— Não tenho por que mentir. Meu amiguinho aqui, como você diz, nunca esteve com tanta raiva de mim, e tão casto. — Abro o botão de sua calça.

— Disse que não tinha se privado de nada. — Seu tom sai entrecortado pelo desejo, enquanto escorrego a calça por seu quadril.

— Não me privei. — Seu corpo enrijece e quase sorrio, por seu ciúme. —Você me tem em suas mãos, marrenta. O problema é que nenhuma mulher chegava aos seus pés, e meu desejo e meu coração são seus, amor. Não transei com outra, não toquei em outra... — declaro, e invisto em sua blusa. Ela ergue os braços e a tiro também, depois passo a língua pelos lábios quando encaro seu corpo. Meu desejo por ela é insano. Subo minhas mãos por suas costas, até chegar ao fecho do seu sutiã. — Sei que você não teve outro...

— Se eu fosse você, não apostaria. Obrigada por me ajudar com a roupa. — Pisca, e sai correndo em direção ao quarto, me deixando, por segundos, atônito.

— Juliane Marques, abra essa porta! — grito, na porta do meu banheiro, que ela trancou. — Vai me pagar por isso, quando eu te pegar — vocifero, e ela me ignora, aumentando minha frustração. Mas, alguns segundos depois, sorrio, quando ouço o barulho da ducha. Encosto-me na parede ao lado da porta, contando os próximos segundos, mentalmente. E como previa, assim que chego ao cinco...

— Essa porcaria está um gelo! — grita, assim que a porta é aberta. Ela odeia banho gelado, e meu aquecedor está desligado desde que Juliane saiu daqui. Algo tinha que acalmar meu tesão desenfreado por ela.

— Eu posso ligar o aquecedor, mas, tudo tem um preço. — Pisco, e me posiciono no umbral da porta, para que ela não a consiga fechar mais.

— Não estou interessada em negociar, obrigada. Vou tomar banho na Cissa. — Tenta passar por mim, mas bloqueio a passagem.

— Você poderia facilitar um pouco, marrenta, só dessa vez. — Apoio minhas mãos em seu quadril, sobre a toalha que a teimosa usa para se esconder de mim. — Foram muitos meses sem sexo, amor, e estou ficando louco. É sério, isso não é saudável, vou acabar tendo um colapso. — Beijo seu pescoço e ela estremece.

— Deveria ter ido atrás da loira "muito gostosa" — revida, jogando na cara o motivo da nossa última briga.

— Sério que você gostaria que eu tivesse feito isso? Não ia se incomodar nem um pouquinho? — Minha boca investe em seu pescoço, e beijo cada centímetro dele, até chegar ao seu maxilar.

— Não tenho por que me incomodar, já que não temos nenhum compromisso. — Prendo meus olhos aos seus.

— Se tivesse dito sim ao meu pedido, teríamos um grande compromisso. — Sua expressão é de surpresa; seus olhos se arregalam e sua respiração parece sair da normalidade.

— Foi o Fernando que te contou essa merda? — exige, um tanto desconcertada.

— Você acha que eu não me lembro de ter te pedido em casamento? Por isso vem fugindo de mim? — Como eu fui idiota! Tudo agora faz sentido.

— Você nem sequer tocou mais no assunto — revida.

— Não me recordo de você ter dito sim, e você também não tocou no assunto. Eu estava apenas tentando não te assustar, mas a proposta e tudo o que vem com ela permanece de pé. Quer dizer, o bolo a gente podia rever, porque esses bolos de andares são realmente cafonas, amor. E só para deixar claro, não. Eu nem conversei com o Fernando sobre o assunto, pois

MUDANÇA DE PLANOS

preciso ter certeza de que tenho uma noiva, antes de fazer o convite a ele.
— Ela balança a cabeça, em negativa, o tempo todo.

— Meu Deus, a falta de sexo realmente está mexendo com os poucos neurônios que você tem. — Sorrio quando ela se esforça para fingir que não se importa, então a suspendo e a sento na bancada do banheiro, me colocando entre suas pernas.

— Sei que fiz um pedido de merda. Prometo que farei um desses românticos, que vocês, mulheres, idealizam. Só me diga: tenho alguma chance de receber um sim?

— Jura que fui a última com quem transou? — pergunta, ignorando minha pergunta, depois de segundos em silêncio.

— Não tive outra, mesmo que isso pareça loucura, até pra mim. Eu te digo a verdade: sou seu. A porra da coleira está bem presa, e eu não consigo nem olhar para outra sem me sentir culpado. Você transou com outro? — Meu coração acelera enquanto espero sua resposta, mesmo que já saiba qual é.

— Não. — Minha boca investe contra a sua, e a beijo com sofreguidão. Foi muito tempo longe, então um alívio percorre todo o meu corpo quando ela corresponde a cada toque, sedenta.

Suas mãos retiram minha blusa, com pressa, e logo vão para minha bermuda. Eu a ajudo, e não demora muito para que eu esteja dentro dela.

— Porra, amor, como senti sua falta! Nada mais fazia sentido sem você. Eu te amo, me deixe ficar na sua vida, por favor — me vejo implorando, e jamais imaginei que chegaria a esse ponto. — Pare de fugir. Também estou com medo, mas ficar sem você é muito pior do que qualquer conjectura que eu tenha criado em relação a relacionamentos...

— Tenente, se concentre na sua missão. Eu me reservo o direito de ficar calada, pois estou em uma seca ferrada. A situação já está dominada, é só proceder — pisca, e não consigo reprimir o sorriso.

— Positivo e operante! — Invisto o quadril com tudo, provocando, assim, seu gemido. — Vamos resolver esse B.O., a suspeita está detida — entrelaço meus dedos em seus cabelos, do jeito que ela gosta, enquanto suas unhas se cravam em minhas costas, me puxando mais e mais para si. Suas pernas me envolvem de uma forma única. Nunca foi tão perfeito com alguém, e tenho certeza de que jamais vou me cansar de Juliane. Virei a porra de um retardado, idiota, dominado, qualquer adjetivo que queiram me dar, mas não se esqueçam de adicionar junto a ele: completo e feliz.

CAPÍTULO 22

Juliane

    Jurei para mim mesma que nunca mais estaria nessa posição com Daniel, mas foi muito mais forte do que eu. Assim que o vi, mesmo antes de parar o carro, soube que a porra da promessa seria quebrada.

    Senti tanta falta desse ogro idiota, que me tornei tudo o que sempre questionei. Não consegui fugir, foi como um vírus ou uma maldição impossível de ser evitada, não tive chances. Estou ferrada e perdida, mas a sensação é tão boa! Estar nos braços de Daniel é tão incrivelmente maravilhoso que começo a imaginar se não vale a pena, mesmo sabendo que meu oxigênio está prestes a terminar e morrerei se for mais fundo. Não consigo evitar, é bonito demais lá embaixo, então me vejo nadando em sua direção, em vez de voltar à superfície.

    O toque de Daniel transcende a barreira do meu corpo e toca minha alma, é como se fôssemos feitos um para o outro. Não quero falar ou pensar nessas baboseiras, mas é exatamente o que sinto. A forma como ele me conhece e conduz meu prazer me deixa apavorada e alucinada, porque ninguém nunca me conheceu assim, acho que nem eu mesma.

— Diga que também sentiu minha falta — pede, com o tom rouco.

— Se continuar me provocando assim, juro que te mato — alerto.

— Isso é uma ameaça? — Diminui mais ainda suas investidas, e a lentidão em que entra em mim me deixa louca e frustrada ao mesmo tempo. O filho da puta está me torturando.

— É uma certeza — meu tom não sai tão firme quanto eu gostaria, já que ele me mantém no limite há alguns minutos.

— É só me responder, amor, e lhe dou o que quer. — Investe fundo, mas para novamente.

— Estava perfeitamente bem sem você, nem me lembrava de que existia — minto, e ele aumenta um pouco a velocidade, elevando mais o meu prazer. — Ahhh — gemo, alucinada, e agarro o cabelo de sua nuca.

— Você mente muito mal — me acusa.

— Daniel do Nascimento Arantes, eu juro por Deus que vou acabar com a sua raça, se você fizer isso de novo! — vocifero, quando ele para seu movimento um segundo antes de eu conseguir gozar.

— Não era tão violenta assim.

MUDANÇA DE PLANOS

— Duvide, apenas duvide — explodo, com raiva e frustração, então o noto reprimir o sorriso antes de se esconder em meu pescoço.

Seus lábios parecem reverenciar meu pescoço, e ele começa a se movimentar de novo. As sensações deliciosas recomeçam, até tento reprimir os gemidos, mas já não os domino mais. Estou prestes a... — Senti sua falta, droga! — grito, fora de mim, quando ele evita meu clímax de novo. — Não queria, mas senti sua falta a cada segundo, minuto, hora e dia! Você é um idiota, um maldito idiota, mas não consegui deixar de pensar em você, de desejar seu toque e todo o resto. Satisfeito?! — exijo, furiosa.

— Nem imagina o quanto — bufo, em resposta à sua zombaria. — Como me arrependo de não ter acionado o gravador do celular...

— Vai se arrepender muito mais, se não parar com essa palhaçada — eu o corto e ele sorri, mas um segundo depois investe, com tudo.

— Eu te amo, marrenta — sussurra, próximo ao meu lóbulo, e enfim aumenta a velocidade de suas investidas. Seus dedos se cravam em meu quadril, me puxando mais e mais para ele, e sons incoerentes enchem o ambiente. Esse maldito sabe, mesmo, fazer isso! Sua boca se cola à minha com desespero, e também estou desesperada por ele, porque o desejo com cada célula do meu corpo.

— Goze comigo — implora, com o tom carregado de desejo e luxúria, e isso é o meu limite.

— Ahhhh! — O grito em uníssono revela que atingimos o ápice no mesmo segundo. Seus braços me envolvem, enquanto nossos corpos se recuperam.

— Não nos prive mais disso, Juli, nem posso imaginar minha vida sem você. Eu te amo pra caralho. — Fecho os olhos, completamente perdida. Não sei como posso fugir de algo que me faz feliz como nada me fez.

Mantenho meu silêncio, com o rosto escondido em seu peito.

— Vou ligar o aquecedor. — Ele sai de dentro de mim, e imediatamente sinto o abandono...

— Você tatuou meu nome?! — exijo, assustada, quando meus olhos encontram a caligrafia no interior de seu bíceps. Ele sorri, em resposta, e termina de ligar o aquecedor na parede.

— Alguma coisa contra? — questiona, tirando uns fios de cabelo do meu rosto.

— Muita! Isso é tipo: muita idiotice! — alego, sem conseguir estabilizar meus batimentos e decidir se estou feliz, irritada ou... nem sei o que mais.

— Por quê?

— Porque não pode sair tatuando nomes de pessoas no seu corpo. Uma tatuagem é para sempre, seu louco! — disparo, transtornada.

— Você é para sempre, Juli, não tenho dúvidas disso. — Paro de respirar e nem ao menos me lembro de como se faz para voltar. — Ainda que não queira admitir, sabe que fomos feitos um para o outro. Mesmo se sua teimosia for maior e não pudermos ficar juntos, nenhuma mulher vai substituir você, Juli. A não ser que me dê uma filha, aí terei que tatuar o nome dela também. — Tento, a todo custo, mas não consigo evitar as lágrimas, pois nunca me senti tão amada. Tenho certeza de que sou importante para minha amiga, mas Daniel faz com que eu sinta que realmente tenho um lugar no mundo para onde posso voltar, onde posso me sentir protegida e acolhida. É algo que nunca tive, ou então perdi cedo demais para que pudesse me lembrar.

— Ei, não é para chorar. — Seus braços me envolvem de novo.

— Não sei fazer isso, Dan... não consigo... — um soluço me interrompe.

— Está bem, não vamos mais falar disso. O importante é que está aqui comigo, não chore, por favor. Vamos deixar a conversa para depois.

— Não! — Eu o encaro, e seus olhos se prendem aos meus. — Não quero que deixe para depois, não quero que desista de mim. Por favor, não desista, não me abandone — imploro, com a urgência daquela menininha de dez anos.

— Nunca, meu amor, jamais vou desistir de você e de te fazer feliz. Porque eu não existo sem você.

— Eu te amo, Dan, não me deixe fugir — imploro, entre soluços.

— Não vou deixar, Juli, prometo que vou lutar por nós. — Assinto, enquanto me deixo levar pelas lágrimas. O medo é o meu maior inimigo, sei disso, mas ainda não tenho forças para combatê-lo.

Desperto na cama que tanto me fez falta durante os últimos meses, e sentir o aroma dos lençóis já é um motivo para melhorar meu humor. Eu me sinto tão feliz e relaxada! Viro-me, e em vez de encontrar Daniel ao meu lado, encontro uma das minhas malas.

— O que está fazendo?

— Enquanto dormia, fui buscar suas coisas, e a Cissa me contou sobre o seu apartamento. — Por que não estou surpresa?

— E?

MUDANÇA DE PLANOS

— E você vai ficar aqui — responde, calmamente, enquanto envolve o cabide com uma das minhas blusas.

— Ela me expulsou ou foi você quem decidiu isso?

— Não tem cabimento ficar na casa dela, se tem a nossa.

— A nossa? — questiono, ainda sonolenta, sobre o delírio dele. — Acho que está muito acelerado.

— Desculpe, eu só não vejo cabimento em você ficar lá, e essa casa é enorme apenas para mim. Você fica?

— Já tentamos isso uma vez e não deu certo, lembra?

— Prometo que não vou mais fazer merda para te afastar... — Eu o encaro, cética. — Ou que, pelo menos, vou tentar. Eu mal fico em casa, Juli. Temos quatro quartos aqui, e você estará ao lado do seu trabalho...

— De um deles — rebato.

— Que seja, mas vai ficar mais bem instalada aqui. Pode fazer o que quiser aqui em casa: andar pelada, cozinhar pelada, assistir televisão pelada, dormir pelada. — Pisca, e eu gargalho.

— Acho que posso fazer essas coisas com roupas.

— Pelada é muito melhor, amor, acredite em mim. Aliás, acho que temos que colocar isso como regra da casa.

— Claro que acha — concordo, sem conseguir parar de rir.

— Fica?

— Vou conseguir meu apartamento de volta, Daniel.

— Tudo bem. Mas, enquanto não consegue, fica aqui? — Seu corpo paira sobre o meu. — Vai poder me usar a hora que quiser. — Beija o canto da minha boca.

— E por que não me disse isso logo? — Finjo surpresa.

— Era a minha carta na manga, mas você não deixaria a partida terminar até eu usá-la, não é?

— Não, mesmo. — Eu o beijo e envolvo seu quadril com minhas pernas. — Prometa que vai manter a tampa do vaso abaixada, as blusas fora das cadeiras da mesa de jantar, a pasta de dente fechada, a toalha molhada fora da cama, o fio-dental usado no lixo, e não em cima da pia...

— Prometo, mas não precisa enumerar tudo. Prometo o que quiser, porque a coisa que mais me importa é você — diz, ansioso.

— Também promete que não vai mais ser superfície de teste de outra boca que não seja a minha?

— Já disse que aquilo não vai mais acontecer. — Seu tom fica sério.

— Então vou aceitar, mas é só até aquela vaca devolver meu apartamento.

— Ou até eu te convencer de que não existe lugar melhor do que a minha cama. A nossa cama.

— Isso não vai acontecer — digo, e ele assente, enquanto beijo seu pescoço, e em seguida mordo sua clavícula. Havíamos feito amor três vezes antes de eu apagar, e continuo o desejando intensamente.

— A Cissa e o Fernando deixaram seu amigo em Copacabana.

— Hum hum... — concordo, e mordisco seu maxilar até chegar à sua boca. As únicas coisas que me importam agora é Daniel e a forma como ele me deixa louca. Foi insuportável ficar todo esse tempo sem ele.

— Não temos nada em casa, e já está tarde. Precisamos ir ao mercado e depois...

— Depois é depois... — rebato, e meus dedos descem pelo elástico da sua cueca. — Só uma rapidinha? — sussurro, próximo ao seu lóbulo.

— Porra, Juli! — Suas mãos investem contra a camisa dele que estou vestindo, e a tiram do meu corpo. Então, me beija com fervor, dominante e cheio de amor.

— Você me deixa louco.

— Estou aqui para isso, tenente.

— Não tenho dúvidas!

— O mercado vai ficar para amanhã, mas podemos sair para comer alguma coisa — diz, quebrando o silêncio.

Não foi tão rapidinho assim, pois estamos nesta cama há, pelo menos, duas horas.

— Podemos só pedir algo por telefone? — pergunto.

— Podemos fazer o que você quiser, amor. Vou lá ver os telefones. — O seguro e não o deixo levantar.

— Sério? Outra rodada? Não sou de fugir, mas preciso, mesmo, comer algo antes. Já foram cinco hoje, amor.

— Não é isso. O que você tinha para me dizer? Você me disse que tinha um assunto para conversar, mas as coisas foram acontecendo e só agora me lembrei. — Sua expressão fica séria.

— Vamos deixar para amanhã?

— Fale. — peço, e ele passa a mão livre pelo cabelo.

— Vou pedir nosso jantar e depois conversamos. — Me beija, e logo sai do quarto, então pego meu telefone ao lado da cama e aproveito para dar uma satisfação ao pobre do meu amigo...

— Vão entregar em cinquenta minutos, pedi naquele restaurante que você pediu daquela vez — diz, quando para na porta do banheiro, minutos depois. Assinto, removo a toalha e visto o baby-doll, sob seu olhar. — Eu encontrei seu pai.

— O quê? — Meu coração para, e meus olhos não se desprendem dos seus. Não é possível que eu tenha entendido certo.

— Estava investigando há alguns meses, e hoje recebi o telefonema do detetive, informando seu paradeiro...

— Como é que é? Com que direito fez isso?! — exijo.

— Você pediu ao Douglas, então eu...

— Não pedi isso ao Douglas, pedi apenas algumas informações! — Jogo as mãos para o alto e em seguida o empurro, para poder sair do banheiro e buscar o ar inexistente. — Você é inacreditável, Daniel! Quando penso que vamos achar um caminho, você vem e caga a porra toda! — explodo, e ele permanece calado. — Não tinha que fazer isso, não tinha o direito de se enfiar assim na minha vida. Eu nem sei nada sobre você, e não fico contratando detetives para descobrir. Porque se quiser me dizer, ok; se não, é direito seu, porque é a droga da sua vida, e isso não me diz respeito! — grito, enquanto a possibilidade de realmente conhecer meu pai me angustia e causa um sentimento dúbio. — Por que não podemos apenas transar e transar? Não é isso o que os homens querem?

— Eu quero o pacote completo, Juli — responde, tranquilo.

— Quer o meu pai? — zombo.

— Não, eu quero você. Quero te ver bem, ser o que precisa, lhe dar o que precisa, quero fazer parte da sua história e quero que faça parte da minha. Também tenho meus fantasmas, todos temos, mas precisamos aprender, de alguma forma, a lidar com eles, e às vezes não conseguimos sozinhos. — Nego, o tempo inteiro, com a cabeça.

— Você não me conhece, Daniel. Não tenho porcaria de fantasma nenhum, estou ótima com a minha vida, não preciso que venham me salvar! — Explodo em lágrimas, sinto meu coração tão apertado que me sufoca, e me curvo sobre a cama. Saber que tenho algo real sobre a pessoa que me fez tanta falta durante toda a minha vida, me consome. Não consigo me manter forte e coerente, porque todas as lembranças dolorosas, que mantenho longe, me consomem de uma só vez.

— Amor... — Sinto seus braços em volta do meu corpo — me perdoe, eu...

— Ele não me quis, não estava lá quando precisei, não a impediu, e a única coisa que quero dele é saber o porquê. Nenhum pai ou mãe deveria abandonar seu filho, não é?

— Não — concorda comigo.

— O que uma menina de dez anos pode fazer para se defender? Ele tinha que ter impedido, era o dever dele, não era? — questiono, entre lágrimas.

— Sim, amor. Mas agora você tem a chance de perguntar. Tem toda razão, eu não tenho ideia do que passou, mas eu quero ter. Estou aqui pra você e farei tudo o que puder para te ver feliz. Se não quiser vê-lo, não precisa, mas nunca mais ninguém vai te fazer mal, eu te prometo. — Não consigo responder ou agradecer, então apenas me aconchego em seus braços, deixando que ele veja o que nunca mostrei a ninguém. Aquela menininha assustada, que sufoquei dentro de mim, se revela agora para Daniel.

CAPÍTULO 23

Juliane

Estou em silêncio por minutos a fio, me concentrando apenas na possibilidade de realmente conhecer meu pai. Meu corpo ainda convulsiona um pouco, pelo choro excessivo, o que também é muito incoerente para a pessoa que alimento e me forço a ser, por muitos anos. Lágrimas não faziam parte da Juliane forte, decidida e dona de si, mas, sim, daquela que foi insuficientemente perfeita, até mesmo para ser amada pelos próprios pais. Sua incapacidade levou-a a crer que estava arruinada de alguma forma...

"Acredite em você, mesmo que ninguém mais faça isso. Nunca permita que a visão do outro limite a sua".

A frase, dita inúmeras vezes pela Madre Rebeca, em minhas muitas crises de choro, retorna às minhas lembranças como se a ouvisse pela primeira vez.

Não queria estar naquele lugar, não queria ter me afastado dos meus amigos e muito menos ter que ficar longe da minha mãe. Não entendia o porquê de ela fazer aquilo comigo, por que estava me rejeitando como se eu fosse um brinquedo de que tivesse enjoado.

Demorou muito até que fragmentos virassem pedaços e que pedaços se tornassem uma estrutura. Amadureci na marra, e vesti minha coragem, mesmo que o seguro fosse me esconder. Ninguém era capaz de enxergar além do meu sorriso ou de identificar os danos, mas eles sempre estiveram aqui. Debaixo de toda a fachada impecável, havia um alicerce completamente destruído.

Perguntas e mais perguntas se formam em minha cabeça, mas o medo de que sequer consiga pronunciá-las em voz alta um dia, me atormenta. Não consigo pensar em um rosto para ele, porque minha mãe nunca me mostrou uma foto sequer. Às vezes, imaginava que esbarraria com meu pai por aí. Talvez isso até tenha acontecido, mas apenas perdi a chance por não conhecer sua face.

Os braços de Daniel em volta do meu corpo são um acalento. Pela primeira vez em toda a minha vida, me sinto protegida e segura.

Jamais me mostrei assim para ninguém, porque não queria que identificassem minhas fraquezas. Precisava voltar ao ponto em que tudo começou a ruir, mas simplesmente não consigo achar o caminho.

— Não sei o que dizer a ele... — começo, assim que me recupero um pouco do caos de sentimentos que se apossou de mim.

— Não precisa vê-lo, se não quiser. Estarei ao seu lado e apoiarei sua decisão. — Beija meu cabelo.

— Onde ele está? — pergunto, já que a curiosidade assumiu o controle.

— Em São Paulo, internado em um hospital...

— Em um hospital?! — Ergo-me e me viro de frente para Daniel, que havia acabado de levar embora o título de porto seguro.

— Não sei bem o que ele tem, pois o hospital não forneceu muitas informações ao detetive, mas parece que é grave. — Meu coração se aperta com a possibilidade de eu perder para sempre a chance de conhecer meu pai.

— Preciso vê-lo — digo, em um tom apático, e Daniel assente. — Você iria comigo? — pergunto, olhando em seus olhos.

— Claro que sim, meu amor. Tenho dois dias livres, e vou comprar as passagens agora mesmo. — Assinto, e ele começa a se levantar, mas o seguro.

— Me desculpe, Dan, eu fui uma idiota com você. É que quando me vejo acuada, acabo atacando. Obrigada pelo que fez, isso foi...

— Não precisa agradecer. A partir de hoje, suas lutas também serão minhas. Estou na sua equipe, Juli, queira você ou não — me interrompe, e nunca me senti tão segura.

— Eu te amo — declaro.

— Eu também te amo, e estaremos juntos para o que der e vier. Nunca mais seremos sozinhos de novo — declara, e deixo a esperança me alcançar.

— Esse jeito de príncipe encantado não combina com você — digo, apoiando a perna em cima dele.

— E o que combina comigo? — pergunta, com o tom inundado de desejo, e seus olhos se conectam aos meus.

— O que você fez comigo? — respondo com outra pergunta, porque ele estava perfeito em sua missão de "resgate às donzelas na torre". Não quero que desista de me salvar.

— Sempre disse que eu era irresistível. Sou treinado para ter paciência e tranquilidade nos piores momentos, até ter minha missão cumprida.

— Então sou apenas uma missão para você?

— Não, você é "a missão"! Missão que quero cumprir pelo resto da minha vida. Nunca haverá outra como você, Juli.

— Para o bem de sua integridade física, espero que seja verdade — respondo, enquanto meu coração transborda de alegria. Mesmo contrariando tudo e todas as minhas teorias, é inegável que não me vejo mais sem Daniel.

— Meu amiguinho aqui está consciente do seu bisturi. — Pisca, e beija o canto da minha boca.

MUDANÇA DE PLANOS 161

— Seu amiguinho é muito inteligente. Espero que você também seja.

— Eu sou, amor. Era ótimo aluno, garanto.

— Então não teremos problemas. — Mordisco seu queixo.

— Nenhum problema, garanto. — Aprofunda o beijo, e não existe melhor forma de selar uma promessa.

Horas depois, desembarcamos em São Paulo.

— Vai dar tudo certo, estou aqui. — Daniel apoia as duas mãos em meu rosto, enquanto seus olhos me passam a segurança de que preciso.

Jogo-me em seus braços, aceitando e confiando piamente em suas palavras.

Não tenho ideia de como serei recebida pelo homem que tanto quis que fizesse parte da minha vida, mas ao menos saberei se ele, um dia, desejou o mesmo que eu. As chances de o homem intitulado meu pai não querer me receber são muitas, mas isso não me assusta tanto, apenas porque sei que Daniel está ao meu lado. Saber que tenho alguém lutando realmente por mim, pelo menos uma vez na vida, me causa uma felicidade e força incríveis. Sei que mesmo saindo de lá devastada, Daniel estará ao meu lado para catar cada pedacinho de mim e me ajudar a colá-los. Desta vez, não estou sozinha.

Uma hora depois, meu corpo está trêmulo, enquanto espero Daniel, que pede informações na recepção do hospital. Minha mão sua frio, e não me lembro de algum dia já ter ficado tão apreensiva e confiante na mesma intensidade.

Vejo quando Daniel sorri amigavelmente para a recepcionista, que aponta a sua esquerda. Então ele assente e volta em minha direção.

— Ela disse que as visitas estão liberadas, e que podemos entrar. — Assinto, enquanto ele cola um papel adesivo escrito "visitante" em minha blusa.

Daniel me guia pelo corredor e tenho consciência da força que coloco em nossos dedos, que estão entrelaçados. Assim que paramos em frente ao número 715, toda aquela confiança se esvai. Minhas pernas congelam, minha respiração ganha uma proporção que me assusta, meus batimentos saem do compasso natural.

— Eu te espero aqui fora...

— Não! — Agarro-me ao braço de Daniel com a mesma força daquela menininha assustada, que implorava à própria mãe para não a abandonar. — Não quero mais fazer isso. Ele não me quis! Vir aqui foi um erro, pois um pai que ama o filho, não o abandona...

— Amor, se me disser que quer ir embora agora, nós o faremos. Nada me importa mais do que ver você bem... — Encaro seus olhos enquanto tento controlar minha respiração. — Mas a Juliane que conheço jamais fugiria ou deixaria um assunto inacabado. Se está decidida de que tudo isso não fará mais diferença em sua vida e que nada do que tenha do outro lado daquela porta te importa, então vamos dar meia-volta e esqueceremos que um dia pisamos aqui. Mas, se decidir entrar e encerrar isso de uma vez por todas, tenha certeza, também, de que estarei ao seu lado. — Olho para Daniel, enquanto a lembrança de cada Natal, aniversário e Dia dos Pais, onde meu desejo era apenas ter meu pai ao me lado, me domina.

Ninguém nunca me ensinou a andar de bicicleta, ninguém me segurou antes de eu levar aquele tombo ou esteve lá para me cobrar notas escolares e interrogar meus prováveis namorados. Nunca fui uma debutante nem pude compartilhar uma valsa com meu pai, e agora não me restam muito mais coisas para esperar dele. Mas, ainda assim, gostaria de tê-lo em minha vida. Então me dou conta de que ainda tenho pelo que brigar e esperar.

— Você entra comigo? — imploro, pois não conseguirei sem ele.

— Claro que entro, Juli. A hora que quiser ir embora, nós vamos e pronto. — Concordo, com um gesto de cabeça, e ele investe na maçaneta da porta.

— Olá — o homem de cabelos grisalhos, bem magro, muito abatido, nos cumprimenta, em um tom fraco, e é incrível como, mesmo assim, os traços em seu rosto me levam a me reconhecer nele. — Acho que vocês erraram de quarto — diz, depois de alguns segundos, já que eu permaneço apenas paralisada, encarando-o e decorando a figura vista pela primeira vez. Sua imagem não deveria ser estranha para mim, pois nenhum pai ou mãe deveria ser estranho ao próprio filho.

— Estamos no quarto certo. O senhor é o Samuel, não é? — pergunta Daniel, mas eu já tinha certeza de que era ele.

— Sim, sou eu. Em que posso ajudá-los?

— Nós...

— Eu sou sua filha — declaro, impetuosa, antes que perca a coragem.

— O quê? — pergunta, parecendo confuso.

— Sou a Juliane, a quem você abandonou quando eu tinha meses. Sou aquela que você viu pela última vez quando eu tinha apenas dois anos de vida, e que também foi abandonada pela mãe, aos 10 anos. Minha sina era ser abandonada, mas, como pode ver, eu sobrevivi e cresci — jogo na sua cara tudo o que acumulei por muitos anos.

— Oi? Você está me dizendo que é a Juliane, filha da Laura?

— Prazer! — Sou irônica, e ele apenas me encara, num longo silêncio.

— Como você está? — pergunta, parecendo realmente interessado, e isso me irrita mais.

— Estou ótima! Vim para te agradecer, porque foi uma maravilha ser criada sem pai! — Sei que minhas palavras saem cheias de revolta e muita mágoa.

— Eu sinto muito... — Seu tom sai repleto de tristeza.

— Sente muito? É isso? Sente muito?! — Meu tom se eleva um pouco.

— Eu não queria ter me afastado de você, mas ela não me deixou mais vê-la. Nunca soube que ela havia te abandonado...

— Você fez isso primeiro — acuso.

— Sei que fiz, minha filha, e nada justifica, mas era muito novo, e sua mãe não aceitou que eu apenas assumisse a sua paternidade. Ela queria algo que eu não poderia lhe dar. Quis registrar você, mas ela não permitiu. Sei que fui covarde e me culpo muito por isso, mas eu só tinha vinte anos, não sabia o que fazer. Procurei-a novamente quando você tinha dois anos, mas sua mãe me disse que você não era minha filha. Mesmo sabendo que ela mentia, preferi viver minha vida e deixar um pedaço de mim para trás. Mas, te garanto que nunca te esqueci. Porém, os anos foram passando e acabei me convencendo de que você não me aceitaria mais em sua vida.

— Se convenceu do que era mais fácil — esbravejo, pois a raiva me domina muito mais. Saber que abriu mão de mim, assim tão fácil, é devastador.

— Filha...

— Não me chame de filha, você não tem esse direito, porque abriu mão dele. Foi mais fácil abandonar sua responsabilidade, não foi? Não queira arrumar desculpas para o que não existe!

— Perdoe-me...

— Papai, o que está acontecendo aqui? — Encaro o homem que o interrompe, e ele está fazendo o mesmo: seus olhos estão em mim e em Daniel. — Quem são eles, pai? E por que está pedindo perdão a ela?

— Essa é a Juliane, Guilherme... sua irmã.

— O quê? Como assim, minha irmã? Que brincadeira é essa, papai? — exige ao "nosso" pai, enquanto eu assimilo o fato de ter um irmão. Meus olhos o varrem de cima a baixo. Deve ter, no máximo, 25 anos, é alto, branco, cabelo curto e preto, e, por incrível que pareça, também se parece muito comigo.

— Não é brincadeira, filho. Sinto muito nunca ter te contado sobre a Juliane, mas fui um covarde e me arrependo muito disso. — Guilherme me encara de novo, um tanto boquiaberto.

— Minha mãe vai matar o senhor, não quero nem ver. Achei mesmo que se amavam e que meu pai era um dos poucos que não traíam. Como fez isso, coroa? O casamento de vocês é perfeito! — Meu pai nega com a cabeça.

— A Juliane nasceu muito antes de eu conhecer sua mãe. E você está certo, eu jamais trairia a Helena. Sei que teremos uma longa conversa, e que terei que lhe contar tudo, mas não vou abrir mão de ter Juliane em nossa família. Ela é minha filha e vocês terão de aceitar isso.

— Não estou lhe pedindo esmolas. Não preciso de nada seu, não mais — digo, impetuosa.

— O que veio fazer aqui, então? Ele acabou de passar por uma cirurgia muito delicada e não deveria se aborrecer... — meu irmão questiona enquanto me encara, de braços cruzados, como se fosse o dono da verdade.

— Filho, por favor...

— Não, pai. Ela não tem o direito de falar assim.

— Tenho o direito de falar como eu quiser... — revido.

— Não tem, não. Você não o conhece! — Vem em minha direção com o dedo em riste.

— Não fale com ela desse jeito! — Daniel interfere na conversa, pela primeira vez, entrando na minha frente.

— Ela não tem o direito de entrar em um quarto de hospital e tratar meu pai assim — bate de frente com Daniel.

— Guilherme... — meu pai intercede e...

— Pai! — Guilherme e eu gritamos, juntos, quando meu pai desfalece. Em um segundo, estamos ao seu lado na cama.

— Papai, fale comigo! — implora meu irmão, muito desesperado, e logo está apertando a campainha acima da cama. Minhas lágrimas ganham força e molham meu rosto.

— Eu sinto muito... — digo, em um tom cheio de culpa.

— Saia daqui! — Guilherme vocifera, com ódio, e dou dois passos para trás, encontrando o corpo de Daniel para me aparar.

Uma equipe médica invade o quarto em poucos segundos, e a culpa me corrói como ácido.

— Todos para fora! — exige um dos médicos, enquanto examina meu pai.

— Não vou sair, porque a culpa é dela — declara meu irmão, em alto e bom-tom.

— Agora! Preciso que saiam. — Daniel me ajuda a me mover, já que

MUDANÇA DE PLANOS 165

estou paralisada.

— Por favor, cara, é o que podemos fazer agora — Daniel intercede ao meu irmão e logo nós três estamos fora do quarto.

— Se ele morrer, a culpa é sua! — explode, ainda no corredor. — O coração dele está muito fraco, e já passou por três cirurgias. Não sei o porquê de ele ter te abandonado, porra! Meu pai sempre foi o melhor pai do mundo, jamais abandonaria um filho! — Suas mãos vão para sua cabeça, curvando-a um pouco para baixo, então limpo minhas lágrimas e o encaro.

— Mas ele me abandonou. Sinto muito pelo que aconteceu lá dentro, mas passei anos da minha vida me perguntando o porquê de ele não me querer.

— Ele não é esse cara, Juliane. Meu pai foi o melhor pai do mundo para mim e minha irmã. — Então havia uma irmã? — Tem certeza de que não está enganada?

— Olhe para mim, Guilherme! — exijo, e seus olhos se prendem em mim por longos segundos.

— Porra, você é a cópia dele e da Luana, nossa irmã. Ela tem 19 anos, e eu, 24 — constata.

— Tenho 29 — respondo, mesmo sem ele perguntar.

— Desculpe-me, mas não fazia ideia de que você existia. — Assinto, e mesmo que pareça a maior loucura de todas, estou feliz por tê-los.

— Desculpe-me também, Guilherme. Não era minha intenção piorar tudo...

— Ele vai ficar bem. Demos um tranquilizante, pois parece que ficou muito emocionado. Quando ele acordar, por favor, tenham mais cuidado, porque ainda está muito fraco. — O médico me interrompe.

— Pode deixar, doutor. Ele não vai mais se aborrecer, não é, Juliane? — Concordo com meu irmão. É estranho pensar em irmãos, mas agora tenho dois.

— Bom, que tal comermos alguma coisa e assim vocês conversam melhor? — Daniel pergunta, assim que o médico se retira, e estou aliviada por meu pai estar bem.

— Tem um restaurante ótimo aqui perto — declara Guilherme.

— Vamos, amor? — pergunta Daniel, e concordo com um gesto de cabeça.

"Perdão é uma janela para libertar sua alma".

Mais uma das frases da madre Rebeca domina minhas lembranças, enquanto caminhamos para fora do hospital. Seus sermões ainda estão bem vivos dentro de mim. Não sei se estarei pronta, um dia, para abrir essa janela, mas vê-la fechada começa a me incomodar.

CAPÍTULO 24

Juliane

Eram quase 22 horas quando descemos do táxi, em frente à casa de Daniel. Não retornei mais ao hospital, porque não queria que meu pai piorasse por minha causa. Sei que uma conversa será necessária, mas estou ciente de que isso não pode acontecer agora. Ele quase teve uma parada cardíaca por minha causa, e não conseguiria conviver com a culpa se algo mais grave lhe acontecesse.

A conversa com meu recém-descoberto irmão foi mais amigável. Contei-lhe parte da história e ele lamentou, parecendo sincero. Defendeu nosso pai com unhas e dentes, e, mesmo tendo entendido meus pontos de vista, me pediu, praticamente implorou, para que desse ao nosso pai uma nova chance.

Eu disse a ele que pensaria e lhe deixei meus contatos, dizendo que gostaria de ser avisada caso uma emergência acontecesse. Antes de lidar com meu pai de novo e tentar exorcizar esses fantasmas, ou de tentar estabelecer um laço afetivo e uma confiança, confrontaria minha mãe e sua decisão de me privar de tantas coisas. Eu poderia ter tido uma família e convivido com meus irmãos de alguma forma, mas seu egoísmo não permitiu...

— Amor, não é aquele casal da briga? — Deixo meus pensamentos de lado quando meus olhos capturam a mulher que foi ameaçada de morte pelo marido, andando com ele, de mãos dadas, pelo condomínio.

— Ela mesma, Juli. Já os tinha visto juntos. Noventa por cento das ocorrências policiais são assistenciais, pois a maioria sempre volta atrás em suas queixas, quando percebem a seriedade da coisa. — Abre o portão e entramos.

— Mas aquilo não foi assistencial e nem um bate-boca qualquer. O cara ia matá-la, se você não interferisse — digo, espantada.

— Não tenha dúvidas de que iria, Juli, mas para ele desfilar assim, provavelmente ela fez como a maioria e retirou as acusações.

— Mas nós vimos, e você foi para a delegacia. Ele tinha uma arma! Não era para ser o suficiente para o manter preso?

— Na teoria, sim; na prática, não. Nossas leis precisam de uma reforma. O que ele fez se enquadra na Lei Maria da Penha, e deve estar respondendo ao processo, mesmo sua mulher dizendo o contrário. Incrivelmente, ele está solto, pois nem o fato de portar uma arma sem ter autorização para isso foi o suficiente para o manter preso. Deve ser réu primário. Essa é nossa lei: prendemos, e ela solta.

— Que mulher maluca! Isso não é amor, pois não dá para amar um homem que faz esse tipo de coisa — digo, profundamente irritada com a atitude daquela mulher.

— E dá para amar um homem que faz esse tipo de coisa? — Daniel sussurra, próximo ao meu lóbulo, enquanto suas mãos massageiam meus ombros exatamente da maneira que eu gosto.

— Dá para começar a tentar... — digo, enquanto sinto todo meu corpo relaxar.

— É mesmo? Então acho que se aliar isso a um banho e muitos outros benefícios, tenho grandes chances de ter o seu amor.

— Muitas chances. — Viro de frente para ele e envolvo seu pescoço. — Nunca senti tanta falta de alguém como senti a sua. Esses meses longe foram insuportáveis — confesso, e beijo seu pescoço. — Obrigada por estar do meu lado hoje, e por tudo o que fez. Não conseguiria sem você, Dan.

— Estarei sempre aqui para você, meu amor, mesmo se um dia não estivermos mais juntos. Ainda assim, serei seu até o dia da minha morte, mesmo que minha boca diga o contrário.

— Está pensando em abandonar sua missão, tenente? — pergunto, em tom de zombaria, mas é o medo que me domina. Será que ele se assustou com tudo o que aconteceu hoje? Ele viu o quão problemática posso ser em sua vida.

— Um caveira nunca abandona uma missão. Somos incansáveis, e desistir não é uma opção. Então, se prepare para me ter em sua vida até que eu fique bem gagá — Daniel me beija tão lentamente que chega a ser uma tortura.

— Não sei, tenente, estou te achando um pouco desanimado — provoco, enquanto meus dedos correm por baixo de sua blusa.

— Isso não é animado o suficiente para você? — Apoia minha mão em sua ereção.

— Acho que pode melhorar — provoco, e corro...

— Juliane Marques! — Posso já ouvir seus passos atrás de mim.

— Ah! — grito, quando suas mãos me alcançam, ainda no corredor.

— Sou especialista em capturar fugitivos, amor. Então, não tente fugir de mim. — Eu me vejo colada à parede, de frente. Minhas mãos foram retidas por ele e estão erguidas, acima da minha cabeça. Seu corpo se cola às minhas costas, e apenas essa proximidade me faz desejá-lo com toda intensidade. Jamais ansiei alguém tão profundamente, é como se a cada dia isso só crescesse. — Gostaria que a senhora abrisse um pouco as pernas — sussurra em meu ouvido, me enlouquecendo.

— Dan...

— Senhor! — Usa um tom autoritário, me enlouquecendo mais. — Por favor, senhora, não dificulte o meu trabalho. Tenho certeza de que esconde algo ilícito, porque ninguém foge da polícia sem um motivo.

— Ahhh... — gemo quando sua mão livre adentra minha calça, achando o ponto exato entre minhas pernas. Debato-me enquanto seus dedos massageiam meu sexo, de forma extraordinária.

— A senhora precisa ficar parada. Tudo o que disser, deverá e poderá ser usado contra a senhora. — Aumenta a fricção e é impossível me manter imóvel.

— Porra, Dan! — grito, extasiada.

— Tenente! — alerta, focado em seu papel. — Vou soltar as suas mãos, mas não tente reagir ou removê-las da parede. Será pior se fizer isso. — Assinto, enquanto cada pedaço de mim queima de desejo e luxúria. — A senhora entendeu o que eu disse? — Investe mais firme em meu centro.

— Sim, tenente — sussurro, fascinada, e ele solta minhas mãos apenas para descer meu jeans.

— Como eu previa, temos uma bunda incrivelmente perfeita e suspeita — diz, e um tapa leve é administrado sobre minha nádega. — Será que devemos nos livrar dessa blusa também? Temos mais surpresas na parte de cima do seu corpo lindo? — ronrona e mordisca meu lóbulo, enquanto sua mão passeia por meu corpo.

— Sim — concordo, alucinada.

— Que bom que está cooperando com as investigações. — Ele remove minha blusa e meu sutiã, me deixando completamente nua à sua frente.

— Pelo que vejo, não existe nenhuma prova que a incrimine. Não tenho por que detê-la. — Se afasta um pouco, me deixando louca com sua falta.

— Acho que não fez seu trabalho direito — digo, assim que me viro de frente para ele. Vejo o desejo ávido em seus olhos, enquanto sua língua passeia por seus lábios visivelmente famintos.

— A senhora está me desacatando? — pergunta, sôfrego, enquanto sua respiração falha.

— E se estiver? — Puxo seu quadril contra o meu, com uma das pernas.

— Terei que detê-la. — Seus lábios roçam os meus e o puxo mais para mim, sentindo sua ereção.

— Está esperando o quê, tenente? — Puxo seu cinto.

MUDANÇA DE PLANOS 169

— A senhora é muito gostosa. — Seus dentes passeiam por meu maxilar, mas quase não se encostam ali.

— E isso é um crime? — Retiro sua blusa.

— Dos graves — responde, enquanto beijo meu nome em seu bíceps. Eu me demoro um pouco, e ele deixa escapar um gemido.

— A senhora está tentando me subornar? — Seu tom está inundado de desejo.

— Todo mundo tem um preço, tenente — sussurro, próximo ao seu lóbulo, e beijo seu maxilar, até o canto de sua boca. — Posso fazer valer a pena. — Mordisco seu pescoço.

— Meu preço é alto demais, não sei se pode pagar. — Puxa minha outra perna e me vejo colada à parede, com as pernas envoltas em seu quadril.

— Por que não tenta? Sou uma mulher de muitas posses — provoco.

— Não é o que me interessa. — Posiciona seu membro em minha entrada e estremeço um pouco ao toque.

— E o que te interessa? Será o nosso segredo, tenente — digo, em um sussurro, enquanto ele me penetra bem lentamente.

— Não sei se devo confiar...

— Ah — gemo, quando o sinto por inteiro.

— Porra, isso é muito bom — ele esbraveja, sedento.

— Por que não tenta confiar? — pergunto, entre um gemido e outro.

— Não sei se é um bom momento — diz, e investe mais forte.

— É um ótimo momento, tenente. — Arranho suas costas, impulsionada pelo prazer.

— Tem certeza de que está disposta a pagar? — Seus dedos se cravam em meu quadril.

— Absoluta. O senhor fará valer a pena, tenho certeza — ronrono em seu lóbulo.

— Puta que o pariu, Juli, você me deixa louco! — Investe mais rápido, e estou muito próxima do precipício. — Goze comigo, amor. — Aumenta a velocidade, e não demora muito para que meu corpo estremeça à sua volta. Gozamos no mesmo instante, e é libertador e, ao mesmo tempo, mágico.

Descanso a cabeça em seu ombro, enquanto nossas respirações se acalmam.

— Isso foi bom pra caralho, não foi? — Sorrio em seu pescoço.

— Sim, foi — concordo, e ele beija meu cabelo.

— Não conseguirei não ter mais isso um dia. Nunca achei que esse momento chegaria, pois sempre pensei que essa porra de conexão era um mito ou uma idiotice de quem dizia ter. — Volto para a parede e meus olhos se prendem aos seus. — Pensei em mil maneiras de fazer isso, mas nenhuma delas fez mais sentido. Nenhum outro momento se encaixaria melhor ou me daria mais certeza.

"Desta vez, estou completamente sóbrio e consciente. Acho que essa porra de pedido melado e perfeitamente romântico não combina muito com a gente, mas se mesmo assim quiser muito um desses, juro que farei o impossível para te surpreender com um. Neste momento, a única coisa que quero é te pedir para ficar comigo para sempre. Não posso nem imaginar não a ter mais aqui e não poder passar cada segundo da minha vida te amando. Casa comigo, marrenta? Me diz que vamos ter isso até que estejamos bem velhinhos, e a única coisa que nos reste seja ficar sentados, de mãos dadas, enquanto tentamos nos lembrar do nome de cada neto e bisneto. Quero isso apenas se você estiver ao meu lado, Juli. — Paro de respirar. Ele está mesmo me pedindo em casamento novamente? — Só me diga se tenho chance. Não quero que vá embora um dia, porque a quero aqui para sempre, meu amor. Já sou seu, e tudo aqui é seu. Casa comigo?"

— Você é maluco. — Enfim consigo que as palavras se formem, mas elas não saem como eu esperava. — Mal nos conhecemos, e casamento nunca foi uma opção para mim.

— Nunca foi para mim também, mas isso mudou, e foi no momento em que te vi sair por aquela porta. Não quero mais sentir aquela sensação, Juliane. Eu a quero na minha vida, quero ter certeza de que mesmo que tenha que viajar ou ficar uns dias longe de mim novamente, aqui é para aonde voltará. Quero que tenhamos um lar juntos, quero fazer planos com você. Quero te amar, ser a primeira pessoa a quem você recorre quando precisa, ser o primeiro a te ver acordar, ser o dono absoluto dos seus desejos e fantasias... — pisca, e sorrio por sua safadeza. — Quero ser o sortudo que escutará você dizer que está grávida. — Arregalo os olhos.

— Prometo que te conto se isso acontecer um dia — zombo.

— Engraçadinha. Quero ser o pai — rebate, sério.

— Muita pretensão de sua parte. Isso não posso prometer — brinco.

— Case comigo! Nada dessas coisas fará sentido se não for com você. Aliás, muito provavelmente elas nem acontecerão.

— Isso não vai dar certo, Dan — tento colocar a razão de volta à sua cabeça.

— Não pode saber até tentar. Acha mesmo que conseguirá viver sem meu amiguinho? — Investe de novo. O safado já havia se recuperado.

MUDANÇA DE PLANOS

— Isso é jogo sujo... — digo, sem forças, enquanto movimenta o quadril, e seus lábios reverenciam meu pescoço.

— Cada um joga com as armas que tem. Sabe que também quer isso, marrenta, porque somos perfeitos juntos. Então, por que não?

— Um papel não fará diferença... — argumento, enquanto o prazer volta a me dominar.

— Fará, sim. Quero você por inteiro, e com tudo a que tenho direito. — Investe, firme.

— Não sei se tem algum direito aqui — provoco, e ele paralisa. Todo o seu corpo fica tenso.

— Você está apenas se divertindo, não é? Não tem nenhuma pretensão de que o que temos evolua.

— Daniel... — digo, quando ele me coloca novamente no chão, com toda a calma do mundo, mas não me encara. — Tudo bem, Juliane, entendi o recado — diz, com o tom pouco confiante.

— Não é nada disso.

— Então o que é? — Ele me encara, de braços cruzados, e gostaria de ter a resposta para lhe dar, mas não a tenho.

Casamento é algo grande, e não quero me ver despencando de uma ponte por ter acreditado piamente que poderia voar. Mesmo havendo água abaixo dela, morreria apenas com o impacto da queda.

— Estou tentando te entender, Juliane, aliás, é só o que faço há meses. Quer apenas transar e aproveitar o momento, beleza, sou bom nisso pra caralho! Fique tranquila, não haverá um terceiro pedido. — Pisca, de forma irônica, e faz o caminho até o quarto. Sei que deveria chamá-lo agora mesmo e desfazer tudo isso, mas simplesmente estou presa em meus grilhões há anos, e eles já fazem parte de mim. Não saberia como reagir à liberdade, ou se ao menos ela será possível para mim, um dia. Não posso deixar meu coração aceitar o fato de que minha vida não terá mais sentido sem Daniel.

Entro no banheiro do corredor e logo minhas lágrimas se misturam à água que cai sobre minha cabeça. Toda a carga emocional vivida no dia de hoje despenca sobre mim de uma só vez, e não consigo mais interpretar o papel da mulher forte, destemida e bem-resolvida que construí para mim. Daniel desmontou cada cenário e abriu a porta do mundo de realidade no qual me escondi e preservei por anos.

Casar com ele seria meu maior erro, sei disso, principalmente porque estou longe de ser a mulher inteira que ele espera.

Sinto como se o mundo todo estivesse contra mim. Não sei como explicar a Daniel o meu ponto de vista sobre casamentos, e como o amo desesperadamente. Não sou o tipo de mulher que desejou ter o casamento dos sonhos, porque isso nunca foi uma opção para mim, ou sinônimo de felicidade. Estamos bem pra cacete assim, por que ele quer estragar o que já está bom?

Sinto-me no olho do furacão, e sem nenhuma perspectiva de salvação, com tudo acontecendo no mesmo momento.

Não sei como responder à compaixão e compreensão sentidas hoje, por meu pai. Em vez de ódio e revolta, o amor instantâneo que senti ao conhecer Guilherme e saber que tenho dois irmãos foi surpreendente e inesperado. As dúvidas e novas mágoas sentidas por minha mãe também estão me deixando maluca, mas a última coisa de que gostaria era magoar Daniel. Não sei se um dia mudarei de ideia sobre essa convenção idiota, imposta pela sociedade, de que um papel compra sua satisfação e felicidade. Mas, hoje, realmente, não será esse dia.

Minutos depois, quando entro no quarto, Daniel já está dormindo em seu lado da cama, preservando perfeitamente o meu espaço. Admiro a cena por alguns segundos e sou dominada por uma angústia ao pensar que um dia posso não ter mais essa visão, ou ele dormindo ao meu lado.

Balanço a cabeça, tentando espantar o medo, que chega sem pedir licença.

Respiro fundo, constatando que já sou completamente dependente de Daniel, e nada do que eu fizer mudará isso. Ele se enraizou em cada célula e pedacinho de mim. Ogro filho da mãe!

Busco um camisão de algodão em minha gaveta e saio do quarto o mais silenciosamente possível. Sei que ele está morto de cansado e precisa dormir.

> Oi, como você está?

Chamo Ryan no WhatsApp.

> Com saudades, caro.

Responde, uns segundos depois, e me sinto a pior pessoa do mundo.

> Desculpe, estou sendo uma péssima anfitriã, mas, como te disse ontem, tinha mesmo que fazer essa viagem.

> Está tudo bem?

> Sim, ou vai ficar. Não sei bem o que te responder agora.

> É com o seu namorado? Ele pareceu bem visceral

Sorrio com a definição que ele tem de Daniel. Bota visceral nisso!

> Não é com ele, é mais complicado.

> Se quiser vir para cá, podemos conversar. Tenho certeza de que posso te alegrar.

Balanço a cabeça, sorrindo com seu convite.

> Vai dar meia-noite.

Tento dizer um não de forma educada.

> Este país é ainda melhor do que os Estados Unidos. Esta cidade não dorme, caro. Vem?

> Prometo que vou fazer uma visita amanhã, mas, agora, tenho um namorado visceral e pelado me esperando na cama.

> Ai, essa doeu! Está acabando com todas as minhas esperanças de tê-la.

> Sinto muito, mas acho que ficarei indisponível por um longo tempo.

Respondo. Sei que Ryan ainda esperava que ficássemos juntos, mas isto jamais acontecerá.

CRISTINA MELO

> Muito longo? Não tenho chances nem na sua despedida de solteira?

Gargalho, e logo em seguida coloco a mão na boca, percebendo que fiz isso alto demais. Ryan será um amigo e tanto, se assim ele quiser, pois era apenas isso que poderia lhe dar.

> Acho que o Sr. Visceral não permitiria uma despedida dessa forma.

> Que pena, caro.

> Pois é, ele é bem ultrapassado, mas eu o amo. Então...

> Tudo bem, caro, tentarei ganhar seu coração na próxima vida. Mas, mesmo assim, nos vemos amanhã? Estou indo para Natal em dois dias.

> Sim, nos vemos amanhã. Eu te levarei no ensaio que prometi.

> Belo prêmio de consolação. Eu te espero ansioso, caro.

> Pode me chamar de "querida" em inglês. Sabe disso, não é?

> Sei, mas não tem a mesma intensidade do italiano, e você merece toda a intensidade possível. Até amanhã, caro. Vou sonhar com você, que é o que me resta.

> Até amanhã.

Não comento sobre os sonhos, pois cada um sonha com o que quiser. Meu sonho e minha realidade me esperam na cama, então é apenas isso que importa para mim. Saio do aplicativo e apoio meu celular na mesa de centro da sala. "Esse ogro fodeu mesmo minha vida" é o único pensamento que me domina.

MUDANÇA DE PLANOS

Desperto e logo sinto os efeitos de ter adormecido no sofá. Por que me deixei vencer pela preguiça e não fui para a cama enquanto ainda podia?

Esse sofá precisa ser substituído com urgência, porque não tem conforto algum. Vejo a hora em meu telefone, são 9 horas, e digo a mim mesma que preciso voltar a acordar cedo, pois volto ao trabalho na segunda-feira. Removo a manta do meu corpo, que não estava aqui ontem, quando peguei no sono, com um sorriso no rosto.

Daniel não facilita em nada os seus mimos. Ficarei insuportável, desse jeito.

A casa está silenciosa, então caminho até o quarto e vejo que ele já saiu. Faço uma chamada para o seu celular, mas não me atende. Insisto mais duas vezes, e ainda assim não tenho resposta.

— Sério, Daniel?! — Reviro os olhos por sua infantilidade, e resolvo não insistir mais. Ele terá que voltar para casa, então não pode me evitar para sempre. Somos adultos e precisamos começar agir como tal.

— Quem é o gostoso da dinda? — Cheiro a barriga de Bernardo. Seu cheirinho é tão bom!

— Achei que havia se esquecido da sua amiga e do seu afilhado!

— Claro que não esqueci, sua boba — respondo a Cissa.

— Dois dias trancados! O atraso estava grande, hein? — Cissa zomba. Não contei a ela que fui a São Paulo, atrás do meu pai. Aliás, nunca conversamos sobre essa parte da minha vida, pois sempre fugi do assunto. Então, chegou uma época em que ela percebeu isso e parou de perguntar.

— Conheci meu pai ontem — solto, sem olhá-la.

— O quê?!

CAPÍTULO 25

Juliane

Crio coragem, depois de alguns segundos, e encaro minha amiga, que está um tanto chocada e confusa, me olhando.

— Eu o vi ontem, pela primeira vez. Ele me abandonou quando bebê, e fui criada por uma mulher mal-amada e rancorosa, que também me abandonou, assim que completei dez anos, idade mínima que o colégio interno onde vivi até ir para a faculdade, recebia as meninas. Acho que me colocar em um orfanato seria muito para a sua consciência, e desse jeito ela se convenceu de que fez o melhor para mim.

— Meu Deus, Jujuba! — Cissa está paralisada. Ela não fazia ideia, porque sei que fui bem convincente em meu papel de mulher bem-resolvida.

— Desculpe ter mentido pra você. Meus pais não viviam viajando, e não era por isso que eu nunca ia aos fins de semana para casa. Apenas não tinha para aonde ir — revelo, envergonhada.

— Eu sinto muito, Juliane. — Ela me abraça, e contar isso para minha amiga faz com que eu me livre de um peso enorme.

— Me perdoe. Não foi porque eu não confiava em você, Cissa, apenas queria esquecer todo o sofrimento até ali. Quando fui para a faculdade, queria zerar tudo aquilo...

— Não precisa se desculpar. Eu tinha que ter percebido, fui uma amiga muito ruim.

— Você foi uma das poucas coisas boas que me aconteceram nessa vida, doutora Cecília Castro. Você é muito mais do que uma amiga para mim. Por favor, não se culpe por nada.

— Como não?

— Isso não importa mais, Cissa. A faculdade foi a melhor fase da minha vida, até aquele momento, e você foi uma das responsáveis por isso. Não vou precisar te lembrar de todas as merdas das quais tive que te salvar, né?

— Eu, né, Jujuba? Não era eu quem fazia apostas, a maioria envolvendo sair correndo, pelada. — Gargalho, me sentindo eu mesma. Não precisaria mais viver a personagem com ela.

— Uma sensação de liberdade incrível, amiga. Não sabe como era insuportável usar o uniforme impecável daquele colégio! Sempre quis correr nua. — Pisco. — Mas, mesmo com as minhas loucuras, nenhuma delas ganha de você ter ficado com o Marquinhos Meleca.

— Nossa, eu estava chapada! E você, onde estava, que deixou sua melhor amiga cometer esse erro? — ela me acusa.

— Não levei um minuto no banheiro, Cissa!

— Ainda bem que eu estava muito bêbada, porque se me lembrasse com clareza daquele beijo, nunca iria te perdoar — sorrio com a lembrança de Cissa escovando os dentes, várias e várias vezes, quando lhe contei, pela manhã.

— Poderia ser pior.

— Nem me lembre mais disso, Juliane. Não me perdoaria nunca se tivesse transado com o Marquinhos Meleca. Eca! O beijo já foi suficiente para me arrepender pelo resto da vida. — Faz uma careta, como se o tivesse beijado ontem. — Vamos voltar ao assunto inicial, pelo amor de Deus! Como foi o encontro com seu pai? O que ele disse?

— Ele está internado em um hospital.

— Meu Deus! Ele está bem? — Ela me interrompe.

— Pelo que meu irmão me contou...

— Irmão?! Rebobine a fita, Jujuba. Conte isso direito, é muita coisa para assimilar.

— Estou tentando, Senhora Ansiedade — rebato.

— Desculpe — pede, e começo a lhe contar novamente...

— Então, foi basicamente isso — digo, quando, enfim, consigo relatar os fatos até aqui.

— E o ogro não é ogro, nada. Ele é um fofo, Juliane, e te ama de verdade, amiga. Não que eu tivesse dúvidas, depois dos últimos meses, onde o assunto dele era apenas você. Desculpe, mas nem eu, que sou sua amiga, aguentava mais. — Sorri.

— Como assim, o assunto era eu?

— Não teve um dia em que não perguntou sobre você, Jujuba. O cara quase infartou quando te viu descer do carro com o Ryan a tiracolo. Foi tenso, mas confesso que me controlei para não rir.

— Cissa, você é a pior pessoa! — acuso.

— Eu? Pensa que não sei que trouxe o Ryan para provocá-lo?

— Não foi, não! Jamais faria isso — tento convencê-la, mesmo sabendo que está coberta de razão. É claro que faria!

— Claro que não faria. Que injustiça! — rebate, irônica, e finjo que não entendi, com cara de paisagem.

— Não queria mais nada com o Daniel. Além do mais, o Ryan era doido para conhecer o Brasil, então ele só aproveitou a carona — digo, e não consigo convencer nem a mim mesma sobre a primeira parte, porque a segunda era mesmo verdade.

— Aham, sei...

— Daniel achou meu pai, Cissa. Não tinha como eu ficar indiferente...

— Pare, Jujuba! Todo mundo já está cansado de saber que você é apaixonada por ele, e que ele é louco por você. Já era, amiga. Mesmo que não tivesse me contado naquele dia, está escrito na sua cara.

— Quem é esse todo mundo? — pergunto, preocupada, e ela gargalha.

— Relaxe, Juliane. O melhor disso tudo é que continuamos vizinhas.

— Nego com a cabeça.

— Vou embora assim que recuperar meu apartamento ou conseguir alugar outro — falo sério dessa vez, e ela apenas balança a cabeça de um lado para outro, enquanto seus olhos acusatórios me julgam.

— Ele mandou você embora? Porque quando veio aqui para buscar suas malas, parecia até que havia ganhado na loteria.

— Essa é a questão, Cissa. Daniel está levando as coisas rápido demais, e estou me sentindo... não sei como estou me sentindo — confesso.

— Feliz — Cissa declara e a encaro. — É real, Juliane, ele te ama.

— Ele me pediu em casamento ontem, de novo, e ele não havia se esquecido da primeira vez. — Ela arregala os olhos, surpresa.

— E o que você respondeu?

— Que não daria certo — respondo, e instantaneamente me sinto péssima com a lembrança da expressão de Daniel.

— E como pode ter tanta certeza?

— Isso é óbvio. Quem você conhece que está casado há muito tempo e ainda é feliz?

— Meus pais, meus tios, os vizinhos aqui do lado, que completaram 50 anos de casados e passaram a festa inteira dançando como um casal de jovens apaixonados. Também tem meus avós...

— E você foi na festa dos vizinhos?

— Sim, eles nos convidaram, pois viram o Fernando crescer. O Daniel também foi, e a neta do casal não parou de dar em cima dele nem por um minuto...

— Como é que é? — A raiva me domina.

— Fique tranquila porque ele não correspondeu às investidas. Fiquei

MUDANÇA DE PLANOS

com vergonha alheia, já que a mulher foi ignorada totalmente. Vocês se amam, Juliane, pare de arrumar desculpas para não ser feliz.

— Casamento não é sinônimo de felicidade — rebato.

— Não, mas estar do lado de quem se ama, sim.

— Oi — Fernando cumprimenta, ao entrar na sala.

— Oi, amor — Cissa responde a Fernando e ele a beija.

— Como vai, Juliane?

— Vou bem. Ah, não, deixe ele aqui — reclamo quando pega Bernardo.

— O papai dele chegou, Juliane. Ele prefere o papai à dinda, não é, filhão? — Beija o Bernardo com todo o amor do mundo, e é uma cena linda de se ver.

— Tem pai que é cego. Aproveite enquanto ele não sabe falar — implico.

— Ele já fala papai. Fale para ela ver, filhão: pa-pai.

— Pa... pa — Bernardo responde, sorridente, depois de Fernando ter repetido a palavra três vezes.

— Não queria te desanimar, mas ele está falando papa de comida mesmo. Esse menino é bem guloso. — Cissa gargalha.

— Não ligue, filhão. O papai sabe que não é nada disso.

— Pa... pa — Bernardo repete, com as mãos no rosto de Fernando. Olha para o pai, encantado, e Fernando pisca para mim, convencido.

— Bom, vou indo nessa. Ainda vou encontrar o Ryan, estou no furo com ele.

— O cara é gente boa, eu o levei ontem para saltar. Ele está deslumbrado com o Rio. Com as mulheres, então...

— O que têm as mulheres, Sr. Fodão? — pergunta Cissa.

— Falei dele, amor. Eu só tenho olhos para uma mulher, sabe disso — defende-se.

— Acho bom que seja verdade, pois tenho um bisturi zerado na gaveta — minha amiga ameaça, em tom de brincadeira.

— Está vendo, Juliane? Vivo à base de ameaças. — Fernando se faz de coitado.

— E eu ajudo — respondo, e ele gargalha.

— Estou ferrado, filhão! A sorte é que sou apaixonado por sua mamãe. — Volta a atenção para Bernardo.

— Muita sorte! — rebate Cissa, e eu sorrio, porque nunca vi minha amiga tão feliz em um relacionamento. — Ryan vai para Natal mesmo? — ela pergunta.

— Parece que vai em dois dias. Vou até lá e o levarei pra sair.
— Mande um abraço pra ele.
— Mando. Você tem jujuba em casa?
— Não! — responde, rindo.
— Vou ter que ir ao mercado — comento.
— O que mais não me contou?
— Nada. Só me deu vontade de comer jujubas, posso? — Não vou falar na frente de Fernando o quanto Daniel foi infantil por me ignorar o dia inteiro.
— Pode.
— Beijos — digo, e começo a fazer meu caminho até a porta.
— Juliane! — Cissa me chama.
— Oi.
— Sabe que pode contar comigo para o que precisar, na hora que for, não sabe? — Assinto, e ela também.

São nove da noite, e estou finalizando a maquiagem. Nenhum sinal de Daniel, nem ligação ou mensagem. Eu lhe darei esse tempo, porque se não retornou minhas ligações, certamente não quer falar comigo. Só espero que não esteja aprontando, como da última vez.

> Estou saindo de casa, daqui a pouco chego aí, beijos.

Envio a mensagem para Ryan, que me responde segundos depois:

> Tudo bem, te espero.

> Oi,
> Fui dar uma volta com o Ryan, nos vemos mais tarde.
> Beijos,
> Juliane.

Prendo o bilhete embaixo do ímã na geladeira, e saio assim que o aplicativo me avisa que o carro chegou.

MUDANÇA DE PLANOS

CAPÍTULO 26

Daniel

O que eu mais temia, havia acontecido novamente. Há uma hora estou com minha equipe dentro da delegacia, tentando esclarecer os fatos ocorridos há pouco. Dessa vez, não havia sido um inocente a perder a vida por minha causa, mas, de todo jeito, antes de ser policial e combater com minha própria vida em risco, sou humano, e tirar a vida de alguém nunca será motivo de alegria, ou a intenção da polícia. Mesmo sabendo que isso faz parte e que estava protegendo a mim e minha guarnição, que esses covardes não pensam um milésimo de segundo antes de tirar a vida de um de nós, ainda assim, quando acontece o que ocorreu hoje e tenho que escolher entre minha vida e a deles, isso sempre me abala.

Os dois meliantes mortos na operação, com um único tiro disparado do meu fuzil, fugiam, quando deram de frente com a minha equipe, na comunidade. Fugiam em uma moto, e o passageiro apontou o fuzil na direção da minha guarnição. Na hora, tendo que agir rápido, em defesa da nossa vida, e em poucos segundos pensantes, foi impossível constatar que se tratava de uma réplica. Então, eu, sem ter escolha, abati a ameaça, e com um único tiro, os dois foram mortos.

Tento controlar minhas emoções, enquanto espero a apuração da Corregedoria e do delegado responsável pelo inquérito.

Tenho consciência de que agi em legítima defesa, já que o meliante que conduzia a moto portava uma pistola e duas granadas, e não havia dúvidas de que foram eles que assaltaram e mataram um caminhoneiro, minutos antes, em uma das vias de acesso à comunidade. Quando nos viram, tentaram fugir e nos acuar com o fuzil falso...

— Meu filho era estudante. Ele portava uma imitação, coisa de criança. Você é um assassino! — grita o pai de um dos bandidos, em minha direção.

— Se o seu filho brincava de ser bandido, eu não brinco de ser policial! — vocifero de volta. Respeito sua dor, mas estava ali para defender a minha equipe e minha própria vida.

— Vocês são uns covardes! — rebate.

— Covardia maior foi a do seu filho e do comparsa dele, ao tirarem a vida de um trabalhador, por nada! — Normalmente eu não bateria boca ou me importaria com ofensas infundadas, porque sei bem o meu valor e o meu caráter, mas, hoje, minhas emoções estão fora de controle. Ceifar a vida de alguém é a última coisa que queremos, pois não é para isso que entramos na polícia.

— Prove. Isso é mentira! — desafia-me.

— A ficha extensa dele fala por mim. Sinto muito por sua perda. — Saio de perto do homem, o deixando com a verdade: seu filho tinha 19 anos, e sua ficha era recheada de delitos, como alguns roubos e receptações, além de três latrocínios. Começou sua vida criminal aos 13 anos, mas a lei do nosso país é arcaica, e justamente por isso vivemos enxugando gelo. Prendemos, mas a justiça solta. Ainda assim, temos que continuar, pois não podemos nos afogar nele.

Fico mais duas horas, até que toda a burocracia e o inquérito sejam devidamente formulados.

Minhas emoções estão à flor da pele. Tive uma noite de merda, e meu dia estava terminando muito pior. São um pouco mais de 23 horas quando enfim entro em meu carro para voltar para casa, e meu celular havia ficado desligado o dia inteiro. Sim, eu estava evitando a Juliane. Atitude infantil? Pode ser, mas não consigo entender o porquê de ela dificultar tanto as coisas. Compreendi seu problema e medo de abandono, mas acho que já deixei claro o suficiente que não estou brincando.

Avisto suas ligações assim que o celular é ligado, mas ainda estou puto. E hoje, com tudo o que aconteceu, é um péssimo dia, então, se tiver que falar com ela, prefiro que seja pessoalmente. Não quero misturar as coisas, por isto preciso desse tempo até chegar em casa para deixar meu trabalho e tudo que aconteceu hoje, fora da nossa conversa. Misturar as frustrações seria uma péssima combinação.

Quando entro em casa, tudo está em silêncio. Estou exausto, chateado, e ainda frustrado com a reação de Juli ontem, quando, mais uma vez, fui idiota e a pedi em casamento. Quando levantei nessa madrugada e a vi dormindo no sofá, foi como levar um soco no estômago. O lugar dela era na minha cama, na nossa cama, e minha vontade foi pegá-la nos braços e levá-la até lá. Mas, se estava dormindo no sofá era porque não queria dormir ao meu lado, então respeitei sua decisão e apenas busquei uma manta, para que ela não sentisse mais frio, já que senti sua pele gelada ao vê-la encolhida. Não achei que isso me magoaria tanto. Virei, mesmo, um dominado!

MUDANÇA DE PLANOS

— Que porra é essa?! — pergunto para ninguém, além de mim mesmo, quando vejo o bilhete na porta da geladeira. — Como assim: foi dar uma volta com o Ryan? É meia-noite!

Puxo meu celular do bolso. Não lembro se algum dia estive mais puto do que estou agora, e, se houve, provavelmente a culpa foi dela também.

O telefone cai na caixa de mensagem em todas as cinco tentativas.

Envio uma mensagem pelo aplicativo de bate-papo, mas ela não a recebe.

📞 Onde você está?

É apenas o que deixo em sua caixa postal, com o tom estridente, após ouvir a porra da frase: "deixe seu recado" pela décima vez. Passo as mãos pelo cabelo, me sentindo impotente, enquanto a porra da preocupação começa a vencer a raiva. Seleciono o número do meu amigo, mas, em seguida, desisto. Não vou envolvê-los nisso mais uma vez, não sem extrema necessidade. Estou na porcaria de um relacionamento, não estou? Então, preciso começar a agir por mim mesmo.

Não vou tolerar esse tipo de coisa. Ela não vai me fazer de idiota por estar apaixonado, não vai me dar um Green Card de otário.

Minutos depois de tomar um banho, estou sentado no sofá, com os olhos atentos à porta e ao celular. Já se passaram duas horas desde que cheguei em casa, e nenhum sinal de Juliane. Meu apetite é inexistente, mesmo depois de horas sem comer. Já pensei em beber algo para controlar um pouco a ansiedade, mas não quero ter nada alterando meu discernimento e raciocínio quando ela resolver passar por aquela porta. Cruzo os braços e encaro meu alvo, tentando colocar em prática a porra do treinamento tático que tive, anos atrás. Paciência é primeira exigência para ser um caveira.

A casa está em um silêncio sepulcral, tanto que sou capaz de identificar a batida da porta do carro e tenho absoluta certeza de que é na frente da minha casa. Segundos depois, ouço o trinco do portão, e o barulho do salto dela ecoando pelo piso da garagem.

— Que susto! — grita, quando acende a luz e me vê.

— Viu algum fantasma? — pergunto, em tom baixo, fingindo uma calma e controle que estou longe de sentir.

— O que está fazendo aí no escuro? — pergunta, enquanto retira os sapatos, ainda na porta. Está com um vestido preto, colado ao corpo, que não deixa nada para a imaginação.

— É uma regra que a luz tenha de estar acesa? — Meus olhos varrem cada centímetro do seu corpo e rosto, buscando por qualquer evidência que a entregue.

— Não, só achei que estaria dormindo. — Se aproxima, e permaneço na mesma posição. Sei que por mais que eu tente disfarçar, minha expressão entrega minha raiva.

— Está tudo bem? — pergunta, e seu tom sai cheio de culpa. Ah, Juliane, você não fez isso.

— Não sei, está? — devolvo a pergunta, e meus olhos não se desprendem de seu rosto.

— Comigo está... — começa, desconfiada.

— Que ótimo, então! Fico feliz por saber disso. Boa noite. — Eu a corto e levanto-me do sofá, então sigo para o meu quarto, irritado pra caralho. Tenente Daniel Arantes está, mesmo, sendo feito de babaca. Não há dúvidas.

— Não vai perguntar onde eu estava? — pergunta, vindo atrás de mim, e finjo que não escuto. Estou com muita raiva dela agora e não quero deixar que o sentimento fale ou aja por mim. — Vai me ignorar de novo?

— Fale para mim: qual foi a porra do momento em que te ignorei?! — explodo, sem conseguir me manter no controle, e seus olhos me encaram, arregalados, enquanto prendo seu corpo à parede.

— Foi o que fez na última noite. — Seu tom sai apático, e sua acusação consegue me deixar mais furioso.

— Na última noite, eu te pedi em casamento pela segunda vez, e entreguei meu coração, de vez, em suas mãos. Mas você não o aceitou, e agora entendo o porquê: nunca esteve disposta, e não sou importante o suficiente para que mude de ideia. Beleza, Juliane, aceito sua posição, mas não vou fazer papel de palhaço enquanto se esfrega com outro! — esbravejo, e em uma fração de segundo, meu rosto vira para a direita. Em seguida, sinto o ardor em minha face.

— Nunca mais use esse tom comigo! — vocifera, depois de me presentear com o primeiro tapa, de mulher, que recebo. — Saia da minha frente! — Ela me empurra, e a ira está estampada em seus olhos. Estou arrependido pelo que eu disse, mas isso não desfaz a merda que ela fez. — Saia! — grita, mas permaneço imóvel, encarando-a.

— Que tom quer que eu use, depois do que fez? — Sou sarcástico.

— E o que eu fiz? — exige, a plenos pulmões.

— Bom, eu não estava lá para saber o que fez, ou se ele...

— Não complete a merda que está dizendo, ou juro por Deus que vai

MUDANÇA DE PLANOS 185

se arrepender, pelo resto da sua vida — ameaça, e ergo as sobrancelhas, em deboche, sob seu olhar inquisitivo e acusatório. Quem tem que estar com raiva aqui, sou eu. — Não sei como pude cogitar que isso daria certo, muito menos como pude me apaixonar por um idiota como você. — Se faz de vítima, e meu sorriso de deboche se estende. Não serei como esses caras que são ludibriados e cegos a ponto de não enxergarem um palmo à frente do nariz. Conheço uma meia dúzia assim, e não farei companhia a eles.

— Estamos empatados nessa questão — digo, e ela meneia a cabeça e solta um suspiro pesado.

— É realmente uma pena, Daniel. — Eu lhe dou passagem, e ela segue até o armário, pega uma de suas malas e começa a arrumá-la.

— Não estou te mandando embora.

— Não fico aqui com você nem mais um segundo — responde, mas seus olhos não me encaram mais.

— Faça o que achar melhor — afirmo, me sentindo frustrado, destroçado e traído, então saio, batendo a porta do quarto com toda a minha força. A dor em meu peito me sufoca de uma forma impensada. Sabia que estava rendido e embasbacado por ela, o que não sabia é que ficaria tão mal a ponto de quase aceitar qualquer coisa que Juliane pudesse me dar. Isso é ridículo, não posso me rebaixar a esse ponto e não vou!

CAPÍTULO 27

Juliane

Retiro algumas roupas da primeira gaveta e as arrumo de qualquer maneira dentro da mala. A raiva é tanta que nem consigo chorar. Não posso acreditar que ele acha que eu o estava traindo, apenas porque saí com um amigo, para uma programação que nem chegou a acontecer. Fomos assaltados na saída do *hostel* em que Ryan está hospedado, uma situação bem traumática para mim e para meu amigo, que perdeu até seu passaporte. Passamos as últimas horas em uma maldita delegacia, pois ele precisava prestar queixa, e como não fala português e está no meu país, me vi na obrigação de permanecer ao seu lado, lhe oferecendo, pelo menos, meu apoio.

Tentei ligar, da delegacia, para esse ogro idiota, mas seu celular ainda estava desligado. Não quis incomodar a Cissa com isso, porque minha amiga vem sendo meu escoro desde que fui para Washington. Não quero mais encharcá-la com meus problemas, Cissa agora tem uma família e não é justo com ela.

— Vou dormir na oficina, e você fica. — Com tom irritado, ele adentra o quarto de novo, e não quero nem olhá-lo, muito menos respondê-lo, então, permaneço focada no que estou fazendo. — Ouviu o que eu disse?

— Não estou interessada na oferta, obrigada — respondo, sem nenhuma emoção em meu tom.

— Vai ficar com ele?

— Não é da sua conta — limito minha resposta.

— Não esperava isso de você, Juliane. — Sinto dor em seu tom, e isso me abala um pouco, mas sua idiotice, dessa vez, passou dos limites.

— Posso dizer o mesmo de você. Sabia que era idiota, mas não tanto.

— Nunca soube que estávamos em um relacionamento aberto. Justamente porque fez um drama e escândalo sem dimensões, quando fui a um simples puteiro.

— Simples puteiro?! — A raiva toma conta de mim, então perco o controle e parto para cima dele. Seu cinismo me enfurece de tal forma que me cega.

— Simples puteiro? Seu maldito! — Começo a estapeá-lo, e a lembrança da dor que me provocou naquele dia entra em cena também. Bato com toda a minha força, pouco me importando de focar em um só ponto de seu corpo. Onde pegar, pegou, e só espero que o machuque muito.

— Calma! — pede, assustado, e segura meus braços.

— Eu te odeio, seu imbecil! — grito, e seus olhos me avaliam o tempo todo. A surpresa por minha reação é visível neles, e o espanto também. — Acha mesmo que eu teria coragem de te trair? Não sabia que era sua prisioneira, e nem que você tinha a cabeça tão pequena! Eu te liguei incontáveis vezes, mas você não atendeu a bosta do celular. — Tento soltar minhas mãos, a todo custo, mas ele é mais forte do que eu.

— Estava trabalhando — defende-se.

— E eu fui apenas retribuir um pouco da consideração que o Ryan teve por mim, durante os meses em que fiquei chorando em seu ombro, como uma pateta, por sua causa. Era ele quem estava lá naquele momento. Você saiu de casa hoje e nem satisfação me deu, não recebi uma mensagem sua, sequer, e nem a porcaria das minhas ligações atendeu. E agora, montou a idiotice toda na sua cabeça e tomou sua versão como correta? — exijo.

— Eu...

— Eu estava de boa, Daniel. Entendi que você ficou chateado ontem, e não ia te julgar por isso, mas aí você vem com sua sabedoria machista ridícula e me julga na primeira oportunidade, sem nem me perguntar o que realmente aconteceu. Acha mesmo que ficaria meses em outro país, convivendo com o Ryan diariamente, e resolveria transar com ele justamente agora, quando pensei ter encontrado o amor da minha vida, amor esse que nunca quis ou sequer procurei, mas que aceitei porque não conseguia mais não o ter? — grito, fora de mim.

— Amor...

— Não me chame de amor. Você é um machista de merda, o tipo que mais odeio em todo este mundo, e me recuso a continuar com isso. Pensou o quê? Que chegaria em casa e teria a perfeita "Amélia", com a sua toalha de banho nas mãos e a comida pronta para lhe ser servida? Caiu do cavalo, "querido", porque não sou dessas, e se um dia quiser ser, não será com você! — explodo, transtornada, e sei que meu tom está bem alterado para o horário.

— Meu dia foi bem conturbado, desculpe não ter te ligado. Cheguei em casa quase meia-noite, amor, e também estava chateado porque preferiu dormir no sofá na noite passada. — Reviro os olhos. Quero me afastar dele, mas suas mãos continuam segurando meus braços.

— Realmente você está na porra da profissão errada! — acuso, irritada demais com sua burrice, e ele se mantém em silêncio. — Policiais averiguam, investigam, ou sei lá que nome vocês dão. Eles vão atrás de provas e fatos que incriminem o suspeito, mas o Tenente Daniel Arantes está num nível mais avançado: ele dá como certo, o achismo de sua cabeça. Gênio! — zombo. — O fato de eu simplesmente ter pegado no sono nem passou por sua cabeça? — Ele nega, parecendo envergonhado.

— Eu achei...

— Se tivesse me perguntado, não precisava ter achado. No dia em que entrou por aquela porta, com as evidências em seu corpo gritando contra você, mesmo assim te dei o direito de resposta. Fiz isto sabendo que nenhuma alegação no mundo me provaria que não estava se agarrando com uma puta qualquer, mas, ainda assim, te perguntei onde estava, e quis ouvir da sua boca.

— Não transei com ela... — começa, em um tom miserável.

— Eu não deixei ninguém me beijar e nem tirar minha blusa. Fui ver o Ryan como um amigo. Se não consegue aceitar isso, problema seu. Não me lembro de ter te passado minha carta de alforria ou coisa do tipo, então não vai me dizer o que devo ou não fazer. Sei muito bem meus limites e o respeito que devo dar e espero de alguém!

— Aonde foram? — Eu o encaro, perplexa. Tarde demais, Daniel.

— Não é da sua conta, não mais — respondo, firme.

— Porra, Juli, me desculpe. Tive um dia de merda e acabei me deixando levar...

— Não estamos prontos para isso, Daniel — o corto.

— O que quer dizer com isso? — pergunta, parecendo angustiado.

— Exatamente o que entendeu. Agora, pode me soltar, por favor?

— Você vai fugir de novo?

— Isso não é fugir, é apenas aceitar o fato de que somos incompatíveis e que insistir nessa relação só fará com que nos odiemos. — Ele assente, me surpreendendo.

— Ok, chegou a hora de cumprir minha promessa...

— O quê?

— Não vou te deixar fugir dessa vez, Juliane. Somos um casal, e sinto muito te informar, mas essa não será a última briga entre nós, pois elas acontecem. Os erros serão muitos, e nos farão aprender com eles, mas vamos superar cada um, porque nos amamos — diz, convicto. — Você não pode simplesmente ameaçar ir embora e varrer a sujeira para debaixo do

MUDANÇA DE PLANOS

tapete, toda vez que uma briga acontecer. — Eu o encaro, perplexa.

— Não estou ameaçando...

— Está! Eu fiz merda, ok, mas mereço ter a chance de me redimir. Estamos aprendendo juntos, amor, e prometo que nunca mais vou te julgar sem saber exatamente o que aconteceu, da sua boca. Fugir não é o caminho, e ficar longe um do outro, muito menos. Sabe que nos amamos e não conseguimos ficar longe um do outro. Esta é a sua casa, e não pode abandoná-la assim, também não pode me abandonar. As coisas podem ser consertadas e superadas, amor. Prometi que não te deixaria fugir, e não vou deixar. — Estou estática, por isso não consigo me mexer quando ele solta minhas mãos e leva as dele até a barra do meu vestido. — Eu te amo, Juli. Posso ser um completo idiota e fazer um monte de merdas, mas nunca duvide do meu amor — declara, olhando em meus olhos, me deixando também sem palavras.

— O que está fazendo, Daniel? — questiono, quando ele termina de retirar meu vestido e beija meu pescoço.

— Vou te colocar na cama, é óbvio que não vai sair daqui às três horas. Se ainda quiser ficar longe de mim pela manhã, eu vou para a oficina e você fica aqui. Mesmo porque é o que eu faria, sei que não vou mais suportar ficar nesta casa, se você não estiver.

— Pare de ser dramático. — Seguro o riso.

— Estou falando sério. Agora, podemos pular essa parte chata e ir deitar? Eu estou na merda, então, por favor, não me mande embora antes do meio-dia — pede, e não seguro o riso dessa vez.

— Sua sorte é que estou sem meu celular e não tenho como usar o aplicativo Uber. — Rendo-me, porque esse ogro idiota não consegue, nem mesmo, me manter com raiva dele. Sim, Juliane Marques estava se tornando uma "frouxa" oficialmente, mas discutir com Daniel é completamente frustrante e sem graça, já que ele se mantém com uma calma e tom passivo ridículos. Se alguém ouviu meus gritos, provavelmente já acionou os bombeiros, para levar a louca que grita sozinha. Odeio o controle dele, e a forma como me faz ver meu descontrole.

— Cadê o seu celular?

— Fomos assaltados.

— O quê? Como você está, amor? Fizeram alguma coisa com você? Suas mãos passeiam, nervosamente, do meu rosto ao meu corpo.

— Eu estou bem, e o Ryan também está. Nem chegamos a sair. Estávamos prestes a pegar o táxi quando fomos abordados por dois caras em uma moto. Passamos essas horas na delegacia, pois levaram o passaporte dele.

— Droga, amor! Eu sinto muito, sou mesmo um idiota. Por que não me ligou? — O tom de Daniel sai repleto de desespero.

— Eu tentei.

— Perdoe-me, por favor, eu...

— Agora já passou, só preciso esquecer. Delegacia é um porre! O cara demorou mais de duas horas para registrar a ocorrência, mas, no fim, deu tudo certo.

— Como veio para casa?

— A dona do *hostel* solicitou um Uber pra mim. Os bandidos me mandaram abrir a bolsa e levaram só minha carteira e meu celular.

— Malditos! — vocifera, muito irritado. — Você já bloqueou o celular e os cartões? — Seu tom muda para preocupado.

— Sim, fiz isso ainda na delegacia. O delegado, diferentemente do investigador, que estava completamente mal-humorado, foi muito gentil e me emprestou o celular dele.

— Ah, quanta gentileza! Tenho certeza de que na delegacia deve existir um telefone comunitário, para esse tipo de coisa — comenta.

— Bom, ele foi muito educado, e o celular dele me foi de grande ajuda, é o que importa. Preciso de um banho. — Entro no banheiro, com ele me seguindo.

— Qual é o nome do delegado? — pergunta, irritado.

— Não sei — respondo, já ligando o chuveiro.

— Não sabe? Ele te emprestou o celular e não sabe o nome dele? — Ele está me interrogando?

— Infelizmente, não sei. Acho que me emprestou porque comentei que meu namorado era tenente do Bope, inclusive tentei te ligar do celular dele. Vamos começar outra briga por causa do delegado? Se sim, podemos deixar essa para mais tarde? — Seus braços envolvem meu corpo.

— Vamos começar outra coisa agora... — Reconheço a satisfação em seu tom, e sua boca investe em meu pescoço. — Então eu sou seu namorado?

— No momento, estou reavaliando isso — respondo, me fazendo de durona.

— Espero que esteja pensando em fazer um *upgrade* para esposo — diz, com aquele tom sedutor que amo, e eu reprimo o sorriso que quer sair a todo custo.

— Está começando a demonstrar desespero, tenente. — Viro-me de

MUDANÇA DE PLANOS

frente para ele. — Por que quer tanto se casar comigo?

— Porque eu te amo, e sou desesperado, sim, por cada pedaço de você. Por sua boca atrevida, pela mulher que é, porque já imagino uma menininha linda correndo pela casa e fazendo a mesma cara de birra que você faz... — Faço uma careta para ele. — Essa cara de birra a que me refiro. — Sorri, e eu retribuo o sorriso. — Porque eu não consigo mais me ver sem você em minha vida, Juli. Então, por que não ter o pacote completo?

— Tem certeza disso, Daniel? Nós somos dois teimosos...

— Dois teimosos que se amam. Nunca tive tanta certeza, nem mesmo quando entrei para a polícia. — Seus olhos são suplicantes.

— Ok. Da próxima vez que me fizer um pedido decente, acho que vou dizer sim. — Pisco.

— Você acha?

— Sim, mas vai depender de como será o pedido. Acho que deve se esforçar, tenente, porque será uma missão e tanto me convencer.

— Ah, meu amor, você terá o melhor pedido de casamento de que já ouviu falar — diz, com os olhos cheios de esperanças e promessas.

— Assim eu espero — respondo, e sua boca cobre a minha, e sei exatamente como terminaremos o resto da madrugada.

Quinze dias depois...

Confiro o receituário, mais uma vez, antes de entregar ao proprietário do Caju, e é mais um dia em que fico suspirando pelos cantos. Daniel vem sendo incrível, e esses últimos dias têm sido maravilhosos. Realmente sinto que, pela primeira vez em minha vida, tenho um lar. Confesso que o medo ainda é muito vivo, e que tenho receio de acordar desse sonho a qualquer momento, com ele me dizendo que não era bem o que queria, e o melhor para nós dois seria seguir por caminhos separados. Isso, com certeza, me destruiria de uma forma impensada...

— Aqui, tudo certinho. Só entregar na recepção, se quiser comprar os medicamentos aqui, é claro. Mas lhe recomendo começar o tratamento o mais rápido possível, ou a lesão só tende a piorar.

— Claro, doutora, fique tranquila que vou começar hoje mesmo a medicá-lo. — Sorrio em resposta.

— Então ele retorna em quinze dias, para avaliação. Já pode agendar também, na recepção.

— Obrigado, doutora.
— Disponha. Tchau, Caju, se comporte. — Acaricio o vira-lata, que abana o rabo, em resposta, e logo sai do consultório com o dono.

Então, meus pensamentos retornam ao dono do meu coração. Nunca achei que me referiria a um homem assim, mas é o que Daniel é: ele é o dono do meu coração, dos meus desejos e pensamentos.

Uma ansiedade indescritível vem me dominando a ponto de tirar meu sono. Espero pelo pedido de casamento como quem espera ser assombrada a qualquer segundo, e isso vem me consumindo todos os dias. Daniel não tocou mais nesse assunto desde que saímos daquele banheiro, então estou começando a acreditar que toda aquela conversa foi uma imaginação da minha cabeça. E seria ótimo, de verdade, se eu tivesse, mesmo, imaginado. Porque não precisamos mudar nada. Nós nos amamos e, enfim, começamos a nos entender. Está ótimo, não está? Não precisamos de um status ou usar o mesmo padrão de felicidade de todos. Temos o nosso, e é o que importa.

— Oi. — digo ao atender Ryan no celular.
— Oi, Caro, já estou com saudades de você e desse país maravilhoso.
— Chegou bem a Irlanda?
— Não tão bem quanto se você estivesse vindo comigo, mas vou te esperar na próxima vida.
— Bobo! E a Maila, estava todo apaixonado, achei até que fosse morar em Natal?
— As mulheres não sabem dividir, Caro, sou de todo mundo.
— Cara de pau! — acuso sorrindo...
— Juliane precisa me ajudar! — me assusto com o tom alterado atrás de mim.
— Preciso desligar, "Sr. de todo mundo", vê se não me esquece.
— Nunca, Caro. — responde e desligo em seguida.
— Juliane, precisa me ajudar!
— Que cara é essa, Heitor? Parece que viu um fantasma! — questiono o meu amigo, que acaba de entrar em meu consultório, como uma bala perdida.
— Foi justamente isso que vi: um fantasma que acaba de ressuscitar.
— Nunca o vi exasperado dessa forma.
— Respire, Heitor, você está me assustando. O que aconteceu? — pergunto, enquanto anda de um lado para o outro, passando as mãos pelo cabelo. — Pare, Heitor! — Coloco as mãos em seu ombro e o faço travar

MUDANÇA DE PLANOS

em seu lugar. — O que está havendo?

— A porra da minha ex namorada está na recepção. — Eu o encaro, sem entender.

— Nem sabia que estava namorando.

— Não estava. Desde que ela terminou comigo, o único interesse que tive foi pela Cissa...

— Bora superar, amigo. A Cissa está praticamente casada, e o Fernando a ama pra cacete...

— Eu sei, Jujuba, está maluca? Não sou nenhum destruidor de lares. O importante é que ele a faça feliz.

— Ele faz, pode ter certeza.

— A questão aqui não é a Cissa, e sim, a Milena, que está lá fora agora, e a porra do meu coração está a ponto de explodir, de tão acelerado. Eu odeio essa mulher, a odeio! O que ela está fazendo aqui?!

— Não sei te responder isso, mas posso ir até lá e tirar satisfações pra você...

— Não! — ele me interrompe, com desespero.

— E como vou te ajudar, cabeçudo?

— Não sei, não consigo pensar direito, estou perdido. É isso o que ela faz comigo. Minha vida está perfeita, e então ela aparece para foder com tudo. — Nunca o vi sem controle dessa forma.

— Tem quanto tempo que terminaram?

— Sete anos — responde.

— Sete anos, e você ainda está assim? Por que ela viria atrás de você, depois de sete anos? — questiono.

— Eu não sei, e é justamente por isso que vim pedir sua ajuda. Tenho 99% de certeza de que não veio atrás de mim, porque não nos vemos desde a merda que ela fez. Estamos em uma clínica veterinária, e ela está segurando um cachorro. Ela nem gostava de bichos, então, por que está com um cachorro, e justamente na clínica em que eu trabalho? — Meu amigo está transtornado. De uma coisa eu tenho certeza: essa mulher ainda mexe com ele, e muito.

— Me dê cinco minutos...

— O que vai fazer? — Segura meu braço.

— Descobrir o motivo da vinda dela até aqui...

— Juliane!

— Confie em mim. — Pisco, e ele assente.

Saio do consultório, e alguns segundos depois, avalio de soslaio a loira alta, com corpo esguio, cabelos na altura dos ombros, segurando uma mistura de chihuahua e pinscher, no colo.

— Oi, será que pode me ajudar? — Vem em minha direção, parecendo transtornada.

— Pois não. — Ajo naturalmente, mas é claro que meus olhos capturam tudo o que podem, em um registro panorâmico.

— Não foi minha culpa. Eu dei ré com o carro, e não vi de onde ele saiu. Escutei o grito e... — Seu tom sai angustiado e desesperado. — Ele está muito quieto agora, mas não para de tremer. Você é veterinária, não é? Pode ajudá-lo? Eu sinto muito, não o vi. — Lágrimas começam a encher seus olhos.

— Claro. O carro passou por cima dele?

— Eu não sei. Por favor, ajude-o. — Minhas mãos vão para o cachorro em seu colo, e logo vejo a barriga distendida ao extremo, sinalizando uma possível hemorragia.

— Parece que é bem sério. Venha comigo ao consultório. Se for o que estou pensando, terá que operar...

— Por favor, faça o que for preciso — pede, desesperada, e me segue.

— Juliane! — A voz do Heitor me lembra da minha missão original. Puta que o pariu! Esqueci completamente.

— Heitor... — A surpresa é visível no tom da mulher ao meu lado. A vida do cachorro está em risco, o que eu faria? Esqueci totalmente a minha veia de detetive.

— Temos uma emergência, Heitor. Ela atropelou o cachorro e acho...

— Você atropelou um cachorro? — vocifera para ela.

— Eu sinto muito, não o vi, Heitor. Não foi de propósito... — começa a se desculpar, com um tom miserável.

— Claro que não, você nunca fez nada de propósito. Eu sou maluco e cego...

— Ei! — grito, e os dois me encaram. — O foco agora é o cachorro. Como eu previa, vai precisar de cirurgia, e eu vou precisar do meu anestesista. Então, seja lá o que tenham para resolver e discutir, deixem para depois, ok? — Os dois assentem, como crianças arteiras.

— Você prefere aguardar na recepção, ou quer que entremos em contato quando terminar?

— Eu espero — responde, e Heitor não olha na direção dela, de jeito nenhum.

— Ok — respondo a ela. — Pode deixar que punciono a veia — digo, quando vejo as mãos trêmulas de Heitor. Ele sempre foi o mais tranquilo dos veterinários, e vê-lo assim me surpreende. — Tudo resolvido, ela não veio atrás de você — digo, quando Milena sai da sala.

— Você foi realmente muito discreta! — ele me acusa.

— Desculpe, eu foquei no cachorro. Mas, pelo menos, soube que ela não veio atrás de você.

— Seria contraditório se viesse. Que se dane! Já superei essa merda, não estou interessado em reviver nada, muito menos com ela.

— Vamos tentar salvar a vida dele. Depois, lhe serei toda ouvidos. — Ele assente.

Duas horas depois, finalizamos a cirurgia. Heitor permaneceu em silêncio o tempo todo, e estava na sala só em corpo mesmo, porque sua cabeça estava a anos-luz dali.

— Vou dar a notícia a ela — digo a ele, tirando o roupão cirúrgico.

— Eu vou. Pode deixar que resolvo isso, pois tenho trinta e um anos e preciso exorcizar esse fantasma, de uma vez por todas! — Quebra o silêncio de duas horas. Eu estava falando do cachorro, mas entendi o que ele quis dizer. Se tem coisas mal-resolvidas, espero que as resolva, então. Meu amigo tem o coração do tamanho deste mundo, e merece ser feliz. Parando para pensar agora, nos anos que o conheço, jamais o vi se envolver com alguém além de uma noite. Agora, sei o motivo. Achei que era perdidamente apaixonado pela Cissa, mas errei feio.

Bom, que se resolvam da melhor forma. O importante é que conseguimos salvar a vida do cachorrinho, e ele vai ficar bem.

— Vou indo nessa, então. Se precisar desabafar ou tomar uma cerveja, estarei em casa, é só bater lá.

— Pode deixar — diz, e segue pelo corredor que leva à recepção.

Hora de ir para casa. Por que, mesmo, o incentivei a me pedir em casamento novamente?

Claro, eu sou louca por ele, mas um anel e um papel não mudarão nada. A questão agora é: como explicarei isso a Daniel?

CAPÍTULO 28

Daniel

Encaro a foto de minha marrenta, em cima da minha mesa. Nunca estive tão feliz, e espero poder formalizar a nossa união em breve. Ela não me escaparia mais...

— Entre! — respondo à batida na porta.

— Posso entrar?

— E aí, cara, o que manda? Quanto tempo, parceiro?! — respondo ao meu amigo e ex-companheiro de trabalho, Gustavo.

— Muito tempo, mas você também sumiu. Como andam as coisas? Vim lhe trazer um B.O.

— Graças a Deus, tudo ótimo. O que manda? Sente aí. Quer beber alguma coisa?

— Estou de boa, só vim trazer o carro da minha mulher, para você fazer a sua mágica. Não foi nada grave, mas o moleque que bateu no carro dela tem 18 anos e não tinha seguro. Ficou desesperado! Como vi que foi pouca coisa, vim te trazer, porque não vale a pena acionar a franquia.

— O Willian resolve rápido. Mas, conte aí: como está o casamento, e os bacuris? — pergunto, curioso.

— Melhor coisa do mundo, parceiro, estou feliz pra caralho. Minha família é tudo para mim. Amo minha mulher, e meus filhos são minha maior alegria. Não existe nada melhor do que chegar em casa e ser recebido com festa, todos os dias. — Seus olhos brilham, e imagino se um dia terei a mesma sorte.

— Quem diria que o Capitão Torres seria fisgado em uma operação? — zombo.

— Apesar de o motivo da operação ter sido triste, foi a melhor operação da minha vida. — A felicidade é visível em sua expressão.

— Não pensa em ter mais filhos?

— Cara, por mim, eu teria uma dúzia, mas a Lívia disse que está satisfeita com dois. Ela tem as academias, ama dar aulas, e sei que vai ser complicado se tivermos mais. Ela já se desdobra para dar conta de tudo, meu anjo é incrível — comenta, orgulhoso.

— É, os "piranhos" sossegaram totalmente. Michel também está casado e com filho; até o Carlos teve gêmeas, e aquele ali me surpreendeu muito.

— Minha irmã é arretada, ele passou um dobrado com ela. Nem consegui ficar puto com ele por ter se engraçado com a Clara, porque ele já estava padecendo o suficiente, mas agora estão muito felizes. — Sorri. — E o Fernando, já casou?

— Ele também está feliz pra cacete. Mora com a Cecília, e eles têm um filho lindo, que, por sinal, é meu afilhado — conto, orgulhoso.

— É, pelo jeito só faltou você, hein? E aí, continua solteirão convicto? Casar é bom, cara. Claro, se for com o amor da sua vida.

— Para mim, falta pouco. Já encontrei a mulher da minha vida, e estamos morando juntos — digo, e, instantaneamente, Juliane preenche meus pensamentos.

— Está me zoando? — pergunta, com cara de espanto.

— Estou falando sério. Prepare-se, porque falta pouco para o convite de padrinho chegar. — Pisco.

— Porra, parceiro, será uma honra ser seu padrinho! Estou feliz pra caralho por você, de verdade — diz, eufórico.

— Eu estou muito feliz. A Juliane me completa em todos os sentidos, não me vejo mais sem ela.

— Bem-vindo ao clube.

— Esse era o último clube do qual pensei em fazer parte, mas, se eu pudesse escolher, a teria encontrado muito antes — comento.

— Parabéns, meu amigo. Vamos admitir que não somos nada sem as mulheres, pois são elas que mandam. — Pisca.

— É, já me convenci disso. Minha marrenta é dominadora, e já entendi que é ela quem está no comando. — Gustavo gargalha.

— Pelo menos, você é esperto — afirma, e sorrimos juntos. — E como estão as coisas no Bope? Resolveu continuar?

— Eu amo aquilo lá, Gustavo, é o que me move. Foi barra pesada o lance com meu pai, isso me derrubou, mas entendi que me enterrar junto com ele não o traria de volta. Sei que o que aconteceu com ele foi uma fatalidade, e daria qualquer coisa para mudar o que houve, mas não posso. Amo o Bope e a minha farda, e vou continuar lutando até que minhas forças se esgotem. Sentirei saudades do meu velho por todos os dias da minha vida, mas sei que o desejo dele era me ver bem e feliz, e eu jamais serei completo se não estiver na profissão que escolhi.

— Fico feliz por você, meu amigo. Eu confesso que sinto falta do Bope, mas nunca estive tão completo ou fui tão feliz, como sou hoje. Minha família foi minha melhor escolha.

— Eu amo meu trabalho, e não me imagino tendo que escolher entre ele e minha família — digo, apático. Sei que a maioria das brigas com meu pai eram justamente por meu afinco pela minha profissão.

— Você é um ótimo policial. No meu caso foi diferente, porque sempre soube que sairia um dia, e com a história da Lívia isso ficou mais forte. Sei que não teríamos paz se eu continuasse no Bope, mas foi uma época maravilhosa da minha vida, tenha certeza.

— A Juli...

— Amor! — Juliane entra na sala, me interrompendo e enchendo meu coração de alegria, apenas por vê-la. — Desculpe por entrar assim... — começa, envergonhada.

— Entre, amor. Esse é o Gustavo, um grande amigo. — Meu amigo já está de pé.

— Prazer, Gustavo, me desculpe atrapalhar.

— Não atrapalhou nada, é um prazer te conhecer. — Aperta a mão de Juliane e ela sorri.

— Estava indo para casa, mas aí passei por aqui e vi o cachorro amarrado ali na frente. De quem é?

— Oi? Que cachorro é esse?

— Bom, eu vou indo, então. Tenho que buscar a patroa, daqui a pouco ela me liga. Foi bom te ver, meu amigo — diz Gustavo. — Foi um prazer, Juliane — repete, e ficaria irritado se não soubesse que é apaixonado pela aspirante à capitã.

— Vamos nos falando — digo, e o abraço.

— Vamos, sim — confirma, e sai da sala, me deixando a sós com a Juli.

— De que cachorro está falando? — refaço a pergunta.

— Um pitbull que está amarrado no poste aqui do lado.

— Não vi nenhum cachorro, e não tenho ideia de quem seja. Mas adorei a surpresa... — A abraço.

— Será que alguém sabe de quem é o cachorro? — pergunta, preocupada.

— Daqui a pouco o dono aparece. Agora, acho que podemos aproveitar sua vinda até aqui... — Beijo seu pescoço e aperto sua bunda. Nem parece que a tive pela manhã, mas eu vivo desesperado por Juliane. Pareço um adolescente descontrolado.

— Não, amor, é sério, acho que abandonaram o bicho ali. Ele está amarrado por uma corda e parece muito assustado. — Se afasta, me dei-

MUDANÇA DE PLANOS 199

xando frustrado.

— E eu achando que passou aqui porque estava louca de saudades — lamento.

— Sempre estou com saudades de você, seu bobo, mas...

— O cachorro! Ok, vamos lá ver quem deixou o cachorro, e assim poderei, enfim, ter sua atenção.

— Amor, você é completamente dramático! — acusa-me, e a encaro.

— Vou te mostrar o drama daqui a pouco.

Eu a beijo, e puxo sua mão para que me siga.

— Igor, sabe de quem é o cachorro ali fora?

— Que cachorro? — pergunta, sem entender.

— Parece que deixaram um cachorro aí na frente. Não é de algum cliente?

— O último que saiu foi o seu amigo Gustavo — responde.

— Eu disse: largaram o bicho, com certeza — Juliane diz, cheia de certezas, e coço a cabeça, indo atrás dela, que já passa pela porta.

— Juli, não chegue perto... — Tarde demais, porque já está fazendo carinho no pitbull. — Amor, ele pode ser perigoso, melhor se afastar — digo, quando me aproximo.

— Um perigo danado! — diz, e o cachorro pula nela, fazendo festa. — Quem te deixou aqui? Eu sei, é um bobo ou boba por te abandonar, mas não fique com medo porque a tia vai te ajudar.

— Juliane, não sabemos se foi abandonado, você não pode pegar o cachorro dos outros. Com certeza, o dono deve ter ido ao mercado ou caixa eletrônico e já volta para buscá-lo.

— Aham, claro! Provavelmente o dono dele é um unicórnio — diz, irritada.

— Juli, não pode pegar o cachorro — alerto, firme, quando ela começa a desamarrar a corda do poste.

— Não vou deixá-lo aqui. Já viu o tempo? Já, já cai um temporal.

— Não podemos sequestrar o cachorro.

— Sério que está acreditando que alguém vai aparecer para buscá-lo? Ele foi largado aqui, Daniel!

— Não tem como ter certeza.

— Tenho cinco anos de formada, então, sim, eu tenho certeza. Ainda não entendo o que leva um ser humano a pegar um animal de estimação e depois abandoná-lo, mas, infelizmente, é o que mais acontece — diz, convicta.

— Ok, vamos supor que realmente tenha sido abandonado. Não temos como ficar com ele, então...

— Não está sugerindo que eu deva deixá-lo aqui, está? — pergunta, impetuosa, e me arrependo imediatamente do que disse.
— Não é nossa responsabilidade — digo, com tom ameno.
— Pode não ser a sua, mas eu sou veterinária e não vou deixá-lo aqui.
— Não podemos levá-lo para casa, é sério — digo, firme.
— Por que não?
— Porque não quero um cachorro! — respondo, firme.
— Mas eu o quero! — diz, convicta.
— Não pode pegar tudo que é cachorro e enfiar dentro de casa, só porque é veterinária — alerto, esperando colocar um pouco de bom senso em sua cabeça.
— Não estou pegando tudo que é cachorro, estou pegando este...
— Oi, desculpe, mas posso saber por que está com o meu cachorro? — Um homem, que aparenta ter por volta dos 50 anos, a interrompe.
— Ele é seu? — Juliane pergunta, sem graça.
— Sim, desde os dois meses de vida — o homem responde, um tanto irritado.
— Por que o abandonou em um poste, e amarrado a uma corda? — exige, irritada, como se tivesse algum direito.
— Não o abandonei, estava só na minha sessão de acupuntura, na sala de cima. Todo mundo o conhece aqui, e a corda é porque esse sem-vergonha come todas as guias — esclarece, enquanto o cachorro faz festa para ele.
— Peço que nos desculpe, mas ela é veterinária e ficou preocupada com a ameaça de chuva. — Me posiciono ao lado de Juliane.
— Tudo bem, sem problemas, só fiquei assustado quando os vi com ele. Esse cachorro é como um filho pra mim. Agora, me deixem correr, antes que esse temporal caia. Obrigado pela preocupação. — Juliane assente, e logo o homem está fazendo seu caminho, com seu cachorro.
— Não diga uma palavra! — ela me alerta, séria, enquanto seguro o riso.
— Não ia — rebato, tentando me manter sério, mas falho, e não consigo mais segurar o riso.
— Nossa, o que foi tão engraçado? — exige.
— Nada — minto.
— Ah, desisto! Estou indo! — Ela se vira, com tudo.
— Amor, me espere! — grito, mas ela apenas levanta a mão, me dando tchau, e continua seu caminho, enquanto eu não consigo parar de rir.
— Está tudo certo aí para fechar? — pergunto a Igor, quando volto

MUDANÇA DE PLANOS 201

para dentro.

— Está, sim, só estou terminando de fechar o caixa. Qual foi a piada?

— Nada, não. Se conseguir entender as mulheres um dia, você me avisa?

— Ih, parceiro, desista. Tenho quatro irmãs, já tive várias namoradas, e isso só me serviu para me deixar muito mais confuso. Brigou com a patroa?

— Acho que não, mas só terei certeza quando chegar em casa.

— Daniel, não provoque uma mulher que dorme todo dia com você. Cuidado com a água quente no ouvido. — Pisca.

— No meu caso, há um risco muito maior: ela sabe castrar — digo, ainda em tom de brincadeira.

— Na boa, o que ainda está fazendo aqui? — pergunta, preocupado, e gargalho.

— Vou só desligar tudo lá dentro e já estou indo. — Ele assente.

Minutos depois, entro em casa. Já passa das 19 horas, e meu dia começou às sete. Estou exausto, já que cheguei do batalhão às duas horas da madrugada e passei o dia na oficina, resolvendo algumas pendências. Não quero me desfazer do negócio que meu pai lutou a vida inteira para construir. Enquanto eu tiver forças, vou manter a oficina de pé.

Abro a porta, e um cheiro delicioso invade meus sentidos. Tiro o tênis na porta, para evitar irritar mais a fera. Desde que Juliane veio morar aqui, tenho que seguir algumas regras. Ela é alucinada por limpeza, mas isso não tem sido um problema entre nós. Pelo menos, não ainda.

Assim que visualizo Juliane na cozinha, fico bons segundos admirando-a e memorizando cada gesto ou movimento. Ela está linda, apenas com uma toalha de banho em volta de seu corpo, descalça, e com os cabelos presos em um coque, enquanto faz algo no fogão.

— Vai ficar parado aí, me olhando, por quanto tempo? — pergunta, ainda de costas, e me aproximo.

— Já disse que é pelada, amor — implico, puxando um pouco a sua toalha e beijando seu pescoço convidativo.

— Que mané pelada, Daniel! — Bate na minha mão. — Estou grelhando o bife. Vá tomar banho logo! — exige, mandona.

— O cheiro está delicioso. — Passo os lábios por sua clavícula, e não me refiro à refeição.

— Dan... — ofega quando minhas mãos visitam a pele por baixo da toalha.

— Oi — respondo, e colo mais o seu quadril ao meu, deixando claro o quanto ela me deixa louco.

— Não faça isso... — sussurra.

— O quê? — pergunto, enquanto o tesão me domina. Nunca tive expectativa de chegar em casa e ter uma mulher linda me esperando, o que só atesta o quanto eu era idiota. Porque não há melhor sensação neste mundo do que entrar em casa, depois de um dia exaustivo, e ver a mulher da sua vida e dona do seu coração. Sei que virei um dominado, mas não estou nem aí para o novo título.

— Preciso terminar o nosso jantar... — responde, depois de alguns segundos.

— Não é o que precisa agora. — Desligo o fogo, ataco sua boca e a suspendo em meus braços. — Sou completamente louco por você, marrenta, e não há nada mais incrível do que passar por aquela porta e te ver... — Aperto sua bunda e sugo seus lábios. — Na verdade, se você estivesse nua, seria muito mais incrível, mas vou me conformar, por enquanto.

— Para quem não passava a noite com uma mulher, depois de transar... — provoca.

— Para quem desencantava após a terceira transa... — rebato, com sua confissão feita há alguns dias.

— Você se acha, ogro! Por que fui te dar argumentos? — Revira os olhos.

— Eu sou seu — respondo, em um sussurro próximo ao seu lóbulo, e sinto quando seu corpo estremece.

— E eu sou sua. É só o que importa, não é? — Seu tom sai um tanto incerto, mas não sei o porquê.

— Com certeza é o mais importante — digo, porque era a verdade. Sua boca avança sobre a minha, e comprovo que estamos nesta vida apenas para concordar com as mulheres. Enquanto fizermos isso, estaremos felizes...

Juli me ajuda com a blusa, sedenta, e não demora muito para que eu esteja dentro dela, o meu lugar favorito em todo o mundo.

Um mês depois...

Beijo Juliane, como eu fazia todas as manhãs, antes de sair de casa. Hoje, ela trabalha na Zona Sul, e só na parte da tarde, então terá mais tempo para descansar. Nossa noite, quando um de nós não estava de plantão, não terminava antes das duas horas, e ontem foi uma dessas noites. Não me lembro se um dia já fui mais feliz do que sou agora.

Incrivelmente, estamos nos entendendo e vivendo uma trégua e tanto.

MUDANÇA DE PLANOS

Parece que, enfim, achamos um caminho para nós. Juliane me surpreende todos os dias, e a cada conversa e amenidade do dia a dia, me faz sentir mais próximo e íntimo dela. Isto solidifica minha certeza com relação ao nosso futuro, mas ainda não consegui pensar no pedido de casamento perfeito. Começo a acreditar que não existe um tão perfeito assim, como eu prometi, e isso está me perturbando, mas sei que ainda não é o momento. Na próxima semana, iremos a um almoço formal com o pai dela. Juli vem conversando muito com o irmão nos últimos dias, e ele insistiu para que ela fosse, então ela resolveu dar outra chance. Só espero que essa mágoa pelo pai se dissolva.

Calço meu par de tênis e sei que chegarei a tempo na oficina, mesmo faltando apenas dez minutos para abri-la, pois agora minhas chaves ficam exatamente no mesmo ponto e posição, todos os dias, assim como a casa, que nunca ficou tão impecável e organizada. Mas, desde que eu siga as normas impostas por Juliane, isso não nos trará nenhum problema. Agradeço à Polícia por me ensinar a disciplina, assim minha mulher continua feliz. E mulher feliz significa homem muito mais feliz. Abro a porta, rindo de mim mesmo. Virei um retardado!

— Oi, amor — digo, assim que Juliane atende o celular.
— Oi — responde, e pelo eco, sei que ainda está dirigindo.
— Já passou pelo Maracanã? — pergunto, preocupado por conta dos altos índices de assalto nas redondezas.
— Já, sim, já estou em Botafogo. Está um pouquinho congestionado, mas está andando.
— Fique atenta. As portas estão travadas? Não pare no canto e nem nas primeiras fileiras — eu a lembro novamente de uma das normas de segurança, e ela sorri.
— Sim, senhor, tudo em ordem — responde.
— É sério. Por favor, esteja atenta, e não fique no celular.
— Você que me ligou, cabeçudo! — lembra, me desarmando, e agora sou eu que sorrio.
— Eu sei, mas vou ter que desligar o celular agora, porque já estamos chegando ao local da incursão. Assim que chegar ao trabalho, me avise por mensagem. Eu te ligo assim que puder.
— Fique tranquilo, tenente, já que quem vai enfrentar bandido é você,

e não eu. E vê se volta inteiro pra mim.

— Sempre, meu amor. Fique tranquila, porque não vai se livrar de mim tão cedo.

— Assim espero, se cuide. Bom trabalho, te amo. — Toda vez que a ouço dizer isso, é como se meu mundo parasse. Eu me sinto sortudo demais.

— Também te amo — respondo, e desligo o celular. — Não quero nenhuma palavra. Vocês não ouviram nada! — alerto a guarnição, antes que a chacota comece.

— Perdi as esperanças de permanecer solteiro — comenta o Cabo Briglia, e todos gargalham, inclusive o Tenente Novaes.

— Não entendi a piada, cabo — comento, irritado.

— Isso é um vírus maldito. Se atingiu você, eu já estou contaminado, só não descobri ainda. Então, vou viver minha vida louca, enquanto isso não se manifesta em mim.

— Peça a Deus para estar mesmo contaminado, meu amigo. — Carlos bate no ombro de Briglia, assim que descemos da viatura. — Eu queria ter conhecido minha loirinha antes — comenta, saudoso, e Douglas faz uma careta.

— Vou ficar bem longe de vocês. Eu, hein! — Douglas diz, convicto.

— Só quero deixar claro que não quero nada com você, Briglia, fique tranquilo. Você é feio pra caralho! — sacaneio, e todos riem. — Bora focar na operação e pegar esses desgraçados — digo, após alguns minutos rindo da cara de Briglia.

CAPÍTULO 29

Daniel

Horas depois, ainda estamos na comunidade, no encalço de um dos distribuidores de armas. A informação que recebemos é que ele vem negociando e guardando o arsenal em sua casa, então subimos a rua, na espreita de qualquer possível suspeito que pudesse nos fornecer o endereço exato do traficante.

— Parados. Polícia! — Aponto para o grupo, que tenta dispersar, mas é cercado. — Não tentem puxar a arma, se encostem à parede, coloquem as mãos na cabeça, não se mexam — exijo aos quatro elementos, e quando vejo que estamos no controle, me aproximo. — Vire para mim, com as mãos ainda na cabeça — digo ao primeiro da fila. — O que está fazendo aqui?

— Nada, não, senhor — responde.

— Nada? O que é fazer nada? E por que tentou correr, quando viu minha guarnição?

— Não corri, não, senhor — mente.

— Está vindo ou indo para aonde?

— Estou só andando.

— Sem destino? — Ele assente. — Está portando arma de fogo ou com posse de drogas? — pergunto, analisando sua expressão o tempo todo.

— Eu estou sendo ameaçado, senhor, é para minha segurança. — Faço um gesto para Briglia, que o revista, achando uma pistola e uma semiautomática.

— Sua segurança está mesmo complicada. Precisa de duas armas? Quantos anos você tem?

— Vinte e um — responde.

— Já foi preso?

— Três vezes, senhor. Uma pelo artigo 157, e duas pelo artigo 33[1].

— E continua no mesmo erro. Três vezes não foram suficientes para aprender? A última que puxou foi quando?

— Tem dois meses que saí em condicional, senhor. — Nego com a cabeça, pois esse cenário é lamentável. A maioria não muda: saem da cadeia num segundo, e no outro estão de volta ao crime.

— É, rapaz, sabe que vai voltar agora? Quem sabe, dessa vez, você

---

1   O artigo 157 é referente a roubo e o artigo 33 é referente a tráfico de drogas.

aprende a lição? — Pelo jeito que me encara, mudança não é uma opção. — Algeme ele aí, e chame a equipe para levar mais esses.

— E você, também está armado para sua segurança? — pergunto, com zombaria, ao próximo da fila, já que também porta uma semiautomática e tem uma mochila recheada de entorpecentes.

— Tenho família, senhor, e preciso colocar comida na mesa — argumenta, e ergo as sobrancelhas, em resposta à sua cara de pau.

— Você sabe que existem outros trabalhos que não sejam o de traficante, não é? — Não elevo meu tom, mas sua audácia me irrita em um nível descomunal. — Tráfico é crime, e não, trabalho. Não preciso te dizer que vai passar um tempinho refletindo sobre isso na cadeia, preciso? — digo, e ele baixa a cabeça. — E os outros dois aí? — pergunto a Carlos.

— Todos armados. Faziam a contenção do tráfico, tenente. Agora, a pistola desse aqui tem uma surpresinha. — Carlos me mostra a arma e sua customização no cabo. Nele, está escrita a sigla do nome que buscamos. Achamos a nossa chave.

— Leve os três para a viatura. Esse aqui ainda vai bater um papo com a gente — digo ao Sargento Muniz. — Agora, vamos lá: onde está o Fabinho? — eu me dirijo ao meliante à minha frente.

— Não conheço, senhor.

— Você porta uma arma com a sigla dele. Como não o conhece? Você está encrencado, é melhor colaborar — alerto.

— Não conheço ele, não, senhor. Peguei com um parceiro.

— E que parceiro é esse?

— Não sei o nome dele.

— Onde ele mora?

— Não sei, 'nóis' se encontra de vez em quando por aí.

— Minha paciência está acabando. Vamos fazer o seguinte: ou você me dá o endereço do cara, ou vou colocar a dívida dele na sua conta, já que encontramos a arma com você, e eu tenho que levar um culpado pelo tráfico de armas. Este, então, será você — alerto o elemento à minha frente.

— Tenente, pode levar. Assine o contrabando e tráfico de armas e drogas no nome dele — digo a Carlos, fingindo não me importar.

— Eu dou o endereço dele, senhor — diz, rapidamente, e controlo o riso.

— Não, você vai nos levar até lá.

— Tudo bem, é na rua de cima. Eu só comprei a arma dele, não tenho nada a ver com contrabando, eu juro. — Tão inocente!

MUDANÇA DE PLANOS

— Tudo bem. Então, nos leve até lá, e vamos comprovar isso. Se não tiver envolvimento, vai responder apenas pelo porte ilegal, mas preso você já está — alerto.

— Pode me soltar, eu vou levá-los.

— Eu serei a sua sombra. Se tentar correr, só vou parar de te perseguir quando eu estiver deitado na cama, com minha mulher. Então, é melhor não tentar a sorte.

— Perdi, senhor, não vou correr — diz, mas não sou idiota a esse ponto, para confiar em bandido. Minha mão segura as suas, presas pelas algemas.

— Tem certeza de que o cara mora ali? — pergunto, quando ele aponta a casa, a certa distância.

— Foi ele quem me vendeu, senhor.

— Muito bem, vou conferir. Cerquem o perímetro — alerto à equipe, que rapidamente deixa a casa e possíveis rotas de fuga bloqueadas.

Deixo o elemento aos cuidados de dois dos meus soldados e me posiciono rapidamente de um lado da porta, enquanto Briglia se coloca do outro. Ele é um dos mais rápidos em ação, ninguém escapa dele, e Carlos está na nossa contenção.

— Polícia! — grito, depois de abrir a porta com um chute. — Na parede, perdeu! Levante devagar! — exijo ao idiota que estava sentado tranquilamente no sofá, e que agora está em pânico.

— O que é isso?! — grita uma mulher, ao sair de uma das portas.

— Na parede! — Exijo, enquanto aponto o fuzil em sua direção.

— Que merda está acontecendo? Entraram na casa errada! — a mulher diz, exaltada, e Briglia já está na sua contenção.

— Senhor Fabinho, boa noite, tudo bem com o senhor? — Ele permanece estático, e não diz nada. — Fiquei sabendo que o senhor é um grande fornecedor de armas...

— Como é que é, Fabinho? Que merda é essa? — a mulher grita a pergunta, me interrompendo, e parece transtornada.

— O senhor vai nos dizer onde está, e nos poupar o trabalho? — Ignoro.

— Não tem arma nenhuma aqui, estão enganados! — mais uma vez, ela responde por ele.

— Senhora, por favor, tente se controlar. A casa caiu — alerto.

— Não tem nada para cair aqui. Não podem invadir a casa das pessoas, assim!

— Briglia, por favor, já viu que ela não vai colaborar. Então, reviste-a e a algeme. — Ele assente à minha ordem e começa seu trabalho.

— Tire as mãos de mim! Estou na minha casa, e não sou bandida! — vocifera para Briglia.

— Ela não tem nada com isso, senhor. Minha irmã não sabe de nada...

— Do que eu não sei, Fabinho? — exige, e ele baixa a cabeça, parecendo envergonhado.

— Ela está limpa. Por favor, deixa minha irmã for disso... Ela é a pessoa mais correta que eu conheço...

— O que você fez, seu filho da puta? — Ela avança para cima dele, mas Briglia a segura no meio do caminho, antes que possa alcançar seu alvo. — Solte-me! — Ela se debate, e lágrimas brotam em seus olhos.

— Calma — Douglas pede, com um tom que jamais usaria em uma operação.

— Vá pedir calma pra sua mãe! — responde a Douglas, ainda se debatendo em seus braços.

— Senhora, se continuar com essa atitude, terei de algemá-la. Controle-se, só estamos fazendo nosso trabalho — alerto, em um tom ríspido, já que estranhamente Douglas não se impõe. Então, ela parece entender que falo sério.

— Do que ele é acusado? — pergunta, muito assustada, e mais contida.

— Tráfico de armas — respondo.

— O quê? — Ela paralisa, e então volto a encarar o acusado.

— Vai nos dizer onde guarda as armas? Perdeu, rapaz, já está bem encrencado. A casa caiu. — Ele começa a chorar.

— Eu digo, mas minha irmã não sabe de nada. Por favor, não faça nada com ela — implora.

— Vamos ver como será isso. Ela está dentro de casa com você, então fica difícil acreditar que...

— Eu não acredito que você se enfiou em uma merda assim, e, ainda por cima, enfiou essas merdas dentro da casa que a mamãe lutou a vida inteira para construir. Não tem um ano que ela morreu, seu desgraçado! Como pôde fazer algo assim, depois de a mamãe ter nos criado com tanto sacrifício? Eu tenho vergonha de ser sua irmã. Fique sabendo que não vou te visitar na cadeia, não espere por isso. Não vou me prestar a um papel ridículo como esse, porque escolhi ser honrada e digna justamente para não me sujeitar a isso. Agora, seja homem e honre a merda que fez! — ela vocifera, e sei que se Briglia a soltar, ela virá com tudo para cima dele.

MUDANÇA DE PLANOS

— Me perdoa, Lara — implora, e ela apenas nega com a cabeça, enquanto seu rosto é lavado por lágrimas. Não há dúvidas de que não está envolvida; se está, mente muito bem. — As armas que sobraram estão no meu quarto, senhor. Minha irmã é inocente, tudo aqui dentro é meu.

— Deveria ter pensado antes de esconder essas coisas aqui dentro. Não há como saber se realmente é inocente, vou ter que levá-la também. — Ele aponta a direção, e logo Carlos e Bento tiram o arsenal do buraco atrás de seu guarda-roupas.

— Ela trabalha e estuda, não fez nada, eu juro! Por favor, podem me levar preso, mas deixem as armas. Virão atrás de mim e podem fazer uma besteira com minha irmã, se levarem esse prejuízo.

— Isso aí é um problema exclusivamente seu. Deveria ter pensado antes de se envolver com esse tipo de gente. Toda ação tem uma consequência. — Eu o algemo, enquanto as armas são levadas para a viatura.

— Tenente? — Briglia me chama, enquanto a mulher em sua posse apenas chora, inconsolável.

— Pois não, cabo — respondo. Olho para Carlos e ele toma o lugar de Douglas, enquanto ele se afasta e vem em minha direção.

— Lara? — o acusado chama a irmã enquanto é puxado para fora, por um de meus homens, mas ela apenas meneia a cabeça, em negativa, e continua chorando.

— Tenente, não podemos deixá-la aqui. O acusado está certo, ela vai pagar o pato. Tem dinheiro pra caralho, em armas aí, e os donos não vão deixar barato. — Sei que ele está certo, mas não tenho ideia de como ajudá-la. Será que realmente fala a verdade quando diz que não sabe do envolvimento do irmão? Ao que parece, sim, mas nunca se pode ter certeza. Já vi de tudo nesses anos como policial.

— Não tenho o que fazer, cabo, isso não é da nossa alçada — constato, me sentindo impotente também, mas é a verdade. Eu sabia que ele estava certo.

— Não podemos deixá-la, Daniel. Ela vai morrer! — diz, em um sussurro, sem a formalidade indicada para o momento.

— Lara? — dirijo-me à mulher, em total desespero.

— Eu juro que não tenho nada a ver com isso, pois jamais concordaria com algo assim. Saio de casa às cinco horas da manhã e só entro quase meia-noite, por conta da faculdade. Estou no terceiro período de Direito, e pago minhas contas com muito sacrifício. Não seria capaz de algo assim, porque minha mãe não nos criou para isso. Ele sempre foi um menino bom, não sei como foi se envolver nisso. Nunca desconfiei, acredite em mim. Sei que não me conhece... — um soluço a interrompe.

— Você tem para onde ir? Não acho que deva ficar aqui, porque esses caras perderam muito e vão cobrar. Infelizmente, não podemos usar isso como parâmetro para colocar uma viatura aqui, para fazer uma escolha pra você, mas sabemos como funciona, e eles virão. Seu irmão é maior de idade, e tudo foi achado no quarto dele. O seu está limpo, assim como o resto da casa.

— Eu não sabia — repete.

— Queremos acreditar que você é inocente, como diz, por isso te aconselho a ir para outro lugar, por um bom tempo.

— Não tenho nenhuma família aqui no Rio, e nem para onde ir.

— Você pode pegar as coisas mais importantes pra você, no momento, e nos acompanhar até a delegacia. Lá, depois de se acalmar um pouco, pode ver a melhor solução. Mas ficar aqui é muito perigoso. Assim que deixarmos o local, você correrá riscos. — Um vinco se forma entre minhas sobrancelhas, enquanto encaro a intromissão do Cabo Briglia.

— Meu Deus! — Ela chora mais.

— Lara, nós temos que ir. Posso te dar cinco minutos, se resolver acatar o conselho do Cabo Briglia, mas não mais do que isso. — Meus olhos o fulminam, e ele me encara, sem graça. Sabe que quebrou o protocolo e que isso o deixaria encrencado. Entendo sua preocupação, mas esse não é o dever dele aqui. Era seu primeiro vacilo nesse sentido, mas não posso deixar passar batido. Sou eu o responsável pela operação, e por tudo que acontecer nela, serei o primeiro a responder.

— Que porra você pensa que está fazendo? — questiono Douglas, com o tom bem irritado, assim que somos liberados da delegacia.

— Não podia deixá-la lá. Sabe muito bem o que aconteceria. — Seus olhos estão presos à mulher que está com duas malas aos seus pés e o celular ao ouvido, e ele parece um falcão à espreita da presa.

— Sei muito bem o que vai acontecer, se continuar pensando com a porra do pau! Vai jogar fora a porra da sua carreira na polícia, porque ela é problema, caralho! Irmã de traficante! Está louco? — alerto, furioso por sua burrice.

— Ela não pode responder pelos erros do irmão, e você sabe, tanto quanto eu, que a Lara é inocente — diz, convicto, e entendo que ele está muito mais fodido do que imaginei.

MUDANÇA DE PLANOS 211

— Você vai foder sua vida, Douglas!

— O que eu faço fora do batalhão não é da sua conta e nem da conta de ninguém, tenente. — Seu tom sai ríspido.

— Estou aqui falando como um amigo, Douglas. Não entre nessa.

— Não é o que está pensando, Daniel. Só fiquei com pena da menina, e nem sei se já tem para onde ir.

— Só falta, agora, você levar a mulher para o seu apartamento — acabo verbalizando meu pensamento, e a forma como Douglas me olha, me preocupa. Ele não pode ter considerado isso. Está, mesmo, louco!

— Não é porque ela é mulher que não posso ter empatia. Você percebeu o desespero dela? — reage, irritado.

— A empatia do pau é a pior que tem. Tome cuidado, ela é...

— Ela não é nada. Não a julgue, Daniel. Já tive muita empatia pela sua mulher, já a livrei de muita merda, e nem por isso...

— Ei, ei, ei! Tire a minha mulher da conversa, ou então jogue logo a merda no ventilador. O que você teve com a Juliane, que eu não estou sabendo? — exijo, transtornado, pois não vou admitir tal desrespeito. A Juliane me disse que nunca teve nada com ele, então, que indireta é essa aqui?

— Não é o que está pensando. Nós fomos criados juntos, Daniel, e posso te dizer que a Juliane foi a criança que mais fez merda nesta vida, e eu já a livrei de muitas. Então, empatia entre homem e mulher nem sempre significa sexo, porque eu a amava como uma irmã e sofri muito quando nos afastamos. Aquela mulher ali está precisando apenas de apoio agora, e não de sexo. Tenho certeza de que isto é a última coisa que se passa na cabeça dela, neste momento.

— Juliane tinha 10 anos quando vocês se afastaram. Não tinha como ter feito tanta merda assim — afirmo.

— Ah, tinha, e pode apostar que não foram poucas. — Gargalha, e sei que não está mentindo, porque Juliane jamais teria sido uma criança tranquila.

— Tudo bem, Douglas, só tome cuidado. Não tenho nada a ver com sua vida, mas é meu amigo e não quero te ver em uma enrascada.

— Fique tranquilo. Não vou me enfiar em uma, só fiquei compadecido com a situação.

— Se precisar de qualquer coisa, me procure. — alerto, solidário, e ele assente.

São quase 23 horas quando abro o portão de casa. Estou exausto, mas também com muitas saudades da mulher que faz meu mundo girar como ninguém...

— Porra! — É a única coisa que consigo pronunciar, quando me deparo com a cena diante de mim, já que o baque me faz paralisar por inteiro.

— O que foi, tenente? Viu algum fantasma? — pergunta, com o tom sexy pra caralho, enquanto roda um par das minhas algemas nos dedos.

Permaneço sem respostas, visualizando cada pedaço dela. Está sentada no sofá, e estaria completamente nua se não fosse pelos sapatos de saltos altíssimos em seus pés, que se apoiam, cruzados, no pufe à sua frente.

— Quer me matar? — pergunto, ainda tentando me recuperar da bela visão. Velas estão espalhadas pela sala, e são elas as responsáveis pela iluminação.

— Achei que ficar pelada era uma das regras — responde. Ela é completamente imprevisível, e isto me alucina.

— É a única regra, na verdade. — Eu me aproximo, e meus olhos não conseguem se desviar dela nem por um segundo sequer.

— Com fome?

— Muita! — respondo, ofegante, e um segundo depois a puxo para o meu colo. — Você me deixa completamente louco, amor — confesso, quase sem fôlego, enquanto minhas mãos e boca passeiam por seu corpo.

— E isso é bom? — sussurra de volta, puxando um pouco o cabelo em minha nuca.

— Maravilhoso! Foi a melhor recepção que já tive — declaro, sedento, no limite do meu desejo.

— Então, pare de falar e aproveite sua sorte. — Sua boca reverencia a minha, e em instantes estamos completamente entregues à luxúria e ao desejo desenfreado que nos dominam. Amo essa mulher com cada célula do meu corpo e sei que jamais me cansaria disso.

— Dan? — Juliane diz, assim que nossa respiração se normaliza um pouco. A última hora foi intensa pra caralho.

— Hum — respondo, um pouco sonolento, enquanto ela acaricia meu peito, ainda no sofá.

— Posso te fazer uma pergunta?

— Claro que pode, amor — respondo.

— Qual é o significado dessa tatuagem? Se isso for te chatear de alguma forma, não precisa responder. — Respiro fundo. Essa pergunta chegaria em algum momento, e não quero ter nenhuma barreira ou segredo entre nós.

MUDANÇA DE PLANOS

— Fiquei quase quatro anos afastado da polícia... — travo, buscando o melhor caminho. — Quando nos conhecemos, estava no pior momento da minha vida, mesmo tentando transparecer outra coisa. Levei todo esse tempo para entender que a vida nem sempre é como imaginamos e que coisas ruins, às vezes, não conseguem ser evitadas. — Sua atenção está toda em mim, e meus dedos removem uma mecha da frente de seu rosto lindo. — Houve um momento, durante esses meses, em que pensei que minha vida havia terminado, que nunca mais encontraria um motivo para continuar vivendo. Meu pai morreu por minha culpa...

— Oi? O que quer dizer com sua culpa? — pergunta, com tom consternado.

— Sempre sonhei em ser policial, era fascinado, não conseguia pensar em outra coisa. Isso não era um problema para o meu pai e ele até incentivava, me dando aqueles kits de detetive. Eu me achava o máximo, aos oito anos, quando colocava meu distintivo no pescoço e a arma de brinquedo na cintura. Mas quando eu tinha 16, e com meu objetivo muito mais forte, meu tio, que era um modelo de tudo o que eu admirava e idealizava, foi morto em uma tentativa de assalto na oficina, e na frente do meu pai. Daquele dia em diante, de acordo com o meu pai, eu poderia ser tudo, menos policial. Mas eu não consegui desistir e anular os sonhos de uma vida, por uma fatalidade. Então, eu, que sempre fui um bom filho, enfrentei o meu velho e me tornei o reflexo de sua dor. Meu tio era seu único irmão, e meu pai, por mais que tentasse me entender, depois de alguns anos, jamais aceitou minha escolha.

"Minha mãe faleceu de câncer quando eu ainda era muito moleque, então ficamos apenas eu e meu pai por muitos anos, e era inevitável que seu foco fosse todo em mim. Bastava eu esquecer de dar um telefonema e pronto, enfrentava um sermão de horas. Meu velho era tudo para mim, mas confesso que todo esse zelo excessivo, às vezes, me dava nos nervos..."

— Ele tinha seus motivos. Era compreensível.

— Eu sei, amor, e também sabia na época, mas era meio foda ele achar que eu, mesmo fazendo parte de uma das polícias mais bem treinadas do mundo, ainda assim não sabia me virar.

— E o que aconteceu com ele tem a ver com o seu afastamento do Bope? — Assinto.

— A tatuagem é em homenagem a ele e às duas outras vítimas que morreram por minha causa. — Mesmo com a luz fraca, vejo o choque em seu rosto.

— Naquela tarde, eu hesitei, e apenas um segundo me custou a vida de três inocentes. Eu não as vi, então o maldito que eu deveria ter abatido, por não acatar a ordem de rendição, atirou na minha equipe, que o cercou pela frente... — Engulo em seco, pois lembrar ainda doía. — Mãe e filha não resistiram aos ferimentos provocados pelo fuzil do infeliz. Meu desespero, ao vê-las caindo, me levou a ir em sua direção, esquecendo que estava em pleno confronto... Levei três tiros. — O medo está estampado em seus olhos. — Acordei no hospital, com a informação de que meu pai havia infartado ao receber a notícia. Seu medo havia se tornado realidade, e ele não resistiu.

— Eu sinto muito, meu amor. — Seu tom sai embargado.

— Não consegui voltar ao trabalho. Foram quase dois anos de terapia, mas nada me distraía ou aliviava a dor. Até que uma marrenta me encontrou, em um dos meus piores dias, e discutiu comigo por conta das cervejas que eu usaria como anestésico naquela noite. E por incrível e mais louco que pareça, naquela noite ela conseguiu ocupar parte dos meus pensamentos. Tudo bem que foi a parte mais depravada, mas entrou em minha cabeça como nenhuma outra havia entrado, até aquele momento.

— Que mulher horrível brigaria com um cara que estava fodido psicologicamente, por conta de cervejas? — Tenta descontrair, mas um soluço a entrega.

— A mesma que me ajudou a superar e fez o que a psicóloga não conseguiu: me fez ver que eu ainda poderia ser feliz, me fez ver que mesmo quando tragédias nos alcançam, ainda assim um novo dia sempre vai existir, e que apenas temos que achar um novo caminho. Nunca vou esquecer o que aconteceu, Juli, mas reviver a dor, todos os dias, não vai mudar o que houve. Amo ser policial, amo você, e para mim, já é o suficiente para continuar lutando. — Suas lágrimas molham meu peito. — Está tudo bem, amor — digo, e limpo um pouco das suas lágrimas.

— Promete pra mim que jamais hesitará de novo? Não suportaria te perder, Dan. Promete que sabe, mesmo, o que está fazendo, e que não vai deixar ninguém te machucar, nunca mais? — implora.

— Não vou te deixar, marrenta, não se for uma escolha minha. Não vai se livrar de mim, te garanto. Sei que ainda temos muito para aprender um do outro, Juli, mas te prometo que nada faz mais sentido do que um futuro ao seu lado.

— Eu te amo, Dan, e mesmo que isso contrarie todas as minhas ideologias, é o que mais quero também. — Sorrio, com uma felicidade absurda.

— Eu sabia que te dobraria, marrenta — digo, convencido e orgulhoso por ter conquistado seu coração.

— Vou te deixar acreditar nisso, só hoje — sussurra, me beija, e a última coisa que quero agora é debater com ela.

MUDANÇA DE PLANOS 215

CAPÍTULO 30

JULIANE

Uma semana depois...

O táxi encosta em frente a uma mansão. Mesmo sabendo que o bairro era um dos mais nobres de São Paulo, me surpreendo com a imponência à minha frente.

— É só um almoço, vai dar tudo certo. E se não se sentir bem, nós vamos embora. — Daniel me dá um beijo rápido nos lábios, e não demora muito para a porta se abrir e meu irmão recém-adquirido aparecer.

— Vocês vieram mesmo! — comenta, empolgado.

— Não era para vir? — Eu me coloco na defensiva.

— Claro que era! O papai nem vai acreditar que está, mesmo, aqui. — Venham!

Ele puxa minha mão, ansioso, e não tenho outra opção a não ser segui-lo. Olho para trás, me desculpando com Daniel, mesmo sem ter culpa, já que ele acabou ficando para trás. Meu irmão é um tanto impulsivo.

— Gui, me deixa esperar o Daniel? — Travo na entrada, e não demora muito para o Dan estar na minha cola.

— Filha! — Meu coração dispara assim que escuto sua voz, atrás de mim. Assim que me viro de frente para ele...

— Pai! — Surpreendendo até mesmo a mim, corro para os seus braços com a mesma urgência daquela menininha de dez anos, que tanto o chamou e desejou esse momento. Não consigo conter as lágrimas, porque seu abraço é como eu havia imaginado por todos esses anos; ele me conforta, me deixa segura, e é como se em um só abraço estivessem todos os que precisei até aqui.

— Eu sinto muito, minha filha, me perdoe... — meu pai implora, com o tom modificado pelo choro. Sinto dor e muito arrependimento nele, e não quero mais alimentar tanto sofrimento. Preciso abrir todas as janelas e libertar minha alma. Um soluço involuntário me domina, abrindo também a porta dos ressentimentos, e eles não se demoram a ir e deixar o perdão e amor entrarem.

— Eu te perdoo, papai. Vamos esquecer o passado e viver as muitas alegrias que ainda teremos daqui para a frente.

— Não sabe a alegria que está me dando, querida. Prometo que tentarei ser o melhor pai do mundo.

— É só o que importa agora — respondo, e nos abraçamos novamente. Descubro, neste momento, que gostaria de muitos mais desses abraços.

— Será que eu também posso ganhar um abraço? — Um tom feminino e delicado nos interrompe, uns segundos depois. — Sempre quis ter uma irmã. — Encaro a menina-mulher linda, entre as lágrimas que nublam um pouco minha visão.

— Eu também sempre quis ter uma irmã...

— Ham... — Gui faz um som com a garganta, me lembrando de sua presença.

— Irmãos — corrijo, e em seguida Luana se joga em meus braços. Quando menos espero, recebo um abraço triplo, dos meus irmãos e meu pai. Sinto-me realmente acolhida, amada, e não quero perder essas sensações, nunca mais.

Chegamos ao Rio na tarde de domingo, depois de um final de semana muito emocionante e ao mesmo tempo divertido. O sentimento em relação ao meu pai e meus irmãos ainda é muito novo, mas, de alguma forma, parece que o sangue acaba falando mais alto, porque já sinto um carinho enorme por eles. Fui muito bem recebida, e eles me mimaram e se preocupavam a todo momento com meu bem-estar. Meu pai, ao que me parece, é um ser humano extraordinário. Sua esposa Helena também me acolheu muito bem, e tive uma empatia por ela instantaneamente. Ver o carinho com que ela tratava sua família me deixou encantada.

Espero que possamos achar um caminho e que momentos como os que vivi nesses dois dias se repitam muito mais vezes.

— Cansada? — Daniel pergunta, quando apoio minha cabeça em seu ombro.

— Um pouco. E você, se recuperou do interrogatório? — sacaneio, porque foi engraçado ver meu pai e meu irmão enchendo-o de perguntas.

— Será que eles pensaram que eu estava só me divertindo com você? — pergunta, preocupado, e gargalho.

— Acho que eles não estavam muito errados. Bom, espero que eu te divirta — constato.

— Sabe muito bem o que eu quis dizer. Não quero que sua família me enxergue como...

— Pare com isso, amor, pois não interessa a ninguém a nossa relação. O importante é o que vivemos, e sabemos o que sentimos.

— Não é bem por aí... Não quero que pensem que eu não sou importante na sua vida.

— Amor, o que eles pensam é indiferente. Isso só cabe a nós dois, e você sabe muito bem o quanto é importante na minha vida. Não precisa de ninguém para te dizer isso. Eu te amo, tenente, e não vai se livrar de mim.

— Eu te amo, Juli...

— É só o que importa. — Eu o beijo, encerrando o assunto. Para mim, seu amor é o suficiente, e ninguém vai me dizer o contrário.

Meses depois...
— Juli?

— Hum — respondo, sem abrir os olhos, pois o cansaço está me dominando.

— Estou saindo, amor. Acionei seu despertador, já são quase sete horas, então não vá perder a hora de novo. Depois, eu que serei o culpado. — Sinto seus lábios em meu rosto, e era assim em todos os dias: ele nunca saía sem se despedir. Cada dia eu o amo mais, se é que isto é possível. — Bom dia, eu te amo.

— Também te amo — respondo. — E se cuide.

— Eu sempre me cuido. — Assinto, e volto a me virar, deixando o cansaço vencer.

— O que significa isso? — Cissa pergunta, encarando o cheque.

— A outra metade do meu empréstimo. — Ela balança a cabeça, contrariada.

— Eu disse que não precisava.

— Claro que precisava, porque eu aceitei como empréstimo.

— Você é muito cabeça-dura.

— Você que é — rebato. — Estou bem, e não fiquei apertada por conta disso. Então, nem precisa ficar preocupada. Daniel é rabugento o suficiente para não me deixar pagar nem o seguro do meu carro, que, aliás, ele também comprou, então meu salário vem se acumulando na poupança. — Ela me encara por alguns segundos, com a expressão meio abobalhada.

— Jamais imaginei ver você assim, tão recatada e do lar — Eu lhe respondo com uma careta.

— Você é tão engraçadinha, doutora Cecília! — Ela sorri.

— Como vem sendo a experiência? — Seu tom fica sério.

— Jamais me vi ou desejei algo parecido, mas confesso que estar com Daniel é tudo o que nunca quis e muito mais do que poderia sequer imaginar. É algo surreal, e hoje não imagino minha vida sem que Daniel esteja nela. Eu me tornei completamente dependente dele, e isso ainda me assusta muito.

— É muito louco isso, não é, Jujuba? Eu me sinto exatamente da mesma forma. Fernando me completou de uma forma que sempre desejei, mas que nunca achei possível.

— Louco é pouco. Já vai fazer dois anos desde que voltei de Washington e estou com ele. Parece que foi ontem, e a cada dia, meu amor só cresce. Ele é o ogro mais fofo que já vi, e nossa vida está tão perfeita que o medo de tudo desmoronar não me abandona.

— Não vai desmoronar nada, pare de falar besteira. Vocês se amam, é o que importa.

— Ele é incrível, Cissa, e nossa vida é tão perfeita que nem a bagunça dele me irrita. Quer dizer, irrita um pouco, mas o safado é esperto e sabe como me acalmar. — Ela sorri. — Se melhorar, estraga. — Ela assente.

— Vocês vão poder ficar com o Bernardo hoje?

— Claro que sim. Daniel está todo animado, e eu, muito mais.

— Está na hora de programar o de vocês. Ele é louco pelo Bernardo, certamente será um ótimo pai.

— Não acho que esteja pronta para ser mãe. Esses padrões da sociedade nunca foram meu foco, nunca almejei esse tipo de coisa. Claro que se, um dia, eu tiver um filho, será com o Daniel.

— Engravide logo! Um bebê em casa deixa tudo mais alegre. Já estamos tentando o segundo...

— Quando ia me contar?

— Já tem dois meses, e nada acontece. Estou começando a ficar preocupada.

— Pare com isso, pois dará certo. Quando menos esperar, vai acontecer, mas precisa pedir colaboração do pai, né?

— Ele está colaborando, fique tranquila. — Pisca. — Deixo o Bernardo lá quando estivermos saindo, então. Fernando está armando alguma, vamos ver qual é a surpresa dessa vez. Vou subir para ver meus pacientes na internação, nos falamos mais tarde. — Manda um beijo e faço o mesmo. É lindo ver minha amiga tão feliz.

MUDANÇA DE PLANOS

— Como você teve coragem de fazer isso com sua mãe? — O tom briguento e inquisitivo adentra o consultório.

— Oi, mãe. O que faz aqui? — O dia, que estava indo bem até aqui, acaba de ser arruinado.

— O que eu faço aqui? — rebate a pergunta, e a encaro. — Como assim, você vem se encontrando com o seu pai e não me disse nada? Eu sou sua mãe!

— Uau! Você demorou a se dar conta disso — ironizo.

— Olhe como fala comigo, Juliane, e responda a minha pergunta — exige, a plenos pulmões.

— Tenho trinta anos, me sustento, e não lhe devo satisfações!

— É claro que deve! Como pôde me trair dessa forma? Ele me abandonou, nos abandonou.

— Essa é a questão. O fato de ele a ter abandonado e de você ser tão egoísta, me privou de ter um pai, que poderia ter me dado todo o amor que foi incapaz de me dar, apenas por uma... vingança?

— Ele não a quis!

— Não! Quem ele não quis, foi você! — acuso.

— Como pode acreditar na palavra de um homem que mal conhece?

— Não é o que estou fazendo, porque acredito em quem eu conheço. E o que eu conheço foi uma mãe que abandonou a única filha à própria sorte, assim que teve oportunidade, apenas porque não conseguia lidar com seu orgulho ferido e a falta de amor-próprio! — grito em sua cara tudo o que tive vontade de dizer, em todos esses anos.

— Não abandonei você. Cuidei do seu futuro, eu...

— Que futuro você acha que uma menina de dez anos gostaria de ter? Você não apareceu em um final de ano sequer, e eu fui a única, naquele lugar, que não saía de lá nem nas férias. Que porra de cuidado é esse? — esbravejo, entre lágrimas.

— Não era essa a minha intenção...

— Então, qual era? Diga-me, porque ainda tento entender o porquê de uma mãe abandonar a própria filha! Você não tem nenhum direito de me cobrar e exigir nada, já que me tirou tudo!

— Eu não podia continuar... — Seu tom sai embargado, e sinto ódio.

— Um filho não é um objeto que você pode descartar...

— Você me lembrava dele, droga! Cada gesto, sorriso, e até a forma que me olhava, era como ele. Não podia continuar me torturando todos os dias, eu tinha que esquecer...

— Você é doente! — eu a interrompo.

— Eu sinto muito, filha. Não tenho culpa de o amar tanto. Eu tento, mas não consigo esquecê-lo.

— Mas tem culpa por não me amar.

— Eu amo você, filha, mas...

— Você não ama, nem sabe o que é isso, e eu tenho pena de você. — Tento limpar um pouco das lágrimas. — Se a sua intenção ao vir até aqui era pedir para que eu me afastasse do meu pai e da família que me negou durante todos esses anos, perdeu a viagem. Não vai acontecer, e a melhor coisa que meu pai fez na vida foi ter se afastado de você. Agora, saia daqui!

— Filha...

— Saia! — Aponto o dedo para a porta, enquanto todo o turbilhão de emoções me domina.

— Eu sinto muito — diz, e logo passa pela porta, então eu desabo no chão, enquanto deixo o choro copioso lavar minha alma. É como se o peso de uma vida inteira tivesse sido retirado das minhas costas. Ela não merece nenhum sentimento meu, nem a mágoa, então não vou mais gastar minha energia com isso. Não posso e não quero.

Saio da clínica assim que consigo me recuperar um pouco, e minutos depois entro em casa. Vou direto para a suíte, e respiro aliviada por Daniel não ter chegado ainda.

— Você sabe qual é a surpresa do Fernando para a Cissa? — pergunto, quando Daniel deixa Bernardo, que acabou de pegar no sono, no sofá.

— Ele vai pedi-la em casamento.

— Não acredito!

— Shiuu — alerta, apontando para Bernardo dormindo.

— Como você sabia disso e não me disse nada? — exijo.

— Ele pediu segredo — defende-se.

— Essa lealdade de macho alfa, de vocês... — Seus braços rodeiam minha cintura, me fazendo perder o raciocínio.

— Macho alfa é? — Mordisca meu pescoço.

— A Cissa vai surtar! — comento.

MUDANÇA DE PLANOS

— E você, surtaria? Aceitaria um terceiro pedido? — Meu coração acelera de uma forma estranha.

— Achei que nossa relação já estivesse clara, Dan. Eu te quero muito, só que nunca fui dessas meninas deslumbradas por casamentos, isso nunca foi objetivo pra mim. Nós estamos bem assim, não estamos? — pergunto, com o tom repleto de medo. Será que ele não está na mesma sintonia?

— Estamos ótimos, amor — responde, depois de alguns segundos, com tom ameno. Um alívio sem igual me invade, porque graças a Deus tirou essa ideia idiota da cabeça. Não temos que mudar nada e nem responder a nenhum status ou padrão da sociedade, para nos convencermos de que somos felizes.

— Eu te amo, Dan, amo nossa vida e amo o que nos tornamos juntos. Não precisamos provar nada pra ninguém.

— Nada — confirma, e sua boca se cola à minha, sedento.

— Está tudo bem entre nós? Estamos felizes, não estamos? — pergunto novamente, assim que consigo uma pausa em seu beijo.

— Você tem dúvida?

— Nenhuma — respondo, e ele assente, sorrindo. E como eu amo esse sorriso!

— Então estamos muito bem, amor. Mais que bem. — Ele me beija novamente, e respiro aliviada.

— E por que o louco do seu amigo demorou tanto tempo para pedir a Cissa em casamento?

— Acho que isso é bem complexo para o Fernando. Ele perdeu a noiva uma semana antes do casamento, então acho que precisou desse tempo para trabalhar tudo em sua cabeça.

— Eles já são praticamente casados.

— Praticamente não é igual. — Sinto a indireta velada. — Fernando sempre foi do tipo careta, ele precisa disso para atestar sua felicidade, e também merece.

— E você, também precisa? A pergunta quase pula da minha boca, mas não a faço. Ele disse que estávamos bem, então não tem por que perguntar novamente.

— Espero que ele faça um pedido inesquecível.

— Pelo que fiquei sabendo, será. — Pisca. — Vamos nos concentrar aqui, agora?

— É claro, tenente — digo, e volta a me beijar. Tudo em mim responde a ele e meu mundo nunca foi tão perfeito e real, e é nele que devo colocar minhas energias. Não contei a Daniel sobre o episódio em meu consultório, pois não darei a ela mais nenhum momento em minha vida, não mesmo.

CRISTINA MELO

CAPÍTULO 31

Daniel

Dois meses depois...

— Como está este? — Fernando pergunta, depois de vestir mais um terno.

— Cara, essa porra é tudo igual. Ficou bonitão. — Pisco, e ele me encara com uma careta.

— Eu sou apaixonado por minha mulher, então nem adianta dar em cima, porque não vai rolar.

— Bem que você queria — brinco.

— Ih, estou te estranhando. Sai fora!

— Já me conformei com a perda. — Mando um beijo para ele, de sacanagem.

— Você está chapado? — Gargalho em resposta, e ele meneia a cabeça, em negativa.

— A Ceci está grávida — solta a notícia, depois de alguns segundos.

— Caramba, irmão, parabéns! — Eu o abraço.

— Estávamos tentando o segundo, e hoje de manhã ela fez o teste. Está com seis semanas, por isso vamos marcar o casamento para daqui a quatro meses.

— Show! Você merece toda essa felicidade, irmão.

— E você, não vai pedir logo a mão da Juliane?

— É só nisso que venho pensando, há meses, mas ainda não sei como fazer. Às vezes, penso que Juliane não quer realmente se casar...

— É claro que quer, porque toda mulher quer se casar, foi você que fez dois pedidos de merda. Ela não te disse que se fizesse um pedido decente, aceitaria?

— Sim, mas foge toda vez que tento tocar no assunto.

— A Juliane te ama, Daniel. Então, tire essas abobrinhas da cabeça, compre as alianças e a peça em casamento com um pedido fantástico. Simples assim — rebate.

— Minha marrenta é foda, Fernando, e não quero perdê-la. Casamento nunca foi uma opção para mim, sabe disso, mas depois que me vi com a Juliane em casa, sei que quero isso para o resto da minha vida. Então, por que não casar e construir uma família? Ficar sem ela nem entra mais na minha lista de opções — desabafo com meu amigo e irmão.

— Vocês se amam e são perfeitos juntos. Vai dar tudo certo. — Bate

MUDANÇA DE PLANOS

em meu ombro.

— Eu a amo pra caralho, e nunca fui tão feliz. Não vejo a hora de consolidar nossa união, de ter um monte de bacuris pela casa, e tudo o que o pacote puder me dar.

— Então, pare de marcar bobeira e faça logo o pedido. Daqui a pouco, ela vai desistir. Esse tempo todo morando com a mulher, e ainda nada de casamento!

— Pare de falar merda, porque estamos muito bem!

— Está esperando você se mancar, mas uma hora cansará.

— Bora escolher logo essas roupas? Chega de foder minha cabeça! — declaro, e ele gargalha.

Minutos depois, saímos do shopping onde compramos os trajes. Eu também comprei, já que serei seu padrinho.

Estamos prestes a entrar no carro quando uma movimentação estranha nos chama atenção.

— Abriga! — grito, e nós dois nos abaixamos na lateral do carro.

— Que porra é essa? — Fernando pergunta, e nós dois já engatilhamos a pistola.

— Parece roubo de veículo — digo, após olhar os caras apontando a arma para um carro. — Puta que o pariu! É um sequestro-relâmpago ou acerto de contas. É uma mulher que está dentro do carro — digo, depois de espiar de novo e ver quando eles a retiram do carro.

— Droga! Quantos são? — Fernando pergunta.

— Tem dois com fuzil e um com pistola — digo. Logo, os elementos empurram a mulher, que está apavorada, para o banco de trás, e entram no carro também.

— Entre no carro — digo, e Fernando não leva muitos segundos para estar ao meu lado e para estarmos no encalço da SUV recheada de bandidos.

— Vou acionar o batalhão da aérea. — Fernando diz, e logo está falando ao telefone, enquanto meus olhos não saem do carro à frente.

Seguimos o carro por alguns minutos, e como prevíamos, ele é estacionado em frente a um banco. Logo, o que entrou atrás com a mulher, desce com ela, que parece muito abalada.

— É a nossa deixa. — Paro a alguns metros do veículo deles.

— Vá pela esquerda que eu pego o da direita — Fernando diz, e nos esgueiramos até chegar à traseira da SUV.

— Ainda estão dentro do banco? — pergunto.

— Sim, estão no caixa eletrônico — responde, depois de olhar rapidamente.

— No três — sussurro, e em seguida, começo a contagem com os dedos.

— Polícia! Mãos no painel! — gritamos, depois de abrirmos a porta, juntos. Fernando domina o passageiro, e eu, o motorista.

— Perdemos! — o motorista diz, e o moleque não deve ter mais de 18 anos. E por incrível que pareça, esses são os mais cruéis, porque não pensariam um segundo antes de tirar a vida da vítima.

— Deu ruim, dessa vez — Fernando retruca, e recolhe os dois fuzis em posse deles. — Assim que vejo que a situação está sob controle, faço um sinal de cabeça para o Fernando, que me entende, e sigo até o banco, onde o terceiro elemento está com a mulher.

Entro e já o visualizo, e ele me encara, rapidamente. Não tem arma em punho, e a minha está no cós da minha bermuda, mas o fato de eu estar à paisana não levanta suspeitas no homem, que se comporta como se fosse íntimo da vítima. Quando finjo acessar o caixa ao lado e ele volta a sua atenção para a mulher que mexe no caixa à sua frente, é a minha deixa.

— Polícia! Se meter a mão, vai morrer! — Aponto para sua cabeça, mantendo a distância necessária para me precaver, se tentasse algo. — Mãos acima da cabeça, e encoste à parede.

— Ela é minha namorada...

— Encoste! Nem se esforce, porque você perdeu, e já pegamos seus comparsas. — Puxo a pistola de sua cintura, e a mulher que ele ameaçava apenas cai em um choro sem fim.

— Eles... — ela começa, em um soluço.

— Estão presos! — digo a ela. — Para fora! Se fizer qualquer movimento brusco, eu atiro, não estou de brincadeira — alerto o infeliz, e começo a conduzi-lo para fora. — Deite no chão, e mãos na cabeça. — Ele rapidamente se deita ao lado do carro, e me afasto um pouco para puxar o meliante do passageiro e deitá-lo no chão, ao lado do comparsa.

Minutos depois, a primeira patrulha chega, e explicamos o ocorrido.

— Obrigada! — A mulher me abraça, sem que eu espere. Ela ainda está muito abalada.

— Só fizemos o nosso trabalho, senhora, e agora está tudo bem, mas precisa ir até a delegacia para dar seu depoimento. — Ela assente, e estou aliviado por tudo ter transcorrido bem.

Um mês depois...
Minhas mãos estão trêmulas, como nunca estiveram em toda a minha

MUDANÇA DE PLANOS 225

vida. Estou no alojamento, vestido com meu uniforme de gala, para mais uma cerimônia no batalhão, onde serei homenageado. Mas não é isso o que está me deixando em pânico, e sim, o que está dentro do bolso interno da túnica. Junto com a minúscula caixa, está a enorme responsabilidade, misturada ao medo absurdo de não ser suficiente. Mas há meses estou atormentado sobre como seria esse momento, e nada me veio à cabeça, até que soube da cerimônia e pensei: por que não? Único, ao menos, será, porque ninguém aqui nunca fez nada parecido, e, com certeza, até eu conhecer Juliane, algo assim nem entrava na lista de últimas coisas a serem feitas. E a ideia, por mais louca que pareça, fez muito sentido na minha cabeça. Só estou de volta à polícia, totalmente recuperado, graças a ela, sei disso. Juliane mudou cada plano que pensei em ter, tudo agora gira em torno dela, e cada loucura por ela vale a pena. Eu a amo como jamais imaginei amar.

— Está bonitão, hein, tenente?! — Fernando me sacaneia.

— Cara, na boa, você está quase casado, então pare de dar em cima de mim — tento espantar o nervosismo com bom humor.

— Só não vou te mandar pra puta que o pariu porque sei que já está fodido o suficiente. Tem, mesmo, certeza disso? Sei que incentivei o pedido, mas você superou as expectativas — diz, arrumando sua cobertura.

— Já esperei tempo demais, eu quero o pacote completo, Fernando. É incrível como ela me completa! Casamento sempre foi uma utopia para mim, mas agora é como se não fizesse sentido não o ter.

— É, te colocaram a porra da coleira — bate em meu ombro, me sacaneando.

— Tô fodido, a coleira é fixa. — Ele assente, e gargalhamos, atestando nosso estado apaixonado e dominado.

Minutos depois, estamos em formação, ouvindo o comandante, que agora relata o ato de bravura exercido por mim e Fernando quando desarticulamos o sequestro-relâmpago sem que estivéssemos em pleno exercício de nossas atividades no dia. É basicamente isso o que está dizendo. Não é o primeiro ato de bravura que recebo, e não que seja menos importante, mas meus olhos agora buscam, o tempo inteiro, a única pessoa que realmente deveria estar aqui, e então, como ímã, são capturados pelos olhos mais lindos do mundo. Não devo sorrir, e me controlo muito para não cometer essa gafe ao vê-la, porque seria desrespeito com o comandante, que ainda palestra. Ela pisca e fotografa, a todo momento, com um sorriso perfeito. Um orgulho por sua atenção estar em mim, a todo segundo, me domina, e me deixa muito mais nervoso. Passo os olhos, de novo, pelo lugar, e devemos ter uma média de cem pessoas presentes, mas isso está longe de ser um problema, pois quero gritar para o mundo o quanto a amo. Já havia pedido permissão ao comandante, e ele achou a ação inusitada, mas não se opôs.

Eu e Fernando estamos em sentido, ao lado do comandante, que continua seu discurso.

— A corporação enobrece e honra o Capitão Estevão e o Tenente Arantes com a medalha Cruz de Bravura, por seus atos de sacrifício, coragem e bravura. Mesmo com risco de suas vidas, se puseram a combater e permanecer fiéis a seus juramentos, ainda que não estivessem em pleno exercício da função naquele dia. Sendo assim reconhecidos por esta instituição, saudamos o agora Major Estevão e o agora Capitão Arantes com uma salva de palmas.

Fernando agradece e presta continência quando o comandante lhe entrega a medalha.

Em seguida, chega a minha vez, e claro que faço o mesmo que Fernando. Só que eu também tenho outra questão para lidar, talvez a mais importante de toda a minha vida.

— Com sua permissão, Senhor?

— Tem toda, Capitão! — Dá um passo para trás, e agora apenas eu estou em evidência. Meus olhos não saem da única pessoa que me interessa neste momento.

— Primeiro, gostaria de agradecer a homenagem. Sou um caveira por escolha, o sangue azul corre em minhas veias, mas não é fácil ser policial, principalmente aqui no Rio de Janeiro. Combatemos o bom combate e somos guerreiros 24 horas por dia. Visto minha farda com muito orgulho, e honro meu juramento de servir e proteger, onde quer que eu esteja, e o faço com muita grandeza e afinco. Passei por alguns momentos muito difíceis, e graças ao meu amor pela farda e a uma pessoa muito especial, optei por continuar nesta corporação, mesmo sabendo de todas as dificuldades diárias que enfrentamos. Todos nós sabemos que vivemos em guerra com leis de países nórdicos, e muitas vezes a sociedade não nos dá amparo ou reconhece nossa luta. Ainda assim, escolhi e escolho todos os dias defender cada cidadão de bem e cumprir com o meu dever.

— Gostaria, agora, de agradecer à pessoa que me trouxe vida de novo, em meio ao caos. Ela me tornou muito mais completo... — Não reconheço a expressão que vejo no rosto de Juliane, mas seus olhos continuam nos meus e sei que ela não tem ideia do que farei agora. — Ela me mostrou que mesmo que pareça difícil, precisamos continuar lutando. Ela me deu coisas que nunca busquei ou achei que precisava, mas era tudo o que faltava para me tornar um homem realmente feliz. Amor, eu pensei em mil maneiras de cumprir minha promessa, e confesso que estava pirando com a possibilidade de não existir um pedido à sua altura. Na verdade, não existe, mas não consegui esperar mais, e vi a oportunidade de juntar os meus dois amores e eternizar esse momento... — Ela não mexe um único músculo. — Não quero mais esperar, Juliane. Não sei ao certo quando você se enraizou dessa forma em meu coração, só sei que está aqui dentro e não há uma porta para que saia. Então, meu amor, me faça muito mais feliz. Casa comigo?

O silêncio sepulcral faz com que, por um momento, eu pense que estamos apenas eu e ela aqui. Depois de eternos segundos, seu corpo enfim começa a se mexer, mas não é na direção que eu imaginei. O pânico está estampado em seu rosto, então, olho para a Cissa e intercedo, com os olhos, para que ela ajude Juliane a encontrar o caminho até o palco, mas ela parece não entender meu pedido silencioso, e minha Juli continua dando passos para trás. Quero gritar para que volte, mas, por alguma razão, não o faço. Não quero assustá-la mais.

Ela continua se movendo na direção oposta, e seus olhos já não estão mais nos meus. Vários pares curiosos e julgadores me encaram, como se eu fosse um E.T., e é incrível como o silêncio me permite ouvir o som de seus passos. Então, como num passe de mágica, e como se fosse um pesadelo, ela desaparece de minha visão periférica.

— Juliane! — grito, me sentindo impotente. — Permissão para me retirar, comandante? — eu me reporto ao meu superior, com o desespero nítido em meu tom.

— Concedida. — Presto continência e pulo do palco no mesmo instante, sem pouco me importar com os olhares que recaíam todos sobre mim. Eu me sinto uma aberração ou algo parecido, e corro sem me importar com o que estão pensando. Neste exato momento, a única pessoa que me interessa não está mais no ambiente, e, infelizmente, não chego a tempo de evitar sua ida. Ela acaba de sair com o carro, e maldito seja o momento em que autorizei a entrada do veículo. Se estivesse estacionado lá fora, teria tido chance de alcançá-la.

— Daniel?

— Agora não, Cissa! — Eu me desvencilho dela e sei o quanto meu tom sai rude, mas agora só quero ouvir palavras da boca de Juliane. Preciso ter certeza dos motivos que a levaram a me expor e me fazer passar a maior vergonha da minha vida. Deve haver um motivo e quero que me diga. Eu lhe prometi, uma vez, que não a julgaria antes de ouvi-la, então, é claro que existe uma explicação lógica para tudo isso.

Dirijo-me ao alojamento o mais rápido que consigo.

— Daniel?

— Não fale comigo, Fernando — peço ao meu amigo, em um tom mortal.

— Acalme-se um pouco — pede, enquanto arranco a farda do meu corpo, como se estivesse me queimando. Em segundos, coloco o jeans e a camiseta, e nunca tratei minha farda como agora. Eu a enfio de qualquer forma dentro do armário, retirando apenas a maldita caixa, que cabe na palma da minha mão, e a escondo no bolso da minha calça. — Porra, Daniel, não vou te deixar sair assim. Então, se acalma, caralho!

— Se ainda tem um pingo de consideração por mim, saia da minha frente. — Faço uma força descomunal para que o ar continue adentrando meus pulmões.

— Você é meu irmão, porra! Não vou te deixar fazer nenhuma merda.

— Não vou fazer merda nenhuma, só preciso falar com ela. Saia, Fernando. — Encaro seus olhos, e tenho absoluta certeza de que ele consegue ver o desespero e frustração nos meus. Ele assente, silenciosamente, e enfim libera a porta.

Quando me dou conta, já estou com o carro ligado. Não me lembro de nada ou se ao menos deixei de me dirigir adequadamente a um oficial no caminho. Eu só preciso vê-la.

Estaciono em minha garagem com a certeza de que, pelo menos, três multas chegariam em breve. Meu desespero só aumenta quando me dou conta de que seu carro ainda não estava aqui. Ando de um lado para o outro no meu quintal, por minutos a fio, até constatar o fato de que mesmo que ela estivesse vindo a 40 km/h, já estaria em casa.

— Porra, marrenta, não fuja! — Ligo para o celular, mas a chamada se encerra quando cai na caixa postal. Insisto tanto que me perderia no número de vezes que liguei, se o celular não pudesse me lembrar: o visor mostra 43 chamadas até o momento.

Minutos se transformam em horas, e o dia, em noite. O tempo só piora minha angústia e frustração. E se aconteceu alguma coisa com ela?

MUDANÇA DE PLANOS

Caralho! Eu, que me recusei a sair e perder o momento exato em que ela passasse pela entrada, bato o portão agora e corro em direção à casa do meu amigo.

— Por favor, me diz que conseguiu algum contato com ela?! — questiono Cissa, assim que abre o portão.

— Ela não quer conversar, mas não aconteceu nada grave. Fique tranquilo.

— Como assim, não quer conversar? Que porra eu não estou sabendo? — exijo, e sei que meu tom sai exaltado.

— Daniel, sei que está puto pra caralho, mas a Cissa não tem culpa de nada. — Fecho os olhos, arrependido, assim que Fernando defende sua mulher.

— Por que ela fez isso, Cissa, me fala? — imploro, com o tom embargado, e sei que minhas lágrimas estão a ponto de cair. Como fui tão cego e não percebi nada?

— Não tenho ideia, Daniel, eu juro. Por favor, tente se acalmar. Sei que ela vai voltar logo, então, dê um tempo pra ela.

— Tempo? Você viu a merda que ela fez, dessa vez? Acha que eu merecia aquela porra? — exijo, transtornado.

— Não, mas antes de tomar qualquer atitude, dê uma chance para ela se explicar — intercede pela amiga.

— É justamente o que estou fazendo. Estou, há horas, esperando por ela e por qualquer maldita desculpa que seja, por ter me feito de palhaço. — Viro as costas e faço meu caminho de volta, sem ao menos agradecer ou me despedir deles, e foi só o tempo que minhas lágrimas aguentaram. Porque, neste exato momento, elas caem sem controle. Eu me sinto frustrado, enganado, traído, e com a certeza de que perdi o respeito de, pelo menos, metade da minha equipe.

Foram mais de dois anos morando juntos, e como não percebi nada? Além de um dominado, me tornei um idiota que é ludibriado facilmente.

Soco minha mesa de madeira maciça e o sangue brota, imediatamente, nos nós de minha mão direita, mas a dor sentida não supera em nada a dor em meu peito. Enrolo minha mão em uma toalha, enquanto o desespero me sufoca.

Então, o barulho esperado por horas invade meus sentidos. Minha atenção se volta para a porta de entrada, e os segundos que levam até ela ser aberta são eternos.

CAPÍTULO 32

Juliane

Corro os dedos trêmulos pelo cabelo, pela décima vez, antes de impulsioná-los na maçaneta da porta. Todo o meu corpo está tenso, e minha respiração, muito descontrolada. O pânico que senti naquele batalhão, mesmo depois de tantas horas, não diminuiu em nada. Não sei explicar o que me deu, mas parecia que paredes se fechavam à minha volta, e eu tinha que sair dali. Não sou idiota a ponto de não saber o tamanho da merda que fiz e o quanto magoei a única pessoa que realmente lutou por mim, mas estava perfeito demais. Por que ele tinha que estragar tudo?

— Por quê? — O tom mortal me contesta, antes mesmo que eu dê um único passo para dentro. Assim que meus olhos se prendem ao seu rosto, constato o arrependimento que senti antes mesmo de fazer o que fiz, mas a reação foi mais forte do que eu. Fiquei por horas no estacionamento do shopping, chorando e pensando em como o faria entender que meu amor não precisa ser atestado com a porra de um papel.

— Dan... — sussurro, em um fio de voz, sem saber exatamente por onde começar. Meu coração está esmagado, seu rosto só transmite sofrimento, e me sinto a pessoa mais filha da puta do mundo por fazê-lo passar por isso. — Eu...

— Eu te fiz a porra de uma pergunta. É tão difícil assim responder? — grita, e nunca o vi tão descontrolado. Nego com a cabeça, pois não tenho o que dizer. Nada justifica o que fiz.

— Eu sinto muito. — Lágrimas voltam a molhar meu rosto, e vê-lo assim me destrói mais.

— Sente muito? É isso o que tem a dizer com relação a ter me feito de palhaço na frente de toda a corporação? — explode, e seu tom está munido de muito ódio.

— Não sabia que faria aquilo... — tento começar minha justificativa, que, na verdade, não era nada plausível.

— Foi um pedido de casamento, porra! Tem noção de todos os sentimentos que investi nisso, e de como, em um segundo, você jogou tudo fora? É claro que não era para você saber, porque o idiota aqui estava tentando te surpreender. Mas, como sempre, Juliane Marques não poderia ficar por baixo, ela tinha que jogar também dessa vez!

MUDANÇA DE PLANOS

— Não é um jogo...

— Então, o que é, caralho? Me fala?! — Meu corpo dá um sobressalto para trás, com seu grito.

— Você disse que estávamos bem, que nada mais importava, que nós...

— Esse foi justamente o motivo para o babaca aqui se expor e te pedir em casamento. Eu te amava, porra!

— Você me ama! — afirmo, pois ouvi-lo falando no passado me desmorona. — Estávamos ótimos, e sei que o que fiz foi uma bosta fodida. Tenho consciência do meu erro, mas um papel não muda nada!

— Um papel, ou a falta dele, muda tudo. Só uma última pergunta... — Volta para o seu tom baixo e mortal, o que me assusta mais ainda, mas, mesmo assim, assinto, consentindo com a pergunta. — Por que não casar? Por que deixou a porra do cara a quem você diz que ama todos os dias, plantado, com a porra de um anel na mão? Qual é o seu maldito problema?

— Esse nunca foi meu objetivo de vida. Casar, ter a casa e a família perfeita nunca fizeram parte dos meus planos...

— Era a porra do cara que você dizia amar, se humilhando na frente de mais de cem pessoas. Esse nunca foi o meu plano também, mas achei que a mulher por quem eu havia me apaixonado merecia qualquer sacrifício, quebra de ideologias e paradigmas. Mas, pelo jeito, me enganei. Acontece. — Se vira e sai a passos largos em direção ao quarto.

— Daniel! — Puxo seu braço. — Amor, me escute, eu te amo...

— Solte meu braço. Não quero me arrepender mais do que já estou arrependido, então, não me toque. — Puxa seu braço de minhas mãos e logo está abrindo o guarda-roupas.

— Não faça isso, me perdoe! Olhe para mim, droga! — imploro, entre lágrimas, mas ele não o faz, apenas pega sua bolsa de viagem e começa a retirar algumas peças da gaveta. — Não faça isso, vamos conversar. — Abraço seu corpo por trás, e ele paralisa seu movimento. Sinto o arfar de sua respiração e só quero mostrar para ele o quanto eu fui idiota.

— Quando eu pedi para não me tocar, não estava encenando ou arquitetando nada. Não me tocar significa não me tocar. — Nunca vi tanto desprezo em seus olhos.

— Para onde vai? O que está fazendo? — imploro, e mal reconheço o tom como meu.

— Não é da sua conta, você perdeu esse direito há algumas horas. — Fecha a bolsa e corro para a frente da porta.

— Pare com isso! Não vou deixar você sair daqui assim...

— Saia da frente, Juliane. — Seus olhos estão vazios e não alcançam os meus.

— Não! Somos adultos e vamos conversar!

— Adultos não fogem de pedidos de casamento.

— Eu errei, me perdoe, pelo amor de Deus. Eu te amo, Dan, e não vou suportar ficar longe de você! — suplico, em total desespero.

— Jura? — responde, apático, e em zombaria. — Não quero usar força com você, então, saia da frente da porta! — grita, e me jogo em seus braços.

— Amor, não faça isso, eu te amo e sei que me ama. Eu faço o que quiser, mas não me deixe. Não pode achar que não te amo apenas por uma besteira e uma reação sem pensar. — Passo as mãos em seu rosto, implorando para que seus olhos encontrem os meus, mas a única resposta que tenho é um suspiro irritado, que faz meu coração entrar em colapso. Suas mãos vêm por cima das minhas e as removem de seu rosto.

— Já disse para não me tocar. — Ignora meus argumentos, enquanto meus olhos param na ferida em sua mão...

— O que foi isso? Deixe-me ver. — Tento puxar sua mão, mas ele se nega a ceder.

— A dor em minha mão é o menor dos meus danos, e também não é da sua conta. — Seus olhos fervilham de ódio. Ele me guia até a cama e me joga sobre ela. Em seguida, sai pela porta que eu bloqueava.

Assim que ouço o estrondo na porta da frente, a dor em meu peito fica tão forte que me causa dúvidas se não estou também ferida fisicamente. As lágrimas só caem com mais velocidade, e o desespero é tanto que me desorienta. Não fui embora porque não o amava, pois o amo tanto que sou incapaz de pensar em seguir minha vida sem ele.

— Ahhhhh! — grito, com a boca em meu travesseiro, para tentar exorcizar um pouco a minha dor. Sei que está muito puto, mas o que vi em seus olhos me disse que nunca vai me perdoar, e é isso o que está me consumindo. Eu ferrei tudo, ele tem razão. Caguei tudo que tivemos porque deixei a dúvida e o medo me dominarem na hora errada.

— Amiga... — Cissa senta ao meu lado na cama, e ainda estou na mesma posição. Meu corpo ainda convulsiona pelo choro, e meus soluços parecem infinitos, não consigo contê-los.

MUDANÇA DE PLANOS   233

— Ele me odeia, Cissa...

— Ele está muito abalado, vai passar...

— Não vai, você não viu como ele me olhou. Eu ferrei com tudo — digo, entre soluços, e vejo compaixão em seus olhos.

— Precisa se acalmar, ficar assim não vai resolver nada.

— Estávamos bem e muito felizes, então achei que ele estivesse feliz. Eu pirei, não sei o que pensei na hora, mas só queria sair dali. Não o rejeitei, porque eu o amo, Cissa! — Ela assente e me abraça, enquanto eu não consigo dizer mais nada. Assim, apenas me deixo levar pelas lágrimas.

Desperto, e minha cabeça parece que vai explodir, de tanto que lateja. Essa, com certeza, foi a pior noite da minha vida. Nem sei por quanto tempo dormi, ou a que horas o cansaço me venceu e acabei apagando. Levanto da cama por necessidade, e não por vontade.

Encaro meu rosto no espelho do banheiro, e estranhamente o fato de ele estar quase desfigurado pelo inchaço provocado pelo choro excessivo, não me surpreende. Estou inerte, e me forço apenas a escovar os dentes.

Saio do banheiro e do quarto, e o silêncio desta casa me enlouquece. Isso não está certo, nada disso faz sentido.

Busco meu celular na bolsa e encaminho a chamada. Preciso saber como ele está, quero ao menos ouvir sua voz. Insisto por cinco vezes, mas sou ignorada.

Tornei-me meu pior pesadelo e estou pouco me lixando para isso. Apenas preciso dele e ponto.

Minutos depois, entro em sua oficina, sem dar a mínima para os olhares curiosos que se acumulam sobre mim.

— Dona Juliane, por favor, tenho ordens para não deixá-la passar. — Encaro Igor, e meu mundo desaba novamente.

— Por favor, Igor, eu preciso falar com ele — imploro, entre lágrimas.

— Eu sinto muito, mas ele é meu patrão... — Eu o empurro com meu último resquício de força.

— Amor?! Por favor, me deixe entrar. Não faça isso, me perdoe, eu não consigo ficar sem você. Abra essa porta. — Bato algumas vezes, mas não obtenho nenhuma resposta. — Sei que fui muito idiota, mas me perdoe. Eu te amo, e tá doendo muito! — grito, histérica, e soco a porta com toda minha frustração, mas ela não se move.

— Por favor, dona Juliane, é melhor a senhora ir para casa...

— Não! O meu melhor está atrás dessa porta, e não vou sair daqui até ele falar comigo. Não encoste em mim! — vocifero, e ele passa as mãos pelo cabelo. — Amor, fale comigo. Não faça assim, eu não suporto isso.

— Abra, Dan! Por favor... — imploro, e ficarei aqui o dia inteiro, se preciso, pois não desistirei dele. Minhas mãos estão doendo, mas não paro de bater à porta. Bato por minutos, enquanto Igor continua tentando me tirar daqui, mas não sairei até que Daniel me escute e veja o quanto o amo.

— Daniel, fale comigo, pelo amor de Deus! — grito, entre soluços, e meus joelhos cedem, me levando ao chão, mas, ainda assim, soco a porta, insistentemente, por mais alguns minutos, até que...

— Juliane, venha comigo — Cissa tenta me levantar do chão, mas não quero deixá-lo de novo.

— Peça a ele para abrir, Cissa. Eu preciso que veja o quanto o amo. Por favor?

— Amiga, ele não quer falar com você, porque me ligou para tirá-la daqui. Ele não quer chamar a polícia, então, por favor, venha comigo.

— O quê? — pergunto, estarrecida. — Abra essa porta, Daniel do Nascimento Arantes. Abra agora! — vocifero. Ele não vai me descartar dessa forma.

— Juliane! — O grito de Cissa me paralisa. — Ele não quer falar com você, porra! Chega! Sei que errou, mas não vai se humilhar mais, não na minha frente. Vamos embora agora! — Nego, em um gesto de cabeça, e ela puxa meu braço, me fazendo segui-la. — Estou aqui para você. Pode chorar tudo o que tem para chorar, se lamentar, xingar e tudo o mais que te faça voltar ao que era, logo. Mas não vai mais fazer isso, pois essa não é a Juliane que conheço. Vá se acalmar, e se tiver que pedir perdão a ele, o fará com dignidade. Olha seu estado, merda — Aponta para minha calça de moletom surrada, e meu suéter desbotado. — Não vou deixar minha amiga se transformar em um farrapo humano. Não apoio ou justifico o seu erro, mas agora não podemos voltar no tempo, porque a cagada já está feita. Todos somos humanos e temos o direito de errar. Ele tem todo o direito de estar magoado, porque te ama muito e não esperava sua atitude. Além do mais, seu ego de macho alfa foi ferido, e, pelo que o conheço, sei que é muito orgulhoso.

— Não posso desistir dele...

— Não vai, mas não tem condições de lutar por nada agora, Jujuba.

MUDANÇA DE PLANOS

Vai provocar mais raiva ainda, desse jeito — me interrompe.

— Não sei o que fazer...

— Mas sabe o que não fazer: não vai ficar azucrinando o cara no trabalho. Essa merda foi ontem, e provavelmente ele não abriu aquela porta porque está tão mal ou pior do que você — diz, quando já estamos sentadas no seu carro. — Sei que dói, amiga, mas agora é hora de recuar. — Deixo meu corpo cair para a frente e apoio minha cabeça em seu jaleco, o que me mostra que ela havia largado tudo na clínica para vir me resgatar. Morro de vergonha por isso, e então me deixo levar pelas lágrimas, que parecem não ter um prazo de validade.

— Não conseguirei ficar longe... — sussurro, em um tom miserável.

— Vai, sim, é só até as coisas se acalmarem um pouco. Vai dar tudo certo, você confia em mim? — Assinto, porque ela e Daniel são as únicas pessoas em quem eu confio plenamente neste mundo.

Fecho a última mala enquanto tento alimentar a coragem e a força, coisas que agora parecem utopias em minha vida. Depois de três dias, ele não havia voltado para casa, nem sequer respondeu minhas ligações ou mensagens desesperadas. Eu destruí tudo e não faz nenhum sentido ficar em sua casa, sem ele. Tenho que aceitar as consequências do meu ato, mas a aceitação não vem, e a dor que sinto não ameniza de nenhuma maneira. A fome é completamente inexistente, e não consegui ir trabalhar, então, tirei uma licença. Minha vida está completamente destruída, e não consigo me concentrar em mais nada que não seja o Daniel. Olho em volta, me despedindo do quarto em que tive os momentos mais felizes da minha, e atesto, mais uma vez, minha burrice. Eu só queria ter a chance de voltar para o momento em que o amor da minha vida me olhava, cheio de esperança, e me pedia para casar com ele. Queria voltar apenas para esse segundo.

— Está pronta? — pergunta Cissa, e nego com a cabeça. Não vou lhe dar uma desculpa idiota. — Fique lá em casa.

— Já aluguei o *flat*, amiga. Ficar no condomínio, e tão perto dele, não vai resolver nada.

— Ele vai esfriar a cabeça. Vocês têm uma história, sei que ele vai ponderar isso.

— É só o que espero, Cissa, mas confesso que a esperança está se esvaindo a cada segundo. Ele nunca se comportou assim, sempre revidou de alguma forma, e agora... — As lágrimas recomeçam. O sentimento de que nunca mais o terei, ganha força.

— Oh, amiga... — Os braços de Cissa rodeiam meu corpo em um abraço, e é a única coisa que ainda me dá algum conforto.

Horas depois, estou instalada no *flat,* me sentindo completamente deslocada. Nem as malas consigo desfazer, pois não me sinto bem, afinal, aqui não é a minha casa. Nada disso está certo! Sei que prometi para a Cissa, mas não consigo não reagir enquanto estou perdendo a única coisa que realmente faz sentido para mim. Pego minha bolsa e minutos depois estaciono na frente de sua oficina. O expediente está se encerrando, e desta vez ele precisa me ouvir.

Assim que entro, paraliso, porque a saudade me domina e todo o meu corpo reage a ele, que está de perfil, debruçado sobre o balcão, analisando alguns papéis. Tento manter o ritmo de minha respiração, mas falho, já não domino mais nada em mim. Ainda estou na mesma posição quando ele, enfim, resolve mover sua cabeça em minha direção. Tenho certeza de que sabia exatamente que era eu, por isso não se moveu por segundos.

— O que quer aqui? — Seu tom sai rude, e seus olhos não demonstram nenhuma emoção.

— Eu quero você, amor, por favor... — Meu tom falha quando as lágrimas voltam a cair. Igor me encara, com pena; Já Daniel não reage, é como se ele tivesse se transformado em outra pessoa.

— Pode ir, Igor, eu termino de fechar. Bom descanso.

— Boa noite, dona Juliane.

— Boa noite, Igor — respondo, com o tom embargado pelo choro. Assim que ele passa pelas portas de vidro, Daniel aciona a descida das portas de aço, e respiro aliviada, mesmo que sua expressão não me anime muito.

— Vamos lá. É falar o que quer? Estou ouvindo. — Cruza os braços à frente do corpo e se coloca de frente para mim.

— Eu disse que quero você — repito, e ele ergue as sobrancelhas em resposta, fingindo uma expressão surpresa.

— Bom, isso não será possível, eu sinto muito — rebate, e me aproximo.

— É claro que é possível! Pare com isso, pelo amor de Deus! — Envolvo seu pescoço com as mãos, e colo meu corpo ao seu. Ou pelo menos tento, já que seus braços cruzados não me permitem mais proximidade. Beijo seus lábios, mas ele não reage; mordisco seu maxilar, da forma que gosta, e, mesmo assim, permanece rígido em sua postura; é como se eu estivesse beijando uma parede. — Não faça isso comigo, Dan, não suporto seu desprezo. Está insuportável ficar longe de você, olhe pra mim! — Puxo seu rosto até que seus olhos se fixem aos meus. — Eu te amo! Um papel não muda nada, e sei que também me ama, então, não me trate assim, amor — imploro, entre lágrimas.

— Eu sinto muito, Juliane, mas acabou — diz, num tom frio, e sai da minha frente.

— Não acabou nada! — Eu o puxo pela camisa, no ápice do meu desespero.

Ele se vira, e num movimento muito ágil, me cola à parede. Sua respiração, pela primeira vez, se demonstra irregular, enquanto seus olhos me fulminam.

— O que quer: foder? — grita a pergunta exalando ódio, e com os lábios a milímetros dos meus.

— Se isso for te fazer me ouvir e ver que eu te amo, com todas as forças do meu coração e com cada pedacinho do meu corpo, ok. Podemos foder e depois faremos amor — digo, com firmeza, pela primeira vez desde que entrei.

— Não, isso não vai acontecer. Por favor, Juliane, pelos anos em que ficamos juntos, vamos manter ao menos o respeito. Vir atrás de mim, o tempo todo, e ficar se humilhando dessa forma, não vai mudar minha decisão.

— Eu não ligo. Não vou perder o único homem que já amei, o cara que me...

— Juliane... — Apoia as mãos em meu rosto, e me olha fixamente por segundos. —Você já perdeu. Não tem volta. Teve três oportunidades, era só dizer sim. Cansei, não quero mais — diz, convicto, e preferia qualquer castigo no mundo a ter de escutar isso. Um buraco se abre abaixo dos meus pés e não consigo respirar, muito menos dizer qualquer coisa, então apenas permaneço olhando para seu rosto impassível e constato que todo aquele amor que ele dizia sentir por mim, não existe mais. Seus olhos estão frios e vazios, e não os reconheço como os olhos que me veneravam todas as vezes que fazíamos amor, quando me desejava bom-dia ao acordarmos ou sempre que chegava em casa. Não tem nada daquele Daniel agora, então apenas assinto, porque não há esperança.

— Perdoe-me pelo que fiz, eu juro que a última coisa que queria neste mundo era te magoar dessa forma. Não sei, mesmo, o que me deu na hora, mas me afastar de você nunca foi uma questão. Só não...

— Isso não tem mais relevância alguma, não para mim — atesta, com o tom inabalado. Assinto, e não tenho mais nenhum argumento para usar com ele. Nunca imaginei passar por isso, e não tenho ideia se há uma recuperação quando se deixa uma relação contra sua vontade. Mas, de acordo com o desespero e a dor em meu peito, tenho quase certeza de que não existe nenhuma saída. Seus olhos se desprendem dos meus e logo Daniel se afasta, se virando de costas, e eu me sinto um estorvo que é ignorado. Encaro suas costas por segundos, mas ele apenas permanece em silêncio, me demonstrando que realmente não me queria mais, e isso me destrói.

— Aqui estão as chaves da sua casa e do carro. Caso ainda não saiba, me mudei pela manhã. Não era certo ficar lá sem você.

— O carro é seu, e não precisava ter saído da casa tão rápido — responde, ainda de costas, sem emoção nenhuma em seu tom, enquanto eu tento me concentrar para não desabar aqui.

— Sei que não, porque você é um cavalheiro e nunca pediria para eu sair, mas o certo é o certo. Estava muito pior lá, pois seu cheiro estava em tudo. O carro é seu, foi você quem o comprou. — Apoio os chaveiros no balcão, mas ele permanece na mesma posição e em silêncio. — Você pode abrir? — peço, e não demora muito para as portas começarem a subir. — Obrigada por tudo... — não consigo dizer mais nada, já que as lágrimas me consomem. Então, passo pelas portas com a certeza de que eu estava destruída para sempre.

Um mês depois...

— É muito importante que só o leve para passear quando terminarmos a vacinação. Até lá, o Shrek estará desprotegido. — Engulo em seco e me concentro na carteirinha que estou preenchendo, para não desabar. Até com meus pacientes me lembro dele.

— Pode deixar, doutora. — Forço um sorriso para a senhora à minha frente.

— Então, tudo certo. Espero o Shrek no próximo mês, para tomar a segunda dose.

— Estaremos aqui, doutora, obrigada. — Forço mais um sorriso, e assim que ela fecha a porta, deito a cabeça sobre a mesa.

— Oi. — Ouço o cumprimento de Heitor e levanto a cabeça. — Vocês precisam parar de se envolver com esses caras do Bope. Eles são uns idiotas! — Seu tom sai irritado, e logo coloca a cadeira ao meu lado. — Chorando de novo, Jujuba? Nunca te vi assim, essa não é a amiga pirada que eu conheço.

— Não quero mais chorar, mas está doendo muito...

— Venha cá. — Ele me abraça, mesmo sentados, e pouso a cabeça em seu ombro. — Se ele te faz sofrer assim, não te merece...

— E quem merece? — Eu me afasto do meu amigo, bruscamente. — É ele a única pessoa que me interessa neste mundo, Heitor. Sei que está ten-

MUDANÇA DE PLANOS

tando me ajudar, mas falar mal do Daniel não é o caminho. — Ele assente.

— E já o procurou?

— Três vezes, e na última ele deixou muito claro que não represento mais nada em sua vida, e isso é o que mais me machuca. Seu desprezo é insuportável! Não durmo direito há dias, e nem me lembro quando foi a última vez que fiz uma refeição decente.

— Que merda, Juliane. Sei que é difícil, mas se ele não quer mais, não há o que fazer.

— Eu sei, só não consigo aceitar.

— O tempo vai te ajudar.

— Como te ajudou com a Milena? — Ele sorri, sem graça. — Como estão?

— Transamos algumas vezes, e nada mais — diz, apático.

— Como assim, nada mais? Ela te dispensou de novo?

— Não. Ela diz que sou o amor da vida dela e que não consegue me esquecer, mas na nossa última discussão ela disse que não queria migalhas. Para eu aparecer de novo, só se fosse para termos um futuro e uma vida juntos.

— Tem quanto tempo isso?

— Quase dois meses — responde. — Não a procurei mais.

— Você não gosta dela?

— Nunca amei ninguém como a amo — responde.

— Então qual é o problema, se ela disse que também te ama?

— Ela me magoou de uma forma da qual nunca me recuperei. Então, não quero passar pela mesma coisa novamente.

— Ela te pediu desculpas?

— Sim. Disse que se arrepende, que era muito imatura na época, e que sofreu muito com as consequências, mas eu...

— Cara, vocês, homens, são tão retardados! Se ela disse que se arrependeu, por que não dar outra chance? Orgulho não faz ninguém feliz. Vocês são seres inabalados! Agora, nós, mulheres, temos que perdoar a "fraqueza e idiotice" de vocês. Já que são homens, têm direito de errar. Vivemos numa porra de cultura e sociedade de merda! Você prefere abrir mão da única mulher que amou e que está disposta a ter um futuro com você, a passar por cima do seu orgulho ferido? Achei que fosse mais inteligente, Heitor. Na boa, mas, vocês, homens, são todos iguais! — vocifero, descontando minha frustração e raiva nele. Estou ciente disso, mas ele merece ouvir. Encara-me, estático, por segundos, e em seguida retira o celular do bolso.

— Mi? — diz, ao celular. — Posso ir até aí? Precisamos conversar. —

Assente, enquanto escuta a resposta. — Eu sei, fui um idiota, amor, mas eu te amo — Seu rosto se ilumina. — Chego daqui a pouco.

— Aleluia! — digo, quando ele encerra a chamada.

— Obrigado pelo toque, eu fui mesmo um imbecil.

— Pelo menos enxergou. Corra logo, antes que ela desista, e eu quero ser a madrinha.

— Será. Você vai ficar bem? — pergunta, preocupado.

— Não, mas já estou me acostumando com a dor. Então, se não posso ter acesso à minha única cura, tenho que conviver com ela.

— Eu sinto muito.

— Eu também, meu amigo. Agora, vá lá e aproveite sua chance. — Ele beija a minha fronte e logo passa pela porta, então pego minha bolsa e sigo para a saída também. Às segundas, quartas e sextas, quando eu tinha que estar aqui na clínica a poucos metros de distância dele, são os piores dias para mim.

Respiro fundo quando entro no estúdio próximo ao *flat* onde fico no momento. Recuso-me a chamá-lo de minha casa.

— Oi, boa noite! Em que posso ajudá-la? — um cara de mais ou menos um metro e oitenta, barbudo e muito tatuado, se dirige a mim.

— Boa noite! Eu gostaria de saber se você consegue fazer a reprodução dessa assinatura. Mas eu queria só o primeiro e o último nome, é possível?

— Sim, claro. Para quando quer fazer?

— Pode ser agora?

— Bom, estou com o horário livre até as 20 horas, e como é só escrita, fazemos rapidinho. — Sorrio em resposta. — Tem a assinatura aí?

— Sim. — Pego o recibo que havia achado na casa dele, no dia em que saí de lá, e o entrego.

— Ficou incrível, obrigada! — Encaro a lateral do meu corpo no espelho, acima das costelas, um pouco abaixo da linha do seio, onde reluz:

Daniel Arantes
Forever

— Ele é um cara de sorte, caso seja o seu namorado. — Baixo a blusa.

— Obrigada — é só o que me reservo a dizer.

CAPÍTULO 33

Juliane

Dias depois...

Meu coração acelera, assim que passo pela entrada do salão de festas. É aniversário de três anos do Bernardo, e tem quase dois meses que não vejo Daniel. Apesar da saudade descomunal que sinto, e sei que vê-lo vai piorar muito mais, não havia possibilidade de não vir à festa do meu afilhado.

— Até que enfim, já iria te ligar! — Cissa me intercepta, quando estou prestes a chegar às mesas.

— Tive uma emergência quando estava saindo, mas agora já estou aqui.

— Arrasou, está linda — me elogia.

— Você também está linda. E a princesa da tia, está comportada? — Passo a mão em sua barriga, que já está saliente.

— Hoje, pelo menos, não enjoei tanto.

— Que bom. Cadê o Bernardo?

— Está correndo por aí. Na última vez que o vi, estava na brinquedoteca.

— Vou atrás dele, vá dar atenção para as pessoas. — Começo a andar, mas ela segura meu braço.

— Jujuba, não pire tá — me alerta, com o tom sério, e sei que se refere a Daniel.

— Não vou — prometo, e começo a andar novamente. Todas as mesas estão ocupadas, o salão está repleto, mas não tinha visto nenhum rosto conhecido, até...

— Uau! — diz Douglas, assim que trava minha passagem, e vejo que está em um grupo de amigos.

— Como vai, Douglas? — pergunto, sem emoção em meu tom.

— Vou indo. E você, como está?

— Levando como dá. — Seus olhos me sondam, assim como os dos seus amigos, que provavelmente também são amigos de Daniel. — Vou procurar o Bernardo, foi bom te ver — respondo, porque não estou a fim de conversar com ninguém. Vim apenas pelo meu afilhado.

— É bom te ver também, Ju. Se precisar de qualquer coisa, sabe que pode contar comigo, porque ainda sou o mesmo cara que te livrava das confusões. — Sorrio com a lembrança. Ele era como um irmão para mim, e já me livrou de levar muitas broncas por causa das minhas artes.

— Obrigada. Se precisar culpar alguém por uma janela quebrada, te chamo. — Ele assente, sorrindo, e o sorriso ainda é o mesmo do menino de 12 anos que brincava comigo. Éramos inseparáveis.

Sorrio de volta e continuo meu caminho.

— Didi! — Bernardo grita, assim que me vê.

— Parabéns, meu amor! — digo, assim que me abaixo, e lhe dou um abraço. — A dinda estava morrendo de saudades.

— Eu 'tamém'. 'Tô bincando' no cavalinho, vem? — Puxa minha mão e me levanto, um pouco desajeitada por conta do vestido que havia escolhido: frente única e colado ao corpo. Faço uma nota mental para nunca mais usar algo assim em festa de criança, mas sei bem o porquê de o ter escolhido: por causa de seus decotes laterais. Eu queria exibir minha nova aquisição.

Bernardo corre na frente, em direção à aérea dos brinquedos, mas não dou muitos passos atrás dele, pois meu corpo paralisa quando me deparo com o homem que tem o poder de fazer o meu mundo parar, apenas com seus olhos. Ele me encara como um falcão que persegue sua presa. Está escorado em um dos brinquedos, de braços cruzados.

— Ah, droga! Desculpe-me! — Viro meu corpo de perfil, para encarar o homem que acaba de derramar cerveja em meu braço e na lateral do meu vestido. Ele pega guardanapos na mesa ao lado e começa a tentar limpar a bebida em meu braço.

— Tudo bem, não foi nada. Eu parei no meio do caminho, a culpa não foi sua.

— Nossa, me perdoe, eu realmente não te vi parada aí...

— Sargento, sua namorada está lhe procurando. — O tom cortante e frio surge à minha esquerda, e mordo um pouco os lábios para não sorrir. O fato de ele ter andado esses metros em minha direção, tão rápido, me mostra que não está tão indiferente assim. Uma esperança, mesmo que pequena, surge. Ainda marcava território, e isso é bom, não é?

— Estou indo, me desculpe mesmo — o homem, que aparenta ter a minha idade, pede perdão novamente, parecendo muito sem graça.

— Tudo bem, acontece. — Sorrio para ele, para parar de reprimir o sorriso referente à alegria pela atitude de Daniel.

Meu braço é puxado e logo entramos em um banheiro. Ele me deixa em um canto e verifica avidamente o ambiente. Logo volta, tranca a porta e para à minha frente. Estou encostada na parede, na lateral da pia.

— É isso o que vai fazer agora? — exige, num tom frio, e vejo a ira

MUDANÇA DE PLANOS

estampada em seus olhos.

— O quê? — Não entendo sua acusação.

— Não se faça de idiota, é mais inteligente do que isso — me acusa.

— Não sei do que está falando. Desculpe, mas ainda não sei ler pensamentos — revido.

— Não sabe mesmo! — Seus olhos descem por meu corpo e identifico o desejo neles. — Vai ficar dando em cima da porra dos meus amigos agora? — vocifera, quando seus olhos se prendem aos meus.

— Como é que é? — pergunto, irritada com a acusação descabida.

— Isso mesmo que ouviu. Não vai funcionar — alerta, cheio de certezas, e isso me deixa muito irritada. Odeio ser acusada injustamente, pois nem tenho olhos para ninguém além dele.

— Sério? Pois te garanto que excetuando o Fernando, vou para a cama com qualquer um dos seus amigos. Quer apostar? — Minha respiração está alterada, e estou com muito ódio dele neste momento.

— Não me provoque, Juliane! — alerta.

— Está com medo da aposta, capitão? Se são seus amigos, não deveria ter medo. — Ele fica mudo, e vejo o quanto seu maxilar está rígido. — Você é a porra de um idiota! — grito e o empurro.

— O que você quer? — Pressiona seu corpo contra minhas costas, revelando seu desejo. — Me enlouquecer? — Sobe uma das mãos sob a barra do vestido...

— Estamos na festa do Bernardo, Daniel! — Tento me afastar de seu toque, pois não é esse o Daniel que conheço e quero. — A gente conversa mais tarde.

— Não é conversar que quero com você, Juliane. — Todo meu corpo enrijece com sua resposta, e viro de frente para ele para ter certeza de que acabou de dizer o que acho que disse.

— Não entendi. — Ele ergue as sobrancelhas, com uma expressão de deboche que me deixa muito mais irritada.

— Qual é o problema com uma boa foda? Somos bons nisso... — Quando dou por mim, minha mão já atingiu o seu rosto, e o som do tapa reverbera pelo ambiente.

— Nunca mais se aproxime de mim! — O empurro, e ele sorri enquanto tento destrancar a porta.

— Qual é o problema de uma transa e nada mais? Não entendi: você que não quis a porra do compromisso que ofereci, então me explique melhor o que quer, pois estou confuso — diz, em tom de zombaria, e não me dou o trabalho de responder. Sinto-me um lixo, como nunca me senti, porque ele não tem o direito de me ferir dessa forma. Não tem!

Entro no berçário ao lado e respiro fundo, várias vezes, tentando me controlar para não chorar. É aniversário do meu afilhado, e não vou perder esse momento da vida dele, por conta do idiota do seu padrinho. O que deu nele? Quem é esse Daniel?

Passo o resto do tempo com Heitor, Milena e algumas amigas da época de faculdade. Evito olhar em qualquer direção que não seja a dos integrantes em minha mesa; forcei sorrisos e fingi uma alegria que estou muito longe de sentir, por algumas horas.

Quando Fernando me chama para fazer uma foto à mesa com Bernardo, tenho vontade de dizer para não chamar o padrinho. Mas são as lembranças do meu afilhado, e não tenho o direito de tirar nada dele.

Paro ao lado de Daniel e de Bernardo, que está em seu colo, e sorrio para o fotógrafo como se estivesse tudo certo. Os segundos ao seu lado são eternos.

— Juliane, você está bem? — Cissa me interroga, preocupada, quando o fotógrafo me libera.

— Estou ótima, amiga. Não se preocupe, está tudo certo — pisco para ela, odiando mentir para a minha amiga, mas não estragaria seu dia.

Minutos depois, o parabéns a você é cantado, e é minha deixa.

— Vou indo, amiga. Estou morta, estou há mais de 24 horas sem dormir. Estava tudo lindo — despeço-me dela e de Fernando, e também dos meus amigos, e minutos depois peço um Uber na porta do salão.

— Eu te deixo em casa. — Ouço o tom atrás de mim.

— Obrigada, já chamei o Uber — respondo, sem ao menos encará-lo.

— Prefere pegar um Uber quase meia-noite a ir comigo?

— Sim, prefiro. Não estou interessada na sua foda ocasional — respondo, irritada.

— Também não estou interessado em sexo casual com você. Desculpe a forma como falei, eu perdi a cabeça. — Seu tom é de tanto faz.

MUDANÇA DE PLANOS

— Tudo bem — respondo, enquanto me sinto pior do que estava. Ele queria fazer sexo comigo apenas para mostrar aos amigos que eu ainda era dele. Eu, agora, não era nada mais do que um jogo de ego para ele.

— Tenha uma boa-noite, Juliane — diz, e se retira da mesma forma com que se aproximou.

Entro no carro, que encosta, tentando entender como foi que tudo entre a gente se perdeu.

Claro, eu fui burra o suficiente para sair correndo do homem que amo, que me pedia em casamento em uma cerimônia muito importante, na frente de todo o batalhão. Se é para cagar, sou especialista.

O fato de ele se sentir magoado não justifica as agressões de hoje. Entendo que não queira mais ficar comigo, mas não vou tolerar esse tipo de coisa.

Assim que desço do carro, minutos depois, em frente ao *flat*, vejo outro carro se aproximando lentamente. O Uber vai embora e me apresso, com medo de ser um assalto. Mas, quando empurro a porta da portaria e olho novamente, reconheço o carro de Daniel. Então, me alimento da raiva e coragem, e, ao invés de entrar, disparo em sua direção.

— O que você quer?! — Meu tom transmite toda a minha raiva, quando abro a porta do carro com todo o ímpeto.

— Porra, Juliane, a pistola! — Retira a arma do banco, evitando que eu sente em cima, e bato a porta com toda a minha força. Agora, o encaro, muito furiosa, esperando a explicação por ter me seguido, depois de sua idiotice.

— A prima de um amigo foi estuprada há dois dias, por um motorista dessa porra de aplicativo — começa, um tanto sem graça, e tenho certeza de que está puto por eu tê-lo visto.

— Sinto muito por ela, mas não te contratei como segurança particular — esbravejo, mais irritada ainda.

— Eu te ofereci a porcaria da carona. Custava aceitar? — exige, como se ainda tivesse algum direito.

— Entre na merda do estacionamento! — vocifero, depois de me dar conta de que estamos parados no meio da rua, correndo risco de sermos assaltados. Ele está com duas armas no carro, e sendo policial, será merda na certa. Não quero que nada assim aconteça por minha culpa. Sem questionar, ele engata a marcha, e logo para em frente à guarita. Desço o vidro e me identifico para o porteiro, rapidamente, então ele abre a cancela e Daniel entra. Assim que estaciona na vaga e puxa o freio de mão, me posiciono de frente para ele e cruzo os braços, profundamente irritada. Não vou permitir que aja dessa forma, sendo que me dispensou e disse que eu não fazia mais diferença em sua vida.

— O que quer, Daniel? — exijo, e ele me encara por longos segundos. Não consigo decifrar a expressão em seu rosto.

— Já disse que fiquei preocupado. O caso foi recente e me impressionou.

— Você bebeu? — Aproximo-me mais e encosto o nariz próximo aos seus lábios, para ter uma resposta imediata, mas não sinto cheiro de bebida. Passo a língua entre meus lábios, tentando não cair na tentação de beijá-lo, porque a saudade está começando a vencer a raiva, e isso não é nada bom.

— Eu não bebi, Juliane — diz, num tom seco, e joga um pouco a cabeça para trás, fugindo da proximidade, como se eu o sufocasse.

— Ótimo! — grito, frustrada com sua atitude, e volto à posição anterior. — Então, vai se lembrar perfeitamente das coisas que vou lhe dizer agora: eu te amo, e amo muito, com cada pedacinho de mim, mas não vou aceitar que me trate como me tratou essa noite. Entendo que não queira me desculpar por minha atitude idiota e inexplicável, ok. Estou sofrendo muito e tentando aceitar as consequências do meu ato, mas não vou permitir que me desrespeite e me agrida com palavras, como fez naquele banheiro. Esse não é o Daniel por quem me apaixonei. Quer dizer, você sempre foi um pouco idiota, mas nunca me fez sentir como hoje. — Ele apenas respira fundo, e quero voar em seu pescoço até fazê-lo entender o quanto está sendo babaca.

— Perdoe-me, fui um tremendo babaca — confessa, em tom ameno, e minhas mãos se posicionam em seu rosto. Com o simples toque, todo meu corpo estremece.

— Eu vou te amar pra sempre, Daniel, não me faça te odiar também — imploro, tentando controlar as lágrimas, já que o bolo começa a se formar em minha garganta. Ele assente e percebo que não está tão indiferente, como tenta demonstrar. Por que tem que ser tão teimoso e orgulhoso?

— Você sabe que eu ainda te amo... — diz, em um sussurro, e meu coração se enche de alegria e esperança. Não consigo evitar as lágrimas desta vez, então elas começam a cair pelo meu rosto, enquanto seus polegares as aparam. Não resisto e levo meus lábios aos seus, porque a saudade realmente venceu e me consome. Fico feliz pela reciprocidade esperada, e nosso beijo se aprofunda rapidamente. Agora, o único a dominar a situação é o desejo visceral e eloquente que sentimos um pelo outro. Sem desfazer o

MUDANÇA DE PLANOS

contato, me transporto para o seu colo, e suas mãos passeiam por cada pedacinho do meu corpo. É muito tempo longe! Meus lábios saem dos seus apenas para correr por seu maxilar e pescoço...

— Não faça mais isso com a gente, amor, porque não consigo mais não ter você. Eu te amo, você me perdoa? — imploro, com os lábios ainda colados aos seus.

— Minha vontade é... — diz, em um sussurro, e logo trava. Seu rosto se cola ao meu pescoço, ele parece se embriagar com meu cheiro.

— É o quê? — insisto, curiosa.

— Quero transar com você até a exaustão, quero tirar todo o atraso dessas semanas longe... — confessa, com o tom cheio de desejo, e eu sorrio extasiada e volto a beijá-lo.

— É melhor subirmos então... — constato, pois sei que uma rapidinha não seria suficiente para nós.— Não vou fazer isso. Não quero ser idiota de novo, então não vamos voltar de onde paramos, Juliane. — Toda aquela felicidade se esvai instantaneamente. Ele vai continuar com a porra do orgulho? — Sabe o quanto me enlouquece, e Deus sabe o quanto estou me segurando para não arrancar seu vestido agora mesmo, mas aí serei o Daniel de antes de te conhecer, e depois do que vivemos, acho que não gostaria daquele Daniel. — Assinto, completamente sem chão, e saio às pressas do seu colo. Sinto-me como se tivesse despencado de um prédio de vinte andares, em queda livre, e esperando só o momento de me esborrachar no chão.

— Eu queria poder te dizer outra coisa... — começa aquele papo de canalha escroto.

— Não queria, não! — acuso, com o dedo em riste. — Quis dizer exatamente o que disse. Pois bem, Daniel, jogue a porcaria da sua felicidade no lixo, por conta de um orgulho e capricho bestas! Isso acaba aqui, e não vou mais sofrer e nem chorar por sua causa. Está certo, você não é obrigado a aceitar minha atitude idiota e desesperada de fugir do pedido *fodástico* e maravilhoso! Isso na sua opinião, é claro! — explodo toda a revolta que sinto por ele querer que eu compartilhe exatamente do mesmo senso de felicidade que o dele. Sinto por sua "vergonha de macho ferido", mas aquilo não deveria ter sido tão relevante a ponto de jogar tudo no lixo. Que viva com a porra do orgulho, então! — Mas eu também não sou obrigada a aceitar que está se desfazendo de mim apenas para alimentar o seu ego. Se tudo que vivemos até aqui não foi capaz de te convencer que a porra de um papel é o que menos importa em uma relação, foda-se! Cansei, não vou ficar aplaudindo seu papel de vítima. Já pedi perdão, me humilhei, mas se não quer aceitar, a responsabilidade não é minha.

— Vou te fazer um último pedido, se é que tenho esse direito... — digo, por fim, e ele assente, permanecendo em silêncio. — Sei que temos amigos em comum, além do mesmo afilhado, e frequentamos os mesmos lugares, mas, pelo menos por enquanto, pode evitar a aproximação?

— Posso — diz, como se fosse algo banal e simples de se fazer, e isso acaba de me destruir.

— Ok, Daniel, obrigada. — Saio às pressas do carro, antes que lhe dê o gostinho de ver como estou acabada por sua causa.

— Juliane! — Não dou nem dois passos e ele já está saindo do carro também. Daniel me chama com certo desespero, alimentando minha esperança de que tenha percebido a burrice que cometeu. Sou impedida de continuar meu caminho, pois sua mão puxa a minha.

— O quê? — exijo, porque não vou tolerar mais nenhuma babaquice sua.

— Que é isso na sua... — A porra da minha respiração falha e todo o meu corpo quer entrar em colapso quando seus dedos contornam minha nova e única tatuagem. Ele acaricia o local, como se fizesse uma leitura em braile, arrepiando cada pedacinho de mim. Odeio a forma como Daniel faz meu corpo reagir, mesmo quando estou com tanto ódio assim.

— Quando fez? — pergunta, parecendo atônito.

— Tem alguns dias — respondo, sem emoção, e não me arrependo de ter feito.

— Tem noção da merda que fez? Como tatuou a porra da minha assinatura no seu corpo? — exige, um tanto furioso, como se tivesse algum direito sobre mim.

— Boa noite, Daniel. — Tento puxar minha mão da sua, mas não a solta.

— Não vai sair sem me explicar isso direito. — Seus olhos se prendem aos meus, e mais uma vez, não reconheço nada neles.

— Não tenho nada para te explicar. Pode sair da minha frente?

— Como não tem nada para explicar? Tatuou meu nome! Tatuagens não são brincadeiras, Juliane, são feitas apenas se tiver um significado. Isso não sai, porra! — grita, irritado.

— Se é tão burro assim, vou explicar o meu significado: eu te amo, e não tenho dúvidas de que é para sempre. Então, por que não marcar em minha pele o que já está marcado em meu coração? — Ele nega com a cabeça. Pa-

MUDANÇA DE PLANOS

rece em choque, abismado, ou qualquer coisa dentro desse contexto.

— Acha que outro homem vai querer ficar com você, depois de ver que tem a assinatura de outro cara tatuada no seu corpo? — exige, transtornado.

— Aí, já é um problema meu. E você, vai começar a praticar celibato, ou vai transar apenas se for de blusa? Ah, claro, tatuagens são um assunto que não gosta de mencionar. — Pisco, em deboche. — De repente, pode começar a usar o Tinder e buscar apenas "Julianes". Vai dar um pouquinho de trabalho, mas pode dar certo. — Ele me encara, embasbacado, e apoio o indicador em meu queixo, fingindo pensar. —Ainda bem que Daniel é um nome bem comum, não é mesmo? Agora eu preciso mesmo dormir, já deu. — Puxo minha mão da sua e sigo para o elevador.

— Você é louca! — grita, ainda com a mesma cara de espanto, e fica estático em seu lugar.

— Nunca disse que não era — respondo de volta, e as portas do elevador se fecham.

CAPÍTULO 34

Daniel

Não sei exatamente por quanto tempo permaneço de pé, encarando o elevador, até conseguir voltar ao carro. Mesmo que eu brigue comigo mesmo e tente me convencer de que nada que viesse dela me abalaria mais, sempre caio do cavalo, porque Juliane tem o poder de me surpreender e me levar ao limite, como ninguém nesta vida teve. A imagem da porra da minha assinatura na pele dela está fixa e não consigo pensar em outra coisa, a não ser que meu nome nunca ficou tão bem em outro lugar. Essa louca, mais uma vez, conseguiu me deixar atônito e sem ação, e eu morreria facilmente se estivesse em um local de conflito.

Como ela é capaz de tatuar minha assinatura e logo abaixo "para sempre", mas, em contrapartida, foge do meu pedido de casamento?

Eu desisto de entender, e quero apenas parar de andar nessa montanha-russa. A brincadeira e os jogos não fazem mais sentido para mim, pois penso que se não me quis por inteiro, não terá parte de mim. Eu a amo pra caralho, e só Deus sabe o quanto, mas não posso passar por cima da minha moral e dos meus valores. Dei tudo de mim, algo que eu nem sabia que poderia dar a uma mulher, e ela simplesmente cagou. A porra da tatuagem me abalou, claro que sim, não posso mentir para mim mesmo. Mas Juliane precisa compreender a dimensão dos ferimentos que me causou. Não é pela porra do papel, e sim, pela entrega e compromisso que ele representa. Eu amo Juliane não só com meu coração, mas também com minha alma, e faria qualquer porra que ela me pedisse. Doeu ver que ela não foi capaz ou não pensou nas consequências de me deixar plantado, como um retardado que não sabia o que estava fazendo. Mesmo que meu tesão exacerbado por ela e meu amor estejam gritando que é idiotice o ato de ficar longe, não consigo aceitar e perdoar. Ela passou todos os limites dessa vez, e não servirei mais de palco para suas loucuras.

Três dias depois...

— Te peguei! — grita Bernardo, extasiado por eu ter permitido a ele me pegar.

— Você está muito rápido. Costuma treinar corrida sem o seu instrutor aqui? — Finjo uma cara de bravo.

— Sim! — responde, sorrindo, e se joga em cima de mim.

— Muito bem, recruta. Agora, as aulas de voo estão suspensas.

— Não! Só um pouquinho — pede, e o pego nos braços e o giro no ar, enquanto ele gargalha. Como amo esse menino!

— E vamos preparar a aterrissagem, recruta! — Ele gargalha, e eu com ele, porque seu sorriso é contagiante.

— Com licença. — Cissa abre a porta do meu escritório.

— Abortar missão, recruta — digo a Bernardo.

— Será que vocês não sabem brincar de carrinho, de bola? Tem que ficar girando o menino no alto? Tenho braços para isso, não, Daniel. Quando Fernando não está em casa, eu sofro, porque esse menino está muito pesado.

— Mande-o pra cá que eu resolvo. O dindo resolve qualquer parada, não é, meu parceiro?

— Sim! — Bernardo concorda, empolgado, e a Cissa sorri, enquanto nega com a cabeça.

— Obrigada por buscá-lo na creche. O Fernando está de plantão, e a cirurgia em que atuei demorou mais do que o esperado. Fiquei apavorada, mas você me quebrou uma árvore. — Parece aliviada.

— Quando precisar, é me só ligar. — Ela assente.

— Já que estou aqui, posso te ocupar por mais uns minutinhos? — Seu tom sai estranho e já imagino sobre o que queira falar.

— Claro, Cissa. — Coloco Bernardo no chão e a encaro.

— Sei que vocês são adultos e que sabem o que é melhor, mas, caramba, Daniel, nunca vi a Juliane nesse estado. Eu a conheço desde a faculdade, e ela está em um estado deplorável, por isso estou realmente preocupada. Se ainda gosta dela, dê uma chance... — intercede pela amiga.

— Mais uma, é o que quer dizer, não é, Cissa? Ela escolheu isso. Não é porque ainda sinto alguma coisa que vou deixá-la me fazer de capacho — explico, calmamente.

— Vocês moraram juntos, dividiram uma vida. Será que isso não conta?

— Deveria contar na hora em que a pedi em casamento mais uma vez, e ela fez o que fez. Era só ela ter sido mais clara em relação aos seus sentimentos, e nada disso aconteceria.

— Sei que foi bem constrangedor, mas não há nenhuma forma de tentarem superar? Ela te ama, Daniel, não tenha dúvidas.

— Você não entende, Cissa, porque corresponde aos sentimentos do Fernando igualmente, e construíram uma família...

— Você conhece seu amigo muito melhor do que eu. Se eu tivesse deixado apenas por conta dele, não duvide que ainda estaríamos apenas tran... — trava e encara Bernardo, que está entretido, desenhando à minha mesa. — Ou nem estaríamos mais juntos. Quando se ama de verdade, sempre existe um caminho, Daniel. Ela está desistindo, e peço que não permita isso, porque são perfeitos juntos, sabe disso.

— E o que eu faço? Deito no chão, para ela passar por cima? — Cissa revira os olhos, com minha zombaria.

— Eu não sei, Daniel. Se isso for te fazer feliz, por que não? Cara, eu sempre fui prática. Alimentar sofrimento à toa não é pra mim, deixo isso para as novelas mexicanas. Ficam os dois patetas sofrendo e se querendo, eu não consigo entender.

— Estou de boa, Cissa — finjo normalidade.

— Você ainda nem voltou pra casa, Daniel! Dorme na oficina desde então — acusa, e fico sem graça.

— Não é nada disso... — tento argumentar, mas ela me interrompe.

— Ok, desisto. Como disse, o que fazem não é da minha conta, mas tinha que tentar abrir seus olhos. É questão de tempo até ela ver que ficar sofrendo por sua causa não vai levar a nada...

— Acho que ela já percebeu isso, porque me pediu para ficar longe — digo, apático, revelando em voz alta o quanto seu pedido me incomodou.

— E você? — pergunta, surpresa.

— É o melhor a fazer, Cissa. Não dá mais, então eu e Juliane não teremos mais um relacionamento — digo, decidido, pois não tem conserto o que ela fez.

— Eu sinto muito, de verdade, mas, se é o que decidiu... — Seu tom sai desanimado.

— Foi muito bom enquanto durou, Cissa, mas eu prefiro ficar apenas com as lembranças e seguir em frente. Não vou negar, ainda estou no meio do furacão, mas logo as coisas normalizam — rebato.

— Vou indo nessa, desculpe me intrometer — diz, sem graça.

— Tudo bem, fique tranquila. Quando precisar de qualquer coisa em relação ao Bernardo, pode me chamar.

— Chamarei, não tenha dúvidas. — Logo sai, e removo o sorriso que forçava para ela. Pego uma cerveja no frigobar e a viro de uma só vez. Eu

MUDANÇA DE PLANOS

vou superar essa porra, não vou deixar essa merda me destruir.

Meses depois...

Reporto-me como capitão ao comandante da barca, e por isso sou um dos primeiros a embarcar. Sigo para a popa e encosto-me na parede da cabine, encarando o sol, que perde um pouco de sua intensidade, pois são 17:15. Optei por estar na última barca justamente porque tinha certeza de que ela não estaria nela, e só vim porque Fernando é meu irmão. Sei que ele não me perdoaria se perdesse seu casamento, mas saber que estou indo para a porra de uma ilha e que não tinha como deixar de vê-la dessa vez, me consome. Desde o episódio na garagem de seu *flat*, há dois meses, fujo dela como o diabo foge da cruz. E não era apenas pelo pedido que me fez, mas pelo fato de não conseguir mais resistir e assumir o papel de idiota, que ela quis me dar.

A imagem de sua tatuagem com o meu nome e a forma como se declarou para mim, têm tirado a minha paz e povoado meus sonhos sempre que consigo dormir. Afinal, há meses não durmo direito. Não há um só segundo em meu dia em que não pense nela e sinta sua falta, mas, toda vez que vejo seu rosto em minha mente, também a vejo fugindo e me deixando como um palhaço, na frente de toda a minha corporação. Se me amasse tanto como afirma e marcou em seu corpo, por que rejeitar meu pedido pela terceira vez? Isso não entra na porra da minha cabeça, e esse questionamento é repetitivo ao extremo.

Nesses últimos dois meses, ela não me passou mais mensagem ou apareceu na oficina, e isso também vem me tirando o raciocínio. Mesmo sabendo que isso vai acontecer, mais cedo ou mais tarde, como a Cissa alertou, não consigo imaginá-la com outro, e foi exatamente o que me fez perder a cabeça no aniversário de Bernardo. Até ali, a porra do meu plano, aliado com minha raiva e frustração, estavam funcionando muito bem. Sei que não poderemos ter mais nada, mas o problema é só aceitar, essa é a porra do problema. Só eu sei o quanto venho lutando comigo mesmo para não jogar meu orgulho para o alto e rastejar até ela, aceitando qualquer coisa que queira me dar, mas mesmo com a bosta da coleira em meu pescoço, minha dignidade ela não vai tirar. Morro antes de isso acontecer.

Já está escuro quando a barca atraca no cais de Marambaia.

Sou um dos primeiros a desembarcar também, porque chamam primeiro os oficiais e depois os civis. A ilha é responsabilidade da Marinha do

Brasil, e aqui as regras são deles, e só se entra com autorização deles. Como militar, não tenho problema em seguir ordens.

A ilha é grande, mas já a conheço do começo ao fim. Já vim muitas vezes aqui, quando era moleque, junto com Fernando, mas tem anos que não venho. Porém, pelo pouco que consigo ver, graças à pouca iluminação, não mudou absolutamente nada.

Caminho bons metros até o único hotel na ilha, porque nem fodendo eu ficarei na casa de Fernando dessa vez. Irei embora amanhã mesmo, já que fico apenas para o casamento.

Assim que entro em meu quarto e vejo que o relógio marca 18:40, percebo que a noite será muito longa. Então, resolvo me trocar e sair para correr. Daqui até a casa de praia de Fernando são bons minutos de caminhada, então não tem risco de encontrá-la por aqui. Ele me garantiu que ela ficaria na casa com eles, então só me resta correr até a exaustão. De repente, assim consigo pegar no sono com facilidade.

Corro por mais de uma hora, até que me apoio em um coqueiro, buscando ar. Assim que me recupero mais um pouco, resolvo caminhar até a próxima praia, porque ainda está cedo e o calor pede um mergulho. Sigo pela trilha iluminada apenas pela luz do luar, já que não tem iluminação elétrica nessa parte da ilha.

Chego à praia desejada, e, como era de se esperar, está deserta. Poderia tomar banho pelado sem nenhum problema, esse lugar é o paraíso. Até penso realmente em ficar nu, mas quando olho para a imensidão de areia à minha esquerda, vejo alguém de costas. Está escuro e longe demais para identificar bem, mas acredito que deve ser um pescador. Sei que seria impossível a pessoa se dar conta de que estou pelado, mas resolvo ser mais prudente e mergulho de sunga mesmo, deixando meu short e tênis na beirada. Nado por muitos minutos e é libertador, tem muito tempo que não faço isso.

Depois de vários e vários mergulhos e braçadas, resolvo que está na hora de voltar. Começo a nadar para a margem de novo, até que de repente meu corpo, de forma instintiva, começa a recuar novamente. Estou paralisado! Não é possível, claro que não é. Agora comecei a alucinar? Que porra é essa?!

Afundo a cabeça novamente, ficando por uns segundos embaixo da água. O negócio só piorou, porque agora ela está nadando em minha direção, e bem próxima...

MUDANÇA DE PLANOS

A água está no meio do meu peito e estou paralisado...

— O quê? — digo, chocado com o poder da minha imaginação.

— Por favor, amor, não me peça para sair... — Até a voz é como a sua, estou muito fodido! Até os músculos de meu rosto estão paralisados. Eu a vejo perfeitamente, minha imaginação se materializou... — Daniel! — Seu grito e a água que joga em meu rosto me tiram do transe.

— É você mesmo? — pergunto, sem conseguir acreditar, e ela se aproxima até circular meu pescoço com os braços, me provando que é real.

— Sou só o fruto da sua imaginação, aproveite... — sussurra, e morde meu lóbulo, me levando ao ápice.

— Juliane... — Tento afastar o desejo e me manter coerente, mas, caralho! Na seca que estou, e com a mulher que desejo e amo, colada a mim em uma praia deserta e paradisíaca, é foda!

— Estava caminhando e não resisti, quando o vi chegando à praia. Eu te reconheço até de olhos fechados, mas me aproximei e tive certeza de que era você quando reconheci o short e o tênis. Por favor, estou com muita saudade. — Caralho, caralho e caralho. Foda-se!

Invisto minha boca contra a sua e a beijo com o meu melhor beijo avassalador e dominante. Quero ver qual o filho da puta que resistiria a isso! Levo uma das mãos para o seu corpo... puta que pariu! Ela entrou nessa água já com o jogo ganho.

— Pelada, Juli? — pergunto, extasiado, e com o meu tesão no limite.

— É a única regra — sussurra em resposta.

— A única — confirmo, sedento, e volto a beijá-la. É difícil mensurar o quanto senti falta dela e o quanto estou na seca, então nos beijamos de forma desesperada, como se precisássemos disso para viver. A química entre nós e o tesão são surreais, e logo suas pernas circulam meus quadris. Ela captura meu pau com uma das mãos e não demora mais que três segundos para que esteja dentro dela...

— Caralho! — grito, quando a luxúria me domina, sem pouco me importar se alguém me ouviu. Seguro seu corpo e invisto contra ela, e a água, que até agora estava sem ondas, parece que formará um tsunami a qualquer segundo. Seus gemidos me enlouquecem muito, muito mais, porque nossos corpos se reconhecem de uma forma absurda. Uma das mãos de Juliane se prende às minhas costas, e a outra em meu pescoço...

— Ahhh! — ela grita, e capturo sua boca para tentar abafar seus gemidos. Esse sexo vai entrar para o topo da lista dos extraordinários, e essa lista é toda ocupada por Juliane. Acho que nunca estive tão primitivo! Eu a fodo avidamente, extravasando todo o tesão reprimido por meses.

— Porra, amor, eu estou no limite! — confesso.

— Continue, assim, não pare... — implora, e sei que falta pouco para atingir o seu ápice.

— Não vou parar... — Invisto mais forte.

— Dan! — grita, e suas unhas se cravam em minhas costas, assim que seu orgasmo chega. É o meu limite, e gozo junto com ela. Sua cabeça pousa em meu ombro, me trazendo aquela sensação única e maravilhosa, então beijo seus cabelos e acaricio suas costas, enquanto me movo um pouco para que minha visão da areia melhore. Assim que noto que a praia continua deserta, respiro aliviado por não ter exposto Juliane dessa forma. Permanecemos abraçados dentro da água, eu ainda dentro dela, e o silêncio já dura alguns minutos. Seu rosto está escondido em meu pescoço, e seus dedos correm por minhas costas de uma forma deliciosa. A última coisa que quero agora é me afastar dela, mas... sempre existe a porra do "mas".

— Eu te amo. Diz que podemos recomeçar? — Fecho os olhos, sem saber o que dizer, quando ela quebra o silêncio, depois de minutos.

— Não fique brava com o que eu vou dizer agora, mas... — Caralho, o que eu estou fazendo?

— Mas o quê, Dan? — Seus olhos agora me encaram, fixos, e só consigo contemplar seu rosto iluminado pela luz da lua, e como ela é perfeita! Mas Eva também era irresistível, e foi justamente isso que fodeu o resto da humanidade.

— Eu não estou pronto...

— Não está pronto? — Faz a pergunta em modo acusatório.

— Entrou pelada na água, e sabe o quanto sou louco por você, então, pensei com a porra do pau. Desculpe, mas nenhum homem resistiria a isso, mesmo que fosse um santo... — Suas pernas se desprendem do meu quadril. — Juli, não quero que se sinta...

— Que me sinta como, Daniel? — Seu tom sai quase inaudível, e me sinto a porra de um canalha. Não sei o que dizer para amenizar a situação, mas a culpa não é dela. Não foi o que quis dizer, pois a amo, porra, esse é o problema.

— Eu... — busco as palavras, mas não consigo ordená-las em uma frase.

— Tudo bem, vamos encarar como uma despedida, não vou fazer papel de vítima. O sexo foi um dos melhores que tivemos, e adoraria explorar cada canto dessa ilha com você... — Minha imaginação, rapidamente, faz várias imagens nossas transando e demarcando cada metro quadrado desta ilha.

— Não está facilitando... — revelo, tentando esconder o desejo em meu tom.

— Sei que não. Não seria eu, se facilitasse. — Pisca, e começa a nadar em direção à margem.

— Espere! — grito, e começo a segui-la. — Deixe-me ir na frente, assim te escondo enquanto coloca a roupa.

— Ficar pelada não é problema pra mim.

— Não está mais na faculdade, engraçadinha. Não vai ficar dando show grátis por aí — alerto, irritado.

— Preocupado, capitão? — Tenta começar a correr assim que sai da água.

— Juliane! — Eu a travo e coloco meu corpo à sua frente.

— Não se preocupe, capitão, o conteúdo inteiro é seu, só não toma posse porque não quer. — Leva minha mão à sua tatuagem e beija meus lábios levemente.

— Por favor, coloque a roupa! — digo, preocupado que alguém possa vê-la a qualquer segundo. Mesmo que não consigam ver nitidamente, não quero nenhum filho da puta com imagens dela, mesmo que borradas, na imaginação.

— A regra não é ficar pelada? Está quebrando suas próprias regras — acusa, sorrindo.

— Isso é na nossa casa — travo, assim solto a frase, enquanto a expressão no rosto dela se torna séria de repente, assumindo o reflexo da minha. Então me abaixo e pego seu vestido e calcinha. — Coloque o vestido! — dito a ordem como se falasse com um dos meus subordinados, e ela não questiona e o veste. — A calcinha. — Faz o mesmo com a peça de renda branca. — Vamos, vou te acompanhar até a casa do Fernando.

— Não precisa. Se quer fugir do que acabou de dizer, é melhor não ficar mais tempo comigo.

— Não disse nada demais, foi só a força do hábito e a conjugação errada do verbo. — Claro que foi tudo demais! Sinto falta dela e da nossa vida, absurdamente, que não consigo mais voltar para casa justamente porque sei que ela não estará lá.

Ela desfaz o contato visual e começa a andar. Então, pego o short e o tênis e começo a segui-la.

— Já disse que sei o caminho. — Seu tom sai sem nenhuma emoção.

— Não vou deixá-la ir sozinha por mais duas trilhas escuras e no meio da mata. A casa do Fernando está a mais de trinta minutos daqui. Ficou doida, sair sozinha de noite? — exijo, ao seu lado. Sabia que a maior parte da minha raiva era não poder dormir com ela e ter que me afastar, e sinto falta do seu corpo junto ao meu todas as noites. Mas, como ela quer, não será mais possível, e não vou deixar a porra do meu pau me dominar, porque tenho um cérebro também.

— Ainda estava claro quando eu vim, e trouxe uma lanterna! — Puxa o chaveiro minúsculo do bolso e o liga, mas seu holofote não ilumina nem seu dedo, que dirá uma trilha no meio da mata.

— Ah, por que não me disse antes? Melhor apagar, o pessoal de Itacuruçá pode ficar incomodado com o reflexo vindo daqui. — Levo uma cotovelada nas costas.

— Era pra rir? — pergunta, irritada.

— Só se quiser — respondo, e ela permanece emburrada em seu caminho. Seguimos mais alguns minutos, e a ajudo a subir o primeiro morro. Ela quase cai por duas vezes, porque está um breu no barranco, mas, me contradizendo, até que sua lanterna é de grande ajuda.

— Ah! — grita, quando encosta o pé em um galho.

— Ainda queria vir sozinha. Olhe a merda que ia passar!

— Sou veterinária, Daniel, estou acostumada a andar na mata — diz, dona de si, e passo uma folha por suas costas.

— Merda! — Ela se debate, e eu gargalho.

— Estou vendo, muito acostumada — zombo, me sentindo feliz como não me sinto desde a porra daquele maldito dia.

— Pare com isso! Estou falando sério! — exige, irritada, colocando a lanterna no meu rosto. Faço cara de paisagem e ela volta a andar, mas seu corpo está completamente rígido. Está morrendo de medo, sei disso.

Andamos mais um pouco, até que pego um galho seco e passo por suas pernas.

— Ah! — Pula e se gruda em mim. — Pare, Dan! Porra! — Bate em meu braço, então não resisto e a agarro. Eu a beijo, sem conseguir controlar meu instinto, e assim ficamos por incontáveis segundos.

— Parei — digo, com os lábios colados aos seus. Eu a quero de novo, meu desejo por ela é incontrolável, mas preciso pensar com a cabeça de cima dessa vez. — Falta pouco agora, é a última descida e chegamos na praia deles.

Desço na frente e a ajudo em seguida, então ela se apoia em meus om-

MUDANÇA DE PLANOS 259

bros e a pego pela cintura. Logo, estamos no mesmo nível.

— Pegue meus tênis, que vou te tirar aqui. Tá cheio de água, pode ter...

— Não fale o que pode ter! — diz, em pânico, e sorrio quando agarra meus tênis e short nos braços. Eu a suspendo novamente e pulo o pequeno brejo, sem citar as possíveis rãs. — Achei que era veterinária — zombo, com ela ainda nos braços, e quando dou o próximo passo...

— Ah! — grito, quando algo pontiagudo perfura meu pé.

— Merda! Que foi? Alguma coisa te mordeu? — exige, em tom de desespero, e a devolvo à areia já seca, devagar.

— Não, furei o pé em alguma coisa. — Saio da mata, e com um pulo estou na praia, onde está mais iluminado, graças à lua.

— Por que não calçou a porcaria do tênis! Eu avisei, droga! E se for um prego enferrujado? Cabeça de titica, caveira esperto! — Ela me dá um pescotapa.

— Estou com dor. Eu te livrei do perigo e ainda apanho?

— É para ver se fica mais esperto. Cacete, Daniel! — esbraveja.

— Sua boca anda bem suja ultimamente! — acuso.

— Aprendi com você! — revida, e eu sento na areia, para tentar remover o corpo estranho da sola do pé.

— Deixa eu ver? — Senta um pouco à frente e puxa meu pé. — Caraca, amor, acho que é um anzol. Vai ser difícil tirar assim, no escuro.

— É só puxar...

— Não é só puxar, não! — Bate na minha mão.

— Juli, não sou cachorro! — alerto.

— Os meus pacientes são muito bem tratados, você gostaria de ser um deles.

— Contanto que não me castre, está tudo certo — rebato, com humor.

— Não sou idiota a esse ponto. Tente levantar, falta pouco, vamos remover isso na casa do Fernando, pois pode ser que precise suturar.

— Não leve isso a sério, não, hein? Não sou cachorro! — eu a lembro de novo.

— O fio de sutura é o mesmo que o dos humanos, e sua sorte que trouxe meu kit de primeiros socorros — responde, e não demora muito para eu estar sentado na varanda da casa de Fernando, sendo recebido pelo Sorte, que late sem parar, enquanto faz festa.

— Caramba, Juliane, já ia mandar o Fernando atrás de você...

— Oi, Cissa — digo, quando seus olhos param em mim.

— Oi — responde, surpresa.

— Ele furou o pé em um anzol, quando estávamos vindo — Juliane explica, naturalmente.

— Vindo de onde? — Cissa interroga, sem tirar os olhos de mim.

— Essa doida queria vir sozinha no escuro...

— Não me chame de doida, Daniel, pois estou com um bisturi na mão! — grita da sala, e ergo as sobrancelhas, arrependido, e sorrio.

— Cadê o Fernando? — pergunto, já sem graça com seu olhar inquisitivo.

— Colocando o Bê para dormir — responde, e sei que está curiosa para saber como eu e Juliane chegamos a isso novamente, e por que estou agora em sua varanda, apenas de sunga. Imploro, em meus pensamentos, para que não pergunte, pois não teria uma resposta para lhe dar.

— Apoie o pé aqui — Juliane nos interrompe e empurra um pufe em minha direção.

— Quer ajuda, Jujuba?

— Dou conta, amiga. Vá descansar, senão amanhã estará com olheiras horrorosas — diz, enquanto analisa meu pé sob a iluminação fraca. Há iluminação na casa por algumas placas solares, mas não é como a energia elétrica a que estamos habituados.

— Está bem. Estou morta de cansada, e amanhã chegarão os demais convidados na primeira barca. Vou colocar mais uma toalha no quarto e uma muda de roupa do Fê, também.

— Nã...

— Boa noite, Daniel! — Ela não me deixa declinar da sua oferta.

— Porra, Juliane! — reclamo, quando a dor aumenta.

— Nem parece que já levou três tiros, pelo amor de Deus!

— Sou obrigado a gostar de dor? — revido.

— Menos, Daniel! — Incontáveis minutos depois, ela enfim retira a porcaria do anzol e limpa o ferimento. — Está enferrujado. Como está sua antitetânica?

— Em dia, só tenho que tomar em 2025.

— Ótimo. Venha, vamos para o banheiro, você precisa tomar banho antes de eu passar a tala.

— Eu vou voltar...

— Não vai, mesmo! Nem pensar. Não vai caminhar por duas horas até o hotel, nessa escuridão, e ainda com o pé machucado! — diz, mandona, e me controlo para não rir.

— É uma ordem, comandante? — provoco.

MUDANÇA DE PLANOS   261

— É uma ordem! — afirma, e me ajuda a levantar. Senti tanta falta disso que vou aproveitar ao menos por hoje, quando tenho uma desculpa plausível.

Desperto com Juli em meus braços. Apagamos, exaustos e satisfeitos, depois que ela me ajudou no banho, e fizemos amor mais uma vez. É claro, deitamos juntos, como não fazíamos há meses, e já estava fodido mesmo, então, por que não aproveitar? Não existia sensação melhor nesse mundo! Beijo sua cabeça, me despedindo, pois mesmo a amando pra cacete, a mágoa ainda está aqui, em algum lugar. Ainda a vejo indo embora quando eu estava completamente entregue, e não quero sentir aquela porra de novo, nunca mais.

— Fugindo, capitão?

— Porra, Fernando, que susto! — sussurro de volta.

— Vocês se acertaram?

— Acertar o quê? — Volto a pergunta, sem saber o que lhe responder, enquanto calço o tênis.

— Conversaram ou foi só sexo? — insiste.

— Nunca será só sexo com a Juliane. Mas, no momento, não temos o que conversar, então não conversamos. Só vim trazer a maluca, e como estava com o pé machucado, fui impedido de voltar — respondo, tentando deixar as emoções fora do meu tom.

— Volte para aquele quarto, porque você está cometendo um erro do caralho, Daniel. — Reconheço a irritação em seu tom.

— Nós nos vemos mais tarde, irmão. — Saio, sem esperar sua resposta. Preciso ficar sozinho e entender em que segundo da noite, minha convicção começou a ruir.

CAPÍTULO 35

Juliane

Acordo, e assim que estico meu braço para o lado, me dou conta de que estou sozinha na cama. Meu coração se aperta instantaneamente. Ele não fez isso, ele não fez isso, ele não fez isso. Respiro fundo, tentando controlar a vontade de chorar, e a ansiedade no julgamento.

Ele deve apenas já estar fora do quarto, conversando com o amigo.

— Bom dia! — digo a Cissa, que serve o café a Bernardo e Fernando, e pelo que vejo, o ogro maldito não está aqui.

— Bom dia — ela e Fernando respondem, e suas caras estão com expressões de lamento. Sei que sentem pena de mim neste momento, e odeio essa expressão na cara das pessoas, principalmente quando diz respeito a mim.

— Que foi, gente? Desistiram do casamento? — pergunto, fingindo não saber o motivo de seus olhares pesarosos.

— Não! — Fernando é o primeiro a responder, e sua convicção é linda.

— Sente aí, amiga — pede Cissa, sem graça.

— Não precisam ficar com essas caras por causa daquele ogro idiota! Deixem que o que é dele está guardado.

— Juliane, já deu disso, cara! Vocês estão piores do que adolescentes: um faz a merda e o outro revida; depois, o que revidou faz outra merda, e assim o ciclo continua. Alguém tem que ceder, Juliane. Se isto não acontecer, por mais que sejam loucos um pelo outro e se amem, não vão achar um caminho. — Encaro, sem graça, minha amiga, que está em seu modo lição de moral. — Não cabe mais essa guerra entre vocês. Se ele realmente vale a pena, precisa lutar por ele. E, às vezes, para vencer a guerra é preciso perder algumas batalhas.

— Estou tentando, Cissa, mas ele é muito teimoso. Não sei mais o que fazer — defendo-me.

— Tenho certeza de que sabe, porque tenho uma amiga inteligente — acusa.

— Não quero tomar partido, mas o Daniel é burrinho pra cacete também, Cissa — Fernando diz, ao meu favor, e Cissa o encara.

— Sério, amor, não me diga?! Graças a Deus que você não cometeu nenhuma burrice e não precisei ceder em nada para ficarmos juntos — joga na cara dele, que a encara, sem graça. Coitado, queria apenas tentar amenizar as coisas.

— Ei, gente, pelo amor de Deus! Vão se casar daqui a pouco, não vão brigar por conta disso. Fique tranquila, amiga, eu vou dar um jeito no ogro.

— Cara, vocês complicam muito as coisas. Deus me livre! — ela diz, sem paciência.

— Está certa, amiga. Ninguém está aqui para contrariar uma mulher grávida, e ainda no dia do seu casamento — sacaneio.

— Engraçadinha! — Joga o pano de prato na minha direção.

— Alivie aí, Juliane, porque depois sobra para mim — Fernando pede, e sorrio.

— É melhor a gente ir, Sr. Fodão, a lancha deve encostar a qualquer momento. Se não for me arrumar naquele hotel, a Camille me enforca. Tudo tem que sair perfeito, quando ela organiza uma festa.

— Por isso a contratamos. — Fernando a beija, e é tão lindo ver os dois assim felizes! Aquele pesadelo todo, com ela, ficou nas mais remotas lembranças. Graças a Deus, porque Cissa merece toda a felicidade do mundo.

— Podem ir tranquilos, que vou me divertir muito com o melhor afilhado do mundo. Não é, Bernardo?

— Sim! — grita, e sorrio quando Sorte late ao meu lado, lembrando-me de sua presença. — Com o melhor cachorro também! — Acaricio a cabeça dele.

— Vou acompanhar a Cissa até lá e ver como está a organização. Volto assim que possível.

— Dou conta aqui, Fernando, fique tranquilo. Contanto que não se atrase para o casamento...

— Ele tem amor à vida dele, Juliane, relaxe — Cissa alerta, e todos sorrimos.

Logo eles saem e agora a casa é só minha, de Bernardo e do Sorte, claro. Que tal fazermos castelinho na areia?

— Vamos! — Começa a correr na direção dos seus brinquedos, seguido por seu companheiro inseparável: Sorte. E por um segundo, me pego imaginando como seria ter um filho, um dia.

Bernardo está entretido no seu castelo, e Sorte, cavando um buraco ao seu lado. Então, meus pensamentos voam para ontem à noite. Estou com muita raiva dele, por ter saído sem ao menos se despedir, e sei que minha frustração vai me fazer jogar isso na sua cara, de alguma forma. Mesmo sabendo que ele não fez nenhuma promessa, e, no momento, não me deve satisfações.

Essa teoria funcionaria para qualquer um, menos para nós. De alguma maneira, temos o compromisso do nosso amor. Essa noite diminuiu muito o meu desespero, pois, pela primeira vez desde tudo aquilo, tive de volta o Daniel por quem me apaixonei. Ele ainda me ama, não tenho dúvidas, só é um tremendo idiota por deixar seu orgulho passar por cima do nosso amor. Estava com tantas saudades dele! Ter certeza de que também se sentia da mesma forma, foi incrível. Nós somos perfeitos juntos, por que ele tem que ser tão teimoso?

A lancha atraca no cais faltando uma hora para a cerimônia. Fernando está radiante, e com um sorriso paralisado, sorri para tudo e todos. É o primeiro a desembarcar, depois pega Bernardo do meu colo e me ajuda a desembarcar também. Levanto um pouco a barra do vestido longo, feito num tecido bem leve, verde-água e sem brilho, e há uma fenda bem alta, na frente da perna esquerda. O enfeite fica apenas por conta da trança feita com o mesmo tecido, que marca minha cintura, e acima dela, um decote em V profundo, na frente e nas costas. Meus cabelos estão presos em um coque desconstruído com alguns fios soltos, que eu mesma fiz, depois de treinar por alguns dias, pois minha amiga merece o melhor. No rosto, uma maquiagem leve, porque o calor e o horário do casamento não me permitiram exageros. Mas, do salto, não abri mão. Apesar de ter optado por um mais grosso, para facilitar a caminhada, não poderia desistir dele.

— E o lindo da vovó? Que saudades, meu amor. — Tia Ester o pega do colo de Fernando. — Já tem muita gente próximo à igreja, meu filho, vá lá dar uma atenção — ela pede a Fernando, que assente, a beija na testa e segue o caminho, depois de acenar para mim. — Está maravilhosa, minha filha! — elogia e me abraça.

— Obrigada, tia. Já viu a Cissa?

— Primeira coisa que fiz, quando cheguei. Estava com ela até pouco tempo, e minha filha está tão feliz e linda! — diz, orgulhosa, e meus pensamentos vão para a falta que tenho de uma mãe como a tia Ester.

— Eles são perfeitos juntos — digo.

— São, sim. Mas, e você e o Daniel, quando vão formalizar a união? Eu o vi há pouco, e está um gato. — Pisca, e sinto um pouquinho de raiva

MUDANÇA DE PLANOS   265

da minha amiga agora, por ser pipa avoada e não ter atualizado sua mãe.

— Não sei te responder isso agora, tia — não consigo dizer em voz alta que não estamos mais juntos.

— Vocês são mais modernos hoje em dia, mas o importante é serem felizes.

— Sim, tia, é o que importa — respondo, e só o ogro idiota que não entende isso.

— Vou levá-lo para o avô, porque não para de perguntar dele. Nós nos encontramos de novo daqui a pouco.

— Tá bom, tia. — Segue o caminho com Bernardo, e sigo em direção à capela. Meus olhos buscam uma única pessoa enquanto caminho, mas não o encontram. Sorrio quando Carla, uma de nossas amigas da faculdade, vem em minha direção. Graças a Deus, alguém para me distrair.

Minutos depois, já falei com boa parte dos convidados que eu conhecia, e a todo momento o procuro, mas nada. Que maduro você é, Daniel!

— Uau mil vezes! Se não for para causar, você nem sai de casa. Porra! — Sorrio com o tom exagerado de Douglas.

— Não exagere.

— As mulheres estão todas chateadas por você ter tirado o brilho delas. — Pisca, e sorrio mais. Ele é muito ruim nisso.

— Não acho que seja, mas, se for uma cantada, meu amigo, precisa melhorar bastante. — Gargalho.

— Está maluca que vou te cantar, Juli? Tenho amor à minha vida! Pode ter certeza de que a essas alturas já tenho um fuzil apontado para a minha cabeça, com alvo certeiro. O cara é o melhor do batalhão, e ainda por cima é meu instrutor de tiro. — Meneio a cabeça, sorrindo. — Sabe que gosto de você pra caralho, mas não desse jeito — completa.

— Eu sei.

— Mas sobre as cantadas, se puder me dar uns toques, estou precisando. Não que esteja realmente interessado em usá-las com outra pessoa, além da Lara — esclarece.

— Como estão as coisas entre vocês?

— Teu marido é fofoqueirinho, hein! — diz, parecendo surpreso por eu saber da Lara.

— Ele não é meu marido. Você viu a merda que fiz, negando a ele esse posto, pois você também estava lá. — Ele ergue as sobrancelhas, sem graça.

— Então, sobre a Lara, ele me contou no dia, mas não disse mais nada depois, e não sabia que você tinha mesmo entrado em um relacionamento com ela.

— Essa é a questão, ela não quer nada comigo — diz, chateado. — Sou "o amigo" por todo esse tempo, e ela nem percebe nada — declara, com o tom chateado.

— E você não disse como se sente?

— Ela não é o tipo de mulher que estou acostumado a pegar. É diferente, e tenho medo de dizer alguma coisa e ela me afastar da sua vida.

— Só vai saber se tentar. Ela vale a pena?

— Pra caralho!

— Então, cabeçudo, pare de dar mole, porque daqui a pouco vem um, fisga a isca, e você fica chupando dedo.

— Não consigo nem pensar nisso. — Passa uma das mãos pelo cabelo.

— É uma possibilidade real. Já está com 32 anos, né, já aproveitou bem seu tempo de pegação.

— Se ela me desse ao menos uma chance...

— Só vai saber se tentar.

— Posso falar com você, Douglas?! — O tom altivo e cortante de Daniel me interrompe. — Meus olhos imediatamente se prendem em seu rosto, que está com aquela expressão irritada. Seus olhos estão fixos em Douglas, que parece bem sem-graça.

— Estamos conversando — digo, irritada com sua falta de educação. Já estava puta o suficiente com ele, para me provocar mais.

— Douglas, por favor — se reporta ao amigo, me ignorando.

— Claro — Douglas responde, apático, e sei que também está chateado por interromper a conversa. Apenas estava desabafando comigo, coitado.

— Nós nos falamos depois.

— Sim — respondo, e ele segue Daniel, que saiu em disparada na frente e continuou me ignorando. Ele trava no meio do caminho e volta com tudo em minha direção. Eu o espero, sem conseguir me mover...

— Ainda bem que há muitos espaços para novas tatuagens. A saudade passou rápido, não é? — sussurra, com o tom frio próximo ao meu lóbulo, e se vira sem esperar minha resposta, voltando a caminhar na direção de Douglas, que o espera pacientemente. O filho da puta voltou a ser um imbecil completo! Dane-se ele!

MUDANÇA DE PLANOS

Minutos depois, estou parada na porta da capela, esperando-o para formar par comigo e entrarmos na igreja.

Não preciso olhar para o lado para confirmar que é ele quem para ao meu lado e entrelaça seus dedos aos meus, como se nada tivesse acontecido. Eu o encaro de soslaio, e sua postura está tranquila e inabalável. Depois, a maluca da história sou eu.

Nossa vez chega e fazemos nossa entrada tranquilamente, concentrados no nosso papel de melhores amigos e padrinhos. Assim que chegamos ao altar, ele solta minha mão e se afasta bons centímetros. Fernando nos olha, mas logo perde o interesse quando a Cissa aponta na entrada da capela. A partir daí, sua concentração é toda nela, e em limpar suas lágrimas, que não param de cair. Assim como as minhas, pois minha amiga está linda demais.

Horas depois, já perdi as contas de quantas *piña coladas* tomei. Estou na pista de dança quando Heitor me puxa para dançar com ele, já que o meu par voltou a me ignorar completamente a partir do momento em que saímos da capela, e está com a atenção voltada para o grupo de amigos, em vez de estar com a mulher com quem transou várias vezes na noite passada. Heitor e eu dançamos como na época da faculdade, ao som de uma das músicas de Henrique e Juliano: Sala de Espera. E não consigo deixar de encarar Daniel o tempo inteiro, que apenas finge não se importar, mas conheço sua postura e sei que está mais irritado do que deseja demonstrar.

Depois de alguns minutos, eu o deixo voltar para Milena e pego mais um drinque de *piña colada*. Olho para minha amiga e preciso lhe dizer o quanto estou feliz por ela, por eles...

— Gostaria de fazer um brinde... — digo, após pegar o microfone da banda, que anunciou o intervalo. Os olhos de Cissa, de Fernando e da maioria dos convidados se voltam em minha direção, então ergo um pouco o meu copo. — Um brinde a esse casal lindo. Por não terem desistido do amor, por terem suportado as adversidades, por acreditarem um no outro, e por terem formado essa família linda! Amo vocês! O dia está lindo, e a festa está linda. Parabéns aos noivos, uhuuu! — grito, fingindo um excesso de felicidade. Estou feliz por eles, mas não me sinto plenamente feliz como demonstro. Todos aplaudem, então deixo o microfone e tomo meu brinde. Dou dois passos, mas em vez de ir, volto e pego o microfone novamente.

— Também preciso fazer um outro brinde... — Todos voltam a me olhar, e a bebida já me encorajou o suficiente para não me importar. — Já que estamos em um casamento, um brinde a todos que cumprem sua promessa de não fugir, e de não deixar fugir também. Um brinde a todos que não deixam o seu orgulho ser maior que seu amor, e um brinde muito especial a todos os babacas que te fazem acreditar e te mostram que o amor realmente existe... — Olhos me encaram, confusos, mas não estou nem aí. — Que te fazem mudar toda a sua filosofia de uma vida inteira e te convencem que é possível viver esse amor para sempre. Aí, você entrega seu coração, sua alma, e o babaca joga tudo no lixo, junto com todas as promessas e juramentos que lhe fez. O juramento mais grave deles: não desistiria de você! Mas, então, você dá um passo em falso e ele esquece a porra toda, e não lhe dá nem uma chance para reverter seu erro. Um brinde a todos os capitães babacas que te arruínam para...

— Chega! — Daniel arranca o microfone da minha mão e me puxa, rápido demais, me fazendo quase tropeçar no vestido.

— Solte-me! Estragou meu *grand finale*! — reclamo, tentando puxar minha mão da sua.

— Não vai estragar o casamento dos nossos amigos! Você é completamente louca, Juliane! — ele me acusa, enquanto continua, a passos firmes, me fazendo segui-lo.

— Meu vestido, droga! Vou cair! — resmungo, quando já estamos muito afastados do salão da marinha onde está acontecendo a festa, e ele trava de repente. Não porque falei do vestido, mas porque esbarra em um de seus amigos.

— Já está indo? — Carlos, que está ao lado de uma loira muito bonita e de duas menininhas lindas, pergunta.

— Temos que voltar hoje para o Rio, e a barca sai em trinta minutos. Faça um favor, Carlos: diga ao Fernando para levar as coisas da Juliane com ele, quando for embora, por favor?

— Não diga, não... — começo, mas logo sou interrompida.

— Diga, sim, e obrigado, parceiro. É um prazer te rever, Clara. Elas estão a cada dia mais lindas — se refere às crianças, e a Clara sorri, concordando. — Estamos correndo, mas nos vemos depois, tchau. — Acena para o casal e as duas meninas.

— Tchau! — As meninas acenam e eu aceno de volta, enquanto Carlos nos olha, embasbacado, sem responder uma palavra.

— Solte-me! Não vou embora com você. Minhas coisas estão na casa...

MUDANÇA DE PLANOS

— Você vai, porque não vou te deixar estragar o dia dos nossos amigos. Não é porque casamento não é importante pra você, que não seja para os outros. Além do mais, já passou vergonha suficiente — acusa, irritado, e logo entramos em um hotel. Sua mão não soltou a minha até entrarmos no quarto.

— Estou de salto sabia? — reclamo, enquanto ele pega uma bolsa que já está feita, abre o cofre dentro do guarda-roupas, pega sua pistola e a coloca às costas sobre a calça de linho bege, a camisa branca e o blazer, também bege. Ele está mais lindo ainda, se é que é possível.

— Vamos — ordena, firme, já segurando a pequena bolsa de viagem.

— Eu não vou. — Deito atravessada na cama, me comportando como uma criança birrenta.

— Juliane, nós vamos perder a barca — diz, sem paciência, mas com tom ameno.

— Você é um babaca, Daniel, um grande babaca!

— Você deixou isso bem claro não só para mim, mas para todos os meus amigos, que presenciaram sua cena novamente. Agora vamos.

— Dessa vez, os meus também estavam! — Gargalho, nervosamente. — Não estou nem aí, só disse verdades! Você prometeu que não me deixaria fugir... — Sei que o álcool domina, mas já não ligo para mais nada.

— E não estou deixando, agora vamos — rebate.

— Sabe do que estou falando? Pare de fingir que não se lembra!

— Se eu pudesse te apagar da memória, pode ter certeza de que eu já teria feito — responde, sem emoção em seu tom, e fecho os olhos, magoada com sua resposta. — Juliane, eu inicio um curso amanhã no batalhão. Não posso perder a barca e não vou te deixar desse jeito. Nossos amigos passaram por muita coisa até aqui e não vou permitir que passem a noite deles cuidando da sua bebedeira.

— Não estou bêbada — nego o óbvio.

— Temos quinze minutos agora. Podemos ir? — pergunta, e as palavras da Cissa povoam meus pensamentos: "alguém precisa ceder". Então, estendo uma das mãos e ele me puxa da cama, erguendo meu corpo junto ao seu.

— Essa nova patente subiu à sua cabeça, porque está mais mandão — acuso, e lhe roubo um selinho rápido. Seus olhos me encaram, surpresos com minha mudança de atitude. É isso mesmo, capitão, não vou te deixar fugir e vou começar a lutar minhas batalhas, até vencer a guerra. — Mas eu continuo te amando — confesso, e ele solta um suspiro e beija minha cabeça.

— Vamos? — pergunta. Assinto com um gesto de cabeça e logo saímos.

CAPÍTULO 36

Daniel

Respiro aliviado apenas quando embarcamos. Andamos até aqui em silêncio, e eu esperando que ela fosse fazer outra merda a qualquer segundo. Juliane tem o poder de foder com a minha cabeça, como ninguém! Eu a ajudo com o vestido o tempo todo, e ao mesmo tempo a seguro para que não acabe tropeçando, pois o álcool está visivelmente limitando seus movimentos. Ainda não consigo acreditar que foi capaz de dizer todas as aquelas coisas publicamente, e estou completamente frustrado e puto com ela. Não tinha a porra do direito de criar uma situação dessas, no casamento dos nossos amigos.

— Acho melhor ficar aqui fora, porque estou um pouco enjoada — diz, quando dou passagem para que entre na cabine.

— Não me diga! — zombo, irritado, e a guio até a popa, mesmo local de onde vim. Deixo a bolsa ao meu lado e me encosto na parede da cabine.

Assim que a barca zarpa, ela se encosta à frente do meu corpo e eu rodeio sua cintura com um dos braços, para que não caia, já que o mar a esta hora já está mais agitado. — Acho melhor ir sentar lá dentro, pois são uma hora e dez minutos de viagem — alerto.

— Quando eu vim, enjoei. Hoje, com a bebida, não está legal. — Joga a cabeça em meu ombro e fecha os olhos.

— Nem sei como começar a te dizer o quanto estou puto com sua atitude — solto, sem conseguir segurar mais minha indignação com o que fez e com as coisas que disse.

— Shiuu... — Apoia o indicador nos meus lábios. — Então não diz, amor, porque eu estou bêbada, nem vai adiantar brigar comigo agora. — Nego com a cabeça, completamente frustrado e sem ter a mínima ideia de como lidar com essa merda.

Ela volta à sua posição anterior e a única certeza que tenho é de que essa situação entre nós tinha que se findar. Juliane continua brincando e achando que nossa relação é um jogo de gato e rato, e eu não podia ter alimentado suas expectativas ontem nem lhe dado munição, como lhe dei. Se tivesse mantido meu pau dentro da sunga, ela não acharia que estava mandando na situação e não teria argumentos para constranger a mim e aos nossos amigos.

MUDANÇA DE PLANOS

Minutos depois, ainda estamos em silêncio, e mesmo assim minha raiva não diminuiu em nada. Eu a afasto um pouco, depois de notar que sua pele está gelada e arrepiada, então retiro o blazer. Está ventando bastante.

— Vista — digo, e envolvo seus ombros com o blazer. Ela o veste e se abraça nele.

— Obrigada. — Vira de frente para mim e me abraça, escondendo o rosto em meu pescoço.

— Está passando mal? — pergunto o óbvio e ela assente, silenciosamente, em meu pescoço. — Mais uns quinze minutos e chegamos a Itacuruçá. — Não é para menos, eu sabia que isso aconteceria. Ela encheu a cara com aquela porcaria, e estava um calor do caralho, provavelmente algum dos ingredientes estava estragado.

Mal damos alguns passos no cais, depois de desembarcar, quando ela recua até um canto e começa a vomitar...

— Comeu alguma coisa? — pergunto, e ela nega, enquanto lava a boca com um pouco da água mineral que comprei na farmácia, assim que o vômito cessou.

— O problema foi a barca — responde, e está muito pálida.

— Claro que foi — revido, contrariado. — O carro está logo ali na frente. Beba logo o remédio que vai melhorar um pouco.

— Eu não trouxe a chave do *flat*, só coloquei o celular, a habilitação e o cartão na bolsa — diz, assim que entramos no carro.

— E para que o cartão? — Não consigo evitar o sorriso.

— Nunca se sabe... — Encosta a cabeça no banco e fecha os olhos. Encaro seu perfil por alguns segundos, me sentindo impotente, antes de ligar o carro. Tudo que jogou na minha cara com aquele brinde... sei exatamente cada promessa que lhe fiz, e que meu coração pertence a ela, inegavelmente. Ouvir suas acusações me feriu profundamente, pois não queria uma declaração de amor com base nas alegações que fez. Entreguei meu coração para ela, e não é justo me culpar por algo que não quis receber.

Minutos depois, já na estrada, o som de mensagem no celular dela, que carrega no console, mostra o nome de Douglas, no aplicativo. Ela está dormindo e não escuta o alerta, que persiste por mais três vezes. Se esse filho da puta tiver mentido para mim...

— Qual é a sua com a Juliane, Douglas? — exijo, um tanto transtornado, enquanto encaro sua cara de pau.
— A Juliane é minha amiga, Daniel, já te disse isso várias vezes — diz, tranquilo demais.
— Espero, de verdade, que não seja um filho da puta às minhas costas.
— Acho que essa conversa nem precisaria acontecer, Daniel. Não tenho nenhum interesse amoroso na Juliane, mas, se tivesse, a escolha seria dela, e não sua. Pelo que sei, não estão mais juntos.
— Pelo que vejo, você está a fim de tomar umas porradas! — alerto, e ele sorri.
— Fique tranquilo, Daniel, a Juliane é apaixonada por você. Ela estava apenas me dando alguns conselhos, somos só amigos. Mas não posso te garantir que os outros caras também a enxerguem só como amiga, porque ela é linda e é o centro das atenções e olhares. Se eu fosse você, não sairia de perto...
— Esse é um problema meu, e não pedi sua opinião.
— Só tome cuidado. Se ela continua igual a quando era criança, não leva desaforo...
— Não precisa me apresentar à minha mulher, sei muito bem do que a Juliane é capaz. Eu a conheço muito bem, e melhor do que ninguém, tenha certeza. Não tente nenhuma gracinha, Douglas. Eu te respeito pra caralho, e só peço o mesmo de volta.
— Também te respeito, Daniel, mas não vou deixar de falar com ela por sua causa — avisa.
— Não estou pedindo isso, só peço que a respeite e que também me respeite.
— Já entendi o recado, Daniel. — Sorri, e bate em meu ombro. — Não se preocupe, não fico com mulher de amigo meu. Somos, mesmo, só amigos.

O toque do celular dela agora a acorda e me tira das minhas lembranças. Vejo a foto na tela, do filho da puta insistente. Desde quando os dois estão com essa intimidade toda?
— Oi, Douglas — atende, ainda sonolenta, e todos os meus sentidos estão aflorados na sua conversa. — Estou com o Daniel, quase chegando ao Rio. Eu sei, mas preferi voltar com ele. — O que ela sabe? — Sim, está tudo

MUDANÇA DE PLANOS 273

bem. Dou sim, tchau. — Volta o celular para o lugar onde estava, e fecha novamente os olhos. Minha vontade imediata é confrontá-la sobre toda essa intimidade repentina com ele, mas contenho o impulso com um suspiro.

— Ele te mandou um abraço. Só estava preocupado porque sumi depois do discurso, então ligou para saber se está tudo bem — ela esclarece.

— Não perguntei nada — digo, fingindo não me importar.

— Sei que não — responde, ainda de olhos fechados. Ela não está nada bem. — Sei que também não quer saber, mas gosto do Douglas como amigo e não tenho nenhum tipo de interesse nele, fora a amizade. Só estávamos conversando sobre a Lara, aquela menina de quem me contou. Ele me pediu alguns conselhos, pois está apaixonado por ela, então não vá ficar no pé do menino.

— Não me deve satisfações, porque é uma mulher livre e desimpedida — respondo o óbvio, já que não estamos mais juntos.

— Tudo bem, Daniel — concorda, apática, e seguimos novamente em silêncio. Mesmo tentando negar, um alívio por ela não ter outro interesse nele, fora a amizade, me domina.

Minutos depois, aciono o controle em meu carro, para que o portão da garagem da "nossa casa" se abra. Juliane está em um sono pesado e não poderia levá-la para o seu flat, já que informou a falta da chave. Assim que puxo o freio de mão, me dou conta realmente da idiotice que eu havia feito, idiotice que se iniciou ainda naquela ilha. Estou entrando em seu jogo de novo e me adequando às suas regras. Sei que deveria ceder e jogar toda essa porra de estado civil no ralo, já que o importante é tê-la ao meu lado, mas a grande questão é: como lidar com a incerteza?

Saio do carro e abro a casa à qual só estive por duas vezes, desde a nossa separação. Volto, abro sua porta e a ajeito em meus braços.

— Posso ir andando — sussurra, com o rosto em meu pescoço.

— Posso te carregar. — Meu tom sai mais amoroso do que gostaria, dando-lhe mais munição ainda.

— Está dificultando as coisas, capitão — diz, em meu pescoço.

— Não podem ficar mais difíceis do que já estão — revido, reconhecendo que voltar aqui com ela foi uma péssima ideia.

— Não, não podem — confirma, em seu tom rouco, que me alucina. Então, sem ter mais o que fazer, sigo direto para o nosso quarto, cena que não se repetia há meses, e por mais que eu saiba o que realmente quero e preciso, não consigo deixar de apreciar esse momento. — Como senti falta da nossa cama! — diz, assim que a deito. Ela abraça o travesseiro, e mesmo que eu não admita em voz alta, sinto falta dela, da nossa vida e da nossa casa, a cada segundo do meu dia.

— Tome um banho, vou pedir alguma coisa para comer...

— Dan? — Segura minha mão antes que eu saia da cama.

— Oi.

— Desculpe-me por hoje. Não sei lidar com a falta que você me faz. — Eu a encaro por segundos, e seus olhos são os mesmos que me enfeitiçaram e me deixam louco. Mas também são os mesmos que me rejeitaram por três vezes.

— Tudo bem, Juliane, nós dois cometemos erros.

— Não sei o que fazer para te convencer que sou louca por você, Daniel. — Seu tom sai um tanto desesperado.

— Sei exatamente o que sente por mim, Juliane, mas, infelizmente, não é o suficiente. Não mais — digo, tentando manter a dor fora do meu tom.

— E o que eu faço para aceitar a ideia de que você me ama, mas não me quer?

— Essa resposta não posso lhe dar — respondo, deixando a emoção fora do meu tom, e ela apenas assente, com uma expressão destruída em seu rosto.

Levanto-me antes que acabe dizendo o que quer ouvir e depois disso comece a culpá-la por minhas frustrações, destruindo tudo que construímos até aqui. Não é mais meu orgulho que está em pauta, e sim, o que ela realmente está disposta a me dar para que sejamos completos.

CAPÍTULO 37

Juliane

Levanto, depois de me convencer de que o sono não viria mais. O espaço ao meu lado na cama está vazio, assim como estava quando fui dormir, já que o teimoso não quis ficar em sua própria casa e me deixou aqui, sozinha novamente, assim que recebeu a sopa de legumes que havia pedido por telefone, para mim.

Ainda que eu tenha ficado frustrada com sua atitude, ele ter me trazido para casa, mesmo com a desculpa do meu esquecimento pela chave, me deu esperança e certeza de que lutar por ele e por nossa vida é o que devo fazer. Nós dois sabíamos que era fácil eu conseguir uma cópia da chave na portaria. Mas, mesmo assim, a possibilidade não foi discutida e ele me trouxe de volta para o único lugar onde realmente deveria me trazer: nossa casa. Ainda que esteja sendo teimoso e turrão, tenho certeza de que sabe qual é o nosso lugar. Nunca tive um lar, até estar com Daniel, e vou lutar por ele. Ninguém neste mundo, nem a nossa burrice e teimosia, vai tirar isso de mim. Cissa estava certa.

— Não vou desistir de você, Daniel do Nascimento Arantes. — Sorrio, confirmando minha certeza quando chego à sala e vejo algumas sacolas em cima da mesa. Aproximo-me e noto também o bilhete embaixo dos chaveiros, um com as chaves de casa, e o outro com a do meu carro, que está na garagem. Pego o papel e meu coração transborda de alegria, com a simples mensagem...

> Oi,
> Passei na padaria e comprei algumas coisas. Tenho que estar no batalhão daqui a pouco, mas trouxe suas chaves. Por favor, o carro é seu. Fique com ele, ao menos até comprar outro, pois o carro está parado. Não seja teimosa! Coloquei seu celular para carregar, na cozinha.
> Tenha um bom domingo.

— Meu ogro fofo! — Beijo o papel e logo pego as três sacolas, que estavam repletas de tudo que eu gosto. Inclusive um pacote de jujubas, o que vem a calhar, com a ressaca horrível que estou.

São quase 19 horas quando volto para casa, com minha mudança novamente. Vou mostrar para Daniel o quanto essa separação é absurda, e lutarei até minhas últimas forças.

> Já estou em casa. Obrigada pela gentileza, esse é um dos motivos pelos quais eu te amo. Espero que esteja bem, saudades.

Sim, eu sei que ele vai pensar que estou no *flat*, mas não soube como dizer que estou na única casa à qual realmente devo estar.

> Você pegou o carro?

A mensagem chega alguns minutos depois.

> Sim, obrigada, ele me foi muito útil.

> Essa é a função de um carro. Fico feliz que não tenha sido teimosa dessa vez.

Sei que deve estar sorrindo por essa ser uma das poucas vezes em que me convenceu de algo.

> Uma hora a gente aprende, capitão. Já está em casa?

Pergunto, mesmo sabendo que não está aqui, sua única e devida casa.

> Cheguei há alguns minutos.

> Você sabe que aí não é sua casa, não sabe?

> Vou colocar o telefone para carregar. Boa noite.

MUDANÇA DE PLANOS

> Boa noite, amor. Sonhe comigo, te amo.

Ele não responde mais, mas não achei que faria.

Três dias depois, pego minha bolsa com Fernando e Cissa, e os dois me encaram, estarrecidos com a notícia de que eu sou sua vizinha novamente.

— Como assim, ele ainda não sabe que você voltou para casa? — Cissa pergunta, espantada, e a expressão de Fernando me diz que ele pensa que devo ser internada imediatamente.

— Se ele aparecesse em casa, saberia — digo.

— Amiga, você é pirada.

— Foi você que me disse que tenho que lutar por ele de alguma forma. Não vou abrir mão do nosso amor, por causa da teimosia dele — digo, decidida.

— Está certa — concorda.

— Jura que me desculparam pelo que fiz no casamento? — pergunto de novo.

— Desculpar pelo quê, doida? Foi uma bela atração grátis.

— Eu fiquei feliz. Por ser major agora, reparei na expressão de dois capitães lá. Estavam em choque, até que viram Daniel indo em sua direção, e instantaneamente notei o alívio em suas expressões. — Sorrio, junto com ele e Cissa. — Daniel te ama, Juliane, mas está inseguro pra caralho. Não foi fácil ficar plantado, na frente de toda a nossa equipe, enquanto você fugia. Mesmo a maioria tendo ficado com pena suficiente para fingir que aquilo nunca aconteceu, os olhares de compaixão continuaram por vários dias, e isso foi foda de ver. Eu confesso que fiquei bem puto com você também. A maioria das pessoas acha que nós, policiais, como temos uma postura mais séria e enérgica, não temos coração. Somos humanos, e a maioria da corporação naquele dia se compadeceu com a dor de Daniel. Até nosso comandante ficou sem ação.

— Queria muito poder voltar atrás, Fernando, mas só me dei conta de como a merda foi grande, depois de algumas horas. Não consigo entender o que um papel vai mudar...

— Se é importante para ele, por que não fazer isso, Juliane? Se para você não vai mudar nada, por que não se casarem? Ele não te pediu nada absurdo.

Encaro Fernando, sem conseguir responder sua pergunta. Ele conseguiu me fazer sentir péssima, mas tem sentido, pois olho por sua perspectiva e está coberto de razão. Se um papel não muda nada, por que eu o rejeitei?

— Sei que não — concordo. — Não conte para ele que voltei. — Ele faz uma careta em resposta.

— Ele é meu amigo, Juliane, então não me peça para mentir pra ele, pois isso não vou fazer. — Assinto, sem ter a mínima ideia do porquê pedi segredo.

Vou embora minutos depois, porque o dia foi terrivelmente exaustivo, e só quero um banho e cama. Preciso achar um caminho para convencer Daniel de que nossa separação é completamente absurda e que ficar longe dele está me arruinando aos poucos.

Depois de alguns minutos no banho, me sinto mais relaxada. Meus pensamentos giram apenas em... travo na saída do banheiro, quando me deparo com Daniel sentado na cama. Seus braços estão sobre as pernas, e sua cabeça está baixa.

— Oi — digo, depois de me aproximar mais, e tenho certeza de que o palpitar do meu coração pode ser ouvido.

— O que faz aqui? — A pergunta é feita em um tom firme e desafiador, mesmo que seus olhos ainda não tenham encontrado os meus.

— É o nosso quarto, não é? Estou saindo do banho e indo dormir — respondo, firme, e então olhos nublados me encaram, parecendo perdidos.

— Voltou a morar aqui?

— Esse é o único lar que conheci, e não deveria tê-lo abandonado. — Mantenho minha postura firme, pois não quero que ele duvide das minhas certezas, nunca mais. — Foi o Fernando que lhe contou? — pergunto.

— Vim pegar umas roupas. — Não responde minha pergunta.

— Não tem cabimento nenhum dormir na oficina, amor. Aqui é a sua casa. — Apoio uma das mãos em seu ombro.

— Casa vai muito além de um espaço físico, Juliane — responde, apático, e se levanta bruscamente. Sei que está fugindo de mim.

— Por isso eu voltei. Este é o nosso lar, você é a minha casa, e nenhum outro lugar que não tenha nada de você faz sentido para mim. Nunca mais vou fugir, Daniel, e enquanto eu enxergar amor em seus olhos, mesmo sendo por trás do ódio, não vou desistir de você e de nós.

— Não odeio você — diz, de costas, e abre o guarda-roupas.

— Sei que não, mas é o que gostaria. — Eu o abraço.

— Não pode me culpar pelo que eu gostaria. — Seu tom está tranquilo demais.

— Estou com muita saudade, porque essa casa não é a mesma sem você. — Beijo suas costas, sobre a blusa de malha branca, e ficamos assim por segundos. Sinto sua respiração ofegante, e sei o quanto o teimoso está tentando resistir.

— Não vou me intrometer no seu retorno, Juliane, mas não vamos voltar ao que éramos. Aquilo na ilha foi um erro — diz, e eu fecho os olhos, sem saber mais o que fazer para convencê-lo. Suas mãos retiram meus braços de seu corpo e ele se afasta, já com algumas peças nas mãos.

— Não faça isso, amor — peço.

— Tenho que ir, mas venho outra hora para buscar o restante das minhas coisas.

— Dan? — Ele sai do quarto sem dizer mais nada ou me olhar, então sento na cama, me deixando ser engolfada pelo desespero. Ele está cada vez mais distante, levando sua vida sem mim, e pelo que vi aqui, não é tão difícil para ele como é para mim.

Dois dias depois...

— Não posso fazer isso, Juliane — Fernando diz, convicto.

— Preciso que ele me desculpe e entenda, de uma vez por todas, o quanto a separação foi um erro.

— Procure-o na oficina, marque um jantar, existem mil formas de dizer isso a ele — rebate.

— Sei que ele foge de mim por conta do seu orgulho e...

— Vá por mim, se você acha isso. Eu tenho certeza de que se for da maneira que quer, mexerá na ferida, Juliane. O Daniel te ama, mas, eu, conhecendo meu amigo como o conheço, sei que prefere passar a vida sofrendo a passar por cima do seu orgulho. Então, não piore as coisas.

— Por isso acho que essa é minha única chance de fazê-lo mudar de ideia. Prometo que não o farei passar vergonha, só quero que tenha certeza do quanto me arrependo pelo papelão que lhe fiz, e na minha cabeça, não vejo outra saída para isso, a não ser mostrar para ele que estou disposta a tudo. — Ele nega com a cabeça. — Por favor, Fernando! A Cissa só foi te contar da gravidez do Bê por minha causa, sabia? Eu a incentivei, então me devolva o favor. Prometo que se ele não me quiser mais, depois disso, eu o deixo em paz.

— Juliane, a última coisa que quero neste mundo é ficar mal com Daniel. Entenda isso, ele é mais que um amigo, é um irmão.

— Por favor — imploro, e ele me encara por alguns segundos.

— Ele vai me matar! O batalhão está com a maioria da guarnição treinando na academia, onde também está o Daniel, e nesse horário fica bem cheio por lá. Então, se eu morrer por sua causa, ajude minha mulher a cuidar dos meus filhos, ou venho puxar seu pé.

— Prometo! — Eu o abraço.

— Ela veio fazer uma visita, está comigo — alerta, quando passamos pelo portão. — Não imaginava que vocês, veterinárias, eram tão loucas — comenta, enquanto caminhamos pelo enorme pátio.

— Também não imaginava que vocês, policiais, eram tão teimosos e turrões — digo, e ele sorri.

— Major! — Um policial na entrada presta continência e ele responde da mesma forma. Em seguida, entramos no mesmo local do qual eu fugi naquele dia.

— A academia fica na outra sala, espero que ele ainda esteja por lá — diz, enquanto sinto muitos olhares sobre mim. Alguns rostos eu já conhecia, e estes me encaram mais curiosos ainda. — Eu deveria ter deixado o celular desligado — Fernando solta em um sussurro fingindo um tom arrependido.

— E eu deveria ter impedido minha amiga de casar com você! — revido e ele sorri, enquanto continuamos caminhando pelo espaço. As continências para ele são tantas que quase me pego fazendo o mesmo em resposta, tanto que me vejo parando meu braço em vários momentos.

— Major! — cumprimenta Douglas, que vem em minha direção assim que adentramos o espaço da academia, que, como Fernando alertou, está mesmo lotada. — O que está fazendo aqui? — ele se dirige a mim com curiosidade.

— Adivinhe, cabo. Ela veio caçar encrenca, e me enfiou nela — diz Fernando.

— Não sou de caçar encrenca, Fernando — digo, séria, então Douglas sorri e Fernando também.

— Claro que não — respondem.

— Posso ir até ele? — Não tenho ideia de como proceder.

— Já está aqui dentro, Juliane, agora é por sua conta. De preferência, diga que pulou o muro para entrar, pois ele é o instrutor de tiros, acerta qualquer um aqui de olhos fechados, então me tire dessa — comenta Fernando, em tom brincalhão.

— Se o major disse isso, então você nem viu o Cabo Briglia. — Douglas pisca, sorrindo também.

— E são vocês os caveiras, os durões? Ave! — Começo a andar na direção de Daniel, que treina de costas na barra, mas, então, travo e volto.

— Obrigada. Independentemente do que acontecer, serei eternamente grata. — Abraço meu compadre e amigo, de novo.

— Estarei aqui, torcendo, mas, por precaução, ficarei bem perto da saída, já que tenho uma família. — Sorrio com sua brincadeira e volto a caminhar na direção do homem que roubou meu coração e tira meu chão como ninguém. Enquanto caminho, vejo os movimentos à minha volta cessarem, e olhares curiosos se acumularem sobre mim. Respiro fundo algumas vezes, pois meus batimentos estão cada vez mais lépidos, mas me visto com toda a minha coragem e amor e insisto na minha ideia desvairada. Mas, às vezes, medidas desesperadas são necessárias. O burburinho cessa assim que paro às suas costas, e o silêncio chega a ser ensurdecedor.

— Ouvi dizer... — Ele paralisa seu movimento, com a barra ainda suspensa no ar — que neste batalhão existe um capitão que ainda está com a aliança em uma caixinha... — Ele fica de pé, segundos depois, e então se vira em minha direção, tão lentamente que parece uma eternidade, e seus olhos, inegavelmente surpresos, se fixam em meu rosto. — O senhor saberia me dizer quem é? — Seu peito sobe e desce rápido demais, e não sei dizer se é pelo fato de estar no meio de um treinamento ou pela surpresa em me ver.

— O que está fazendo aqui? — Seu tom sai baixo, surpreso, e cheio de dúvidas.

— Deixei um assunto pendente aqui, na última vez em que um capitão lindo e gostoso me fez o pedido mais incrível que eu poderia desejar. Fui idiota o bastante para sair correndo, mas não tão idiota a ponto de não me dar conta da minha burrice. — Meu tom sai embargado, e ele apenas nega com a cabeça.

— Não vou permitir que faça isso de novo. — Se vira e começa a andar.

— Escute-me! Apenas por dois minutos? — grito, do meu lugar, e ele trava. — Eu não descrevi bem o capitão que procuro — digo, em alto e bom-tom, e tenho absoluta certeza de que todos aqui dentro me escutam, mas isso pouco me importa. — Deixe-me contar que ele me faz sentir a pessoa mais sortuda do mundo, apenas por ter escolhido me amar. Aliás, ele me ensinou a amar quando eu pensava que este sentimento nem existia.

Tive sorte por todas as vezes em que dormi e acordei ao lado dele, e com ele me senti em casa, de verdade, pela primeira vez na vida. Seus olhos são incríveis, os mais lindos que já vi, e são minha visão preferida no mundo. Ele me faz sorrir com a alma, e só ele conhece todas as partes de mim. — Daniel permanece na mesma posição, e estou pouco me lixando para a plateia à nossa volta. — Ele é tudo o que eu queria e precisava, sem nem mesmo saber disso. É o cara que me inspira, que me faz sentir segura, que foi capaz de me fazer rasgar os planos e desejar outros com a mesma intensidade. Nós dois somos iguais, dois cabeças-duras, e jamais achei que isso fosse me completar tanto. Eu o amo com todas as minhas forças, mas não sei mais como convencê-lo disso. Só queria que ele soubesse que sinto falta de cada segundo que passamos juntos, e sinto muito mais falta do futuro que deixei escapulir.

— Sim, eu senti medo do desconhecido, mas estou com muito mais medo de nunca mais sentir seus braços em volta do meu corpo, de não ouvir as batidas do seu coração enquanto ele se acalma após fazermos amor, de esquecer como é seu cheiro, de nunca mais ouvir sua voz rouca pela manhã, me desejando bom-dia. — Meu tom embarga um pouco, mas me nego a chorar agora. — Morro de medo de não ver no seu rosto o sorriso quando eu descobrir que estou grávida, e fico apavorada só de pensar em nunca mais ouvi-lo dizer que me ama.

— Eu te amo, Capitão Arantes; eu te amo, meu ogro fofo; eu te amo, Daniel do Nascimento Arantes! — declaro, a plenos pulmões. — Não vou desistir de você, porque sei que também me ama.

Ele se vira, e seus olhos encontram os meus. Então, dou alguns passos à frente, e logo meus dedos estão entrelaçados aos dele, que parece em transe.

— Eu te espero em casa, na nossa casa, no mesmo lugar em que iniciamos o nosso amor, e onde vamos solidificar o nosso futuro. Se um papel é importante pra você, nós o teremos e também o resto do pacote, porque você é para sempre, Daniel do Nascimento Arantes. — Seus olhos estão marejados, então encosto o rosto em seu peito, por alguns segundos, me embriagando com seu cheiro o quanto posso, porque sei que estou em um terreno restrito e preciso respeitar isso.

— Quando estiver pronto, estou lhe esperando, para iniciar o primeiro dia do resto de nossas vidas — digo, enquanto ele permanece em silêncio e estático. — Não posso te beijar, né? — Ele apenas nega com a cabeça, ainda em choque, e não sei dizer se é pelas regras ou apenas ele que não quer que eu o faça. Então, me afasto, pois não quero lhe causar mais transtornos. — Desculpem atrapalhar o treino, é que era bem urgente mesmo. Podem continuar agora — presto continência aos policiais à minha volta, e recebo sorrisos e o mesmo gesto de alguns. Só então faço meu caminho até a porta.

— Não vai dizer nada? — pergunto ao Fernando, que também parece em choque, quando vem atrás de mim.

— Se ele continuar te ignorando, eu mesmo quebro a cara dele. — Sorrio.

— Será que lhe causei algum problema? — pergunto, preocupada.

— Com certeza — responde, e o medo me domina. — Um cardíaco, e alguns concorrentes. — Gargalha, e respiro aliviada. — Fique tranquila porque eu autorizei sua entrada, então me entendo com o comandante. A esposa dele está grávida, por isto ele anda emotivo, então acho que não teremos problemas. Assinto e o abraço.

— Tipo você, né? — acuso.

— Tipo eu — concorda, pelo fato de a Cissa também estar grávida.

— Obrigada. Mande um abraço para o Douglas, pois ele sumiu.

— Recebeu um telefonema e saiu da academia. — Aceno, e passo pelo portão. Entro em meu carro, e medo é a única coisa que sinto quando o ligo e engato a marcha. Se depois de tudo isso, ainda não conseguir enxergar o quanto estou disposta a construir uma vida com ele, sei que não terei alternativa a não ser seguir sem ele, mesmo sabendo que nunca mais serei a mesma.

CAPÍTULO 38

Juliane

Horas depois...

Já passa das 23 horas quando me levanto do sofá, convencida de que ele não apareceria hoje, pois não me ligou ou enviou uma mensagem sequer. Meu desespero começou a me consumir quando confirmei com a Cissa que Fernando já estava em casa desde as 19 horas, e que ele e Daniel saíram juntos do batalhão. Entendi que ele não viria mais, não hoje, pelo menos. Disse que o esperaria e é isto o que farei, mesmo que a ansiedade da espera seja insuportável. As cartas agora estão com ele, então só me resta esperar.

Deito-me na cama sabendo que não dormiria tão cedo, então abraço seu travesseiro e lágrimas voltam a cair. Sinto tanta saudade que me sufoca... De repente, um barulho vindo da sala me alerta, e não demora muito até que a porta do quarto seja aberta, e a luz, acesa. Limpo um pouco o rosto e encaro a expressão carregada à minha frente, sem conseguir dizer nada. Seu maxilar está cerrado e seus olhos me fulminam, e neste momento noto que não deveria ficar feliz com sua presença, pois ela não me traz a notícia que tanto almejava.

— O que deu em você, para fazer o que fez? — Seu tom sai sério e cheio de acusações.

— Não sabia mais o que fazer para te convencer — começo, em um tom fraco.

— Não precisa mais me convencer de nada, não depois de hoje. — Seu tom nunca esteve tão frio, e ele se vira e vai em direção ao guarda-roupas.

— Dan? — Pulo da cama e vou em sua direção. — Não faça isso, por favor. — Fecho a porta que ele abriu.

— Você não me deu escolha, Juliane...

— Não sei mais como te mostrar o quanto te amo — o interrompo.

— Não tem necessidade, não para mim — responde, ainda de costas, como se não estivesse nem aí. Minhas lágrimas se tornam incessantes e o puxo pela blusa, para que se vire de frente para mim.

— O que mais quer que eu faça?! — grito, e ele enfim se vira.

— Você tem um pingo de noção que seja, do problema que me arrumou? — pergunta, com a postura desafiadora, e anda para frente, de forma que eu ande para trás.

— Desculpe, eu não queria causar problemas... — começo, sabendo que tinha ferrado tudo de vez.

— Mas causou, e foi um dos grandes — acusa, e continua vindo em minha direção.

— O Fernando disse que ficaria tudo bem — tento argumentar, pois não queria piorar as coisas. Que merda!

— Claro que disse. Não é a mulher dele que está sendo cobiçada por cada filho da puta naquele batalhão, e sim, a minha. — Ergue as sobrancelhas, e sua expressão carregada desaparece. Então, um sorriso idiota surge em seus lábios, e meu coração quase entra em colapso desta vez.

— O quê? Você é um maldito idiota, Daniel do Nascimento Arantes! — Estapeio seus braços.

— É desta forma que quer iniciar o primeiro dia do resto das nossas vidas? — Passa a língua pelos lábios. — Ficou me devendo o *gran finale*. Não achei justo ir embora sem me dar ao menos um beijo.

— Você disse que não...

— Não disse que não. Naquele momento, eu já estava completamente desorientado. Não deu para perceber? — Assinto, e ele me puxa pela cintura, colando minha barriga à sua ereção. Então, roça os lábios por meu rosto e beija o rastro das minhas lágrimas, lentamente. — Eu te amo, Juliane Marques. Amo daqui até a eternidade, e sempre estarei pronto para você, meu amor. E você sempre será a minha casa. — Em um único movimento ele me suspende, então retira a pistola das costas e a coloca na gaveta, como sempre fazia.

— Por que demorou tanto? — A curiosidade me vence.

— Estava te dando um tempo para pensar, enquanto cuidava de umas notas, mas não duvide que estou louco para entrar em você desde a sua declaração de desespero.

— Não foi desespero! — nego o óbvio e ele gargalha.

— Amor, melhor admitir logo. Minhas coisas estão arrumadas na bolsa desde que eu soube que tinha voltado para casa. Eu estava quase cedendo, e não sei se levaria mais uma semana até eu me enfiar nessa cama. Estava quase conseguindo uma desculpa, como uma dor na coluna ou algo do tipo, mas aí você facilitou minha vida. — Pisca, e se senta na cama, junto comigo.

— Não acredito! Você é um tremendo cara de pau, Daniel Arantes.

— Senti sua falta a cada segundo do meu dia. — Retira minha camisola. — Eu quase deitei na cama com você ontem. Faltou pouco, muito pouco, mas sou bem treinado, e a paciência é um diferencial para mim.

— Como assim? Você esteve aqui ontem?

— Desculpe, mas estive de madrugada, porque a saudade estava foda. Quando te vi no batalhão, tive certeza de que tinha me pegado e estava lá para me confrontar — confessa, e sorrio.

— Por que abriu a merda do guarda-roupas? — exijo.

— Táticas de combate, amor. — Pisca, enquanto faço uma careta.

— Podemos deixar as confissões para mais tarde? — pergunto, e puxo a barra de sua camiseta.

— Devemos. — Me ajuda, e logo sua boca preenche a minha. Ele me beija, sedento, e transmitimos no beijo toda a nossa saudade e amor.

Ele me deita de costas na cama e vem por cima de mim, então beija cada pedacinho do meu rosto. Parece me adorar, pois seus olhos se prendem aos meus e ele apenas fica assim, por segundos...

— Espero que, para o seu bem, a minha aliança ainda esteja guardada, capitão.

— Não precisamos, amor...

— Espero que tenha falado sério sobre o bolo de andares. Também acho cafona, amor — eu o corto, e ele assente. — Não quero que seja um casamento como todos aos quais já fui. Não é a nossa cara. Não quero me casar com mais ninguém, então gostaria de ver apenas o seu rosto, porque não preciso provar para outra pessoa o quanto te amo. Tudo em mim é só para você, Dan, para sempre, e é apenas isso que quero celebrar.

— Será do seu jeito, e como quiser — confirma, e sorrio.

— Será do nosso jeito, mas ainda vamos precisar das alianças.

— Nós ainda temos as alianças — sussurra, enquanto seus olhos brilham com uma felicidade absurda. — Jamais se desiste de uma missão.

— Eu fico muito feliz que não tenha desistido de nós, do nosso amor, porque eu nunca mais seria completa sem você.

— Eu também não, minha marrenta, mas os bacuris nós ainda teremos. Porém, esses eu prefiro fazer da forma tradicional, então é melhor a gente começar logo. — Suas mãos escorregam minha calcinha pelos quadris.

— Podemos ao menos negociar a quantidade? — Nega com a cabeça, enquanto seus lábios investem em meu pescoço. — Cinco é bastante... — digo, assustada.

MUDANÇA DE PLANOS

— Eram sete, mas aceito os cinco — bato em seu braço, e ele ri.
— Você é louco! — Acuso.
— Completamente louco por você. Eu te amo, Juli, e serei feliz se você estiver feliz. Vamos apenas começar e descobrir, juntos, outro tipo de amor, um que tornará o nosso muito maior — assinto, e levo minha boca à sua, e não demora muito para que estejamos nos amando como nunca deveríamos ter deixado de acontecer. Meu mundo está em seu devido lugar novamente, e não permitirei que ele se desalinhe nunca mais. Somos daqueles casais que ficam juntos para sempre, tenho certeza.

CAPÍTULO 39

Juliane

Dias depois...

Encaro o espelho à minha frente, enquanto ajeito as alças do vestido de renda branco e simples. Acima da cama, ao lado do meu pequeno arranjo de flores, está o único motivo de minhas pernas estarem bambas, e minha respiração, ofegante. Mas esse presente não poderia chegar num momento mais perfeito do que este.

O vento entra pelas portas francesas, esvoaçando um pouco meu cabelo, que permanece solto. Tenho apenas uma tiara de flores naturais em volta da cabeça.

— Você está linda — Cissa diz, com tom embargado.

— Jamais achei que faria isso um dia — digo.

— E eu achei que em um *Elopement Wedding*[2] só iam os noivos.

— Nunca quis um casamento, Cissa, mas achei uma forma de celebrar o nosso amor. Sei que para o Daniel, casar é importante, então tudo isso aqui está perfeito. Não quero seguir nenhum tipo de padrão ou tradição, mas não tinha como não ter você e o Fernando aqui. Estou muito feliz por terem vindo.

— Podia ter nos avisado que se casariam, pois teria trazido um vestido decente, mas está valendo. Eu entendo, e se estão felizes, é o que importa.

— Você está linda. Não avisamos justamente porque não queríamos o casamento padrão, mas não tem ideia do quanto tive medo de que não viesse. — Eu a abraço e acaricio sua barriga linda, de um pouco mais de seis meses.

— Se queria surpreender, conseguiu. Achamos mesmo que seria apenas um final de semana com os amigos, mas confesso que ficaria chateada se não me convidasse para este momento.

— Nunca te deixaria de fora. Você é muito mais que uma amiga, e sabe disso, não é?

— Claro que sei, e estou tão feliz por você! Merece toda a felicidade do mundo, Jujuba, e eu sempre soube que você e o ogro tinham tudo a ver. — Assinto, sorrindo. — Agora vamos, que seu noivo está esperando.

---

2   Conhecido como "casamento a dois", costuma acontecer de

— Já estou indo — respondo, e ela sai, mas antes pego o embrulho responsável pela maior parte da minha ansiedade, e o coloco sobre o travesseiro de Daniel.

Então, em alguns minutos, estou com os meus pés na areia de Trancoso, na Bahia, enquanto o sol se põe. Caminho ao encontro de Daniel, lentamente, ao som de Stand By Me, e como eu imaginava, meus olhos se prendem apenas nele. Mesmo com o cenário tão lindo à nossa volta, é apenas nele que está minha atenção. Ele sorri e limpa as lágrimas ao mesmo tempo, então me dou conta das minhas. Assim que paro à sua frente, nossos dedos se entrelaçam e ele encosta sua fronte na minha.

— Obrigado por isso. Você está linda, e eu te amo — sussurra, e limpo suas lágrimas.

— Eu também te amo, para sempre.

— Para sempre — confirma, e olhamos para a frente, onde tem uma trave envolta em flores, que está posicionada à frente da imensidão desse mar lindo. À nossa volta, há muitas luminárias.

As únicas pessoas, fora nós dois, são Cissa e Fernando; o único músico, com seu violão; e a juíza de paz.

— Estamos aqui, neste lugar lindo, para celebrar o amor... — começa a juíza, e por minutos, nos encantamos com suas palavras, até que... — Se tiverem seus votos...

— Eu tenho — Daniel declara, ansioso, a interrompendo.

— Você tem? — pergunto, espantada, e ele assente, retirando um papel de seu bolso e acelerando meu coração. Daniel limpa a garganta e se concentra no papel em suas mãos.

— Juli, jamais imaginei que uma disputa por liquidação mudaria minha vida para sempre. Pois naquele dia, além das cervejas — pisca para mim — ganhei a coisa mais preciosa da minha vida: você. — Sorrio. — Aquele dia estava fadado a ser um dos piores da minha vida, mas aí eu te conheci e ficou marcado como um dos melhores. Um dos, porque é difícil, bem difícil, nomear o melhor dia, quando você faz parte dele.

— É engraçado como a gente não deseja o amor até que o encontramos. E quando te vi naquele supermercado, eu soube que algo em você era muito especial. Mas foi quando meus olhos se prenderam aos seus, na sua sala, que eu tive certeza. Prender-me a uma mulher era algo completamente surreal... — Assinto, sorrindo, porque era o mesmo para mim.

---

forma inesperada e os noivos convidam apenas pessoas bem próximas.

— então, eu tentei fugir, mas ao mesmo tempo tinha que me aproximar. Estava morrendo de medo do quão diferente você deixaria minha vida, porém ao mesmo tempo, ansiava pela mudança. Ninguém nunca foi capaz de me irritar tanto, e no mesmo segundo, me encantar e surpreender. Você trouxe sentido para a minha vida, e uma vida inteira ainda será pouco para estar ao seu lado.

— Prometo te amar mesmo nos momentos em que estiver muito irritado com você. Não tenho pretensão de achar que isso não vai mais acontecer, afinal, estamos falando de você. — Sorrio, em meio as lágrimas que já correm por meu rosto. — Mas prometo dar o melhor de mim para que isso não aconteça, inclusive na organização de acordo com seus padrões. — Pisca. — Juntos conhecemos o amor, enfrentamos a distância, a saudade, a dúvida, o medo e o recomeço. Amadurecemos, mesmo achando que não tínhamos mais idade para isso, e que por conta dessa idade, não cometeríamos mais nenhuma idiotice. Ledo engano, porque todos os dias nos trarão desafios e novos ensinamentos.

— Jogamos e fomos muito competitivos, mas, no fim, nós dois ganhamos, pois não existe prêmio melhor do que estar ao seu lado e poder viver este momento agora. — Limpo as muitas lágrimas. — Nunca fui um homem romântico, ou era o que eu achava, até que você me fez enxergar que o "não romântico" era fã de uma das bandas mais românticas do mundo. Então, assim como os planos, meus argumentos também foram desfeitos.

— Eu amo tudo em você, e amo quem eu sou com você. — Ele limpa um pouco das suas lágrimas. — Hoje, eu poderia ficar aqui por horas, enumerando as muitas promessas que só você me faria cumprir, mas, no fim, todas elas dariam no mesmo e eu seria repetitivo. Porque eu sou seu, e sendo seu, serei da forma que quiser que eu seja. Afinal, se sou seu, as regras continuam sendo suas.

— Te amo para sempre, Juliane Marques! Você me faz o homem mais feliz deste mundo, todos os dias. — Ele guarda o papel no bolso e me beija.

— Bom... — começo, depois de alguns segundos de respiração profunda, para tentar conter um pouco da emoção e das lágrimas. —Não fui tão organizada desta vez e não escrevi meus votos, mas não é por isso que não saberia dizê-los. Somos tão iguais que provavelmente eu escreveria um texto bem parecido com o seu. Nunca esteve em meus planos, e eu me arrependo profundamente por cada dia que deixei de desejar tudo isso, como você disse, mas eu também achava que o amor não existia. E ao contrário

MUDANÇA DE PLANOS

do que a maioria das mulheres faria, foi o seu "não cavalheirismo" naquele supermercado que me impressionou. Agradeço por não ter sido o Daniel fofo naquele momento, porque acho que me apaixonei por você ali, já que, desde então, tem todos os meus pensamentos. — Seu sorriso convencido chega aos olhos. — Você rasgou meus planos, mas me deu outros muito melhores. Obrigada por me apresentar o amor, o sentimento que eu jurava não existir; por me mostrar que o para sempre é possível e por me fazer realmente feliz. Assim como você, também poderia lhe prometer inúmeras coisas, mas a única que realmente importa é que eu te amo hoje e vou amar para sempre. — Ele assente, e eu o beijo, selando minha promessa. Logo, a juíza volta a celebrar a cerimônia, com mais algumas palavras.

— Sendo assim, firmado o amor e a vontade de ambos de se unirem em matrimônio, com os poderes investidos a mim, eu os declaro marido e mulher — atesta, depois de dizermos sim diante dela, da natureza e de nossos amigos. — Pode beijar a noiva. Daniel me pega em seus braços e damos o primeiro beijo depois de casados, e o beijo só confirma o quanto estamos felizes e como somos um do outro. E essa ligação independe de papel ou status social: enquanto nos amarmos, nada vai mudar.

Pétalas são arremessadas sobre nós, enquanto Daniel continua me girando no ar, sem que seus lábios se desprendam dos meus.

— Quem diria que esse dia chegaria? — Fernando comenta quando Daniel, enfim, me coloca no chão.

— Pena não ter chegado antes, irmão! — Os dois se abraçam.

— Parabéns, meu amigo, você merece toda a felicidade do mundo.

— Eu já a tenho — Daniel diz, e me encara com um sorriso lindo.

— Parabéns, ogro. Sempre acreditei que conseguiria conquistar a teimosa da Juliane. — Cissa o abraça.

— Estou aqui! — interfiro, por causa do seu comentário.

— Sei que está. Parabéns, minha amiga, vocês merecem ser muito felizes.

— Já somos, Cissa — Daniel responde, um tanto abobalhado, e nunca o vi tão feliz. Se soubesse disso, tinha casado logo.

— Parabéns, Juliane. Cuide bem desse cara aqui, mas se ele aprontar e precisar de ajuda para segurá-lo enquanto prepara o bisturi, pode contar comigo. — Fernando pisca, e sorrio.

— Grande amigo que eu tenho! Só para lembrar, sua mulher também sabe castrar. — Daniel tenta parecer ofendido, mas sua felicidade não permite.

— Pode deixar que cuidarei, Fernando — confirmo.

— Bom, sei que não querem festa, então é a deixa para vocês fugirem. Eu tenho uma esposa linda para cuidar também. Vê se aproveita essa lua de mel aí, Daniel, pois está ficando velho e também queremos sobrinhos.

— Deixe comigo! — Daniel pisca, enquanto eu sorrio, para disfarçar a ansiedade e nervosismo.

Minutos depois, estamos de volta à suíte, que agora está recheada de pétalas de rosas vermelhas e algumas velas. Um balde com champanhe ocupa uma parte do aparador, perto do espelho.

— Como? — pergunto, abismada, ainda em seus braços, já que fez questão de cumprir a tradição ao menos na entrada do quarto.

— Tenho minhas cartas na manga. — Pisca, ao me colocar no chão. Em seguida, beija a aliança em minha mão, como fez na praia, ao colocá-la em meu dedo.

— Você, com certeza, é o ogro mais fofo do mundo. — Pego a mão dele e beijo sua aliança, então ele sorri e me pega nos braços novamente.

— Vou te mostrar o quanto, assim que tirar seu vestido, mas antes... — Me deita sobre a cama, com todo o carinho, sobre as pétalas, e logo se senta ao meu lado, com o champanhe e as duas taças. Ele me entrega as taças e abre a garrafa com um estampido alto. — A nós, e à nossa felicidade. Que o nosso amor apenas se multiplique. — Faz o brinde, depois de encher nossas taças, e leva a dele aos lábios em seguida, enquanto eu permaneço na mesma posição. — Não vai beber? Não se baixa um brinde, amor.

— Não posso...

— Como assim, não pode? — Seu tom sai preocupado.

— Desculpe, mas não posso finalizar esse brinde. — Vejo seu semblante se transformar completamente.

— O que está me dizendo, Juliane? — O medo está nítido em seu tom, então me estico um pouco e pego a caixa pequena, que, ainda bem, foi mantida no mesmo lugar onde deixei. — O que é? — pergunta, com a expressão repleta de dúvidas, quando a entrego a ele.

— Abra — digo, tentando não revelar a ansiedade em meu tom. Ele me entrega a taça dele e corre seus dedos pelo laço dourado que veda a caixa retangular azul. A lentidão com que desfaz o laço e sua respiração acelerada me confirmam o quanto ele está nervoso. Então, depois de incontáveis segundos, a tampa da caixa é aberta. Minha respiração fica suspensa,

MUDANÇA DE PLANOS 293

assim como a de Daniel, que está imóvel, com os olhos fixos no conteúdo, e assim ele se mantém, por segundos a fio.

— É sério? — Enfim reage, perguntando num tom que não reconheço como dele.

— Parece que a culpa foi da lua. Esqueci meu remédio naquele final de semana, e não achei que fosse te encontrar naquela praia. — Pisco, e seu sorriso chega aos olhos.

— Eu vou mesmo ser pai? — pergunta, ansioso e eufórico ao mesmo tempo.

— É o que diz o teste na sua mão. Ainda precisamos confirmar com um exame de sangue.

— Caralho, amor! — grita, extasiado, e se aproxima mais de mim. — É sério que vamos ter um filho? — Assinto, deixando, enfim, toda a felicidade me alcançar.

— Estamos começando nossa família... — digo, e ele me interrompe ao me puxar para o seu colo, e logo apoia uma das mãos em minha barriga.

— Eu te amo, Juli, e você não tem ideia do quanto está me fazendo muito mais feliz. Você sempre me surpreende, amor.

— Eu também te amo, Dan, e estou muito mais feliz por ser você o cara que recebeu essa notícia. — Seu sorriso parece ter vida própria, e ele não sai do rosto de Daniel, nem por um segundo.

— Não sei o que fiz para Deus para merecer tanto, só sei que sou um filho da puta de muita sorte por ser esse cara, e lhe serei grato pelo resto da minha vida por isso. — Sorrio, porque é exatamente assim que me sinto. É incrível como posso ser tão feliz e completa com algo que nunca nem sequer desejei ou achei que era real. Estamos literalmente iniciando nossa família e lutarei por ela até o último dia da minha vida.

— Nunca mais seremos sozinhos, amor — digo, e levo meus lábios aos dele.

— Nunca mais, Juli. Serei o melhor marido e pai deste mundo, pode apostar.

— Tenho certeza que sim. — Nosso beijo se aprofunda, com a certeza de que mesmo sob os destroços mais profundos, ainda é possível ter vida. Fomos resgatados juntos e aprendemos a amar à medida que fomos refazendo nossos alicerces. E eles estão muito firmes, então será necessário muito mais que furacões e terremotos para destruí-los, já que estamos consolidados em uma base muito eficaz: o amor.

EPÍLOGO

Daniel

Cinco anos depois...

Algumas escolhas te levam a alguns caminhos. Então, caminhos te levam a lugares, e certos lugares te mostram que encontrou o seu destino. E que daqui por diante, mais nenhuma escolha precisa ser feita, pois buscar outro caminho não é necessário, já que está exatamente onde deveria estar...

— Estou ficando bonito? — pergunto à minha princesa, que está bem concentrada em sua obra de arte no meu rosto.

— Tá lindo! — diz, confiante, depois de passar o batom.

— Está muito lindo, amor — Juli confirma, tentando disfarçar o tom divertido, enquanto Enzo sorri sem parar.

— Falta o cabelo — Vitória diz, decidida.

— Não falta, meu amor. Acho que já vou arrasar só com a maquiagem — digo.

— Falta, sim. Tem que arrumar o cabelo também, não é, mamãe?

— Claro, filha! — Juli confirma, e a encaro. Ela está com as duas mãos sobre a boca, mas é visível, pelos seus olhos, que sorri. Logo Vitória volta de seu quarto, com os braços cheios de coisas.

— Vamos colocar esse arco de unicórnio, vai ficar perfeito! — diz, convicta.

— Ah, se eu soubesse que seria unicórnio, teria pedido para arrumar o cabelo primeiro — digo, e ela enfia o arco em minha cabeça. Então, depois de alguns segundos, bate palmas, satisfeita com o resultado, e meu coração transborda de alegria por fazê-la feliz.

— Tá lindo, papai! — Pula à minha volta, radiante.

— Então, mamãe, como estou?

— Está lindo! — Juliane responde a minha pergunta, e não consegue reprimir o sorriso desta vez. É bom vê-la sorrindo assim, de novo. Sei que por mais que diga que não, a morte da mãe mexeu muito com ela, e ainda está muito recente.

— Tem certeza de que está bem? — pergunto, assim que me deito ao lado de Juliane, após colocar Enzo em seu quarto.

— Estou bem. Foi tudo repentino demais, e mesmo que eu não tivesse um bom relacionamento com ela, sinto como se uma parcela de culpa pela morte dela...

— Amor, que culpa você teria? — Apoio as duas mãos em seu rosto, e me coloco de frente para ela.

— Ela se matou e... — Lágrimas correm por seu rosto, e sinto sua dor diretamente em meu peito.

— Juli, olhe para mim — peço, quando ela fecha os olhos. — Não faça isso, não a deixe fazer isso com você, mesmo depois de morta. Sua mãe era doente, então não vou deixar que foda sua cabeça. Ela se matou porque era fraca, porque não valorizou a vida e a família que tinha. Você não vai absorver a bagagem dela, pois sua mãe nunca se importou com seus sentimentos, amor. Você não tem culpa de ter tido uma mãe como ela. Respeito a dor da perda, mas você já a tinha perdido há muito tempo.

— Não queria me importar ou sofrer por ela, mas é mais forte do que eu... — Me abraça.

— Não é, não. Não conheço ninguém mais forte que você! Olhe à sua volta, amor. Temos a nossa família, mesmo quando todas as probabilidades diziam que isso era impossível, e você é uma mãe maravilhosa, mesmo não tendo em quem se espelhar.

— É a mulher que prendeu um major do Bope, convicto de que seria solteirão para o resto da vida, e fez o tal cara desejar a mesma mulher por todos os dias, incansavelmente. É dedicada e aplicada em seu trabalho, e mesmo assim, consegue gerir nossa casa e família com perfeição, enquanto eu mal consigo dar conta dos meus horários. Você é foda, amor, acredite em mim. Não existe nada que consiga ser mais forte que a Juliane que conheço, admiro, e por quem sou apaixonado. Tem todo o direito de sofrer e de se importar, afinal, ela era sua mãe, mas não vá se culpar por uma decisão exclusiva dela.

— Eu te amo — sussurra em meu pescoço, e a aperto mais ao meu corpo.

— Eu também te amo. Você e as crianças são a minha vida, e sempre estarei aqui por vocês. Não deixarei ninguém fazer mal à minha família. Vai ficar tudo bem, amor, eu prometo. — Beijo sua cabeça, enquanto meus braços permanecem envoltos em seu corpo.

Minutos se passam até que os soluços cessem e eu saiba que ela adormeceu. Lutarei contra tudo e todos para ver a felicidade da minha mulher, nem que seja contra um fantasma. Ela não vai ferir a Juli, mais do que já feriu, porque não vou permitir.

Quase dois meses depois...
Ver Juli sorrindo espontaneamente, de novo, não tem preço.
— Amor, cadê o Enzo? — pergunta, enquanto ajeita o vestido da Vitória.
— Está com o seu pai e a Helena.
— Maravilha. Espero que o papai não invente de lhe dar sorvete, e assim correr o risco de sujar todo o fraque antes da entrada na igreja.
— Amor, acho que não tem sorvete por aqui. E o casamento é em poucos minutos, então ele já ficou na porta da igreja.
— Até parece que você não conhece o papai, não é, Daniel? Ah, claro, os dois são iguais, só fazem besteiras! — Sorrio, e a abraço pela cintura.
— Deixe o avô mimar o neto. — Beijo seu pescoço.
— Se o Gui reclamar que o pajem estava sujo de sorvete, vou dizer que a culpa é do pai dele.
— O Gui só tem olhos para a Clarice, fique tranquila — digo, em tom ameno. Para Juliane, tudo precisa estar em perfeito estado.
— Ju, vou levar a Vitória, pois já estão se arrumando para a entrada — diz Luana.
— Tudo bem, nós já vamos também — responde à irmã, que assente, e sai com Vitória, saltitante, do quarto. — E esta gravata? — Seus dedos ágeis já estão no nó feito no tecido.
— Você não está nervosa assim por conta do casamento do seu irmão, está?
— Não estou nervosa! — nega, sem me encarar.
— E eu nem te conheço.
— Você é um enxerido, que não para com essa mania de me engravidar! — Solta de uma vez, e meu mundo para.
— O quê? — pergunto, estático, e ela me encara com uma careta.
— Temos que confirmar com um exame, mas, pelos dias que minha menstruação está atrasada, e como enjoei pela manhã, tenho quase certeza.
— Eu nem sei como dizer o quanto estou feliz com essa notícia! — Eu a abraço, ainda em estado de choque.
— Eu também estou feliz. — Me beija. — Mas é sério, amor, vamos parar no terceiro. Um é pouco, dois é bom, e três é demais. Agora chega,

MUDANÇA DE PLANOS 297

vamos fechar a fábrica.

— Acho três um ótimo número, e nunca imaginei ser tão completo como sou hoje, amor. Obrigado por me fazer o cara mais feliz do mundo — a beijo —, mas, se Deus quiser nos dar mais um... — brinco, e um tapa acerta meu braço.

— Este ainda está na barriga e você já pensa no próximo? Não terá próximo, e estou falando sério!

— Eu sei que está assim pelos hormônios. Logo vai perceber que quatro é perfeito — provoco, e apanho mais.

— Daniel Arantes...

— Tudo bem, marrenta. Estou brincando, amor. — A beijo. — Três é perfeito, e nossa família está completa. — Ela sorri, parecendo mais calma.

— E vamos começar tudo de novo! Logo agora que estou conseguindo tirar a fralda do Enzo...

— Vai dar certo, amor, sempre dá. — Pisco, e ela assente, apoiando a cabeça em meu ombro.

— Mas sempre podemos comprar uma casa maior, e um carro de sete lugares — sacaneio.

— E sempre existe a castração! — Segura meu pau com força, muita força.

— Entendi, amor, três é mais que perfeito — digo, sem fôlego, e ela afrouxa o aperto. E assim, volto a respirar novamente. — Você não sabe brincar.

— Não é a sua barriga que fica enorme, te deixando acordado a noite inteira por não conseguir respirar, ou sua bunda que fica do tamanho do mundo. E nem os seus peitos, que jorram leite como uma cachoeira, muito menos tem uma vagina para saber o que é passar uma cabeça por ela! Isso não tem lógica! — grita, e arregalo os olhos, assustado. Neste instante, não tenho dúvidas de que ela está, mesmo, grávida, pois já vi essa Juliane outras duas vezes. — Então, não, não sei brincar, e esta é a última vez que vamos brincar disso. Entendido, major? — Seu dedo em riste empurra meu peito, e não tenho o que fazer a não ser concordar.

— Mais que entendido, amor. Está supercerta, três é um ótimo número, porque jamais vamos ter um empate em casa. — Ela assente e respira fundo, parecendo aliviada. Claro que três filhos estavam de bom tamanho. Achei que o Enzo fecharia a família, depois que ela jurou, com um olhar mais que assassino, na hora do parto, que nunca mais engravidaria. Sei que demos mole em alguns dias, quando bebemos um pouco e decidimos que não havia risco de uma gravidez, mas, pelo visto, a chance estava toda a nosso favor. Que bom.

— Vamos, major, a sua sorte é que é inteligente e que eu o amo. — Seu tom volta à normalidade, graças a Deus.

— Eu também te amo, meu amor, e vou amar para sempre, mesmo quando eu achar que está mais louca que o normal.

— Não me chame de louca, Daniel!

— Vamos, senão seu irmão vai ficar sem padrinhos — mudo de assunto e entrelaço meus dedos aos seus, e ela, ainda bem, me segue. — Eu te amo e amo cada pedaço de você, amo até suas loucuras. Aliás, foi o que amei primeiro.

— Eu posso ser muito louca, tome cuidado.

— Não tenho dúvidas. — Eu a beijo, sem pouco me importar com os olhares à nossa volta. Dificilmente alguém aqui é mais feliz do que eu, então, que se dane!

Meses depois...

— Amor, não acredito que deu chocolate para a Vitória, a essa hora! — Juli reclama, ao sair do quarto com Enzo.

— Foi só um pedacinho, amor. — Encaro nossa primogênita, que está concentrada no desenho na TV, enquanto se delicia com o doce.

— Vamos jantar agora, Daniel! — diz, desanimada, e logo coloca Enzo sentado à mesa.

— Filha, prometa que vai comer o papá todo, ou então sua mãe vai proibir chocolates nessa casa — sussurro, quando sento perto de uma das razões da minha vida.

— Não quero jantar — responde.

— Não faça isso, meu amor. Vai colocar o papai numa enrascada — peço, e sua expressão é desafiadora, exatamente como a da mãe. Ela é a cópia fiel de Juliane. Estou muito ferrado! — Agora está na hora do jantar, então amanhã você come o restante. — Retiro o chocolate inacabado de suas mãos.

— Não estou com fome! — resmunga, chateada por eu ter retirado o chocolate, e quando ergo os olhos, Juliane nos encara, com as mãos nos quadris. Deu ruim! Fiz besteira ao dar o chocolate, mas não me dei conta de que já estava na hora do jantar.

— Vitória, venha jantar ou não terá mais chocolate — Juli exige, e ela

MUDANÇA DE PLANOS   299

se levanta na hora e se senta à mesa.

— Foi o papai quem me deu — se defende com a mãe, me jogando na fogueira, e a encaro, perplexo.

— Eu sei que foi, mas era para comer após o jantar. Se continuar comendo os doces antes do jantar, o papai não vai mais trazer. Não é, papai? — Conheço esse tom, e sei que estou muito encrencado.

— Sim, meu amor, era para comer após o jantar — confirmo, encarando Vitória.

— O papai não disse nada, só me deu o chocolate. — Dou uma olhada para minha filha, boquiaberto, porque ela está me incriminando completamente.

— O papai é muito esquecido, filha — Juli diz, e noto que está segurando o riso desta vez. — Mas vamos deixar, mais uma vez, a regra clara desta casa: doces serão permitidos apenas após as refeições. Agora, se o papai esquecer, você o lembra? — Vitória assente. — Daniel? — reporta-se a mim.

— Regra anotada — confirmo, ciente de que não era a primeira vez que Juli brigava comigo pelo mesmo assunto.

— Então vamos jantar — diz, enfim, e em poucos minutos, todos estamos jantando juntos. E não existia melhor momento no meu dia: estar com a minha família é a melhor parte, e sempre vai ser. Jamais achei que algo tão simples me faria imensamente feliz, então sou grato aos céus por ter me concedido tantas alegrias...

— Está tudo bem? — Juli sussurra, próximo ao meu lóbulo, enquanto as crianças estão distraídas com seus pratos.

— Nunca esteve tão bem, amor. — Apoio a mão em sua barriga, que já está um pouco aparente. — Obrigado por tudo isso... por mais liquidações de cervejas no mundo. — Pisco, e ela sorri.

— Quem diria, major? — Pisca, e apoia a mão sobre a minha, em sua barriga.

— Quem diria, marrenta. — Encosto minha fronte à dela, e nunca poderia imaginar que aquele dia no supermercado mudaria o resto dos meus dias e me daria a missão mais linda de todas: o amor.

Missão Cumprida!

BÔNUS

Douglas

Encaro Fernando, tentando reprimir o sorriso, enquanto Juliane caminha em direção ao seu alvo. É incrível como os movimentos ao redor vão cessando conforme ela vai passando, e os olhares são direcionados à minha amiga. Não é nada comum uma civil adentrar a academia aqui no batalhão, e é claro que isso causa curiosidade, ainda mais ela sendo gata como é.

Juliane logo para atrás de Daniel, que está concentrado em seu exercício na barra e ainda não se deu conta. Meus olhos estão fixos nele, assim como a da maioria da corporação. Vai ser um espetáculo da porra, e não perco isso por nada.

Fernando me cutuca quando Daniel paralisa, ainda suspenso à barra.

— Melhor chamar o departamento médico — sussurro para Fernando, que sorri.

— Seu celular — Fernando alerta. Eu já o havia escutado, mas não quero perder a contagem.

— Quinze segundos! — constato, quando Daniel abandona a barra, e tanto Fernando quanto Rogério sorriem. Assim que ele se vira de frente para a Ju, seu rosto fica completamente pálido. Está visivelmente estarrecido enquanto Juliane se declara, então olho em volta e consigo ver a inveja na maioria. E eu sinto o mesmo, é um fato.

Meu celular volta a tocar e desta vez o retiro do bolso, para ver quem era, já que a pessoa não consegue entender que não posso atender no momento. E no mesmo instante em que olho o visor, meu coração dispara.

— Preciso atender, depois você me conta tudo? — Fernando assente, sem tirar os olhos da cena à nossa frente, e eu saio do ambiente, praticamente correndo.

— Oi — é a única coisa que a surpresa me permite dizer.

Tem quase um mês que não nos falamos, não pela minha vontade, mas pelo fato de que manter contato diário estava me deixando maluco. Não era apenas amizade que eu queria dela, e se não era recíproco, o melhor era me manter distante. Já não fui forte o suficiente para me manter próximo à tentação.

— Oi, pode falar? — Seu tom está diferente de todos os que já usou comigo.

— Posso, sim. Aconteceu alguma coisa? — pergunto, preocupado.

— Você pode vir aqui em casa? — continua com o tom receoso.
— Claro, saio do plantão daqui a pouco. Posso passar aí?
— Estou te esperando então — diz, apática.
— Já nos vemos — digo.
— Tá bom, beijos — se despede, e não espera dois segundos para encerrar a chamada, me deixando no vácuo. Nunca convivi com uma mulher tão difícil de se ler como a Lara, mas tudo bem que a maioria dos homens vai morrer sem conseguir se formar nesse quesito. Poder entender uma mulher, com certeza, é mais importante do que ganhar na loteria.

Sigo para o alojamento, com a preocupação me perseguindo. Ela não era de ligar, sempre fui eu, então algo muito sério está acontecendo, sei disso.

Uma hora e meia depois, Lara tira todo o meu fôlego apenas com o ato de abrir a porta. Eu nem sabia que estava com tanta saudade assim.
— Oi. — Se joga em meus braços, e não tenho como ter outra reação a não ser abraçá-la também. Envolvo seu corpo incrivelmente perfeito, enquanto seu cheiro inunda meus sentidos, e é inevitável não desejar esse abraço todos os dias da minha vida. Os segundos que ela permanece em meus braços são assustadores pela infinidade de emoções que despertam.
— Entre. — Ela se afasta, e é como se tivesse retirado uma parte de mim, pois me sinto incompleto.
— Aconteceu alguma coisa? — pergunto, assim que me recupero um pouco, e fecho a porta atrás de mim. Seus olhos parecem fugir dos meus, e suas mãos desfazem e refazem o coque em seus cabelos lisos e negros, pelo menos três vezes. Ela usa uma blusa solta, na altura das costelas, e um short de malha, que não deixa muito para a imaginação. Sua roupa me lembra um dos motivos para não vir mais até aqui, porque era foda não poder tocá-la da forma que gostaria.
— Não — responde, ainda sem me encarar. — Já almoçou? — pergunta, de costas, e parece impaciente.
— Ainda não — respondo, mas algo não está certo. — Vai me dizer o que está acontecendo? — Seguro seu braço quando vai em direção à cozinha. — Lara? — insisto, e ela me encara. É raiva que vejo em seus olhos e na sua expressão? — Eu fiz alguma coisa? — pergunto, perdido, pois ela nunca esteve tão estranha, nem mesmo quando nos conhecemos.
— Por que parou de me ligar e aparecer? Eu fiz alguma coisa? — Ela

me pega desprevenido.

— Não, não fez nada. — Sei que não soo tão seguro como gostaria.

— Então não vem mais por causa daquela vaca! Desculpe, mas você está fodendo a mulher mais vaca de toda a face da Terra! — diz, muito indignada.

— O quê?! — Estou perdido no assunto. Que porra está acontecendo?

— A gente se conhece há meses, e você me ajudou em um dos piores momentos da minha vida. Aí, por causa de uma mulher que você começou a foder ontem, se afasta? Achei, mesmo, que éramos amigos, e como sua amiga, preciso dizer: não se iluda. Aquela lá só não é mais vagabunda porque é uma só — diz, com o dedo em riste, cheia de certezas.

— Lara, rebobine. Do que você está falando? — peço, mais confuso do que nunca.

— Que você deveria selecionar mais onde enfia o pau! — vocifera, e tenta se desvencilhar do meu toque.

— Ei, ei, ei... — Eu a coloco à minha frente, e a raiva em seus olhos agora é nítida. — Em que momento começou a se importar com o destino do meu pau? — Nunca falamos sobre isso, pois sempre evitei qualquer assunto que me desse certeza de que havia outro assumindo o posto que eu desejava.

— Desde o momento em que aquela vagabunda tirou de mim a única pessoa que eu tinha! — Paraliso ao constatar o quanto a magoei, apesar de que sei que sumi sem ao menos lhe dar uma satisfação.

— Ninguém vai me tirar de você, Lara — respondo, e só quero beijá-la até que entenda que isso é completamente absurdo. Sou dela, mesmo sem ter desejado isso.

— Vinte e cinco dias sem dar qualquer tipo de sinal contradizem o que você disse. Tanta mulher por aí, mas tinha que foder logo ela?

— Quem é ela, Lara? — Não tenho ideia do que está falando.

— A Renata! Não se faça de idiota que isso não combina com você!

— Quem é Renata?

— Na boa, você é um sonso de merda! — acusa, veemente, e sorrio sem nem saber o motivo exato. Minha outra mão segura sua cintura, e o contato tão íntimo me faz estremecer. Dou mais um passo, e agora estou próximo o suficiente para beijá-la, e é só o que quero fazer.

— Não tenho ideia de quem seja Renata, e se você quer mesmo saber, não quero ter. — Sua respiração fica mais acelerada, acompanhando o ritmo da minha.

MUDANÇA DE PLANOS

— Não tenho nada com a sua vida, só...

— Mas eu quero que tenha... — eu a interrompo em um sussurro, enquanto ela parece sugar minha alma.

— Está vendo?! — Ela me empurra bruscamente, e se afasta antes que consiga beijá-la. — Foi só comer aquela mulher e virou outra pessoa! — Seu tom sai abalado. Apenas nego com a cabeça, quando ela para do outro lado da sala, que é pequena, mas parece enorme neste momento.

— Eu realmente não sei quem é essa Renata, e se serve de consolo, não me lembro do nome da mulher que fodi há dois dias, que dirá há quase um mês — respondo, irritado com a porra da acusação e julgamento descabidos. — Não sei quem é essa mulher e o que ela te disse, mas, se realmente transei com ela, não passou de uma transa, pode ter certeza — completo, puto demais, enquanto seus olhos cor de avelã, que eu amo, me avaliam de cima a baixo.

— Então, por que se afastou de mim?

— Não me afastei de você. Estou aqui, não estou? — Não podia lhe dar a verdadeira resposta.

— Apenas porque eu te liguei.

— De repente, se tivesse ligado antes... — rebato, deixando a porcaria da frustração me dominar, e vejo quando ela engole em seco.

— Alguma coisa mudou — acusa, convicta, sem desviar os olhos.

— Ou, de repente, foi só você que demorou para perceber — revido, porque não quero voltar à posição em que estava antes. Prefiro me afastar definitivamente. — Era só isso? — pergunto, e ela nega com um gesto de cabeça. — A próxima questão também tem a ver com a Renata e meu pau? — Sei o quanto meu tom sai irritado, mas jamais estive em uma situação assim. DR é a última coisa que espero ter com uma mulher, ainda mais com uma que nem estou comendo.

— Não. — Seus olhos continuam me avaliando, e eu me sinto profundamente invadido. — Senti sua falta — confessa, com tom ameno, e apenas essas palavras são capazes de me desarmar por inteiro. Ouvir isso de Lara me transporta para um lugar completamente desconhecido, mas onde estou muito a fim de ficar.

— Também senti a sua — confesso, em um tom ridículo. — Como andam as coisas? — Eu me sento no sofá para fugir de seus olhos, pois não quero cometer o erro de agarrá-la.

— Último período na faculdade, então mal consigo respirar. — Ela se senta ao meu lado, e no minuto em que deita a cabeça em meu ombro, constato que foi uma ideia muito ruim me sentar. — Jura que não tem nada sério com ela? — Coço a cabeça, tentando deixar a raiva de lado, quando ela volta para o assunto que disse estar encerrado.

— Não, Lara, não tenho nada sério com ninguém — respondo, sem paciência.

— Nem quer ter? — Vejo apenas seu cabelo, já que sua cabeça continua apoiada em meu ombro.

— Cara, na boa, eu nem sei como é essa mulher ou se ela realmente existe. Não, eu não quero nada sério com uma pessoa de quem nem me lembro. — Seus dedos tocam minha mão, e um gesto tão simples nunca teve tanto significado.

— E com outra pessoa? — solta a pergunta, depois de alguns segundos, e tudo em mim fica paralisado.

— Não sei — respondo, com total sinceridade, e ao mesmo tempo, confuso sobre para onde esse assunto nos levará.

— Nunca quis conhecer uma pessoa além da cama? Jamais desejou o "mais"?

— Não — digo, já que a pessoa que desejo nunca foi para a cama comigo. Por isto, limito minha resposta ao fato comprovado.

— Vou finalizar o almoço. — Tenta se levantar, mas a seguro.

— Por que as perguntas?

— Você não tirou a arma — desconversa, e apoia a mão em minha barriga, próximo ao cós da calça.

— Responda, Lara — insisto.

— Nunca imaginei que seria amiga do cara que quase me prendeu.

— Eu só te revistei. Estava em uma operação, e você era uma suspeita — corrijo sua afirmação sem nexo, no momento.

— Pois é. Amizade improvável, não é?

— Mas não é impossível — rebato, e ela ergue o rosto, encontrando o meu.

— Depois disso, me deixou dormir em sua casa até eu conseguir esse apartamento, e lhe sou muito grata por isso, pois me ajudou mesmo sem me conhecer. Poderia ter me julgado, como seus amigos, mas não o fez. Só estou com medo de perder meu único amigo, então, desculpe por toda essa confusão. — Volta o olhar para baixo, e seu tom sai pouco confiante.

— Não tem por que ter medo, sempre serei seu amigo. — Eu a puxo

MUDANÇA DE PLANOS

para os meus braços e beijo sua cabeça, que agora apoia-se em meu peito.

— Ainda que eu queira ser muito mais do que amigo...

— O quê? — pergunta, ainda na mesma posição, e faço uma careta quando me dou conta de que disse isso alto.

— Você não tem a mínima ideia do quanto me deixa louco — confesso, em um sussurro cheio de coragem, enquanto meus dedos passeiam pela extensão de suas costas.

— Louco de que forma? — Seu tom agora sai sexy pra caralho, potencializando minha ereção, que já era evidente desde que ela abriu aquela porta.

— Exatamente da forma que está imaginando, Lara: desejo você com todas as minhas forças — sussurro, próximo ao seu lóbulo, depois de inclinar um pouco meu corpo sobre o seu.

— Você acabou de dizer que não quer nada sério, e não sou o tipo de mulher que vai transar com você e não esperar um telefonema no outro dia — declara, um pouco ofegante.

— Isso não será um problema para nós, já que sempre te liguei. — Beijo a pele delicada de seu pescoço, e a sensação é extraordinária. — Retiro minha arma da cintura e a apoio na mesa de centro, sem que me dê conta, pois minhas fantasias começam a ganhar vida.

— Douglas... — sussurra, ao receber meu toque por sua barriga e costelas, e é maravilhoso e inexplicável sentir o desejo em seu tom. Eu me sinto como um adolescente que vai transar pela primeira vez.

— Diga para mim: o que quer? — pergunto, alucinado pelo desejo. Estou deitado sobre ela no sofá, e não sei se algum dia já estive mais confortável com alguém.

— Tem muito, muito tempo, que não faço isso, Douglas... — Ergue o quadril de encontro ao meu.

— Quanto seria muito tempo? — sussurro a pergunta com os lábios nos seus, e estou desesperado para prová-los.

— Só foram duas vezes, um pouco antes de a minha mãe falecer. Depois, veio aquela história com o idiota do meu irmão, e te conheci. Acho melhor parar antes que se decepcione, porque não sou mulher para você, por isso nunca disse que estava apaixonada.

— Oi??? — Eu a encaro, agora paralisado, pois perdi qualquer capacidade de raciocinar ou me mexer. Tenho alguma ideia da minha cara de espanto, mas teria que olhar no espelho para ter certeza.

— Acho que me apaixonei por você ainda na sua casa, no dia em que se sentou ao meu lado e me serviu uma xícara de chocolate quente, em vez de me oferecer uma cerveja, como qualquer babaca faria. Em seguida, passou horas me ouvindo e me dizendo que ficaria tudo bem, e realmente ficou. — Sorri, e se eu ainda não estivesse embasbacado com sua revelação, a beijaria. — Ficamos íntimos o suficiente para eu saber que é muito... — trava e baixa os olhos.

— Muito o quê? — exijo, em um tom miserável, sem acreditar em tudo que acabei de ouvir. Nem nas piores operações, meu coração esteve tão acelerado.

— Muito experiente, acostumado a ter mulheres que o satisfaçam completamente. Não vai querer transar com uma mulher como eu, que nem sabe onde pôr as mãos.

— Vamos começar por aqui... — Coloco a mão dela no meu pau, e seu rosto enrubesce um pouco, revelando sua vergonha. — Tenho certeza de que vai me satisfazer como nenhuma outra, porque eu nunca transei com alguém que desejava a cada segundo do meu dia, como desejo você. Não vim mais aqui nem te liguei porque não aguentava mais não poder tocá-la. Ah, Lara, eu tenho os pensamentos mais pervertidos que você nem sequer pode imaginar, e todos eles são com você. Mas vou realizar cada um deles, e você vai ter certeza do quanto vai me satisfazer.

— Você... — Não a deixo completar, porque invisto meus lábios nos seus e o seu gosto é muito melhor do que pude imaginar. Uma de suas mãos envolve meu pescoço, e a outra passeia por minhas costas. É como se eu tivesse encontrado o meu lugar no mundo, porque sua boca se molda à minha com perfeição e nada faz mais sentido do que nós dois, juntos, aqui. O beijo é visceral, e ao mesmo tempo, diferente de todos os que já tive.

— Acho melhor a gente parar... — ela sussurra, um pouco ofegante, ainda em meus lábios, e eu apenas meneio com a cabeça, em negativa, diante de tamanho absurdo.

— Você não pode estar falando sério...

— Não quero perder sua amizade, e é isso o que acontece quando o sexo entra na história — me interrompe.

— Ou a amizade fica muito melhor... — Beijo sua boca deliciosamente viciante e corro meus lábios pela extensão de seu maxilar, fazendo-a estremecer sob meu corpo. Pode parecer a maior loucura de todos os tempos, mas quero essa sensação para sempre. — Tem certeza de que quer parar?

— Meus dedos encontram um de seus mamilos sob a blusa, e ela geme,

MUDANÇA DE PLANOS

completamente receptiva. Seu seio direito está em minha mão, e é exatamente como imaginei. — Diz para mim? — insisto, e desço meus lábios por seu pescoço.

— Não quero te perder... — Seu tom sai sincero e cheio de desejo.

— Eu estou louco por você, Lara, louco como nunca estive antes, então acho muito improvável que isso aconteça. Tenho certeza de que me afastar é a única coisa que não quero. Nem achei que tinha tanta sorte assim, então não vou abrir mão disso.

— Promete que se isso não der certo, vai continuar na minha vida? — pergunta, receosa.

— Prometo — digo, e sua boca se prende à minha trazendo todas aquelas sensações deliciosas de volta...

Nunca fui o tipo de cara que vela o sono de alguém, até Lara entrar na minha vida. Havia feito isso outras duas vezes, quando ela apagou em meus braços, depois de tanto chorar pelo filho da puta do irmão, mas, mesmo assim, não se compara. Depois de três horas do sexo mais incrível que já tive na vida, estou não só velando o seu sono, mas adorando o corpo da mulher mais linda e sensacional que já tive. Acaricio suas costas perfeitas, enquanto o pensamento de que quero ter essa visão todos os dias da minha vida, me perturba. Pareço o cara que se apaixona pela primeira boceta que come, e é claro que ela estava longe de ser a primeira, pois nem mesmo posso dar um número exato de quantas foram, mas, por mais idiota que pareça, o desejo de que seja a última me domina de uma forma absurda. Tenho certeza de que não a teria apenas hoje, já que a regra de não repetir figurinha não se adapta a Lara, em nenhuma hipótese.

Não sei mesmo aonde isso vai dar, mas a única coisa de que tenho certeza é que irei a qualquer lugar do mundo para descobrir...

AGRADECIMENTOS

Primeiro e sempre, agradeço a Deus por ser soberano em minha vida.

Gostaria de começar dessa vez agradecendo às minhas leitoras e leitores. Graças a vocês e ao seu incentivo, hoje encerro essa série que era para ser um livro único e, graças ao seu interesse, carinho e apoio, "A missão agora é amar" deu início a outros três livros. E agora finalizo a série "Missão Bope" com "Mudança de Planos", um título que se encaixa perfeitamente não só com o último livro, mas com tudo que aconteceu para que ele existisse. Como não acredito em coincidências... apenas gostaria de agradecer a todos que tornaram essa série possível...

Ao meu marido, fiel companheiro, melhor amigo e a pessoa que me apoia incondicionalmente, que acreditou antes de mim e me ajudou com todo afinco a tornar esse sonho possível. Bruno Melo, te amo por isso e por muito mais. Você sempre será a "minha pessoa". Independente do que aconteça, sei que sempre estará ao meu lado. Obrigada por tudo, amor.

A algumas pessoas que estiveram comigo desde início e de alguma forma me fizeram acreditar que era possível: Daniela Goulart, Adriana Melo, Danuza França, Claudia, Gisele Gomes e Ana Luiza, mesmo distantes pelas circunstâncias da vida, vocês sempre estarão em meu coração e sempre serei grata por seu incentivo e apoio. Amo vocês de verdade e para sempre.

À Cristiane Fernandes, Jacqueline Torres, Paty Oliveira, Tainá Antunes, Thárcyla Amaral e Carol Dias. O que dizer dessas pessoas mais que incríveis, que se doaram para que "Mudança de Planos" ficasse muito mais lindo? Minhas betas, que se tornaram amigas, nem tenho mais palavras para agradecê-las. Amo vocês demais! Obrigada por doarem um pouquinho do seu tempo e amor para me aturar. Sei o quanto posso ser chata, mas vocês têm muita paciência com essa pessoa aqui. Amo vocês, minha eterna gratidão.

Aos Betos: Marcos Junior e Leandro Athayde. Obrigada por terem dividido comigo um pouco da realidade da Polícia Militar do Rio de Janeiro e por sempre responderem as minhas perguntas prontamente com toda a paciência. E muito obrigada por me ajudarem a transportar um pouco desse mundo ao leitor.

À Roberta Teixeira, não tenho mais palavras para expressar o quanto lhe sou grata. Agradeço a Deus todos os dias por ter me apresentado você, obrigada por ser esse ser humano íntegro; uma amiga e parceira, que sempre vai buscar o melhor que se pode para fazer acontecer. Conte comigo e saiba que tem minha gratidão e carinho para sempre. Amo você.

À The Gift Box, essa editora que amo e admiro com todo o meu coração. Obrigada por acreditar no meu trabalho e o tornar muito mais lindo, por idealizar cada projeto com tanto carinho e trazer isso carinho, somado ao comprometimento e profissionalismo para cada livro.

Obrigada aos blogs parceiros e a todos os outros que se dedicam diariamente na divulgação não só do meu trabalho, mas da nossa literatura como um todo. Minha eterna gratidão, vocês são incríveis!

Ao meu grupo, Romances Cristina Melo, obrigada pelo carinho diário que recebo de cada uma de vocês. Obrigada por me darem forças todos os dias para continuar. Vocês são maravilhosas, amo vocês!

A você que cumpriu sua missão, espero que esse casal tenha te divertido e encantado na mesma proporção, obrigada de coração por não desistir das minhas histórias. Espero que tenha tido bons momentos durante a leitura, beijos no seu coração e até a próxima!

CRISTINA MELO

A The Gift Box é uma editora brasileira, com publicações de autores nacionais e estrangeiros, que surgiu no mercado em janeiro de 2018. Nossos livros estão sempre entre os mais vendidos da Amazon e já receberam diversos destaques em blogs literários e na própria Amazon.

Somos uma empresa jovem, cheia de energia e paixão pela literatura de romance e queremos incentivar cada vez mais a leitura e o crescimento de nossos autores e parceiros.

Acompanhe a The Gift Box nas redes sociais para ficar por dentro de todas as novidades.

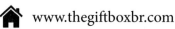 www.thegiftboxbr.com

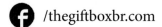 /thegiftboxbr.com

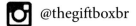 @thegiftboxbr

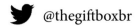 @thegiftboxbr

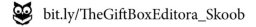 bit.ly/TheGiftBoxEditora_Skoob

Impressão e acabamento